変奏される日本書紀

神野志隆光
Kohnoshi Takamitsu

東京大学出版会

Transforming the "Chronicles of Japan" (*Nihon Shoki*)

Takamitsu KOHNOSHI

University of Tokyo Press, 2009
ISBN 978-4-13-080067-9

はじめに――本書の構成

1 テキストの運動

『日本書紀』が七二〇年に成立していまに至るというのは、ただそのままあり続けるということではありえない。このテキストを作りなおすことを繰り返して生きてきたことを見なければならない。変奏される『日本書紀』とは、その謂いである。

問題は、現在にいたる長い広がりで見わたすべきものであるが、本書は、奈良時代末から平安時代までの範囲を対象とする。

そこに『日本書紀』はどのようにあったか。テキストを作りなおすといったが、それは、単線的でなく、かかわりあうテキスト生成のダイナミズム、いわば、テキストの運動であった。『日本書紀』はそのなかにあった。

概略的にいえば、まず、『日本書紀』を簡略化して実用化することがひとつの軸としてあった。これにからんで、解釈を加えて元来の『日本書紀』を変換してゆくこと（それもひろい意味で作りなおしというべきであろう）、さらにその解釈によって『日本書紀』を変改したテキストを派生してゆくのであった。それは、とりわけ、講書という場をめぐってあらわれてくる問題である。さらに、簡略化テキストとは別な、より簡略な、実用を旨とする要覧ないし便覧というべきものがからんでくる。それらは、複線的にかかわりあうなかにあり、そこに『日本書紀』とは別にあった紀年構成がかかわってくることもあった。

その全体を、ひとつの問題領域として見るべきだと考える。それが、『日本書紀』がその時代に生きたかたちであり、かれらの歴史認識の、いわば現場だったのである。本書がめざすのは、その現場にせまることである。

2　簡略化される『日本書紀』

軸となるひとつ、『日本書紀』の簡略化についていえば、はやく八世紀末から、『日本書紀』そのものではなく、簡略化されたテキストが実際には用いられていたと認められるのである。

本書Iでは、そのことをあきらかにし、『日本書紀』がその時代に実際に生きた現場に立って問題が正当にとらえられることを明確にする。

ここではいくつかの性格の異なるテキストを取り上げて見ることとする。さまざまな場面で、『日本書紀』が基準となるものとして引用されたと見られているが、その引用は『日本書紀』とは相違するといわれている。それを、個々のテキストの問題でなく全体に通じる問題として見ることによって、『日本書紀』ならざるものによったととらえるべきことがあきらかにされる。

取り上げるのは、『万葉集』『七代記』『革命勘文』と、『扶桑略記』である。前の三者は八世紀末から九世紀段階にあったもの、『扶桑略記』は平安時代末のものだが、簡略化された『日本書紀』をもとにしたという点で問題を共有する。機能し続けたのは『日本書紀』そのものではなく、簡略化されたものであったことを見つつ、とくに、『扶桑略記』は、要覧との関係で注目されるものとして取り上げる。戦略的に重要な位置をもつものとしてこれに注意したいのである。

きっかけは、九〇一年の『革命勘文』にもとめられる。辛酉革命の思想にたって三善清行が辛酉年に当たる昌泰四年に改元を提起した勘文であるが、それによって実際に延喜と改元されたのであった。この勘文において歴史上の辛酉年について一々検証してゆくのに、「日本記」によったとある。この文書の公的な性格からしても、それは当然正史である『日本書紀』によったのだと考えられてきた。

しかし、『日本書紀』とは多く相違することも指摘されてきたとおりなのである。『日本書紀』と比較検討すると、肝腎の辛酉にあたる年が違っていたり、紀年の方式も異なっていたり、『日本書紀』を引用したというには問題が多い。にもかかわらず、それに基づいて改元を実行したのであるから、挙証も正統なものとして受け入れられたのであった。そこにあった「日本記」は、清行の引用したとおりであったと見るべきではないか、また、そうした「日本記」が権威を持ってあったということではないかと、『日本書紀』そのものによったというとらわれから解かれて見ることに導かれる。

そうした視点を得たとき、さきにあげた諸書が、『日本書紀』の引用にあたって「誤り」がおおいとか、「杜撰」だとかいわれてきたことも、『日本書紀』との直接的関係というとらわれから離れて見ることができる。いったい、『日本書紀』がさまざまな場面で基準となるべきものとして引用されながら、いつも誤りがおおく、杜撰ともいうやりかたであったといわねばならぬことになっていたのは、正しくなかったのではないかと、かえりみられてよい。とらわれから離れて、『日本書紀』にかわる別なテキストが、実際には権威を認められておこなわれていて、それによったのだととらえなおされたとき、事態は明確にされる。

見るべきなのは改編された『日本書紀』ということであるが、それは、『日本書紀』を簡略化して参看に便ならしめたものだと認められる。それが『日本書紀』にかわっておこなわれていたのである。こう考えることはけっして無理でも、不自然でもない。現実に簡略版というべきものがあった。ただちに想起されるのは『日本紀略』（神武天皇から持統天皇まで、『日本書紀』では二十八巻を六巻に縮約する）である。『日本紀略』は時代が下るというなら、『暦録』（逸書だが逸文をつうじて『日本書紀』を簡略化したものと認められる。神武天皇から聖武天皇までを四巻とする）があり、『先代旧事本紀』（神武天皇から推古天皇まで、『日本書紀』では二十巻を三巻半とする）もある。そこには見やすい通史の要求があったと認められる。そして、あるひとつの固定したテキストでなく、バリアントのある、複数のテキストがあったのである。簡略で実用的であったそれらが『日本書紀』そのものにかわって権威化されていたのであった。

その状況は、八世紀末、奈良時代末の段階にさかのぼるものとしてとらえるべきである。『七代記』は、成立時期については論議があるが、宝亀二年（七七一）という時点を基点としておさえることができるからである。また、『暦録』の成立も、奈良時代にさかのぼるかといわれる（『聖徳太子事典』柏書房、一九九七年）。『万葉集』左注の「日本紀」も、そうした状況のなかにおいて見ることが必要になろう。現場にあったのは、『日本書紀』そのものではなかったととらえるとき、あらたな問題認識がひらかれてくる。

3　講書のなかの『日本書紀』

しかし、現に、平安時代には十世紀後半まで六度にのぼる、朝廷による『日本書紀』の講書がおこなわれていたのであった。弘仁三―四年（八一二―一三）、承和十―十一年（八四三―四四）、元慶二―五年（八七八―八一）、延喜四―六年（九〇四―〇六）、承平六―天慶六年（九三六―四三、純友・将門の乱による中断があった）、康保二年（九六五、終了が確認されない）の六度だが、最初の正史『日本書紀』に対する尊重がうかがわれるのであり、『日本書紀』は権威を持ち続けていたといってよい。

元慶度から竟宴も催されるようになり、以前とは異なる充実をうかがわせる。講書にかんする基本資料となるのは、いうまでもなく「日本紀私記」（以下、たんに「私記」とする）であるが、なかでも元慶度の「私記」が大きな意味をもつのであった。

本書IIは、講書のなかにあった『日本書紀』を見てゆく。「私記」を通じて、講書に立ち入って見るが、そこでは『日本書紀』はもう変換されているといわねばならない。

しかし、「私記」については、材料として適宜いわばつまみ食い的に用いるということはあっても、それ自体としてのテキスト理解は十分おこなわれてきたとはいいがたく、また、その以前に、もっとも基礎的といえる、資料批判すらきちんとはたされているとはいえないのである。

「私記」の資料批判というのは、たとえば、現存唯一の『日本書紀私記（丁本）』（零本だが、「私記」の原形をとどめる承平度の講書の「私記」。以下、『私記丁本』とする）について、『釈日本紀』に引用されたと見られる「丁本」とのあいだに異同があることをめぐって、検証し、位置づける必要があるということである。

両者はおなじものでいささか異同があるというのではない。対応する全体を比較検討するならば、『釈日本紀』に引用された「丁本」は、異本（異本『私記丁本』）といわねばならない。「天神七代地神五代」という、平安時代末以後に生じたあたらしい観念をふくむ、後代的な異本なのである。

『釈日本紀』の引用のありようから、この異本『私記丁本』は、『釈日本紀』開題部の土台となっていることが認められる。異本『私記丁本』を土台として、他の「私記」などを組み込んだものであって、異本『私記丁本』以外には出典を明示する。逆にいえば、出典を示さないものは、異本『私記丁本』であったと考えられる。『私記丁本』に関しては、こうした資料批判のうえに、はじめてテキスト理解が可能になる。

また、『釈日本紀』に引用される「私記」の問題をかえりみることをうながされるのでもある。『釈日本紀』がおおくの「私記」引用を有することは周知のとおりだが、引用の正確さは信頼できるとして、たんに引用したというのではすまされない。そこに立ち入ることをもとめるのは、「公望私記」である。「公望私記」は、『釈日本紀』のみならず、『袖中抄』、陽明文庫『古今和歌集序注』等に引用されるとともに、兼方本『日本書紀』神代巻・兼夏本『日本書紀』神代巻にも書き込みがある。前者はそれぞれ異なる環境と言ってよく、後者は、『釈日本紀』とほぼおなじ時期でおなじ環境にあったと言えるものである。重なりもあるが、見合わせることによって問題をうかび上がらせることができる。

まず、「公望私記」と呼ばれるものは、はやく太田晶二郎「上代に於ける日本書紀講究」（初出一九三九年。『太田晶二郎著作集　第三冊』吉川弘文館、一九九二年）が説いたように、「元慶私記」に矢田部公望が注を加えたものと見られる。実体は「元慶私記」なのである。その「元慶私記」は、『日本書紀』の語句を見出しとし、その見出しに万葉仮名で訓をつけたものであったと認められる。『釈日本紀』に引用するにあたって訓は分離されてしまったのであり、『釈日本紀』の加工という問題を見る必要がある。その訓は、兼夏本の書き入れなどにうかがうことができる。また、『釈日本紀』にはたんに「私記」とあるものが、「公望私記」の実体としての「元慶私記」である場合がすくなくないことも知られる。「元慶私記」が、いわば「私記」を代表するものだったのである。

講書のなかの『日本書紀』を見ることは、こうした資料批判のうえに可能となる。

矢田部公望は、承平度の講書の博士であった。その公望の説くところが、『私記丁本』・異本『私記丁本』とともに、「元慶私記」に加えた注においてあらわれる。元慶度の講書の論議――それに対する公望の批判――公望が博士であった承平度の講書の論議、という軌跡をたどることもできるのである。

本書では、異本『私記丁本』をふくめて承平講書を再構成し、公望の説が「公望私記」と承平講書とでは転換することを見つつ、講書のなかの国号理解にせまることをこころみる。そこにあるのは、『日本書紀』における元来の「日本」とは異なるものであったといわねばならない。解釈は、『日本書紀』を変換するのである。

解釈による変換ないし更新という視点は、漢文としての『日本書紀』を徹底して和語化するという講書の根幹に対してもとめられる。「神代」にそくしていうと、漢文のテキストのもとには伝承があったはずだとして、『古事記』との整合をもとめつつ和語でよむことを追究するのであった。文にそくした理解というより、むしろ、あるべき和語をもとめてゆくというのがふさわしい。それは、『日本書紀』とは別な、あたらしいものを、『古事記』とひとつにして作り出すいとなみともいえる。

そうした解釈は、あたらしいテキストを生成するのでもあった。「私記」にあらわれる「仮名日本紀」「大和（大倭）本紀」「上宮記」「日本新抄」「初天地本紀」等は、そのようなものとしてとらえられる。講書からあたらしいテキストが生成され、それらがまた講書にかかわってくるという動態のなかに『日本書紀』の変換・更新を見るべきであろう。

さきに述べたような、実用的に簡略化するテキストも、こうした解釈とかかわるところをもつのであった。

4　「歴史」の基盤としての要覧

簡略本とともに見なければならないのは、要覧ないし便覧というべきテキストである。それは、簡略化と言ってきたものとは発生を異にする（ないし、出自を異にする）ものとして見る必要がある。簡略本とならんでそれが「歴史」の基盤であったことを、本書Ⅲにおいて見る。「聖徳太子」はそこにおいて成り立つのであった。

要覧・便覧といったのは、九八四年に入宋した奝然が献じた「王年代紀」一巻（『宋史』）のごとく、まさに便利な一覧として機能していたもののことである。

具体的にいえば、『簾中抄』に組み入れられた「帝王御次第」の類であり、「皇代記」あるいは「年代記」と呼ばれるテキスト群としてあった。これらは、たとえば、鴨脚本『皇代記』が、『日本書紀』相当部において代々の天皇の治世年数・即位の年齢・続柄・元年の干支・崩御年月・御年・年号を記すだけであるように、最小限の要件を記すものである。

それは、正倉院文書(続修後集十七、天平二十年写経目録)の「帝紀二巻日本書」、天平十八年閏九月二十五日穂積三立手実(『正倉院文書拾遺』)にいう「日本帝記一巻　十九枚注」につながると認められるのであり、これも奈良時代にさかのぼると見るべきなのである。

事項を必要最小限にしぼって、簡略本とはべつなかたちで実用にこたえるものであって、むしろ、より実用的、実際的であったといえる。

この要覧が『日本書紀』の簡略化とは発生を異にするというのは、その最小限の事項が、『日本書紀』から抽出されたとはいえないところがあるからである。たとえば、『日本書紀』は天皇の崩御について、年月日(日は干支)を記し、「時に年——」と年齢を示すこともあるが、それは「時に年若干」のごときもふくめて半数以下にとどまる。これに対して、「皇代記」類ではほぼすべての天皇に崩御年齢を示すのである。また、「若干」のごときはなく、数字を掲げるのであり、しかも、『日本書紀』の掲げる年齢とは一致しない場合すらある。

要覧と簡略本とは、それぞれ役割をはたすものとして、ならんであったと見るべきである。ただ、『扶桑略記』が、要覧を土台に簡略本を書き入れたものとして、両者のかかわりを見ることをもとめるように、変奏される『日本書紀』の問題領域のなかに、要覧をとらえておかねばならない。

大事なのは、『簾中抄』がしめすように、「歴史」認識を実際にになうという点では、むしろ、これら要覧によるところが大きかったということである。『簾中抄』は、鳥羽天皇の皇女暲子のために、わきまえておくべき常識(教養)を整理したもの(ミニ百科事典)であった。広くおこなわれたのは、この要覧ないし便覧であり、『扶桑略記』の基礎となったし、時代はくだって、『愚管抄』にしても、『神皇正統記』にしても、こうしたテキストが基盤となったのであった。かれらの「歴史」は、実際にはここにあったということができる。平田俊春が、従来の研究において、この「皇代記」「年代記」が閑却されていたことを批判し、それが「歴史」認識の現場であったことに眼を向けるべきだと説いた（『日本古典の成立の研究』日本書院、一九五九年。『神皇正統記の基礎的研究』雄山閣出版、一九七九年）のを受けとめ、「皇代記」への視点を正当にもちたいと考える。

本書の問題認識と構成は、以上述べたとおりである。なお、中世における『日本書紀』変奏について準備したものをⅣ付篇として収める。

変奏される日本書紀　目次

II　講書のなかの『日本書紀』

凡例

(1) 引用本文について

『古事記』は山口佳紀・神野志隆光校注・訳『古事記』(新編日本古典文学全集、小学館、一九九七年)、『日本書紀』は坂本太郎他校注『日本書紀』(岩波文庫、一九九四—九五年)、『続日本紀』は青木和夫他校注『続日本紀』(新日本古典文学大系、岩波書店、一九八九—九八年)、『七代記』は武内理三編『寧楽遺文』下(東京堂出版、一九六二年訂正版)、『万葉集』は小島憲之他校注『万葉集』(新編日本古典文学全集、小学館、一九九四—九六年)、『日本書紀私記』『釈日本紀』『日本紀略』『扶桑略記』『水鏡』は新訂増補国史大系八、十—十一、十二、二十一上(吉川弘文館、一九二九—三二年)、『革命勘文』は山岸徳平他校注『古代政治社会思想』(日本思想大系、岩波書店、一九七九年)、『聖徳太子伝暦』『聖徳太子平氏伝雑勘文』は大日本仏教全書一一二「聖徳太子伝叢書」(仏書刊行会、一九一二年)、『上宮聖徳法王帝説』は知恩院蔵本影印(勉誠社文庫、一九八一年)、『袖中抄』は橋本不美男・後藤祥子『袖中抄の校本と研究』(笠間書院、一九八五年)、『愚管抄』は岡見正雄他校注『愚管抄』(日本古典文学大系、岩波書店、一九六七年)、『神皇正統記』は岩佐正他校注『神皇正統記 増鏡』(日本古典文学大系、岩波書店、一九六五年)、『簾中抄』は時雨亭文庫蔵本影印(冷泉家時雨亭文庫叢書四八、朝日新聞社、二〇〇〇年)にそれぞれ拠った。必要に応じて、引用の末尾にそのページを示し、また、訓読文をかかげることもある。

(2) 引用に際して、旧字体は新字体にあらため、割注は小字で一行書きとした。

(3) 図版について

『日本書紀』兼方本は『国宝卜部兼方自筆日本書紀神代巻』(法藏館、一九七一年)、『日本書紀』兼夏本は『古代史籍集』(天理図書館善本叢書、八木書店、一九七二年)、『釈日本紀』は「尊経閣善本影印集成」(八木書店、二〇〇三—四年)、陽明文庫蔵『序注』は和歌文学会『論集 古今和歌集』(笠間書院、一九八一年)所載の影印、『上宮聖徳法王帝説』は知恩院蔵本影印(勉誠社文庫、一九八一年)、内閣文庫本『野馬台詩抄』はマイクロフィルム写真にそれぞれ拠った。

I

簡略化される『日本書紀』

はやく奈良時代末から、『日本書紀』そのものではなく、簡略化し、改編されたテキストが、『日本書紀』にかわっておこなわれていた。その『日本書紀』の現実を、歴史のなかに生きた『日本書紀』のありようとして見、そこから広がる問題について考えたい。

[一]『革命勘文』の依拠した「日本記」

1　『革命勘文』のふくむ問題

三善清行『革命勘文』をきっかけとして、問題をひらこう。

知られるとおり、『革命勘文』は、昌泰四年（九〇一年）が辛酉にして「大変革命の年」にあたることをもって、改元すべきことを提言したものであり、それをいれて、「延喜」と改元したのであった。

『革命勘文』は、「改元して天道に応ぜんことを請」い、「証拠四条」をあげる。「四条」とは、「一、今年大変革命の年に当るのこと」「一、去年の秋彗星見ゆるの事」「一、去年の秋以来老人星見ゆるの事」「一、高野天皇天平宝字九年を改めて天平神護元年となすの例」の四だが、最も重いのは最初のものである（量的にもこの勘文全体の約四分の三を占める）。そこでは、辛酉が「大変」の年であることを、歴史上の具体例を和漢にわたって一々にあげて確認し、改元すべきことの「証拠」とするのである。

具体的には、はじめに「易緯」「春秋緯」「詩緯」の説を引き、「易緯」の説によるべきことをいう。まず、「易緯」をあげて、

易緯に云ふ、辛酉を革命となし、甲子を革令となす、と。鄭玄曰く、天道は遠からず、三五にして反る。六甲を一元となし、四六・二六交相乗じ、七元にして三変あり。三七相乗して、廿一元を一蔀となす。合して千三百廿

年なり、と。

という。

大意は、次のようになろう。(1)

「易緯」に、辛酉を革命の年とし、甲子を革令の年とする、とある。鄭玄の注に、こういう。天の道はただ永遠ではなく、三、五の数で繰り返しがおこなわれる。六甲を一元（六〇年）とし、四六の相乗（四×六甲）すなわち四元（二四〇年）、二六の相乗（二×六甲）すなわち二元（一二〇年）が、ひとつの区切りとなる。七元は、この一元と四元と二元とをあわせたものだが、この間には三度の異変がおこる。三七相乗（三×七元）して二十一元を一蔀とする。この二十一元と、一元とを合わせて千三百二十年となる、と。

清行は、続いて、「春秋緯」「詩緯」の説をあげたうえで、「易緯」によることをいう。

謹みて案ずるに、易緯は辛酉を以て蔀首となし、詩緯は戊午を以て蔀首となす。主上、戊午の年を以て昌泰元年となし、この年また朔旦冬至ありしにより、故に論ずる者或は以為へらく、応に戊午を以て受命の年となすべし、と。然れども本朝は神武天皇より以来、皆辛酉を以て一蔀大変の首となせり。この事は文書のいまだ出でざるの前にあり、天道神事、自然の符契なり。然らば則ち両説ありといへども、猶易緯によるべきなり。

辛酉革命が、中国の説であることは承知したうえで、それが「文書」のかたちで説かれる以前から、この国にあっても辛酉は大きな変動の年であり、歴史の節目なのであったという。それは、「天道神事」における、おのずからなる「符契」だというのである。それが「易緯」に従う所以だといい、神武天皇以来の一々の辛酉と、また甲子（革令の年）とについての確認が和漢を通じてなされ、「証拠」とされる。和漢にわたる挙例は、「自然の符契」をもちだしたことの必然であった。

その挙例は、「日本記」(2)を検してなされるのであるが、そこには、いくつもの問題がからまっている。

その一は、『日本書紀』の紀年構成の問題にかかわるということである。清行は神武天皇の元年が辛酉にあたることに意味を見出したが、その清行の意図とはべつに、『日本書紀』の紀年構成という観点から、神武天皇元年（歴史の起点）の設定としての問題がある。

その二は、辛酉革命説によってこの国の歴史をふりかえるところで、清行がみずからの歴史認識を具現しているということである。『日本書紀』の検証のかたちをとるのだが、『日本書紀』とはべつな、清行の歴史認識（ないし解釈）があらわれてしまうのである。

その三は、清行が根拠とした「日本記」は、正史としての『日本書紀』の権威を負うものと見てよいであろうが、『日本書紀』と引き比べて見ると、多くの相違をかかえているということである。それは、『日本書紀』の現実の問題として見ることをもとめる。思い込みやとらわれから離れて、この時点では『日本書紀』そのものが実際には用いられていなかったと見なければならないであろう。

一は『日本書紀』そのものの問題、二、三は、平安時代初期の『日本書紀』の、いわば現場の問題である。以下、これらについて見ながら、特に三に目を向けたい。

2　『日本書紀』の紀年構成

第一の『日本書紀』の紀年構成の問題について、清行の説くところは、神武天皇元年の設定の本質を衝いたとうけとめられてきた。紀元前六六〇年という、神武天皇元年は、辛酉革命説によって設定されたものだということは、いま通説となっている。

ただ、清行が、千三百二十年を一蔀とするというのには疑義が呈されてきた。『革命勘文』に引く「易緯」鄭玄注には、「廿一元を一蔀となす」とある。そうだとすると、一蔀は千二百六十年になる。一方、清行は、「已上の一蔀は、神倭磐余彦天皇即位の辛酉の年より、天豊財重日足姫天皇六年の庚申の年に至るまで、合して千三百廿年にして已み畢る」と、一蔀を千三百二十年とする立場は明らかだ。

ことは、どこを起点として、どの段階で神武天皇元年が設定されたかという問題となる。その論議は、近くは鎌田元一「暦と時間」（『列島の古代史7　信仰と世界観』岩波書店、二〇〇六年）に、要領よく整理されている。

ただ、『日本書紀』の問題と、清行の認識とを区別しておかないと、問題はただしく整理されないであろう。清行が、千三百二十年を一蔀としてみようとしていることは誤りない。それはそれとして見なければならない。千三百二十年＝一蔀説がただしいか否かということでなく、清行の問題は何であったかということとして問わねばならない。そのことは後に述べるとして、『日本書紀』自体はどのような設計だったのか。

神武天皇元年の設定が辛酉革命説から出たことは動かない。それが、ほかならぬ紀元前六六〇年に置かれるということが、千二百六十年を一蔀とするのによるものだとすれば、推古天皇九年（六〇一）を次の蔀首とした構成であった。それはどういう区切りであったか。

はやく那珂通世「上世年紀考」（辻善之助編『日本紀年論纂』東海書房、一九四七年による。初出一八九七年）が、聖徳太子の執政と「天皇記」等の編纂にかけて見るべきことを説いた。

一蔀ハ、果シテ二十一元ナラバ、神武紀元ハ天智天皇ノ初年ヨリ推シタルニハ非ズシテ、其ノ六十年前ナル推古天皇九年辛酉ヨリ二十一元ノ前ニ推シタル者ナラン。推古朝ハ、皇朝政教革新ノ時ニシテ、聖徳太子、大政ヲ執リ給ヒ、始メテ暦日ヲ用ヒ、冠位ヲ制シ、憲法ヲ定メ、専ラ作者ノ聖ヲ以テ自ラ任ジ給ヘル折柄ナレバ、此朝ノ辛酉ヲ以テ第二蔀ノ首ト定メテ、神武紀元ヲ第一蔀ノ首ニ置カレタルハ、蓋此ノ皇太子ノ御所為ナラン。此ノ御世ノ二十八年ニ、皇太子、蘇我馬子大臣ト共ニ議リテ録シ給ヘル天皇記及国記臣連伴造国造百八十部並公民等本記ト云ヘル史記ノ体裁ハ、極メテ支那ノ本紀世家ナド云ヘル者ニ擬セラレタルベケレバ、神武紀元ノ年ヲ何ノ年ト明記セズバ、体裁善カラジトテ、緯説ニヨリテ、一蔀二十一元ノ前ノ辛酉ト定メサセラレシナルベシ。

そして、「天皇記」がうしなわれて、『日本書紀』が編纂されたことについては、

日本紀撰修ノ時ニ当リ、此ノ紀元ハ太子撰定ノ旧ニ依リ、其レヨリ九百年許、即神功皇后マデノ事跡ニ関シテハ、紀ノ撰者ガ、長暦ニ依リテ、其ノ年月日ヲ作リ給ヒ、又其ノ後三百年ノ事跡ニテモ、年月ノ知レザル者ハ、撰者ノ塡補シ給ヒシ者アルベシ。

という。

那珂説は、通説の出発点と認められるが、しかし、「天皇記」等の編纂において一蔀前の辛酉に神武紀元をもとめたという想定は、『日本書紀』との関係に無理がある。『日本書紀』は、神武紀元は「太子撰定ノ旧ニ依リ」、紀年の全体構成は撰者によると、那珂はいうのだが、不自然である。そもそも、七世紀前半に「天皇記」のような文字テキストを考えうるか、疑問でもある。

『日本書紀』が、推古朝を「歴史」（テキストのつくるものとしてカッコをつける。「古代」についてもおなじ）の転換期として示すことはあきらかだ（小著『複数の「古代」』講談社現代新書、二〇〇七年）。那珂言うところの「皇朝政教革新ノ時」とは、『日本書紀』の語る推古朝にほかならない。『日本書紀』の編纂において、推古朝の辛酉を蔀首とすることに意味をもとめるとすれば、鎌田が、

推古九年辛酉が第二蔀首とされたのは何故か、説明を要するが、私見では『日本書紀』同年二月条に「皇太子、初めて宮室を斑鳩に興す」とあることとの関係を重視すべきだと考える。従来この年は特に蔀首に価するほどの年ではないと見なす傾向が強いが、後世、聖徳太子を聖人とし、推古朝における太子の施策を律令政治の淵源として重視する立場からすれば、太子が斑鳩の地に独自の宮室を営んだこの年は、いわば太子の〝治世〟の開始を

示すものとして、重要な意義を持つこととなろう。

というのは、当然といえる。ここで、「古代」が転換する期を画するという、『日本書紀』の「歴史」における推古朝の意義という点で、『日本書紀』における紀年設定への、ひとつの視点としてうけとめることができる。

3　辛酉革命説による歴史認識

しかし、清行は、千三百二十年を一蔀としたのであった。それを、那珂は「違算ナルベシ」といい、鎌田は「作為」として（このことは後にふれる）、千三百二十年説を容れないのだが、そうした扱いは正当であろうか。清行の、この説によって改元がなされたのである。その事実の重さは、「違算」や「作為」で過ごすことはできない。朝廷がうけいれ、公認されたものとして、それはあった。

斉明天皇七年（六六一）が第二蔀首となるのは、公認の認定なのであり、否定することができないものとしてある。「合して」という計算のしかたの不審はあっても、そのまま受け入れるのが、穏当な判断だということもできる。

ただ、その区切りとなる斉明天皇七年について、『日本書紀』に語るところは、正月、百済救援のために斉明天皇がみずから九州に赴き、七月に崩じ、ただちに皇太子（天智天皇）が称制した、ということであって、蔀首に価するというほどのものとしてあるか、疑問である。

むしろ見るべきなのは、『日本書紀』自体を離れて清行の側の問題として、斉明天皇七年を蔀首として特別な意味をもつとしたことである。

この年は、天智朝が開始された年であった。それこそ第二蔀首にふさわしいということが、天智王朝として自らを意識することに立って、あった。蔀首としての天智天皇について、『革命勘文』は、こういう。

天智天皇は、息長足日広額天皇の太子なり。位を母の天豊財重日足姫天皇に譲り、舅の天万豊日天皇に及ぶまで十一年間、猶太子となりて万機を摂す。ここに内臣中臣鎌子連と与に、賊臣蘇我入鹿并に入鹿の父大臣蘇我蝦夷臣を誅す。また新羅を伐ちて百済を救ひ、高麗を存し粛慎を服す。天豊財重日足姫天皇、七年辛酉秋七月崩じ、天智天皇即位す大唐の高宗竜朔元年に当る。三年甲子春二月、詔して冠位の階を換へ、更めて廿六階となす。織・縫・紫に各大小あり、錦・山・乙にまた大小あり。大小の中に上中下あり、建もまた大小あり、これを廿六階となす。その大氏の上には大刀を賜ひ、小氏の上には小刀を賜ふ。伴造等の氏上には干楯・弓矢を賜ふ。また民部・家部を定む。夏五月、大唐の鎮百済将軍劉仁願、朝散大夫郭務悰等をして、来りて表を進り物を献ぜしむ大唐の高宗麟徳元年に当る。

斉明天皇七年に天智天皇即位というのは、称制であって、ただしくない。また、『日本書紀』本文を見合わせると、冠位二十六階は簡略化して述べられ、日が干支で示されていたのは月までにとどめられるという相違があるが、そのことについては後に述べる。要は、天智朝のはじまりが、「一蔀の首」だということで、天智天皇の意義に確信が与えられるのが、清行の歴史のふりかえり（解釈）だということである。

『革命勘文』の結びに、

伏して望むらくは、三五の運に因循し、四六の変に感会し、遠くは大祖神武の遺蹤を履み、近くは中宗天智の基業を襲ひて、当にこの更始を創め、かの中興を期し、元号を鳳暦に建て、作解を雷声に施すべし。

という。神武とともに開始された「歴史」のあたらしいサイクルは天智天皇からはじまるという確信である。それは、平安時代における天智皇統意識というべきものの、さまざまなあらわれとともに見なければならない。この点で、坂本太郎「飛鳥浄御原律令考」（『日本古代史の基礎的研究　下　制度篇』東京大学出版会、一九六四年。初出一九五四年）の指摘を再確認したい。

坂本論は、中田薫「古法雑観」（『法制史論集　第四巻』岩波書店、一九六四年。初出一九五一年）が、飛鳥浄御原律令の存否をめぐり、「弘仁格式序」（『類聚三代格』『本朝文粋』）が、国家法制の歴史を述べるなかに浄御原律令についてふれないことをもって浄御原律令の存在否定の根拠としたことに対する反論である。「弘仁格式序」（弘仁十一年＝八二〇）には、

推古天皇十二年、上宮太子、親ら憲法十七条を作る。国家の法を制する、茲より始まれり。降りて天智天皇元年に至り、令廿二巻を制す。世人所謂近江朝庭の令なり。爰に、文武天皇大宝元年に逮んで、贈太政大臣正一位藤原朝臣不比等、勅を奉じて、律六巻令十一巻を撰す、養老二年、復た同じき大臣不比等、勅を奉じて更に律令を撰す。各、十巻と為す。今、世に行はるる律令、是なり。

とある。中田は、天智天皇の制定した「令廿二巻」が、天武天皇代に完成され、持統天皇三年に諸司に班賜されたのだという。これに対して、坂本は、この「序」に天武天皇の名が見えないことを、時代の動向のなかで見るべきだと説く。

具体的には、①延暦十年（七九一）、国忌が整理されて天武天皇の国忌が廃されたこと、②仁明天皇以後、即位の宣命に、天智天皇を不朽の法の制定者とし、その法を大政の準拠として宣言すること、③弘仁六年（八一五）に撰上された『新撰姓氏録』序には、神武・垂仁・允恭・皇極・天智・孝謙・淳仁・桓武天皇の業績にふれながら、八姓の制定をもって当然言及せねばならぬ天武天皇について何ら記すところがないこと、④『日本書紀』講書の終了における竟宴和歌において、天智天皇を取り上げる歌（延喜六年＝九〇六、天慶六年＝九四三）と天武天皇のそれ（延喜六年）とのあいだに落差があって、天武天皇軽視の時代思想が反映されていることをあげ、

要するに平安時代はその初めから血統上天武天皇の一流を否定したばかりか、歴史上にもその意義を軽視し抹殺する傾向が顕著であったのである。

と帰結した。

こうしたなかに「弘仁格式序」を置いて見るべきだという坂本に従いたい。坂本は「このような例はほかにもあげられると思う」という。ただちに想起されるのは、重陽の節会のことである。九月九日は、令においては節日とはされなかった（「雑令」諸節日条）。天武天皇の忌日のゆえである。大同二年（八〇七）九月九日の詔に、「忌み避くる所有るに依りて、比年の間停めきとなも聞こしめす」とある（『類聚国史』）。それが、弘仁三年にいたって宮廷行事として確立されたのであった。同年九月九日付の「自今以後、例によりて永く行へ」という（『政事要略』）。もはや、天武天皇の忌日は避けるほどのものではないということなのである。

いま、『革命勘文』もここに加えよう。そして、天智皇統はあたらしい一蔀を開くのだと、「歴史」における画期をになうものとして位置づける『革命勘文』は、その集約点に立つことを見よう。改元は、その「歴史」の問題だったのである。

鎌田は、
清行の目的はあくまで昌泰四年の改元にあり、そのために同年が第二蔀首後最初の四六大変の年に当たることを強調している点より見れば、斉明七年を第二蔀首とすることは彼にとって絶対の要請だったのであり、一蔀の年数を一三二〇年に作為することは十分に有りうることである。

と、改元の意味づけのための作為であるかのようにいうが、それは、結果と目的の転倒である。

要は、天智皇統たる平安王朝の正統性が、辛酉革命説を通じて「歴史」のうえに具体的に確認されたということである。千三百二十年を一蔀とする枠組みにおいて、天智皇統が新たな一蔀をひらくという歴史認識を、『革命勘文』は具現した。神武天皇以来の四六・二六の一々について見ることによって、それははたされる。『日本書紀』をもとにしたかたちをとるが、元来の『日本書紀』のつくるものとはもはやべつな、その「歴史」（平安時代の『日本書紀』

解釈によってあるものというべきであろう）を、平安王朝は共有する。そこにおいて、斉明七年を蔀首とする、第二蔀のはじめての四六大変の年としての昌泰四年は、改元せねばならぬ必然を負うというべきである。

千三百二十年を一蔀とすることの問題は、なおのこる。ただ、天智王朝の正統性のために無理な解釈をしたとか、「作為」したとかいうことではなく、受け入れられえた、その一蔀把握があって、清行の論議が成り立つというのでなければ、公定のものとして共有されるとは考えにくいであろう。『日本書紀』の紀年構成の側の問題として留保しておかねばなるまい。

4　『日本書紀』とは異なる「日本記」

もっとも大きいのは第三の問題である。神武天皇以来の事例について、清行が「謹みて日本記を案ずるに」といい、対応する記事がない場合に「日本記闕く」といって拠りどころとした「日本記」はいかなるものであったのか。公的な勘文だから、それは、正史としての権威を負った『日本書紀』でなければならないと考えられる。しかし、『日本書紀』と引き合わせて見れば、むしろ『日本書紀』によったとは認めがたいのである。

まず、紀年標示の問題がある。『革命勘文』は、たとえば神武天皇の甲子を検して、「四年甲子春二月詔して曰く」という。一々の年の下に干支をつけるのだが、それは、『日本書紀』にはなかったものである。また、その四年二月条は、『日本書紀』では、「四年の春二月の壬戌の朔甲申に詔して曰く」と、日まで干支でしめすのであるが、『革命勘文』は、月にとどめる。これは、他の例も同じである。

さらに、表現のうえでも、そのままの引用とはいえないことがあきらかなのである。『日本書紀』と『革命勘文』とを対比すれば、つぎのとおりである（紀年標示も含めて、異同箇所に傍線を付す）。

『革命勘文』

＊神武
四年甲子春二月詔曰、諸虜已平、海内無事、可以郊祀、即立霊畤於鳥見山中、其処号曰上小野榛原・下小野榛原云

＊景行
景行天皇五十一年辛酉、秋八月立稚足彦尊為皇太子、是月以武内宿禰為棟梁之臣也、摂行万機、
五十四年甲子秋九月、自伊勢国綺宮上京、居纏向宮、

＊清寧
稚日本根子天皇二年辛酉春正月、天皇愁無継嗣、詔大伴室屋大連、冀垂遺跡、於是室屋大連、於播磨国伊余来目小楯宅、得億計・弘計二主、而馳駅聞奏、天皇愕然、悦曰懿哉、天垂博愛、賜以二児、即使小楯持節

『日本書紀』

四年春二月壬戌朔甲申、詔曰、我皇祖之霊也、自天降鑒、光助朕躬。今諸虜已平、海内無事。可以郊祀天神、用申大孝者也。乃立霊畤於鳥見山中、其地号曰上小野榛原・下小野榛原。

秋八月己酉朔壬子、立稚足彦尊、為皇太子。是日、命以武内宿禰、為棟梁之臣。
五十四年秋九月辛卯朔己酉、自伊勢還於倭、居纏向宮。

二年春二月、天皇恨無子、乃遣大伴室屋大連於諸国、置白髪部舎人・白髪部膳夫・白髪部靫負。冀垂遺跡、令観於後。冬十一月、依大嘗供奉之料、遣於播磨国司、山部連先祖伊予来目部小楯、於赤石郡縮見屯倉首忍海部造細目新室、見市辺押磐皇子々億計・弘計。畏敬兼抱。思奉為君。奉養甚謹、以私供給。便起柴宮、権奉安置。乗駅馳奏。天皇愕然驚歎、良以愴懐曰、懿哉、悦哉、天垂溥愛、賜以両児。是月、使小楯持節、将

五年甲子、天皇崩、弘計即位、

＊推古

推古天皇九年辛酉春二月、上徳太子初造宮於斑鳩村、事無大小皆決太子、是年有伐新羅救任那之事、

十二年甲子春正月、始賜冠位各有差、有徳仁義礼智信、大小合十二階、

夏四月、皇太子肇制憲法十七条云云

＊天智

天豊財重日足姫天皇七年辛酉秋七月崩、天智天皇即位、

三年甲子春二月、詔換冠位階、更為廿六階、織縫紫各有大小、錦山乙亦有大小、大小中有上中下、建亦有大小、是為廿六階、其大氏上者賜大刀、小氏上者賜小刀、伴造等氏上者賜干楯・弓矢、亦定民部・家部、夏五月、大唐鎮百済将軍劉仁願、使朝散大夫郭務悰等、来進表幷献物、

左右舎人、至赤石奉迎。語在弘計天皇紀。

仁賢天皇

五年、白髪天皇崩。天皇以天下譲弘計天皇。

九年春二月、皇太子初興宮室于斑鳩。冬十一月庚辰朔甲申、議攻新羅。

（十一年十二月戊辰朔壬申、始行冠位。）大徳・小徳・大仁・小仁・大礼・小礼・大信・小信・大義・小義・大智・小智、幷十二階。
十二年春正月戊戌朔、始賜冠位於諸臣。各有差。

夏四月丙寅朔戊辰、皇太子親肇作憲法十七条。

七年七月丁巳崩。皇太子素服称制。

三年春二月己卯朔丁亥、天皇命大皇弟、宣増換冠位階名、及氏上・民部・家部等事。其冠有廿六階。大織・小織・大縫・小縫・大紫・小紫・大錦上・大錦中・大錦下・小錦上・小錦中・小錦下・大山上・大山中・大山下・小山上・小山中・小山下・大乙上・大乙中・大

乙下・小乙上・小乙中・小乙下・大建・小建、是為廿六階焉。改前花曰錦。従錦至乙加十階。又加換前初位一階、為大建・小建、二階。以此為異。余並依前。其大氏之氏上者賜大刀。小氏之氏上者賜小刀。其伴造等氏上賜干楯・弓矢。亦定民部・家部。夏五月戊申朔甲子、百済鎮将劉仁願、遣朝散大夫郭務悰等、進表函与献物。

対照すれば、『革命勘文』のほうが簡略であることは瞭然だ。推古天皇の冠位十二階、天智天皇の二十六階のごときを一々にいうのではなく、簡略に述べることは見るとおりである。

そして、それが『日本書紀』をもとにしたものかというと、景行天皇条の武内宿禰について「摂行万機」や、推古天皇条の「事無大小皆決太子」など、『日本書紀』には見えない表現がある。[3] 解釈というべき文言だが、引用としてこれを見るならば、『日本書紀』ならざるテキストによったというべきである。

決定的なのは、景行天皇条である。『革命勘文』は、「是月以武内宿禰為棟梁之臣也」というが、『日本書紀』には「是日、命以武内宿禰、為棟梁之臣」とある。月までしかいわないから「是月」としたのであるが、元来、日を干支で示して「是日」とあった。『革命勘文』は、『日本書紀』そのものではなく、月までしかしめさない、書き換えた簡略化テキストによったと見るべきなのである。

そう見るならば、たとえば、『革命勘文』には允恭天皇の即位元年を辛酉、四年を甲子として、辛酉・甲子を検するなかにあげるのだが、『日本書紀』には允恭天皇の元年は「是歳也、太歳壬子」とあって合わないこと、また、『日本書紀』では清寧天皇の二年二月に大伴室屋を派遣、十一月に億計・弘計を見出し、是の月に小楯に節を持たせたというのを、『革命勘文』はすべて二年正月にかけること、[4]推古天皇の冠位十二階の順序が『日本書紀』と『革命勘文』とでは異なること、さらに、さきにもふれたように、天智天皇の称制を、『革命勘文』では「即位」とすること等、『革命勘文』の「誤り」と見られるようなものも、拠ったものが『日本書紀』そのものではなかったからだと納得される。

そこにあるのは、紀年標示として、一々の年に干支を付し、日は略して月までにし、内容的に簡略化した、改編された『日本書紀』だというべきであろう。

5　『暦録』

『日本書紀』そのものではないものを考えることは、実際、『日本書紀』を簡略化したテキストがあったことによってささえられる。ただちに想起されるのは『日本紀略』であるが、『日本紀略』は平安時代末の成立だから時代がくだるというなら、『先代旧事本紀』『暦録』をあげよう。[5]

『先代旧事本紀』を、簡略化された『日本書紀』というのは奇異に聞こえるかも知れない。『先代旧事本紀』は、十巻という規模の大きさである。ただ、それは十巻のうち六巻までを神話的物語がしめるという、神話的部分の重さにかかる。この神話的部分が、『日本書紀』の本書・一書を軸として、『古事記』『古語拾遺』をあわせて、全面的かつ総合的に切り貼りして再構成する――それゆえ、『日本書紀』がここから出たという倒立的把握を生むこととなった――ことによって、元来異なる神話であった『古事記』『日本書紀』の神話を一元化して作り直すことについてはすでに論じた通りである（小著『古代天皇神話論』若草書房、一九九九年）。神話的部分については拡大してなされたが、天皇の巻（第七巻天皇本紀、第八巻神皇本紀、第九巻帝皇本紀の三巻）は、『日本書紀』（推古天皇まで）を簡略化したものに他ならず、基本性格はその点にある。ただ、ここでもたんなる摘録ではなく、とくに、仏教伝来の記事をもたないという、仏教にかかわる記事のありようなどに注意を要する。

『日本書紀』を簡略化したテキストの位置という点でとくに注意されるのは『暦録』である。『暦録』は、「暦」の名が、編年された書であることを示す。逸書だが、九世紀末にはすでに成り立っていたことはたしかである。『釈日本紀』にひく「公望私記」に言及されるからである。「公望私記」は、元慶度の講書（八七八―八一）の「私記」に矢田部公望が注を加えたものであった（参照、本書Ⅱ〔二〕公望私記について、および〔三〕『釈日本紀』への視点）。「元慶私記」に手を加えたのは、延喜度の講書（九〇四―〇六）に備えるためと考えられる。

四巻から成り（『本朝書籍目録』等）、書陵部蔵『聖徳太子伝暦』（以下、『伝暦』とする）の書き入れによって聖武天皇までの構成であったと知られる（田中嗣人『聖徳太子信仰の成立』吉川弘文館、一九八三年）。九世紀段階において、『暦録』があったことはたしかだが、奈良時代にさかのぼるかといわれる。[6]

その逸文（『新訂増補国書逸文』国書逸文研究会編、国書刊行会、一九九五年に集成された）を見わたして留意されるのは、第一に、『日本書紀』と対応する範囲は、ほぼ『日本書紀』と引き合わせられるものであり、基本的に『日本書紀』をもととして簡略化したものだと認められるということである――例外的なものとして、太子の出生に関して『日本書紀』にはない話を取り込むこと（『太子伝古今目録抄』所引逸文）が注意される――。

一例として、

『暦録』（『伝暦』推古天皇元年四月条所引）

皇女懐胎之日。巡行禁中。当厩戸生。因以為名。

『日本書紀』推古天皇元年四月庚午朔己卯条

皇后懐妊開胎之日、巡行禁中、監察諸司、至于馬官、乃当厩戸、而不労忽産之。

という出産のくだりをあげれば、それはあきらかであろう。

しかし、たんなる略記ではないものがあることは、また、引き比べて直ちに諒解される。

a　『釈日本紀』巻十「佐伯部」の項

公望私記曰。案。歴録第一云々。其毛人等。旦夕叫咷。其声厳厲。故倭姫号為佐祁毘。今謂佐伯是也。

『日本書紀』景行天皇五十一年八月条

於是、所献神宮蝦夷等、昼夜喧譁、出入無礼。時倭姫命曰、是蝦夷等、不可近於神宮。則進上於朝庭。仍令安置御諸山傍。未経幾時、悉伐神山樹、叫呼隣里、而脅人民。天皇聞之、詔群卿曰、其置神山傍之蝦夷、是本有獣心、難住中国。故随其情願、令班邦畿之外。是今播磨・讃岐・伊予・安芸・阿波、凡五国佐伯部之祖也。

b　『釈日本紀』巻十二「一事主神」の項

暦録曰。雄略天皇四季庚子春二月。天皇獵于葛城山。忽有長人。面形似天皇。々々知是神人。故問。何処公。対曰。現人神。願称皇諱。答勅。朕是稚武尊。長人曰。僕是一言主神也。遂与般于遊田。言辞恭恪。有若逢仙。日斜田罷。神送天皇至来目川。群臣各脱衣服而献。神拍手而受之。凌空而還。一説。懸一指末而受之。是時。咸知有徳天皇矣。

『日本書紀』雄略天皇四年二月条

天皇射獵於葛城山。忽見長人。来望丹谷。面貌容儀相似天皇。々々知是神。猶故問曰。何処公也。長人対曰。現人之神。先称王諱。然後応噵。天皇答曰、朕是幼武尊也。長人次称曰、僕是一言主神也。遂与盤遊田、駆逐一鹿、相辞発箭、並轡馳騁。言詞恭恪。有若逢仙。日晩田罷。神侍送天皇、至来目水。是時、百姓咸言、有徳天皇也。

の二項について、『釈日本紀』が、「佐伯部」「一言主神」の説明のために「暦（歴）録」を引くのは、『日本書紀』と同一ではないと見るからである。

ａは『暦録』のなまの引用かいなか、やや躊躇されるが、サヘキベの語源的説明が与えられているがゆえに言及された。その説は付会と言うしかないが、『日本書紀』の解釈にほかならない。ｂには、『日本書紀』にはない、「群臣各脱衣服而献。神拍手而受之。凌空而還。一説。懸一指末而受之」という、神異の業についての記事がある。発展拡大だが、そうしたものも含めて、やはり解釈とともにあるのである。なお、ｂの「群臣各脱衣服而献。神拍手而受之」の記述は、『古事記』に「脱百官人等所服衣服以拝献。爾其一言主大神、手打受其奉物」とあるのによったものと見てよい。『古事記』ともかかわりながら、『日本書紀』を再編する簡略版としてとらえるべきである。

なお、知られている『暦録』逸文は、聖徳太子の記事が多いが、それは、このテキストの性格を示すものではない。後述するような『伝暦』とのかかわりから、『伝暦』への書き込みがあったことの結果である。

第二に、紀年標示もまた変換されたことが注意される。

『日本書紀』崇神天皇六十二年七月条

六十二年秋七月乙卯朔丙辰、詔曰、農天下之大本也。民所恃以生也。今河内狭山埴田水少。是以、其国百姓、怠於農事。其多開池溝。以寛民業。冬十月、造依網池。十一月、作苅坂池・反折池。

『暦録』（『政事要略』五十四）

崇神天皇六十二年乙酉秋七月、詔曰、農者天下之本也。然待溝池乃成。宜作池溝。冬十月、造依網池。十一月、造苅坂池・反折池。

対応する両者を見合わせて、『暦録』の「然待溝池乃成。宜作池溝」は意をとって簡略化したものだが、年に干支を示し、月までにとどめて日は記さない。日を省略するのは、『伝暦』推古天皇三十二年条に引かれる逸文にてらしても同じであり、それが『暦録』の原則であったと知られる。『革命勘文』のもとにあった「日本紀」の紀年の方式とおなじなのである。

注意したいのは、簡略化テキストであるこの『暦録』が、『伝暦』では、『日本書紀』にかわって紀年の基準となったということである。

『伝暦』跋文にこうある。

聖徳太子入胎の始め、在世の行、薨後の事、日本書記、四天王寺の壁に在る聖徳太子伝、弁びに無名氏の撰せる伝の補闕記等、其れ大概を載せて、委曲を尽さず。而るに今難波百済寺老僧逢ひ、古老の録伝せる太子行事奇縦の書三巻を出す。四巻暦録と、年暦を比校するに、一として錯誤せず。余が情、大いに悦び、此の一暦に載せたり。

難波百済寺の老僧から得た「太子行事奇縦の書三巻」に対する判断は、『暦録』（「四巻暦録」）と紀年（「年暦」）が合っているということにかかっていたのである。『暦録』が『伝暦』の紀年の基準となったというのである。

実際、『伝暦』の紀年は、『暦録』によっていたと考えねばならない。『伝暦』は一々の年に干支を記し、月までにとどめて日は示さない。加えて、『伝暦』の紀年を『日本書紀』と見合わせると、太子の薨年月をはじめとしてほぼ『日本書紀』と合致するといえるが、全体として見ると、『日本書紀』と一致しないところが三十箇所にのぼる。『日本書紀』に直接よったとは考えられず、跋文にいうように『暦録』を基準としたと見るべきなのである。

一致しない箇所を、対照して示すと以下のようになる。(7)

『伝暦』	『日本書紀』
敏達六年冬十月	敏達六年冬十一月庚午朔
敏達十年春二月	敏達十年春閏二月
崇峻二年	崇峻二年秋七月壬辰朔
崇峻五年冬十月	崇峻五年冬十月癸酉朔丙子＋壬午＋十一月癸卯朔乙巳＋是月

推古三年五月	推古三年五月戊午朔丁卯＋同年是歳
推古六年此秋	推古六年秋八月己亥朔
推古七年秋八月	推古七年秋九月癸亥朔
推古八年春正月	推古八年春二月＋同年是歳
推古九年冬十一月庚辰	推古九年冬十一月庚辰朔甲申
推古十二年秋七月	推古十二年秋九月
同年冬十月	同年秋九月是月
推古十三年	推古十三年夏四月辛酉朔
同年秋七月	同年閏七月己未朔
推古十四年秋七月	推古十四年秋七月＋同年是歳
推古十五年冬十月	推古十五年是歳冬
推古十七年夏四月此月	推古十七年夏四月丁酉朔庚子＋五月丁卯朔壬午
推古廿年夏五月	推古廿年是歳
推古廿一年冬十一月(8)	推古廿一年十二月庚午朔＋辛未
推古廿七年春正月	推古廿七年夏四月己亥朔壬寅
同年夏四月	同年秋七月
推古廿八年冬十二月	推古廿八年十二月庚寅朔＋同年是歳
推古甲申年	推古卅二年夏四月丙午朔戊申
推古三十六年春二月	推古卅六年三月丁未朔壬子

舒明三年	舒明三年三月庚申朔
舒明七年春	舒明七年春三月
舒明十一年冬十一月	舒明十一年十二月是月
皇極元年秋七月	皇極元年六月是月
同年冬十二月	同年是歳
皇極二年春三月	皇極二年春正月壬子朔旦
孝徳元年	斉明四年六月丁酉朔戊申

ただ、年月が異なるだけでなく、『日本書紀』が、べつな年月日に繫けていたものをひとつにまとめるような例（七例）も注意される。

たとえば、『伝暦』は、崇峻天皇五年冬十月条に、馬子が東漢直駒をして天皇を暗殺したこと、その駒が馬子のむすめ河上の嬪を犯したので、馬子が駒を射殺したことを載せる。『日本書紀』では、同天皇五年冬十月癸酉朔丙子から、同壬午、十一月癸卯朔乙巳、同是月までにまたがる記事を、ひとつの話としてまとめるのである。

また、『伝暦』に、推古天皇二十八年十二月のこととして、天に鶏の尾のような赤気があらわれたのを、百済の法師が太子の家の滅ぶ予兆といったのを太子は聞いてうなずき、馬子に命じて国記ならびに氏々等の本記を録させたとある。『日本書紀』には、同年十二月庚寅朔に雉の尾に似た赤気が天にあらわれたといい、是歳として、「天皇記及び国記、臣連伴造国造百八十部幷せて公民等の本記」を、皇太子と嶋大臣が共に議って録したという。『伝暦』はべつな年月の二つの記事をあわせて、ひとつの話にしてしまうのである。

こうした例を見てゆくと、『伝暦』が紀年について直接の土台としたのは、『日本書紀』を簡略化し、改編したものだということがあきらかであろう（文章は説話的に『日本書紀』よりはるかに膨らんだものだが、それをまで『日本書紀』の改編だというのではない）。それは跋文にいう「四巻暦録」、すなわち『暦録』にほかならなかったと見るべきである。

さきに、『革命勘文』の清寧天皇条におなじ問題があることにふれたが、『日本紀略』が、ほぼ忠実に抄出するなかで、日付の違うものを合わせる場合があることも想起される（石井正敏「日本紀略」『国史大系書目解題　下』吉川弘文館、二〇〇一年）。『暦録』もおなじだったのである。

『日本書紀』そのものでなく、『暦録』のごときがかわって権威をもち、紀年の基準となっていたということが、『伝暦』の時点、平安時代中期にもはっきりとうかがえる。それは、さかのぼって、十世紀冒頭、三善清行の段階の状況でもあったと見ることができる。

6　年表化

簡略化された『日本書紀』という観点をもとめるものとして、さらに加えたいのは、四六・二六の辛酉・甲子を検するのに、「孝昭天皇五十六年辛酉、日本記闕く」というかたちで、記事がないことを示すということである。「日本記闕く」ともいわず、たとえば「誉田天皇三十二年辛酉」のごとく、ただ年をあげるだけのものもある。それらにも、中国の例については記したうえで、清行はこういう。

謹みて史漢を案ずるに、一元の終といへども、必ず皆変事あり。しかるに本朝の古記は、大変の年に、或は異事なし。蓋し文書記事の起るは、養老の間に始まるを以てなり。上古の事は、皆口伝に出で、故代の事変も、応に遺漏あるべし。また允恭天皇以後は、古記頗る備る。故に小変の年も、事また詳なり。

つまり、変事はあったはずだが書かれていないだけだという。「養老の間」とは、七二〇年の『日本書紀』の編纂のことである。『日本書紀』には「遺漏」があって、すべて載せられているわけではないと合理化するのだが、「闕く」というのは、書かれていないということを確認するものであった。

「允恭天皇以後は、古記頗る備る」というのは、辛酉・甲子の記事を検したものの実感というべきである。『日本書紀』を一覧すればあきらかだが、時代をさかのぼると、記事の空白が多いということである。たとえば、允恭天皇の父仁徳天皇の治世は、八十七年とされるが、記事のあるのは二十九年分にとどまる。記事のないほうが圧倒的に多いのであり、允恭天皇も、同様に、治世四十二年のうち、記事のあるのは十三年分でしかない。くだって欽明天皇でも、治世三十二年のうち、九年分（三年、八年、十年、十九―二十年、二十四―二十五年、二十七年、二十九年）は記事がないのである。辛酉、甲子ですら記事がなく、「日本記闕く」といわざるをえない状況が、この発言のもとにある。それでも、允恭天皇以後、辛酉・甲子に関しては、遺漏はなくなることをこういったのである（ただ、允恭天皇のそれに誤認があることは述べたとおりである）。

そうしたなかで、記事の不在を確認することは、実際にはどのようなテキストによったのか。記事がないということだけならば、一々の年に干支が付されてあれば直ちに確かめられる。ただ、何年が辛酉・甲子にあたるかということが検されるには、年表のようなものが必要なのではないか。

より具体的にいおう。孝昭天皇五十六年は、神武天皇即位の蔀首から四六の辛酉にあたるとして検されるのであった。『革命勘文』には、

孝昭天皇五十六年辛酉、日本記闕く秦の懐公元年なり。また、三晋、晋地を分ち、小侯のごとく晋を朝せしむ。また楚の簡王莒を取る。五十九年甲子周の威烈王元年、また趙桓子元年。

とある。『日本書紀』には、

観松彦香殖稲天皇は、大日本彦耜友天皇の太子なり。母の皇后天豊津媛命は、息石耳命の女なり。天皇、大日本

彦耜友天皇の二十二年の春二月の丁未の朔戊午を以て、立ちて皇太子と為りたまふ。

三十四年の秋九月に、大日本彦耜友天皇崩りましぬ。明年の冬十月の戊午の朔庚午に、大日本彦耜友天皇を畝傍山南繊沙谿上陵に葬りまつる。

元年の春正月の丙戌の朔甲午に、皇太子、即天皇位す。

夏四月の乙卯の朔己未に、皇后を尊びて皇太后と曰す。

秋七月に、都を掖上に遷す。是を池心宮と謂ふ。是年、太歳丙寅。

二十九年の春正月の甲辰の朔丙午に、世襲足姫を立てて皇后とす。一に云く、磯城県主葉江が女渟名城津媛といふ。一に云く、倭国の豊秋狭太媛が女大井媛といふ。后、天足彦国押人命と日本足彦国押人天皇とを生れます。

六十八年の春正月の丁亥の朔庚子に、日本足彦国押人尊を立てて皇太子としたまふ。年二十。天足彦国押人命は、此和珥臣等が始祖なり。

八十三年の秋八月の丁巳の朔辛酉に、天皇崩りましぬ。

とある。記事があるのは四年分でしかないが、その一々の年に干支をつけるとすれば、二十九年は甲午、六十八年は癸酉、八十三年は戊子であって、辛酉にも甲子にも記事がないことはすぐわかる。しかし、五十六年が辛酉で、五十九年が甲子であることを検するにはどうするか。年表のようなものがあったと考えられるべきではないか。

年表といったのは、実際そうした用をはたしえたものとして、『日本紀略』のような体裁のテキストを見るからである。『日本紀略』孝昭天皇条を掲げよう。

観松彦香殖稲天皇。懿徳天皇太子也。母皇后曰天豊津媛命。息石耳命之女也。天皇以懿徳天皇廿二年春二月丁未朔戊午。立為皇太子。卅四年秋九月。懿徳天皇崩。明年冬十月戊午朔庚午。葬畝傍山南繊沙渓上陵。

丙寅元年春正月丙戌朔甲午。皇太子即天皇位。年卅一。○夏四月乙卯朔己未。尊皇后曰皇太后。○秋七月。遷都於掖上。是謂池心宮。

丁卯二年　戊辰三年　己巳四年　庚午五年　辛未六年　壬申七年　癸酉八年　甲戌九年　乙亥十年
丙子十一年　丁丑十二年　戊寅十三年　己卯十四年　庚辰十五年　辛巳十六年　壬午十七年
癸未十八年　甲申十九年　乙酉廿年　丙戌廿一年　丁亥廿二年　戊子廿三年　己丑廿四年　庚寅廿五年
辛卯廿六年　壬辰廿七年　癸巳廿八年
甲午廿九年春正月甲辰朔丙午。立世襲足媛為皇后。々生天足彦国押人命。日本足彦押人天皇。
乙未卅年　丙申卅一年　丁酉卅二年　戊戌卅三年　己亥卅四年　庚子卅五年　辛丑卅六年　壬寅卅七年
癸卯卅八年　甲辰卅九年　乙巳卌年　丙午卌一年　丁未卌二年　戊申卌三年　己酉卌四年　庚戌卌五年
辛亥卌六年　壬子卌七年　癸丑卌八年　甲寅卌九年　乙卯五十年　丙辰五十一年　丁巳五十二年
戊午五十三年　己未五十四年　庚申五十五年　辛酉五十六年　壬戌五十七年　癸亥五十八年
甲子五十九年　乙丑六十年　丙寅六十一年　丁卯六十二年　戊辰六十三年　己巳六十四年　庚午六十五年
辛未六十六年　壬申六十七年
癸酉六十八年春正月丁亥朔庚子。立日本足彦国押人尊為皇太子。年廿。天足彦国押人命。此和珥臣等始祖也。
甲戌六十九年　乙亥七十年　丙子七十一年　丁丑七十二年　戊寅七十三年　己卯七十四年　庚辰七十五年
辛巳七十六年　壬午七十七年　癸未七十八年　甲申七十九年　乙酉八十年　丙戌八十一年　丁亥八十二年
戊子八十三年秋八月丁巳朔辛酉。天皇崩。年百十四。

記事量のきわめてすくない巻ゆえ、『日本書紀』をそのままひきとっていることは見る通りである。そのうえで、治世期間の一々の年を干支とともに年表的に書き入れることに注意したい。これならば、五十六年が辛酉、五十九年が甲子であって、記事がないことがただちに検索される。

『日本紀略』は、平安時代末の成立といわれる。前後篇で性格が異なるが、前篇の光孝天皇までは、『日本書紀』をはじめとする六国史を抄出した（神代上下は抄出でなくそのまま）ものである。前篇二十巻のうち巻一、二（神代上下）を除くと、十八巻（十八の後半は宇多天皇紀だから、正確には十七巻半）に、六国史、全百八十八巻（『日本書紀』神代二巻を除く）を圧縮するのである。膨大な量になった国史を通覧する便のためのこころみであった。『日本書紀』について見れば神武から持統天皇まで二十八巻を、第三―八巻の六巻に圧縮する。そのとき、記事がすくない最初の天皇たちに関しては、むしろ量的に増加するにもかかわらず、このようなかたちで年表化されるのは、通覧の便をとったのだといえよう。

これを、簡略版をつくるときのひとつのありようとして見ることができる。『革命勘文』の拠った「日本記」は、そうしたものであったと考えられてよい。[9]「皇代記」にも、こうした年表のかたちが見られるのである。『革命勘文』をめぐって、平安時代初期には、『日本書紀』そのものではなく、『日本書紀』を簡略化し、改編したテキストが権威をもっておこなわれていた（ないし、公認されていた）ことを見るべきだということにいたりついた。とらわれから離れてそう見ることによって、事態ははじめて正当にとらえられよう。

注

（1）この解釈は、田中卓「書評・所功氏『三善清行』を読みて『革命勘文』に及ぶ」（『古典籍と史料』田中卓著作集十、国書刊行会、一九九三年。初出一九七一年）に依拠する。

（2）日本思想大系本は、「日本紀」と訓ずが、「記」と「紀」とは通用されており、いま、群書類従本の原文のまま「日本記」とする。

（3）これらの点については、日本思想大系の注に指摘のあるところである。

（4）このように記事を合わせることは、後に述べたように、簡略化して改編するときのやりかたであったことを、『暦録』によった『聖徳太子伝暦』や、『日本紀略』にも通じて認められる。

（5）『日本書紀』の講書において、『先代旧事本紀』、『暦録』などの簡略本が持ち込まれることについては、参照、本書Ⅲ〔一〕「聖徳太子」を成り立たせるもの。

（6）奈良時代末、八世紀にさかのぼる可能性もありうるか。「成立は天平勝宝六年（七五四）以後の奈良末から平安初頭と考えられる」と、東野治之（「暦録」『聖徳太子事典』柏書房、一九九七年）はいう。

（7）小論「テキストのなかに成り立つ〈聖徳太子〉」（『万葉集研究』二六集、二〇〇四年）の、注に掲げたものに訂正を加えた。

（8）『伝暦』推古天皇二十一年条は、「冬十一月」のこととして、掖上池・畝傍池・和珥池をつくり、難波から京への大道をつくらせたとあり（これは『日本書紀』と一致する）、そのまま片岡山で飢者に出会ったという有名な話に続く。飢者の話は、『日本書紀』では十二月のこととする。これについて、「暦録曰十二月」という注記がある。『暦録』をもってする、おなじような注記が推古天皇甲申年（三十二年）条にもある。二箇所にとどまる、そのチェックは、『暦録』とは異なるもの（すべてが『暦録』によるのではなかった）になされたのであり、裏返しに、他の『日本書紀』とは違うものを含めて、全体が『暦録』を基準とすることを示すといってよい。

（9）平安時代における「日本紀」という呼称の用例をめぐって、八―十世紀までは『日本書紀』そのものを示す固有名詞としてあったという報告（梅村玲美「「日本紀」という名称とその意味――平安時代を中心として」『上代文学』九二、二〇〇四年）があるが、正しくない。たしかに、「日本紀」は『日本書紀』を指したかもしれない。しかし、大事なのは、『日本書紀』そのものではない「日本紀（日本記）」が、実体としてあって、それが、『革命勘文』に見るごとく、正史としての権威を代行していた状況があったということなのである。

[二]『七代記』と「日本記」

はじめに

『日本書紀』を引用すると見られてきた『七代記』を取り上げて、簡略化された『日本書紀』が、『日本書紀』そのものにかわっておこなわれるという状況が奈良時代末にさかのぼることをあきらかにしたい。

『七代記』は、聖徳太子伝の一。竹内理三編『寧楽遺文』(下巻、東京堂出版、一九六二年)にこの名で収められているが、それが元来の書名であったわけではない。この書は、黒川春村が影写したテキストから出たものしか現存せず、首部が失われているので元来の書名は不明である。飯田瑞穂『聖徳太子伝の研究』(「飯田瑞穂著作集」1、吉川弘文館、二〇〇〇年)は「異本聖徳太子伝」と呼び、『聖徳太子全集』第三巻(龍吟社、一九四四年)には「上宮太子伝」として翻刻する。いま、聖徳太子伝にかかわる中世の諸書に「七代記」として引用されたものとこのテキストの文とが一致するので同書とされるのに従ってこの名を用いる。

『七代記』は、太子の事績を年代順に述べる部分と、慧思に関する諸書の引用との二部から成る。後半は、太子が慧思の生まれ代わりであるとすることの参考として引かれたと見られる。前半は、憲法十七条の中途からしか残っていないが、失われた首部も、それ以前の太子について年代をおって記すものと考えられる。いま目を向けるのは、この前半部がもとにしたという「日本記」の問題である。

1　『七代記』の成立年代

まず、『七代記』の成立年代について確かめておく必要があるが、『天王寺秘訣』（大日本仏教全書に『太子伝古今目録抄』として収載されたものによる）に、「七代記有障子図」「七代記。宝亀二年教明作」とある。現存本はこれにあたるものと認められる。また『太子伝玉林抄』に「四天王寺障子伝彼寺三綱衆僧敬明等造之、宝亀二年辛亥六月十四日造之云々」とあり（『法隆寺蔵尊英本　太子伝玉林抄』吉川弘文館、一九七八年による）、「四天王寺障子伝」とも呼ばれるのであって、宝亀二年（七七一）の成立と知られる。

ただ、この書の位置づけについてはかなり錯綜した問題がある。

要は、「明一伝」との関係である[1]。明一は法相宗の僧、『扶桑略記』延暦十七年（七九八）三月二十七日条に七十一歳で卒したとある。『聖徳太子平氏伝雑勘文』に「聖徳太子伝。大和州諸良都東大寺法相宗沙門釈明一撰。此伝者。法花宗付法縁起中。讃太子段ニハ不略一字。被載此伝。彼縁起者。伝教大師之製作也」とある。最澄の「法花宗付法縁起」は現存しない。そこに全体が引用されていたという、その「聖徳太子伝」は失われたが、『上宮太子拾遺記』などに「明一伝」として引かれる逸文は、『七代記』と同文的関係にある。また、最澄の弟子である光定の『伝述一心戒文』は、「上宮厩戸豊聡耳皇太子伝云」として小野妹子が衡山道場から法華経を将来した話・片岡山の飢者の話を載せ、つづいて、「大唐国衡州衡山道場釈思禅師七代記」と「大唐楊州龍興寺和上鑑真名記伝」とを引く。その全体が『七代記』と一致するといってよいが、光定は何によったかというと、最澄の引いた「明一伝」だと考えられる。

こうした状況から見れば、「明一伝」と『七代記』（四天王寺障子伝）とはきわめて密接な関係にあることは疑いない。ただ、同書か否か。この問題についてのもっとも詳細な研究である飯田瑞穂前掲『聖徳太子伝の研究』に収められた諸論のなかでも微妙に揺れることが、問題性をよく示している。

飯田は、「明一撰『聖徳太子伝』（明一伝）の逸文」（一九八七年）において、

両者の間にたしかに密接な関係が存することは否定できないが、全く同書であるとまでは断定できず、一応別書と見るのが妥当であらう。

とした。しかし、「聖徳太子片岡山飢者説話について」（一九七二年）では、

「七代記」と「明一伝」は同書で、異本太子伝はそれが残欠本として伝存したものと思はれる。そして、撰者の名が別々に伝つたのは、一方の誤りか、或いは「七代記」の撰者が「敬明等」とされてゐるところから、複数の撰者の一人に明一も加はつてゐたと考へるべきか、いづれかであらう。

とした（「聖徳太子伝の推移」一九七三年にも、おなじ認識が示されている）。ただ、その後の「伝記のなかの聖徳太子」（一九七九年）にあっては、

不完全な逸文をてがかりにして考えなければならないので、「明一伝」「天王寺障子伝」「七代記」の三者の関係、さらにはこの『異本上宮太子伝』との関係については、さまざまな考えかたをする余地があって、諸説がある。

としつつ、

『異本上宮太子伝』が、すくなくとも平安初期以前（おそらくは奈良末期ごろ）の成立であることはたしかで、「明一伝」にあたる太子伝である可能性が大きい。さらに「天王寺障子伝」そのものにあたるか、あるいはそれを基礎にして作られた伝記であることもほぼ動かぬとみてよいであろう。

と、やや柔軟な姿勢をとるのであった。

その「さまざまな考えかた」のうちに、田中嗣人『聖徳太子信仰の成立』（吉川弘文館、一九八三年）の、おそらく明一によって著わされた「聖徳太子伝」（『一心戒文』では「上宮厩戸豊聡耳皇太子伝」とする）を基にして、四天王寺絵殿の絵伝制作用に作られた僧敬明の手になる太子伝（＝「四天王寺聖徳王伝」）が『七代記』といわれる

もの
だとする説(2)などがある。

ここではそうした問題を認めつつ、『七代記』と「明一伝」とが、そのまま繋がるような密接な関係にあることをたしかめておけばよい。二書が、同書であっても、別書であってどちらが先行するにしても、「日本記」の問題を考えるにはおなじであり、要は、二書の成立についての「さまざまな考えかた」とは別に、「日本記」の問題に関しては宝亀二年という時点を基点としておさえることができるということである。

2　『日本書紀』とは異なる「日本記」

『七代記』前半部は、太子の事績を年次をおって述べるが、その最後に注記して、「已上依日本記等略抄出其梗概耳」とある。「依日本記等略抄」は、「日本記等の略抄に依りて」とも、「日本記等に依り、略抄して」とも訓みうるが、いずれにせよ、意味するところは、「日本記等」の書に手を加えず抜書きして太子の事績のあらましを示したということわりである。

その「日本記」は、『日本書紀』のこととして疑われていない。飯田「聖徳太子伝の推移」(前掲)が、「書紀等によつたことが示されてゐるが、本書の内容もこれを裏書きしてゐる」として、『日本書紀』との対応関係を確認しながら、「書紀の記事を切りつめたり、意を取つて別の表現にしたりしながら、太子の事績をほぼ年代順に記してゐる」といい、また田中前掲書も「太子の薨去に至るまでの太子の伝記を、主に『書紀』に拠りながら編年的に叙述している」というのに見るとおりである。

しかし、『日本書紀』そのものをもとにしたと見ることができるのであろうか。飯田が「書紀の記事の節略の不手際」（前掲「聖徳太子伝の推移」）というのは、『日本書紀』によったということを前提としての判断であるが、それは適切なのであろうか。

飯田は、『七代記』の、

即位十四年丙寅夏四月、丈六□□（二軀）奉造已竟、並居于元興寺、即日設斎大会、自是年初□（毎）年四月八日、七月十五日設斎、詔美桉部鳥之功、賜大仁位□（弁）近江坂田郡水田卅町焉、即以此田奉為天皇作金剛寺、今謂南淵坂田尼寺是也、

が、『日本書紀』推古天皇の十四年四月壬辰条と、同年五月戊午条とを点綴したものだとしつつ、「鳥仏師の賞賜が前段と結び付かず唐突な感じがするのは、書紀の記事の節略の不手際であることがよく分る」というのであるが、なにより見るべきなのは、鳥への賞賜が『日本書紀』では五月だということである。『七代記』が四月条にひと続きのこととして述べるのは、「不手際」ではすまされまい。

紀年が異なってしまっているのである。そして、『七代記』を見渡すと、そうした違いがここだけではないこと、さらに、紀年の方式も異なるということに留意せねばならないであろう。以下、『日本書紀』と対応する記事を取り上げて見る。

a　即位十三□□（年乙）丑冬十月、皇子遷于□□□（斑鳩宮）、

b　即位十四年丙寅夏四月（記事は前掲）

c　秋七月、天皇請皇太子、令講勝鬘経、三日説了、又講法□（花）経於岡本宮、天皇大悦、以播磨国揖保郡佐勢田地五百代、施于皇太子、因以奉納於斑鳩寺、

d　即位十五年歳次丁（卯）七月、差小野臣妹子為使遣大唐国、

e　戊辰年四月、弁率唐使一十二人還来日本、

f　即位廿一年癸酉十二月、皇太子遊行於片岡、時飢者臥道垂、（以下略）
g　即位廿三年乙亥冬十一月、高麗僧慧慈帰于本国、
h　即位廿八年庚辰冬十二月、皇太子及大臣令録国記并氏々本記等、
i　即位廿九年辛巳春二月廿二日半夜、皇太子薨於斑鳩宮、（以下略）

列挙すれば、右のようになる。

「即位―年（干支）―月」というのが紀年の標示の原則であった。一々の年に干支をつけるが、月までにとどめるのである。『日本書紀』には、b、d、f、gに干支による日付がある。順に、「四月乙酉朔壬辰」、「七月戊申朔庚戌」、「十二月庚午朔」、「十一月己丑朔癸卯」とあるのだが、それをすべてとらないのであった。iのみ、日付があるのは、特別なことだからである。『日本書紀』では一々の年には干支をつけないこととあわせて、『日本書紀』とは、紀年の標示の方式が異なるというべきである。

加えて、紀年が『日本書紀』とは異なってしまうというのは、さきに見たbのみではない。

cは、勝鬘経・法華経の講説をひと続きのこととするが、『日本書紀』は、法華経の講説は十四年の「是歳」のこととする。それをあわせてしまうのであって、bにおいて、十四年四月壬辰条と五月戊午条とをあわせるのと軌を一にする。無秩序に合わせるのではない。ひとつにまとめうる、おなじ性格のものとして合わせるのである。

そして、『聖徳太子伝暦』（以下、『伝暦』とする）が『日本書紀』を簡略化し改編した『暦録』の紀年をもととしていることはさきに見たが（参照、Ⅰ㈠『革命勘文』の依拠した「日本記」）、『伝暦』もまた、おなじく推古天皇十四年七月条に、勝鬘経・法華経の講説をひと続きのこととして述べるのであった。彼此あわせれば、たんに『七代記』の不注意な誤りなどというべきではないのである。

hもまた、『日本書紀』においては、二十八年是歳の記事が、十二月に繫けられている。『日本書紀』推古天皇二十

八年条には、

十二月庚寅朔、天有赤気。長一丈余。形似雉尾。是歳、皇太子嶋大臣共議之、録天皇記及国記、臣連伴造国造百八十部并公民等本記。

とある。この是歳条が十二月に繫けられているのであり、「天皇記」のないことにも注意せねばならない。

関連して注意されるのは、やはり『伝暦』推古天皇二十八年条には「冬十二月。天有赤気。長一丈余。形如雞尾」とあり、これに対して、『聖徳太子平氏伝雑勘文』に、「七代記云。形如雉尾。文」とあることだ。「雉」「雞」の相違に注意しようとして「七代記」を引用したのである。その「七代記」と、この『七代記』とを同書と見てよいとすれば、元来『七代記』は、十二月条に、「赤気」のことと「国記并氏々本記」のこととがあわせて述べられていたことも考えられる。

現に『伝暦』はそうなっているのである。

冬十二月。天有赤気。長一丈余。形如雞尾。太子大臣共異之。百済法師奏曰。是為蚩尤旗兵之象也。恐太子遷化之後七年。有兵滅太子家歟。太子頷之。即命大臣令録国記并氏々等本記。

太子の家の滅亡という、『日本書紀』にはまったくないことまで含めて拡大されているが、二項をあわせるという紀年のありようと、「天皇記」がないこととあいまって、『七代記』にも「赤気」の記事があった可能性を見ることができる(3)。

iの太子の薨日は、『日本書紀』には、知られるとおり、二十九年春二月己丑朔癸巳（五日にあたる）とあって、日付があわない。きわめて重要な相違といわねばならない。

さらに、『七代記』広島大学本にあわせられてある『聖徳太子十七憲章并序註』「聖徳憲章序」（『聖徳太子全集』第三巻、龍吟社、一九四四年による）に冠位十二階制定を「即位十一年癸亥冬十一月」とすることとともに、『太子伝玉林

抄』が、冠位十二階制定について、

伝教大師付法縁起引明一伝云ヒ十一月ト、又十二階ノ次第ニハ徳仁礼義智信云々、取意、

とあるのは見落とすことができない。「付法縁起」に引かれた「明一伝」の取意文だが（参照、飯田瑞穂前掲「明一撰「聖徳太子伝」（明一伝）の逸文」）、この十二階の順序は「憲章序」と一致する。その紀年・順序は『七代記』もおなじであったと見てよいであろうが、『日本書紀』が、推古天皇の十一年十二月のこととし、十二階の次第は徳仁礼信義智とするのと異なるのはあきらかである。

こう見てくると、『七代記』は、『日本書紀』によって抄出したといえるのか、疑問である。むしろ、『日本書紀』を簡略化したものによったと見るべきだということに導かれる。「日本記等」を、手を加えず抜書きしただけだとことわっているにもかかわらず、このように、重要事項というべき薨日にまでおよぶ、いくつもの違いが抜書きの際に生じたというのは、「書紀の記事の節略の不手際」（飯田）ということですまされない。『日本書紀』そのものではないものによったことから生じたと見るべきである。

一々の年に干支をつけ、月までにとどめるという紀年の方式や、cのような合叙が、さきに見た『日本書紀』を簡略化し改編したテキストに通じることとともに、そうとらえるべきことを確かめよう。

『暦録』は奈良時代末にありえたかといわれるが（『聖徳太子事典』柏書房、一九九七年）、『七代記』の「日本記」をこうしたなかにとらえて、はやく八世紀末までにすでに（宝亀二年＝七七一年という、『七代記』の基点をここであらためて想起したい）、実用的には、改編され簡略化された『日本書紀』がおこなわれるようになっていたことを見るべきなのである。

3　簡略本の位置づけ

簡略化・改編ということについて、なお加えていわねばならない。

第一は、簡略本が、一種のみではなかったということである。『七代記』の「日本記」、『革命勘文』の「日本記」、『暦録』などを、ひとつのテキストにしぼることはできないのである。

たとえば、冠位十二階の制定を、『日本書紀』が、推古天皇十一年十二月のことで、徳仁礼信義智、各大小の十二階とするのに対して、『明一伝』・「憲章序」（『七代記』）は、十一月のこととし、徳仁礼義智信、各大小の十二階、『革命勘文』は、徳仁義礼智信の各大小十二階（十二年正月に「始賜冠位各有差」として述べる）、『伝暦』（『暦録』によると見られる）は、十一年十二月に「始製五行之位。徳仁義礼智信。各有大小。合十二階」という。紀年と十二階の順序に微妙な差異がある。

また、十四年七月に勝鬘経の講説につづいて法華経を講じたとして『日本書紀』の七月条と是歳条とを合叙するのは、『七代記』と『伝暦』とに共通する。ただ、『七代記』が、『日本書紀』の十四年四月条と五月条とを合叙したのは、『伝暦』ではそうはしない。

簡略本という点はおなじであり、共通するところもあるが、おこなわれていたものはバリアントがあったと見るべきである。

第二に、その簡略化が、推古天皇代においては、「太子伝」をもたらしてしまうということである。『伝暦』が『暦録』によったことはさきにふれた。それによって「太子伝」が果されたことをふりかえれば、『暦録』の推古天皇代が太子に特化した「伝」的なありようをもっていたからだと考えたらわかりやすい。

そして、それは『日本書紀』自体のありようから出るのだと言わねばならない。『日本書紀』が太子の事績を編年体のなかで述べるのを、「太子伝」がすでにあって、それによったというのは（坂本太郎『聖徳太子』吉川弘文館、一九七九年）、わかりやすいが、むしろ『日本書紀』が太子伝をあらしめてしまうと見るほうが正当ではないか。はやく八世紀初めまでに「法王」と呼ぶなど伝説化してさまざまなテキストがあったのをもとに、『日本書紀』の編年構造のなかに配置したのであり、結果として「太子伝」を抽出することが可能になるのだと見ることができる。

資料としての「太子伝」の存否如何はともあれ、『日本書紀』から「太子伝」を取り出すことは容易である。太子を焦点に簡略化すれば、「太子伝」となるのである。『暦録』の推古天皇代はそのような太子中心の構成であったと考えられる。

『七代記』の「日本記」は、『革命勘文』の「日本記」や、『暦録』にてらして、『日本書紀』の天皇代全体におよぶものであったと見てさしつかえない。その「日本記」の推古天皇代が、太子に特化したものであり、そこから抽出したうえに、別な資料からの抄出を加えて構成したのが『七代記』であったと認められる。

注

（1）その研究史は、田中嗣人『聖徳太子信仰の成立』（吉川弘文館、一九八三年）に概略が整理されている。

（2）田中説の初出は、「明一伝と七代記」（『古代文化』二九巻二号、一九七七年）。

（3）ただし、この二十八年条は、『扶桑略記』に「廿八年庚辰冬。上宮太子与蘇我大臣馬子。共録天皇記。及国記」とする。『日本紀略』も、新訂増補国史大系本は「十二月庚寅朔。天有赤気。是歳。皇太子嶋大臣共議。録天皇紀。及国紀。臣連伴造国造百八十部弁公民等本紀」とするが、「天有赤気。是歳」は『日本書紀』から補ったとあるから、底本では十二月に「天皇記」のことを繋けていたのである。問題として、なお留意したい。

［三］『万葉集』巻一、二左注の「日本紀」

1　左注の問題性

八―九世紀には、簡略化し、改編された『日本書紀』が用いられていたという問題は、『万葉集』巻一、二の左注の「日本紀」に必然的に波及する。

『万葉集』巻一、二には、十七箇所にのぼる、『日本書紀』によると見られている左注がある。その歌番号を列挙すれば、六、七、一五、一八、二一、二二、二四、二七、三四、三九、四四、五〇、九〇、一五八、一九三、一九五、二〇二、となる。それらが、題詞に、たとえば、「讃岐国の安益郡に幸せる時に」と(五歌)、作歌事情をいうのと応じて、歌の時点を定位ないし確定しようとするものであることはあきらかだ。天皇代の標目を立て、「――時」という題詞とともに歌を収め、このような左注を付すのは、ひとつの「歴史」をつくるものだといってよい(1)。

左注とともに、『万葉集』はテキストとして成り立つのである。ただ、左注は、一律に扱うことができるものかということや、現行の『日本書紀』によって成されたとは認めがたいとはいわれてきたがそのことにどう踏み込むかということ等、十分な追究がなされてきたと言えない。いま、簡略本『日本書紀』という点からひらかれる、左注へのアプローチをこころみる。

まず、左注が、一度になされたとはいえないこと、また、「日本紀」がひとつのテキストによったとは見られないことを、左注を一覧しつつあきらかにしよう。

巻一

高市岡本宮御宇天皇代(2)

・六歌左注

右、検日本書紀、無幸於讃岐国。(後略)

明日香川原宮御宇天皇代

・七歌左注

(前略)但紀曰、五年春正月、己卯朔辛巳、天皇至自紀伊温湯。三月戊寅朔、天皇幸吉野宮而、肆宴焉。庚辰日、天皇幸近江之平浦。

後岡本宮御宇天皇代

・一五歌左注

(前略)亦紀曰、天豊財重日足姫天皇先四年乙巳、立天皇為皇太子。

近江大津宮御宇天皇代

・一八歌左注

(前略)日本書紀曰、六年丙寅春三月、辛酉朔己卯、遷都于近江。

・二一歌左注

紀曰、天皇七年丁卯夏五月五日、縦猟於蒲生野。于時、大皇弟諸王内臣及群臣、皆悉従焉。

明日香清御原宮御宇天皇代

・二二歌左注

（前略）但紀曰、天皇四年乙亥春二月、乙亥朔丁亥、十市皇女阿閇皇女参赴於伊勢神宮。

・二四歌左注

右、案日本紀、曰、天皇四年乙亥夏四月、戊戌朔乙卯、三位麻続王有罪流于因幡。一子流伊豆嶋、一子流血鹿嶋也。（後略）

・二七歌左注

紀曰、八年己卯五月、庚辰朔甲申、幸于吉野宮。

藤原宮御宇天皇代

・三四歌左注

日本紀曰、朱鳥四年庚寅秋九月、天皇幸紀伊国也。

・三九歌左注

右、日本紀曰、三年己丑正月、天皇幸吉野宮。八月、幸吉野宮。四年庚寅二月、幸吉野宮。五月、幸吉野宮。五年辛卯正月、幸吉野宮。四月、幸吉野宮者。（後略）

・四四歌左注

右、日本紀曰、朱鳥六年壬辰春三月、丙寅朔戊辰、以浄広肆広瀬王等為留守官。於是、中納言三輪朝臣高市麻呂脱其冠位、擎上於朝、重諫曰、農作之前、車駕未可以動。辛未、天皇不従諫、遂幸伊勢。五月乙丑朔庚午、御阿胡行宮。

・五〇歌左注

右、日本紀曰、朱鳥七年癸巳秋八月、幸藤原宮地。八年甲午春正月、幸藤原宮。冬十二月、庚戌朔乙卯、遷居藤原宮。

巻二

難波高津宮御宇天皇代

・九〇歌左注

（前略）因検日本紀曰、難波高津宮御宇大鷦鷯天皇廿二年春正月、天皇語皇后、納八田皇女将為妃。時皇后不聴。爰天皇歌以、乞於皇后云々。卅年秋九月、乙卯朔乙丑、皇后遊行紀伊国、到熊野岬、取其処之御綱葉而還。於是、天皇伺皇后不在而、娶八田皇女、納於宮中。時皇后到難波済、聞天皇合八田皇女、大恨之云々。亦曰、遠飛鳥宮御宇雄朝嬬稚子宿禰天皇廿三年春三月、甲午朔庚子、木梨軽皇子為太子。容姿佳麗、見者自感。同母妹軽太娘皇女亦艶妙也云々。遂窃通。乃悒懐少息。廿四年夏六月、御羮汁凝以作氷。天皇異之、卜其所由。卜者曰、有内乱、蓋親々相姦乎云々。仍移太娘皇女於伊予者。（後略）

明日香清御原宮御宇天皇代

・一五八歌左注

紀曰、七年戊寅夏四月丁亥朔癸巳、十市皇女卒然病発、薨於宮中。

藤原宮御宇天皇代

・一九三歌左注

右、日本紀曰、三年己丑夏四月、癸未朔乙未薨。

・一九五歌左注

（前略）日本紀云、朱鳥五年、辛卯秋九月己巳朔丁丑浄大参皇子川嶋薨。

・二〇二歌左注

（前略）案日本紀云、十年丙申秋七月、辛丑朔庚戌、後皇子尊薨。

巻一は五四歌以降、巻二は二二八歌以降、「大宝元年辛丑の秋九月、太上天皇、紀伊国に幸せる時の歌」（五四歌題詞）のように、題詞に年月を示すのだが、テキストとしての『万葉集』における紀年としていえば、年月を示す題詞と、「日本紀」による左注とは機能をおなじくするといってよい。

ただ、左注は、あきらかに統一がなく、ばらつきがあることに注意したい。

第一に、書名の示し方が、「日本書紀」（六、一八歌左注）、「日本紀」（二四、三四、三九、四四、五〇、九〇、一九三、一九五、二〇二歌左注）、「紀」（七、一五、二一、二二、二七、一五八歌左注）と、一定しない。

第二に、年を示すのに、『日本書紀』にはない朱鳥の年号を持統天皇代に用いるものがあるが、用いるのと（三四、四四、五〇、一九五歌左注）、用いない場合と（三九、一九三歌左注）にわかれる。(3)

第三に、一々の年に干支を付すというのが大多数であり、『日本書紀』とは異なることが注意される。しかし、年に干支を付さない場合もある（七、九〇歌左注）。

第四に、『日本書紀』が、日を干支で記すのを、月にとどめてしまうものがあり（三四、三九歌左注）、おなじ左注のなかでも、『日本書紀』とおなじく日まで記すものと、月にとどめるものとが混在する場合もある（五〇歌左注）。第五には、『日本書紀』とは異なる干支を付すものもある（一八、二一、二四歌左注）。

これらは、『日本書紀』そのものを見ていないで別なテキストによっているということ、しかも、それがおなじひとつのテキストとも言いがたいこと、加えて、一度にひとりによってなされたとは受け取れないということを見なければならないことをしめすであろう。

2　簡略化し、改編された『日本書紀』による左注

より具体的に踏み込んでいおう。

四四歌左注をまず見たい。これと対応する『日本書紀』を掲げれば次のごとくだが、左注との異同箇所に傍線を付す。

（六年）三月丙寅朔戊辰、以浄広肆広瀬王・直広参当摩真人智徳・直広肆紀朝臣弓張等、為留守官。於是中納言大三輪朝臣高市麻呂、脱其冠位、擎上於朝、重諫曰、農作之節、車駕未可以動。辛未、天皇、不従諫。遂幸伊勢。（中略）五月乙丑朔庚午、御阿胡行宮時、進贄者紀伊国牟婁郡人阿古志海部河瀬麻呂等、兄弟三戸、服十年調役・雑徭。復免挟杪八人、今年調役。

この前、二月条に

二月丁酉朔丁未、詔諸官曰、当以三月三日、将幸伊勢。宜知此意、備諸衣物。（略）乙卯、（略）是日中納言直大弐三輪朝臣高市麻呂、上表敢直言、諫争天皇、欲幸伊勢、妨於農時。

とあり、重ねての諫言であった。左注は重諫の条をひくのである。

『日本霊異記』上巻第二十五縁に載せる大神高市万侶の話（「忠臣の欲少なく、足るを知り、諸天に感ぜられて報を得、奇しき事を示しし縁　第廿五」）の前半にも、ほぼおなじ記事があり、あわせ見ておく必要がある。

故中納言従三位大神高市万侶卿者、大后天皇時忠臣也。有記云「朱鳥七年壬辰二月、詔諸司、当三月三、将幸行伊勢、宜知此意而設備焉、時中納言、恐妨農務、上表立諌、天皇不従、猶将幸行、於是脱其蟬冠、擎朝庭、亦重諌之、方今農節、不可行也、」

「有る記」によって引用した部分はカッコでくくった。二月、三月の再度の諌言について述べるものだが、『日本書紀』との異同箇所に、やはり傍線を付した。この「記」は三輪氏の家記と見る説があるが、『日本書紀』との関係については、おなじ資料によったと見ることですませてきた。[4] しかし、左注とは一年ずれて朱鳥を用いることや、年に干支を付し、日は示さず月までにとどめることなどについて、別な資料、簡略化し改編された『日本書紀』という視点が、必要であろう。『日本書紀』にかんする視野の広がりに欠けていたといわねばならない。

左注は、重諌の一節にほぼそのまま対応するように見えるが、留守官の名がひとりだけにされる。それは省略としていい。しかし、五月に再度伊勢に行幸したかのような文は、「阿胡行宮」への行幸の際に贄を奉った者に対する賞の記事を中途で切ってしまったために生じたのだが、それは、左注の筆者の『日本書紀』の読み誤りということなのであろうか。

朱鳥を用い、年に干支を付すことについて、『日本書紀』と異なるのは、現行本でない本によったからだとしてきたのだが、[5] 簡略本という視点に立つことによって正当な把握がひらかれるであろう。

左注の見た「日本紀」は、五月に伊勢に行幸したということになっているものだったと考えると、ことは明確だ。それは、ただ、可能性として言うのではない。『日本紀略』持統天皇六年二月—五月条を掲げよう。

○二月丁酉朔丁未。詔諸官曰。当以三月三日。将幸伊勢。中納言三輪朝臣高市麿上表。諌争天皇欲幸伊勢妨於農時。○三月丙寅朔戊辰。中納言高市麿脱其冠位擎上於朝。重諌曰。農作之節。車駕未可以動。○辛未。天皇不従諌。遂幸伊勢。○壬午。賜所過神郡及伊賀。伊勢。志摩国造等冠位。幷免今年調役。大赦天下。○乙酉。車駕還宮。○夏五月乙丑朔庚午。御阿胡行宮。

『日本書紀』を簡略化することは見るとおりである。しかし、五月乙丑朔庚午条は、左注とおなじ誤りをおかしているのである。おなじ簡略化の轍というべきものがここにたしかにあるのである。

『日本書紀』では天武天皇の最後の年のみの年号であった朱鳥を、持統天皇代まで延長することが、「皇代記」類に見える（『愚管抄』「皇帝年代記」など。参照、本書Ⅲ[二]「皇代記」の世界）ということも、現行本以前というより、簡略化した改編本ととらえる方向を支持する。『日本霊異記』の上巻二十五縁の引く「有る記」も、それ自体が三輪氏の家記かどうかはさておき、四四歌左注のよったのとはまたべつな本に基づくと見るのが妥当であろう。

こう見ると、三九歌左注も、簡略本という点から照射して納得を得られよう。

この前後（三四、四四、五〇歌左注）には、朱鳥を用いるのにここは違うということと、日は示さず月にとどめるということとは、素直に考えれば、よったテキストが異なるからだし、それは『日本書紀』そのものでは当然ないとうけとられる。持統天皇三年から五年までの吉野行幸をあげながら、『日本書紀』では十一度を数える行幸を、六度しかあげないというのは、そこには、それしか載せられていなかったからではないか。そうでないと、四年八月、十月、十二月と、五年七月、十月が落とされるのは説明がつかないであろう。むろん、四四歌左注とはべつな、朱鳥のありかたが異なる簡略本によるものと考えるべきである。

3　『万葉集』の完成

いたずらにことを複雑にしようというのではない。違いに対して目をふさいでしまったことによって、見失われてしまったもののほうが大きいことをいいたいのである。

大事なのは、一度ならず、また、ひとりによるのでなく、左注が加えられたのであり（書名のゆれはその反映でもあろう）、そのとき手にされたものも、おなじではなかったと考えられるということである。

この繰り返される施注と、複数のテキストという想定に立って、先の五点にわたる問題に対しても、ほぼ答えることが可能である（以下、文末のカッコ内の漢数字はさきの五点の問題との対応を示す）。

簡略本によったものもあるが、年に干支を付さない九〇歌左注は、文辞の上でも『日本書紀』そのものによったと見てさしつかえない（三）。改編は、一々の年に干支を付すことで共通していたであろうが、朱鳥を用いる三四、四四、五〇、一九五歌左注は、書名もみな「日本紀」であり、ひとつのまとまりとすることができるかもしれない（二）。また、述べたように、三九歌左注のよったものは、べつに見ておくべきであろう（四）。一八、二一歌左注において干支が一年ずれるのは、簡略化し改編した本が干支を付す際に誤ったものかと思われる（五）。そうしたなかで繰り返された施注は、書名標示のゆれともなったであろう（一）。

繰り返される施注や『日本書紀』と複数の簡略本との並行を、このようにとらえるとき、奈良時代におさまらない可能性にも目を向けなければならなくなるであろう。暗黙のうちに、奈良時代のなかにおさめて、ないし家持の編纂として見ようとしてきてしまったということを見直してもよいのではないか。

『日本書紀』が簡略化し改編されたことについて見てきたことをも踏まえていえば、『日本書紀』にかわって、並行してあった簡略本によって繰り返し左注を施してゆく状況は、八―九世紀、奈良時代末から平安時代にかけて広く考えてよい。左注を加えた『万葉集』の現在のすがたが、どこでありえたものか、奈良時代・家持といった思い込みを離れて見るのであってよい。

左注とともに、「歴史」として成り立っているのが『万葉集』であり、それ以外の『万葉集』は、ない。成立的には、左注を、後から加えられたものとして見なければならないという見地は可能かもしれないが、現実にあった『万葉集』は、左注とともにあるものしかないのである。左注が、何度にもわたって加えられていったにせよ、平安時代にまでまたがって成されたかもしれないにせよ、左注とともに『万葉集』は成り立っている。それが、『万葉集』なのである。

『万葉集』は、ひとつひとつの歌をとりだして論ったり、作者の標示によって歌を集めて「歌人」を論じたりすることでは本質にふれえない。ことは、「歴史」として成り立ってあるテキストを、完成されたかたちに即してどうとらえるかにかかっている。

そうした『万葉集』へのアプローチを、向かうべき方向としてたしかめたい。(6)

注

（1）こうした『万葉集』のとらえかたについては、小著『複数の「古代」』（講談社現代新書、二〇〇七年）の第八章に概略的にふれた。

（2）舒明天皇の宮は『日本書紀』では「岡本宮」とあり、『万葉集』とは異なる。以下、皇極天皇が『日本書紀』には「飛鳥板蓋宮」、斉明天皇が「後飛鳥岡本宮」とあって、やはり『万葉集』とは違うのである。このこともあわせて、『万葉集』は『日本書紀』そのものにはよらなかったと見るべきであろう。なお、参照、本書Ⅲ[二]「皇代記」の世界。

（3）二〇二歌左注については、用いられたものとの対比がしめせないので、ここではのぞいておく。

（4）近くは奥村和美「上代官人像の形成――『日本霊異記』上巻第二五縁について」（『万葉』一九三号、二〇〇五年）にも、おなじ態度を見る。

（5）その明確な提起は、木村正辞『万葉集美夫君志』「別記」に見える。

（6）注（1）前掲『複数の「古代」』第八章において試みたのは、そのための覚書である。

［四］『扶桑略記』の位置

1　土台としての要覧本

『扶桑略記』が、「年代記」を基にしていると見るべきだということは、平田俊春『日本古典の成立の研究』（日本書院、一九五九年）によって定説化しているといってよい。

『日本古典文学大辞典』が、

一種の年代記を基礎にして、六国史や『三代御記』『吏部王記』などの国史・記録類、『聖徳太子伝暦』『家伝』『延暦僧録』などの伝記類、『日本霊異記』『日本往生極楽記』などの霊験記・往生伝、また寺院縁起等、諸種のきわめて多くの史料を引用して記事を組み立ててある。（「扶桑略記」の項。飯田瑞穂執筆）

といい、『国史大辞典』が、

本書は帝王系図の類を基にして、これに和漢年代記を書き入れ、そののち六国史以下の国史実録などや、特に僧伝・縁起類などの仏教関係の記事を書き入れて編纂したものと考えられる。（「扶桑略記」の項。仲野浩執筆）

というのは、平田説をそのままうけたものである（参照、平田前掲書三五二―五三ページ）。

「年代記」の類を基にするということは平田の説くとおりだと認められる。

平田は、六国史が基になっている部分について、出典をもつと思われる記事を除いて残るところを見ると、各天皇代が一貫した形を有することに注意する。すなわち、諡号の下に代数、治世、皇子女を分注でしめし、はじめに父母の名、即位年月、生年、宮を掲げ、最後に崩御年月、春秋、御陵を記すという整然とした体裁をもつのである。土台となるものがあったと見るべきであり、それは、「一種の年代記」（前掲書三三一ページ）、「帝皇系図の類」（同三五二ページ）であろうという。「帝皇系図の類」というのは、『国書逸文』に蒐集された「帝王系図」および「帝皇系図」の逸文との親近を認めるからである。その基本的な手続きと結論は受け入れられる。

「帝王（皇）系図」について言えば、『本朝書籍目録』「帝紀」（『先代旧事本紀』や六国史、『暦録』などをここに置く）に「帝王系図二巻　神武以降至白川院、記代々君臣事、中原撰」とあり、同「氏族」に「帝王系図一巻　舎人親王撰」、「帝王系図一巻　菅為長卿撰」、「帝王広系図百巻　基親卿撰」、「帝王系図一巻　兼直宿禰抄」の名が見える。「帝紀」と「氏族」との区別がどういうものであるか、顕昭『古今集註』等の「帝王系図」や「帝皇系図」（『国書逸文』蒐集）がそれらのどれかに相当するかということなど、問題は少なくない。ただ、「帝紀」のなかに置かれるものとしての「帝王系図」は、代々の天皇のことを記してあり、『暦録』と同類のものであったと見てよい。

しかし、二巻という規模は、『日本書紀』を簡略化し改編したテキストというには、さらに圧縮したものであって、レベルが異なるというべく、要覧ないし便覧というのがふさわしいであろう。

こういうのは、九八四年に入宋した奝然が献じた「王年代紀」一巻（『宋史』）や、一巻程度の「皇代記」、『簾中抄』に組み入れられた「帝王御次第」のごとき、天皇の代々をおって最小限の要件を記すものの存在が想起されるからである。たとえば、鴨脚本『皇代記』(1)の『日本書紀』相当部は、代々の天皇について、治世年数・即位の年齢・続柄・元年の干支・崩御年月・御年・年号を示すのみの、まさしく要覧である。それは、正倉院文書（続修後集十七、天平二十年写経目録）の「帝紀二巻　日本書」、天平十八年閏九月二十五日穂積三立手実（『正倉院文書拾遺』）にいう「日本帝記一巻　十九枚注」(2)にさかのぼって見るべきであろう。書名と巻数から、要覧であったと考えてあやまたない。

いままで見てきた、簡略化して改編される『日本書紀』の問題とはべつに、そうした要覧ないし便覧へ目を向けることがもとめられるのである。

代々の天皇について最小限の要件を記すものだが、それらに記事がなかったわけではない。しかし、それは簡略化と同列には扱えないということである。『簾中抄』「帝王御次第」についていえば、系譜的確認と御名・宮・后妃皇子の数を最小要件とし、その御世の主要事項を書き込むのだが、そのありようは、たんに簡略化とはいえない明確な志向をもっている。たとえば、神武天皇条に、要件以外になにが記されてあるかというと、「此御時はしめて祭主をおきてよろつの神をまつりたてまつらる。この国あきつしまと名つくる事は此御時よりなり」ということなのである。最初の天皇神武については、日向から大和に入り、大和における王権を定立したという、いわゆる東征が、『日本書紀』の根幹となることはいうまでもない。にもかかわらず、特記されたものは、さきのふたつのことなのである。ちなみに、簡略本の代表的なひとつ、『日本紀略』を見合わせれば、その中心となるのは、東征である。

起源への志向といってよいが、その志向は、「帝王御次第」を見わたして、「はしめて」「はしまる」「はしまれり」が繰り返されることにあきらかにうかがわれる。制度のはじまりとして取り出すのであり、世界としての成り立ちの確認ということができる。それは、ひとり『簾中抄』「帝王御次第」の問題ではない。群書類従本『皇代記』について見てもおなじだということは、たとえば、神武天皇条に記されるのが、要件以外は秋津洲の名の起源だけである（ただし、始めて諸神を祭り祭主を置くことと、神代の三剣・三鏡について頭書する）ということ等にあきらかなのである。

それは『扶桑略記』の基になったものにも通じると認められる。『扶桑略記』第一巻は抄本であって、謚号の下に代数、治世、皇子女を分注でしめし、父母の名を記すという骨格と、わずかな記事がのこされるに過ぎないが、それゆえかえって問題があらわに見える。神武天皇条の記事としてのこされたのは、神代の三鏡、始めて諸神を祭り祭主を置くこと、また、秋津嶋の名の始めをいうことであって、『簾中抄』「帝王御次第」・群書類従本『皇代記』とそのまま共通するのである。起源への志向は、以下を次のように対照すればなおあきらかであろう。

『扶桑略記』抄一	『簾中抄』「帝王御次第」・群書類従本『皇代記』
崇神天皇	
熊野本宮。此帝御時始之。	『皇代記』頭書
垂仁天皇	
廿五年丙辰三月。随天照大神教。始立其祠於伊勢国。	『簾中抄』・『皇代記』
始置伊勢斎宮於五十鈴川上側。	
景行天皇	
十三年癸未五月。諸国平民始賜百姓了。	『簾中抄』・『皇代記』
熊野新宮。此時始之。	『皇代記』頭書
成務天皇	
三年癸丑正月。以棟梁臣武内宿禰。始為大臣。	『皇代記』（『簾中抄』は景行天皇条に武内宿禰を大臣の始めとする）
仲哀天皇	
同年。以大伴宿禰武持。始任大連。	『皇代記』頭書（『扶桑略記』による）

『皇代記』の頭書は『扶桑略記』を見合わせたものもあるが、そうした、後からの書き入れもあわせて起源への強い志向を見るべきであり、しかも『簾中抄』ともども、『扶桑略記』と共通するところの多いものであったということができる。以後の各天皇条においても、『扶桑略記』にふくまれる起源記事は、『簾中抄』「帝王御次第」・群書類従本『皇代記』と共通することが認められる。『扶桑略記』は、その土台で、要覧（便覧）と通じているのだと言ってよい。

こうした要覧ないし便覧と、簡略化本とは、区別されるべきであろう。実用という点では両者は共通し、『日本書紀』を代行するものという点においても本質はおなじである。要は、それがかれらの現場であり、ひとつの問題領域として見るべきだということである。並行しておこなわれているのである。ただ、性格が異なるものとして、区別が必要であろう。それぞれが場面場面で必要に応じて用をはたすものだったのである。

平田がとらえだした土台は、この要覧（便覧）であった。

2　起源記事と要覧

そのありようについて、より具体的に見るために、問題を見やすい箇所として允恭天皇条を取り上げよう。まず、全体を掲げる。

允恭天皇　廿代　号遠明日香天皇　治卅二年　甲戌歳生　王子男五人　女三人　二人即位

仁徳天皇第五子。母皇后磐之媛也。壬子歳十二月。行年卅九即位。先帝崩後。群臣議曰。雄朝津間稚子皇子。既当其仁。即選吉日。跪上天皇之璽。朝津間皇子固辞曰。久沈篤疾。不能歩行。由是先皇責曰。汝鎮患病。不得継業。又我兄二天皇。愚我軽之。群卿共所知也。夫天下者大器也。帝位者鴻業也。且民之父母。斯則聖賢之職。豈輙下愚之任乎。更選賢王宜立矣。寡人弗敢当任。群臣再拝言。帝位不可久曠。天命不可謙距。逆衆不正。百章望絶。大王雖労。猶即天皇位。皇子尚謝不聴。

元年壬子十二月。妃忍坂大中姫傷於群臣之憂。自執洗水。進于皇子。啓曰。大王固辞而不即位。々空経年。群卿大愁。大王糞従百寮之望。宜継帝位。然皇子不聴其諫。北面不言。於大中姫相待。清談稍経数剋。季冬風寒。所捧鋺水。溢而腕凝。不堪寒氷。殆及悶絶。皇子視之。驚則扶起。謂曰。嗣位重事。不得輙就。是以于今不従。但慇随群卿之請。何有強謝乎。爰諸司等大歓。献神璽於天皇。遂以即位。則天皇是也。都大和国高市郡遠明日香宮。一云。河内国飛鳥宮。

二年癸丑二月己酉日。以大中媛立為皇后。◎同年。初置刑部官。

三年甲寅正月。遣使於新羅国。求迎良医。◎同年八月。新羅名医来朝。天皇痾差。厚賞医師。帰遣本国。

五年丙辰七月。大地震動。舎屋悉崩。

七年戊午十二月。讌于新室。天皇親之撫琴。皇后起舞。々竟言。奉娘子。天皇即問皇后曰。娘子舎是誰乎。皇后不獲已。奏曰。妾妹。其名弟媛。容顔妙絶。天下无比。艶色之至。徹衣而耀。是以。時人号衣通姫也。於是。天皇強勧皇后。欲納弟姫。皇后不言。仍天皇遣使七喚。固辞不参。又勅舎人中臣烏賊津使主。勅使伏于庭中七日。飲食不通。恐勅使死。弟姫参内。天皇大歓。殊以寵愛。皇后妬之。因是造藤原宮。既令別居。又詔大伴室屋。更造宮室一宇於河内茅渟。移衣通姫。是以天皇屢遊綾獦于日根野矣。

十四年乙丑九月。天皇獦淡路嶋。不得一獣。于時嶋神詫宣。不絵一物。是我心也。赤石海底有一真珠。以彼祠我。則得多獣。天皇召集所々泉郎。以令探彼海底。不能至底。唯有一海人。曰男狭磯。阿波国長邑之海人也。探深勝諸海人。召彼令入。即出曰。底有大鰒。其処光也。亦入探。遂抱大鰒浮出。海人乃息絶死。則割鰒得真珠。其大如桃子。乃祀嶋神。狩得多獣也。唯悲彼海人死。作墓厚葬。

廿三年甲戌三月。以木梨軽皇子。立皇太子。淫乱殊盛。人謗之矣。
廿四年乙亥六月。御膳羹汁凝而作氷。御器破分。天皇異占其由緒。奏曰。是有内乱。親々相奸。于時有人言。皇太子木梨奸於同母姉軽大娘皇女。窺通乃懐少息。推問之処。辞既実也。軽大娘容顔艶美。皇太子恒念和合。大娘恐有罪。不承諾。然太子其思殊甚。殆将及死。仍竊交通。云々。詔曰。太子是儲君也。免宥其罪。但大娘皇女配流伊与国焉。
卌二年癸巳正月十四日。天皇春秋八十崩。十月葬河内国志紀郡恵我長野北原陵。高四丈。方三町。此天皇時。新羅国毎年献送調舟八十艘。然忽聞天皇崩。貢上調船八十艘。幷楽人八十口。至于難波。或哭泣。或歌舞。自難波津至京。相連道路。其事已畢。還於本蕃。自此以後。調舟弐隻。纔以送之。或時動怠矣。元年壬子。相当後魏第二主元帝三年。一云。当晋王義熈八年。同元年如来滅後一千三百六十一年。

平田は、記事の大部分をのぞき、即位、宮、崩御、天竺・震旦という最小限の事項（傍線部）だけがもとにあったものだとする。あとの部分は『日本書紀』に対応する記事があるから、『日本書紀』によったというのである。その基本的な手続きは受け入れられる。

傍線部は、他の天皇にも共通する要件である。注意されるのは、天皇の即位年齢三十九も、崩御年齢八十も『日本書紀』には記されないことである。『日本書紀』には、「天皇崩。時年若干」とある。允恭天皇のみならず、崩御年齢を記さないもの、「若干」とするものが少なくない(3)。要覧の類は、その全体に年齢を書き込んでゆこうとするのであったが、『扶桑略記』の土台に見るのはそうしたありようである(4)。

また、「初置刑部官」という二年条の記事は、『日本書紀』にないものである。起源への志向をしめすものと言えるが、群書類従本『皇代記』と共通するものである。

こうして見ると、土台になったのは、「皇代記」類とおなじ列の要覧（便覧）であったと納得することができる。

そして、起源記事については、『日本書紀』と対応するように見えるものであっても要覧にもとよりあった可能性を考えてよいということになる。

たとえば、持統天皇条の場合。

持統天皇　四十二代　女帝　号菟野皇后　治十年　王子一人　无即位人

天智天皇第二女。天武天皇之后也。母山田大臣石川麿女。越智娘也。皇后臨朝称制。丁亥歳為其元年。至第四年即位。都大和国高市郡明日香清御原宮藤原宅。

元年八月。天皇請集三百龍象。施与先帝御服所製縫袈裟各一条。是年。新羅王子来朝。献金銀珍宝等弁仏像等。大津皇子将謀叛皇太子草壁尊。仍十一月。賜死。年廿四。皇子。才学抜萃。殊好文筆。詩賦之興。始自此時。皇子之妃山辺皇女臨皇子賜死時。被髪徒跣。奔赴殉矣。見者或悲或哭。十二月。饗蝦夷男女三百余人於飛鳥寺西槻下。

二年戊子。始定国忌。近代天皇崩日也。

三年己丑正月朔乙卯日。大学寮始献卯杖。以為恒例。◯四月。皇太子草壁尊薨。◯八月。天皇幸吉野宮。◯十二月。禁断双六。

四年庚寅正月一日戊寅朔。奉神璽剣鏡於皇后。即天皇位。◯七月。公卿以下始着新装束。班幣天神地祇。◯同七月五日。以高市皇子為太政大臣。卌七。天武天皇三男也。兼内舎人。賜封二千戸。合前五千戸也。同日。多治比真人任右大臣。六十七。多治比親王男。宣化天皇之曾孫也。◯九月。天皇幸紀伊国。

五年辛卯十一月。大嘗会。因幡。播磨供奉其事。始授位記。

六年壬辰三月三日。天皇幸伊勢国。◯九月。遣使諸国。定町段。始置中納言。石上朝臣麿初居其職。有勅。令計天下諸寺。凡五百四十五寺。寺別施入燈分稲一千束。大官大寺。資財奴婢種々施入。改旧洪鐘。加調銅数千斤。

新鋳之。
七年癸巳正月。漢人始奏踏哥。◎同月。詔曰。令天下百姓服黄色衣。○六月。詔高麗沙門福喜還俗。○九月辛卯日。天皇幸於大和国十市郡倉橋郷多武嶺。○壬辰日。車駕還宮。已上出日本書紀第卅巻。○同九月。遣新羅名僧于天下。○十月。有詔。講仁王経。凡於内裡。講仁王最勝王経。始自此時。以為恒例。近江国都賀山有醴泉湧出。疾病皆癒。
八年甲午五月。始以金光明経百部置諸国。毎年正月上弦読之。其布施。以当国官物充之。大安寺僧弁通賜封四十戸。相模国進赤烏二翼。○十二月乙卯日。天皇遷幸藤原宮。大和国高市郡鷺栖坂是也。
九年乙未九月。赦獄徒。
十年丙申七月。太政大臣高市皇子薨。四十三。
十一年丁酉二月。以軽皇子立皇太子。文武天皇是也。日並知皇子亦名草壁皇子。二男也。○七月。天下大旱。○八月一日甲子。天皇譲位軽皇子。号太上天皇。生年五十歳。天皇之代。官舎始以瓦葺之。元年丁亥。相当大唐第四主則天皇后四年。如来滅後。一千六百卅六年。

さきの允恭天皇条と同様、傍線部は、平田が土台のものとしたところである。のこりは、『日本書紀』に対応するものがあるから、『日本書紀』によったと見るのである。「已上出日本書紀第卅巻」とあって、『日本書紀』によることを明示する文言もあるので、それは当然の判断といってよい。

しかし、起源記事（破線部）を『日本書紀』と対比し、『簾中抄』「帝王御次第」・群書類従本『皇代記』を見合わせてゆくと、違った把握に導かれよう。

『扶桑略記』

二年戊子。始定国忌。近代天皇崩日也。

『日本書紀』

（二年二月）乙巳、詔曰、自今以後、毎取国忌日、要須三年己丑正月朔乙卯日。大学寮始献卯杖。以為恒例。
五年辛卯十一月。大嘗会。因幡。播磨供奉其事。始
授位記。
七年癸巳正月。漢人始奏踏哥。

斎也。
（三年春正月甲寅朔）乙卯、大学寮献杖八十枚。
（五年二月壬寅朔）是日、授宮人位記。
（七年春正月辛卯朔丙午）是日、漢人等、奏踏歌。

〔参考―関連するところを書き抜く〕

『簾中抄』「帝王御次第」

卯杖踏歌なといふ事此御時よりはしまれり

群書類従本『皇代記』

三年戊子二月天皇崩。内始定国忌。六年辛卯九月遣使諸国定町段。始置中納言。十一月大嘗会。因幡。播磨。始授
位記。八月十日始講仁王経。

見合わせて、『扶桑略記』は「始」を強調することが際立っていて、『日本書紀』とは異なるものがあるというべきであろう。「国忌」について言えば、『日本書紀』は元年九月九日条に「設国忌斎於京師諸寺」とあり、それをうけて二年二月の詔となる。そうした文脈ぬきにある『扶桑略記』の国忌の起源の記述は、解釈というべく、文言も『日本書紀』によったとはいえない。また、三年の卯杖と、平田が土台の記事と認めた七年の「講仁王最勝王経」とがおなじく「以為恒例」とあるのは、仁王経最勝王経のことのみでなく、卯杖も、土台の要覧にあったことをしめすと認められる。これらについては、『日本書紀』との対応ではなく、むしろ『皇代記』との類似を見るべきであろう。『皇代記』と『扶桑略記』とでは、持統天皇即位年が異なるという相違はあるが、起源を確認する記事の共通は要覧の問題として見ることができる。土台としての要覧を、このような見地から、より具体的に見ることができるのではないか。

その土台のうえに記事が書き込まれたのである。

3　簡略本『日本書紀』による書き込み

そこに書き込まれた記事は、たしかに『日本書紀』に対応するものであり、推古天皇条や持統天皇条などに『日本書紀』によったと明言もするから、『日本書紀』を抄出したことはたしかなように見える。

しかし、実際に彼此対照して見れば問題はあきらかなのである。

允恭天皇二十三、四年条を取り上げて見よう。『日本書紀』にはこうある。

廿三年春三月甲子朔庚子、立木梨軽皇子為太子。容姿佳麗。見者自感。同母妹軽大娘皇女、亦、艶妙也。太子恒念合大娘皇女。畏有罪而黙之。然感情既盛。殆将至死。爰以為、徒空死者。雖有刑、何得忍乎。遂窃通。乃悒懐少息。仍歌之曰、阿資臂紀能、椰摩娜烏莵勾利、椰摩娜箇弥、斯哆媚烏和之勢、斯哆那企弐、和俄儺勾莵摩、箇哆儺企弐、和俄儺勾莵摩、去鐏去曾、椰主区泮娜布例。

廿四年夏六月、御膳羹汁、凝以作氷。天皇異之、卜其所由。卜者曰、有内乱。蓋親々相奸乎。時有人曰、木梨軽太子、奸同母妹軽大娘皇女。因以、推問焉。辞既実也。太子是為儲君、不得加刑。則移大娘皇女於伊予。于時太子歌之曰、於裒企弥烏、志摩珥波夫利、布儺阿摩利、異餓幣利去牟鋤、和餓哆々瀰由梅、去等烏許曾、哆多瀰等異泮梅、和餓莵摩烏由梅。又歌曰、阿摩儴霧、箇留惋等売、異哆儺介麼、臂等資利奴陪瀰、幡舎能夜摩能、波刀能、資哆儺企瀰奈勾。

さきに引いたように、『扶桑略記』は、この二年にまたがる兄妹相姦の話をひとつにあわせて二十四年乙亥六月条に載せる。文言は、見るごとく、傍線部を摘記するといってよい。しかし、合叙は結果として紀年の違いをきたすとともに、『日本書紀』では太子が罪あらんことをおそれたというのが、『扶桑略記』では罪をおそれたのが大娘のこととなるという大きな相違もある。また、「悒懐少息」が『日本書紀』では地の文であるのに、『扶桑略記』では時人の言として「少息」とある。加えて、『扶桑略記』が、立太子記事につづけて「淫乱殊盛。人謗之矣」というのは、『日本書紀』には安康天皇即位前紀に「是時、太子行暴虐。淫于婦女。国人謗之。群臣不従。悉隷穴穂皇子」とあったものを、兄妹相姦の原因であるかのように組み替えたのである。解釈による改編と言うべきであろう。

これについて、平田は、罪あることをおそれたのを大娘とし、「少息」を時人の言とするのは「略記の編者の作為」だとする。そして、他にも、推古天皇三十二年条や雄略天皇二十一年条など、同様な例があるとしつつ、「略記は書紀を抄出するにあたり非常に粗雑であり、かつ抄記する際に作為を加えていることが知られる」という。

しかし、簡略本『日本書紀』の通行という観点から、『日本書紀』そのものによる抄出ということは見直されてよい。合叙とその結果としての紀年の相違は、允恭天皇条では『日本書紀』の七年十二月条と八年二月条の衣通姫の話をあわせて簡略化して「七年戊午十二月」に載せるのにも見られるが、それはさきに見てきたように、簡略本に共通の問題であった。

また、原則として、紀年は、月までにとどまって日におよばないこと――即位、立后、崩御など、特に事情があると思われるものはべつとして、『日本書紀』に日が記されてある場合でも略される――も、『暦録』等と共通するのである。この点に関して、『扶桑略記』において、文武天皇以下と、持統天皇以前とのあいだで、截然と、日まで記すのと月までにとどめるのとの違いが認められることに注意したい。『日本書紀』に対応するのは巻五までだが、そこでは簡略本によっていることのあきらかな証だといえよう。

「淫乱殊盛。人謗之矣」という兄妹相姦にかかわる解釈もまた、簡略本によるものと見て納得される。罪をおそれたのが大娘のこととなるのなども、そのように解釈された簡略本の記事と見るべきであって、「粗雑」に「作為」を加えたとはいえないであろう。

平田が、『扶桑略記』における『日本書紀』の抄出記事に「年月の誤りが非常に多い」といい「粗雑」ともいうのは、「大体において、原文を忠実に引抄するのを原則として」いると自らが認めた『扶桑略記』の引用態度のなかで、『日本書紀』に関しては例外的だと見ることになる。しかし、そうした態度のぶれがあったというより、『日本書紀』そのものでなく、『革命勘文』がそうであったように、権威をもった簡略本によるものであったと考えるべきなのである。そうとらえて、『扶桑略記』ははじめて正当な位置づけが与えられよう。

4 『扶桑略記』と要覧・簡略本

『扶桑略記』は通史のこころみ――六国史がきわめて大部なものであり、しかも分断されているのに対して、通覧しやすいものを作ろうとした――であった。見るべきなのは、土台となるのが要覧ないし便覧だったということである。それは、「皇代記」あるいは「年代記」と呼ばれるものとしてあったが、そうした類は、天皇の世界を通覧し、起源についての記事とともに自分たちの世界の成り立ちを確認するものであった。要は、それが実際にはかれらの「歴史」をになうものであったということである。

その要覧のうえに諸資料を書き込めば、正史とは異なる、見やすい通史ができる。『扶桑略記』はそうした通史であった。そこにおいて「古代」は『日本書紀』によるべきであったが、実際は、『日本書紀』にかわって権威をもっておこなわれていた簡略本――あるいは、簡略本として生きていた『日本書紀』――がその役をはたしたのであった。

要覧もまた本質は通史の要求に出るものであった。簡便に歴史をふりかえる用を足すものとしてもとめられたのであって、「帝紀」と称されるもの（「歴史」の根幹として天皇の代々を振り返るもの）もここに位置づけられる。それと、簡略本『日本書紀』とは、記事のありようから見ても性格を異にする。

天皇の崩御年齢等にしても、『日本書紀』から抽出したとはいえないことは、『日本書紀』にはないものをふくみ、しかも、『日本書紀』の崩御年齢とは異なるものがあるということによってあきらかであろう。『日本書紀』から出たとはいえないのであり、簡略本とは出自を異にすると見るべきである。

要覧と簡略本とは、異なる発生を負い、実用性という点では共通していたとしても、それぞれべつに役をはたして、並んでおこなわれていたのである。そして、現実には、要覧の役割がより大きいものとしてあったことを、『扶桑略記』が土台としたというありように見なければならないであろう。

『扶桑略記』に注目されるのは、その異なる両者が出会い、いわば合体する場であったということである。『日本書紀』が生きてゆく現実を見るうえで、そのことは見過ごせない。『水鏡』は、『扶桑略記』を抄訳して成ったものだが[5]、言ってみれば土台としての「年代記」の規模にもどったのであった。そして、『扶桑略記』を介することにおいて、簡略本を介在した『日本書紀』の変奏として『水鏡』をとらえることがもとめられるのである。

こうして、要覧の重要性をうけとめつつ（要覧の問題については本書Ⅲにおいてあらためて見ることとする）、「歴史」の現場を見るという点で、『扶桑略記』が重要な位置にたつものであることを、『日本書紀』の変奏という視点から確認したい。

注

（1）冊子本で、本体は十六枚。古典保存会版の複製による。
（2）全体が「注」のかたちであることを意味するであろうが、このことについては、参照、太田晶二郎「日本帝記を記載した写経生解について」（『太田晶二郎著作集第二冊』吉川弘文館、一九九一年。初出一九七一年）。
（3）『日本書紀』において、崩御年齢をしめさないものが、懿徳・孝昭・孝安・孝霊・孝元・仁徳・反正・安康・雄略・顕宗・

仁賢・武烈・敏達・用明・崇峻・舒明・孝徳・斉明・天智・天武の二十天皇、若干とするのが、允恭天皇のほか、清寧天皇と欽明天皇とである。

（4）ただし、『扶桑略記』は、記事のある神宮皇后以下の範囲で言えば、欽明、用明、孝徳、斉明、天智、天武の六天皇については、崩御年齢をしめさない（『水鏡』は斉明天皇の崩御年齢を記す）。記事のない抄本の神武〜仲哀の各天皇については、『水鏡』はすべて崩御年齢をしめす。

『水鏡』と『扶桑略記』の関係については、平田俊春『日本古典の成立の研究』（日本書院、一九五九年）の説くところにつくされる。『扶桑略記』の現存部と『水鏡』とを対照して、『水鏡』の記事で『扶桑略記』にないものもわずかにあるが、それらは「文章のあや、あるいは著者の感想であって、別に他の材料を用いるまでもないもの」であり、一見著者の感想のようにみえる記事までことごとく『扶桑略記』によることを実証し、「水鏡は全く扶桑略記の抄訳にほかならない」と帰結したとおりである。『扶桑略記』の逸した部分についても、『水鏡』によって、あったはずの記事を想定できるということになる。神武〜仲哀の各天皇の年齢は『扶桑略記』にもとよりあったと見てよい。

（5）『水鏡』と『扶桑略記』の関係については、注（4）参照。

II

講書のなかの『日本書紀』

平安時代前半に六度おこなわれた『日本書紀』の講書は、「日本紀私記」と呼ばれるテキストをのこした。「日本紀私記」は、その時代に生きた『日本書紀』の現場として見ることができる。ただ、「日本紀私記」の資料批判がまず必要となる。それを経て、はじめて、講書のなかの『日本書紀』に向かうことができるのであり、講書において、解釈を通じて変奏される『日本書紀』を見るのである。

［一］『日本書紀私記（丁本）』（『私記丁本』）の資料批判

はじめに

新訂増補国史大系には『日本書紀私記』として伝えられたもの四種を収めるが、そのなかの丁本と呼ばれているテキストの検討からはじめたい。

『本朝書籍目録』「帝紀」の部には、奈良時代の養老から平安時代の六度にいたるまで、すべての講書の「私記」の名を掲げる。『本朝書籍目録』はそれらを実見しているわけではなく、「私記」自体はすでにうしなわれていたと思われる。新訂増補国史大系『日本書紀私記』は現存する「日本紀私記」を収めるが、甲本・乙本・丙本と呼ばれるものは語句に和訓を付した和訓集の体であって、元来のすがたとは言えない（甲本・乙本・丙本については、参照、本書Ⅱ[三]『釈日本紀』の「私記」）。唯一、丁本が、零本ながら「日本紀私記」の原形をとどめたものと認められる。参議紀淑光など論議に登場する人物の官職から承平度の講書にかかわる「私記」と見られるものである（以下、日本紀講書にかかわるものとして一般的に称する場合は「日本紀私記」ないし「私記」とし、テキストとして言うときは『私記丁本』とする）。

『私記丁本』を取り上げるのは、「私記」の資料批判にふかくかかわるからである。

『釈日本紀』にはおおくの「私記」の引用が見られることは知られる通りだが、そのなかに『私記丁本』に対応すると見られる「私記」も引用されている。しかし、『釈日本紀』「丁本」（以下、『釈日本紀』における『私記丁本』に対応する記事をこう標示する）と『私記丁本』とのあいだには異同がすくなくない。それをどう見るか。『釈日本紀』のなかの「私記」の資料性の基本問題であり、また、このテキスト認識ぬきには、『私記丁本』を取り上げて論議すること自体が成り立たないといってよい。

1　奥村恒哉説をめぐって

奥村恒哉「古今集序における「かみよ」と「ひとのよ」」（『古今集・後撰集の諸問題』一九七一年、初出一九五九年）の提起を検証することを通じて、問題を具体化しよう。奥村は、『日本書紀』には元来「神代上・下」の設定は認めがたいという(1)。奥村の論点を要約すれば、

『日本書紀』の現存本に「神代上」と別行に書き出してあるのは、古写本には注記にすぎないのに徴していえば、原本にはなかったと見るべきである（a）。私記にあっても各巻頭の書き出しは一定せず、原本に指定がないことを証する（b）。別行書き出しになっているのは吉田家の手を通過したことを考慮すべきである。釈日本紀に、神代上下を分けることについて「師説。第一巻載天神七代之事。故曰神代上。第二巻載地神五代之事。故曰神代下也。」というのも平安末期以降に勃興した中世神道の思想であり、そうした思想的背景があって「神代上下」が定着したのである（c）。「神代上下」という区分を明示したものに延喜六年の竟宴和歌の序があるが、それは竟宴和歌という性格を考慮すべきで、一般化することはできない（d）。

となる。

注目される提起であるが、『私記丁本』に即して、講書における論議の流れという点に留意すれば、すくなくとも、承平の講書の段階、すなわち、九世紀前半の『日本書紀』テキストには「神代上（下）」の標記があったと認められ

る。

『私記丁本』は首部を欠き、「倭面国」についての問答の答えの後半からはじまり（『釈日本紀』にこれに対応する引用があり、それによって判断される）つぎのように続く。便宜的に、問答のうち、問いだけを掲げて一覧する（末尾に、新訂増補国史大系本のページ数を示す）。

……面国遣使奉献。注曰。倭国去楽浪万二千里。男子皆黥面文身。以別尊卑大小。云々。〔一八五〕

問。倭国之中有南北二倭。其意如何。　師説。……〔一八五〕

問。此倭字訓。其解如何。　師説。……〔一八五〕

問。耶馬臺。耶靡堆。耶摩堆之号。若有各意乎。　師説。……〔一八五〕

問。此国称姫氏国。若有其説乎。　師説。……〔一八六〕

問。書紀二字乎合読天不美止云。其意如何。　師説。……〔一八六〕

問。書紀二字。訓釈不同。若各相別読者如何。　師説。……〔一八六〕

問。両字乎一字爾読成。若有所拠乎。　師説。……〔一八六〕

問。書字之訓乎不美止読。其由如何。　師説。……〔一八七〕

問。諸史伝経籍等。只注第一第二。不加巻字。而此書注巻第一習何書乎。〔一八七〕

問。巻第一弁三箇字乎。巻乃 次一巻爾当巻止 読也。少字多詞。若巻乃次一と読如何。　師説。……〔一八七〕

問。此書不注撰者之名。其由如何。　師説。……〔一八八〕

（中略。何によって撰修したか、等。〔一八八―一九二〕）

神代上

問。此巻注神代上。其意如何。　師説。……〔一九二〕

問。不唯言神代。相別上下。其意如何。　師説。……［一九三］

溟涬而含牙。

溟涬二字。引考経籍。皆称天地未分之形。今読倭語。其説如何。　師説。……［一九三］

（以下略）

標題について、「日本」を取り上げた後に、外からの呼称にもふれ、すすんで「書紀」「巻一」の解となる。その後に「不注撰者之名」の問答を掲げる。さらに、「神代上」と標出して、これについての問答があったうえで、本文にはいるという展開である。

「日本書紀巻第一」という標題からはじめたのであり、そのあとに、「問。此書不注撰者之名。其由如何」というのは、通例ならば別行で撰者の名が書かれてあるものだからである。『続日本紀』の、「続日本紀巻――／従四位下行民部大輔兼左兵衛督皇太子学士臣菅野朝臣真道等奉　勅撰／――天皇／（本文）」というかたちなどを念頭においたものとして読むべきである。

日本書紀巻第一
神代上
古天地未剖……

という巻頭のかたちが想定されるのである。これが平安時代前期の『日本書紀』テキストであった。「神代上下」の特立は平安末期の成立だという奥村の判断には従いがたい。

その上で、なお留意したいのは、「私記」に直接かかわる論点（c）である。奥村の引く『釈日本紀』の記事は、『私記丁本』に対応するものであって、異同があるものなのである。対照して掲げよう。

『私記丁本』

問。不唯言神代。相別上下。其意如何。師説。周易有上経下経。尚書有盤康上下。泰誓上下等篇。可謂習此例也。［一九三］

『釈日本紀』「丁本」

問。分神代上下巻。其意如何。　答。師説。第一巻載天神七代之事。故曰神代上。第二巻載地神五代之事。故曰神代下也。周易有上書。下経。尚書有盤康上下。泰誓上下等之篇。可謂習此例歟。［六］

文言から見て、対応は明らかであろう。しかし、傍線を付して示した、大きく異なる箇所が、奥村が、中世的な神道の思想を背景にしたものだというところなのである。

「天神七代・地神五代」という枠組みは新しいものだとしたら——後に述べるが、この点について、奥村の感覚は正しいと考える——、『釈日本紀』「丁本」にそれがあることをどう見るか。異同についての判断をぬきにしていうわけにはゆかないのである。

端的にいえば、『釈日本紀』に引用されているのは、『私記丁本』そのものなのであろうか。まさに基本的なテキスト認識の問題である。

2　『釈日本紀』「丁本」の問題性

『私記丁本』と『釈日本紀』「丁本」とのあいだの異同に関する明確な問題提起として、金沢英之「石清水八幡宮『御鏡等事　第三』所引日本紀私記について」（『上代文学』八〇。一九九八年）がすでにある。

金沢は、『釈日本紀』「丁本」は、「或書」「或説」とするか、あるいは書名を示さないのが原則だが、例外的に「私記」として引くものが六例あるうちに「文章の異同が他の例に較べ顕著である」として、問題を提起したのであった。

金沢が取り上げたのは、以下の三例である。さきのと同様に対照して掲げよう。

『私記丁本』


純男。

問。此純男二字乎乎止己乃加支利止被読。而或説比多乎止己と読。如何。

師説。先師古説之中有此説。宜為後説相副存耳。［二〇〇］

『釈日本紀』


純男。

私記曰。問。此二字ヲトコノカキリ止被読。而或説ヒタヲトコ止読。以何可為正説哉。答。師説。ヲトコノカキリ也。ヒタヲトコ者安氏之説也。宜為後説相副存耳。［一一二一］

天之瓊々玉也此云努矛。

問。此注努字或本作弐。今案。此瓊字下文爾尓と読処爾无注釈如何。

師説。古語謂玉為努。仍有此注。但下文毛亦瓊字乎或努。或爾。通用也。然則作弐之本宜為異本。［二〇四］

天之瓊矛（アマノトホコ）
私記曰。師説。此注。瓊玉也此云努。故先師又拠之。而今或本。努字為弐也。蓋古者謂玉或為努。或為弐。両説並通。唯以弐為異本。［七五］

泥土根尊沙土根尊。

問。煮字上去二声。已依古事記被読。今此根字已無古事記。而亦異読如何。

師説。此亦无所明見。尚複可准煮字歟。［二〇一］

泥土根。沙土根。上神之亦名。

私記曰。問。上煮字拠古事記有変声之読。今此根字已無古事記。而又異読如何。答。師説所見不詳。猶可准煮字歟。［一一二二］

これに対して、金沢は、「これらについては他の私記類とのあいだで文の取捨がなされたか、あるいは内容の近い別本があった可能性を予測させる」という。

「別本」という示唆が注目されるが、右の判断には基本的な点で疑問がある。まず、「他の私記類とのあいだで文の取捨がなされたか」というとき、『釈日本紀』の引用の態度が問われることになってしまう。『釈日本紀』がそうした引用をするものだということであれば、『風土記』などの逸文を『釈日本紀』に得てきたことがあやういものでしかなくなるのだが、『釈日本紀』の引用態度としては、実際に見合わせることができるものに照らしていえば恣意的でなく正確であり、「他の私記」とのあいだで取り合わせるというようなことはしないと認めてよいであろう。

次に、前提として、比較の対象となるものが正当に認定されているか、疑問である。『私記丁本』に対応するのではない記事と比較したとき、異同が大きいのは当然である。講書の継続性を考えれば、相似た説があらわれるのは当然であるが、(2)この三項は、相似に引かれて対応しない記事を比較してしまっているのではないか。

「純男」については、『釈日本紀』は「安氏之説」に言及する。「安氏(之)説」(「安家」「安大夫説」とも)は、主として『釈日本紀』「秘訓」部に引用される「私記」に見える(のべ十三例)が、その後に「公望案」と続くものがあるので(のべ四例。同一のものがあって実質三例)、これらはおなじ「私記」、すなわち、「公望私記」にあったと認められるが、公望が博士をつとめた承平度の「私記」(『私記丁本』)ではありえない(「公望私記」については、参照、本書Ⅱ[二]公望私記について)。

「天之瓊矛」の場合は、内容的にはたしかに似ているが、文脈が違うことからも、問答の形式を残さないことからも対応は認められない。文脈が違うというのは、『釈日本紀』の「私記」はここの注を或本ではニとしていることだけを問題としているのに対して、『私記丁本』は、ここではヌと読むという注があるのに、下文にニと読む注がないことをも問うていて、答えもそれに応じているのであり、同じ文脈とはいえないということである。また、『釈日本紀』「丁本」は原則として問答のかたちを取る(後述)という点にてらしても、これを「丁本」とするのは疑問である。

「泥土根尊沙土根尊」の項は、本書に「泥土煮尊沙土煮尊」とある、その分注についての論議であって、『私記丁本』でも、『釈日本紀』でも「泥土煮尊沙土煮尊」と連動して論議されていることを見るべきであろう。『私記丁本』ではさきに掲げた問答の前に、

泥土煮尊沙土煮尊。
問。此二神名爾煮字乎各異読如何。
師説。古事記全労上声去声也。凡如此神名皆以上古口伝所注置也。彼時所称不同之故。殊労此音也。（以下略、名義を説く。）〔二〇一〕

とあり、『釈日本紀』では、

泥土煮尊。沙土煮尊。
私記曰。問。此二神御名。煮並同字也。何故有変声之読哉。答。是拠古事記。上煮字読上声。下煮字読去声。其由雖未詳。如此之神名。皆以上古口伝所注置也。若是彼時称号如此不同歟。〔二二二〕

とある。ここでも相似していて、同文といってよい記述があることは見る通りだが、二項は一連として見るべきであり、そこで、『私記丁本』と、『釈日本紀』「私記」とが異なるテキストだということは明らかであろう。タームとしても、「変声之読」（『釈日本紀』）は異なるものである。

こうして、金沢のあげた三例は対応させるべきものではないと認められる。論議の基礎が揺らぐのである。

しかし、金沢の説は、『私記丁本』と『釈日本紀』「丁本」との異同の問題を、「別本」として見る方向を示唆した点で大きな意味をもち、新しい局面をひらいたものとして銘記されるべきであろう。ただ、その方向を正しくはたらかせるためには、『釈日本紀』「丁本」の認定をたしかにおこない、『私記丁本』との異同を明確に示し出すことがも

とめられるのである。

3 『私記丁本』と『釈日本紀』「丁本」

まず、『私記丁本』と、これに対応すると認めるべき『釈日本紀』の記事（『釈日本紀』「丁本」）とを対照して一覧的に示そう。便宜的に『私記丁本』は問いだけを引き、『釈日本紀』はページ数を示すにとどめる。異同を見るのに必要な場合のみ文章を掲げ、問題となる箇所に傍線を付した。なお、見合わせの便のために通し番号を付した。

『私記丁本』	『釈日本紀』「丁本」
1 〔問いおよび答え前半欠〕［一八五］	［一〇］
2 問。倭国之中有南北二倭。其意如何。 師説……［一八五］	［一〇―一一］
3 問。此倭字訓。其解如何。 師説……［一八五］	［八］(3)
4 問。耶馬臺。耶靡堆。耶摩堆之号。若有各意乎。師説……［一八五―八六］	［一〇］
5 問。此国称姫氏国。若有其説乎。 師説。梁時宝誌和尚讖云。東海姫氏国。又本朝僧善㮯推紀云。東海姫氏国者。倭国之名也。今案。天照大神者。始祖陰神也。神功皇后者。又女帝也。依此	問。此国謂東海女国。又謂東海姫氏国。若有其説哉。 答。師説。梁時。宝誌和尚讖云。東海姫氏国者。倭国之名也。今案。天照大神始祖之陰神也。神功皇后又女主也。就此等義。或謂女国。或称姫氏国也。謂東海者。

等。称姫氏国。［一八六］

6 問。書紀二字。訓釈不同。若各相別読者如何。師説……［一八六］

7 問。両字乎一字爾読成。若有所拠乎。

師説……［一八六］

8 問。書字之訓乎不美止読。其由如何。

師説……［一八七］

9 問。諸史伝経籍等。只注第一第二。不加巻字。而此書注巻第一習何書乎。

師説……［一八七］

10 問。巻第一弁三箇字乎巻乃次一巻爾当巻止読也。

少字多詞。若巻乃次一と読如何。

師説……［一八七—八八］

11 問。此書不注撰者之名其由如何。

師説……［一八八］

12 問。本朝之史。以何書為始乎。

師説……［一八八—八九］

13 問。撰修此書之時。以何書為本乎。

師説。先師之説。以古事記為本。其時。又問云。若

日本自大唐当東方之間。唐朝所名也。［一一］

［三一七］（＊＊）

［三一七］（＊＊）

［三一七］（＊＊）

［六］

［三一七］（＊＊）

［七］

［一一］

問。撰修此書之時。以何書為本哉。

答。師説。或云。以古事記為本。或云。以先代旧事本

以古事記為本。何有相違之文哉。先師又説云。古事記者。只以立意為宗。不労文句之体。仍撰修之間。頗有改易。云々。（以下略）［一八九］

14 問。考読此書。将以何書備其調度乎。
師説……［一九〇］

15 此時。参議紀淑光朝臣問曰。号倭国云日本。其意如何。又自何代始有此号乎。
尚複答云。……　師説。日本之号。雖見晋恵帝之時。義理不明。但隋書東夷伝云。……［一九〇］

16 問。仮名日本紀。何人所作哉。又与此書先後如何。
師説。元慶説云……彼時又問云。仮名之本元来可有……又説云。所疑有理。但未見其作人耳。云々。今案。仮名之本。世有二部。……［一九一］

17 参議紀淑光朝臣横点云。仮名之起。当在何世哉。
博士答云……［一九二］

18 問。仮名之字。誰人所作乎。
師説……［一九二］

19 問。不唯言神代。相別上下。其意如何。　師説。

紀為本。但以古事記為本者。多有相違之文。古事記者。只以立意為宗。不労文句之体。仍撰修之間頗有改易。云々。（以下略）［四］

［四］

又師説云。日本之号。雖見晋恵帝之時。義理不明。

［一〇］

又問。仮名日本紀。何人所作哉。又与此書先後如何。
答。師説。元慶説云……
又問。仮名本元来可在……
答。所疑有理。但未見其作者。云々。今案。仮名之本世有二部。……［四—五］(4)
又問。仮名之起。当在何世哉。
答……［五］

［五］

問。分神代上下巻。其意如何。

周易有上経下経。尚書有盤康上下。泰誓上下等篇。
可謂習此例也。［一九三］

20　溟涬而含牙。
問。溟涬二字。引考経籍。皆称天地未分之形。今読
倭語。其説如何。
師説……［一九三］

21　薄靡而為天。
問。此文淮南子之文也。彼書靡字作歴。即許慎高誘
等注云。薄歴者。塵飛揚之皃也。而此紀改作靡。其
意如何。
師説……［一九四―九五］

22　神聖生其中。
問。神聖両字。義理各異。仍旧説之中。或有二字相
連読訓之説。而此度相合二字只被読神。其意如何。
師説……［一九五］

23　重濁者淹滞而為地。
厳閣点云。此八箇字乎於母久爾己礼留母乃波都々為

答。師説。第一巻載天神七代之事。故曰神代上。第二
巻載地神五代之事。故曰神代下也。周易有上書下経。
尚書有盤康上下。泰誓上下等之篇。可謂習此例歟。
［六］
［二一八―一九］＊

［七一―七二］＊

［二二〇］＊＊

又問。……
答。師説……［二二〇］（＊＊）

天都知止奈留止被読也。今案。重者自本不浮也。唯
濁者都々為留。然則重字似難読。如何。
師説……［一九六］

24 洲壌浮漂。
問。洲字之訓。説文云。水中地也。毛詩注云。水中
地可居者也。又下文皆訓読嶋也。而此文爾国土と読
如何。
師説……［一九七］

25 問。浮漂之義。依古事記可読久良介奈須太々与倍
留事也。而如字被読如何。
師説……［一九七—九八］

26 国常立尊。
問。此神御名。誰人始称。又若有所拠以為号哉。
師説……［一九八］

27 至貴曰尊自余曰命。
問。諸経史之注皆後人所加也。此書撰述之人便加注
釈。其意如何。
師説。作者自注之例。沈約新撰弁唐暦等也。又晋謝
霊運山居賦。自作其注即載本伝也。然則以此等可為

［二三一］ ＊

［二三二］（＊）

［七三］ ＊、＊＊(5)

問。諸経史皆後人所注也。仮令司馬遷所作之史記。班
固注之。昭明太子所撰之文選。李善注之類也。而此書
撰述之人便加注釈。其意如何。
答。師説。作者自注之例。沈約新撰弁唐暦等也。又晋

作者便加注釈之例也。若拠習此等有此注歟。此日講了。左少弁大江朝臣朝綱就内記所陳云。此説不叶問意。何者此自作自注者詩事也。此事故橘文章博士前帝御時作詩愁之句注也。仍先帝自作自注之例。命尋問。此時答奏之辞。如此説。云々。［一九八―九九］

28　問。此書之注不釈史文多引載一書或説。其意如何。
師説……［一九九］

29　譬猶浮膏而漂蕩。
問。此一書文已引古事記也。然則漂蕩之文乎久良介奈須太々与倍利と可読也。而只多々与倍利と被読。其由如何。

師説……［二〇〇―〇一］

30　厳閣点云。上文云。洲壌浮漂譬猶游魚之浮水上也。此浮漂二字。先師皆宇加比多太与倍留已止と被読也。
（以下略）［二〇三―〇四］

31　殷馭慮嶋。
問。此嶋大八洲未出之前初生之嶋也。今在何処乎。

師説……或云。淡路紀伊両国之境由理駅之西方小嶋。云々。然而彼淡路坤方小嶋。于今得此号也。［二〇

謝霊運山居賦。自作其注則載本伝。然則若拠習此等有此注歟。［七］

［七］

［二二二］＊＊

或書。問。此浮漂二字。先師皆ウカヒタタヨヘル止被読。（以下略）［二二二］＊

或説云。淡路紀伊両国之境。由理駅之西方小嶋云々。然而彼淡路坤方小嶋。于今得此号也。［七五］

五

以上を通覧して、異同の問題とは別に、『釈日本紀』「丁本」の側に対していくつかの留意が促される。

第一に、前掲金沢論にも指摘するところだが、出典を標示することが限られる。ページの欄のあとに付した＊、＊＊のしるしは、＊は「或書」、＊＊は「私記」として出典を標示するものであることを示す。（　）を付したのは「又云」としてあるもので、前の引用につづくかたちで示す場合である。はじめの引用標示を生かして、＊、＊＊を付したが、大事なのは引用の明示だと考える。31をのぞいて、述義部・秘訓部では原則として引用を明示し、他方、開題部前半（四―一二ページ）の十七項（1、2、3、4、5、9、11、12、13、14、15、16、17、18、19、27、28）は、出典を標示するものは一例もないことが注意される。

第二に、右の一覧で明らかなごとく、『釈日本紀』開題部においては『私記丁本』と対応する部分が圧倒的な比重を占め、それを土台としているともいえることが注目される。そのことと、出典を標示しないこととは関わるのではないかと考えられる。この点については後述する。

第三に、問答のかたちで引用するということである(6)。問答のかたちをなさないものは三例あるが（15、26、31）、それらは特殊な条件のもとで引用されるのである。

具体的に言えば、15は、「日本」の号の始めを中国の何に見るかという論議についての「公望私記」を引用したあとに、『私記丁本』に対応するところを一部分だけ取り出したものである(7)。

26は、「国常立尊」の項だが、『私記丁本』はそのなかで「其次国狭槌尊者……其次豊斟渟尊者……」とつづいて化生した二神の名義についてもふれる。そうしたかたちとしてあったものから、『釈日本紀』は、「国常立尊」の論議を「或書」として載せ、「私記曰」として「豊斟渟尊」の名義の説を引くのだが、あとの「私記曰」は問答の体をなさないのは当然といえる。

31は、オノゴロ島の名の意味・所在とその異説をあげる「私記」を引用したのに対して、さらに所在の異説だけを取り出すものである。原則としてもとの体裁のままに引用するという『釈日本紀』の態度として、問答のかたちがうけとられてよいであろう。

4　異本『私記丁本』

異同の問題において注目されるのは、とくに異同の大きい、5、13、16、19、27である。

5は、『私記丁本』が「姫氏国」のみを問題とするのに対して、『釈日本紀』「丁本」は「女国」「姫氏国」の二を、しかも「東海」を冠することをも論議する。後者は広がりをもつ。ただ、前者に存した「本朝僧善椲推紀云」が後者にはない。脱文のようにすっぽりおちた格好だが、後者の文脈は、「宝誌和尚の讖文に云うところの東海姫氏国とは倭国の名だ」として通じる。同じ論議と認めてよいが、二つの記事のあいだには、引用のさいの文字の書き換えという程度ではない出入りがある。(8)

13は、『私記丁本』では「師説」が「先師」との問答を引用するかたちで述べるのに対して、『釈日本紀』「丁本」は或る説を引くというかたちで、「師説」のかたちが異なるものとなってしまっている。文言にも、『釈日本紀』には『先代旧事本紀』への言及があって相違が小さくない。たんに『私記丁本』を引いたというのでは説明できない。

16は、『私記丁本』では、元慶説の引用があって、さらに続いて「彼時又問云……又説云……」と、元慶度の問答が引用されるのであるが、『釈日本紀』「丁本」は、元慶のものではなくなってしまう。『釈日本紀』がそうした操作をするというのでない以上、『私記丁本』を引いたというものではない。

19は、さきにふれたが、「神代上（下）」の標題をめぐって、奥村恒哉の取り上げたところである。「天神七代・地神五代」という要素は、『釈日本紀』「丁本」にあって『私記丁本』にはない。漢籍の体にならったという説と、「天神七代・地神五代」ということで説くのと、異質な二説が『釈日本紀』「丁本」では同居しているのである。これも『私記丁本』の引用ということでは説明できない。

27は、注に関して、『釈日本紀』「丁本」の問いは『史記』『漢書』『文選』をあげて『私記丁本』より具体的であり、答えは、『私記丁本』のほうが朝綱の話まで含んでいるのに対して、逆に『釈日本紀』「丁本」は簡略である。朝綱の話をカットしたというのは、さきに見た、問答のかたちを取らない例と同様の引用の操作といえるかも知れない。『史記』等をあげるのは常識といえるが、しかし、その文言の違いを、『釈日本紀』が『私記丁本』を引用しつつ常識を書き込んだということにすると引用態度を問わねばならなくなる。『私記丁本』を引用したというのでは解決できない。

内容・文言にわたる、右のような相違全体をどう考えるか。『釈日本紀』全体の引用の信頼性ということに関しては、実際に引き合わせ可能なものを見ると、私意を加えられていないと認めてよいであろう。相違は、それぞれに例に即してふれた通り、『私記丁本』そのものを『釈日本紀』が引用したということでは説明できない。同じ「私記」であることは疑われないとして、『釈日本紀』が引いたのは別本ないし異本（異本『私記丁本』と呼ぶこととしたい）と見るべきなのだとあらためて確認しよう。

加えていえば、『私記丁本』では参加者の関わる問答が、「某点云」と、当人をそれと指して記されるのに対して、『釈日本紀』ではすべて単なる「問」にしてしまうということも（17、23、30の三例）、異本『私記丁本』という点から納得されよう。

その異本『私記丁本』をどう位置づけるかが問われる。

ここで、「天神七代・地神五代」に、「平安末期以降に勃興した中世神道の思想」を受け取った奥村説が振り返られるのである。奥村の感覚は正しいのではないか。

要覧の類（通覧の便宜を旨として、天皇の代々を最小限の事項に限って記し、一巻程度にまとめたテキストで、「皇代記」と呼ばれることがおおい。参照、本書Ⅲ[二]「皇代記」の世界）において、クニノトコタチ・クニノサッチ・トヨクムノ・ウヒヂニ／スヒヂニ・オホトノヂ／オホトマベ・オモダル／カシコネ・イザナキ／イザナミを「天神七代」、アマテラス・アメノオシホミミ・ヒコホノニニギ・ヒコホホデミ・ウカヤフキアヘズを「地神五代」として、天皇（人皇）にさきだてて構成することはまさに定型であった。たとえば、『簾中抄』(9)の「帝王御次第」や、勝命『序注』（仁安二年＝一一六七年成か。陽明文庫蔵）に引用された「皇代記」は、「天神七代・地神五代」からはじまり、そのかたちは平安時代末にはすでに定着していたと認められる(10)。

しかし、平安時代初半、講書の時代にはどうであったかというと、それは認めがたい。『宋史』日本伝に、雍熙元年（九八四）のこととして、日本国僧奝然が『王年代紀』一巻を献じたことをいい、これを引用するが、神代にあたるところは、

其年代紀所記云。初主号天御中主。次曰天村雲尊。其後皆以尊為号。次天八重雲尊。次天弥聞尊。次天忍勝尊。次瞻波尊。次万魂尊。次利利魂尊。次国狭槌尊。次角龔魂尊。次汲津丹尊。次面垂見尊。次国常立尊。次天鑑尊。次天万尊。次沫名杵尊。次伊弉諾尊。次素戔烏尊。次天照大神尊。次正哉吾勝速日天押穂耳尊。次天彦尊。次炎尊。次彦瀲尊。凡二十三世。並都於筑紫日向宮。

とある。ここから神武天皇以下に続くのだが、このはやい要覧本が「天神七代地神五代」と異なるはじまりをもつことは、講書の時代に関する大きな示唆となる。

また、想起されねばならぬのは、成尋の『参天台五台山記』に、熙寧五年（一〇七二）のこととして、皇帝の問いへの答えとして、

本国世系、神代七代、第一国常立尊、第二伊弉諾、伊弉冊尊、第三大日孁貴、亦名天照大神、日天子、始生為帝王、後登高天照天下、故名大日本国、第四正勝尊、第五彦尊、治三十一万八千五百四十二年、前王太子也、第六彦火々出見尊、治六十三万七千八百九十二年、前王第二子也、第七彦瀲尊、治八十三万六千四十二年、次人代第一神武天皇、治八十七年、前王第四子也、第七十一代今上国主、皆承神氏、

とあったことである。要覧におけるこれまた強固な定型であった、ニニギ以下三代の治世年数がここに見えるが(11)、「神代七代」という世系の始まりは、「天神七代・地神五代」とは異なるものである。

状況判断として、「天神七代・地神五代」は平安時代の半ばまでには定着していないといえよう。それは承平の講書にあらわれうるようなものではない。『釈日本紀』「丁本」(異本『私記丁本』)の、この記述は、後に加えられていったものではないか。奥村説についていえば、「天神七代・地神五代」が中世的だという発言は正しいが、述べたように、「神代上下」の特立そのものが中世的だとするのは正しくない。中世的なのは、その「神代上下」の意味づけなのである。

異本『私記丁本』と『私記丁本』との関係は、『私記丁本』が「私記」としての元来のかたちであり、それに後代的な要素を加えたものが異本『私記丁本』だと見る方向に導かれるのである。

のみならず、異同の大きい、さきの例のなかで、とりわけ情報がどこから得られたかを問わねばならぬ5をめぐって、他の「私記」から取り込むこともなされたと考えるべきであろう。

5では、異本『私記丁本』は、「東海女国」という、『私記丁本』にはない要素をもつ。それは「弘仁私記序」(『日本書紀私記(甲本)』)に、「武玄之曰東海女国也」とあった(12)ことと関わらせて見ることができる。これをひきこんだものであり、つまりは、別な「私記」から取り込んでしまうということではなかったか。

以上、状況判断的ながら、異同を通じて異本『私記丁本』と、その後代的性格を見るべきだと考える。

5　石清水八幡宮『御鏡等事』の引用から

これにかんして、なお加えたい。

石清水八幡宮『御鏡等事　第三』（本末二巻。『御鏡等事』と略称する。『石清水八幡宮史料叢書』第二巻による）に引かれる『日本紀私記』および『日本紀問答』の記事である。前掲金沢英之論文が取り上げたものだが、これによって問題はより明確になる。『御鏡等事』末巻の、国名に関する記事は次の通りである。

A　大日本国

訓云、オホヤマトノクニ　見日本紀

B　大倭日高見国

大八洲、其第一之洲名日本、日本豊秋津洲也、但豊秋津者、是逮于神武天皇之朝而所加之名也、a私記云、日本国、自大唐東去万余里、日出東方昇扶桑、故云日本、是即唐人所名也、案唐暦云、日本国者和国之別名也、又b私記云、古者令謂之和国、和義未詳、或曰、取称我音之音、漢人所名之字也、此間之人、昔到彼国、而彼国問云、汝国之名称如何、答曰、和奴国耶、和奴猶言吾也、自後謂之和奴国也、通云山跡、山謂之耶麻、跡謂之止、音登戸反、夫天地割判、泥湿未塔、是以栖山往来、因多跡区、故曰耶麻止、又古語謂居住為止、言止住於山也、c景行天皇記云、于時以武内宿禰、令察東方諸国之地形、爰還来奏曰、夫東夷之中有国、其名曰日高見国、土地沃曠也、d古語拾遺云、太玉命之孫天富命、造木綿及麻弁布、注云、麻布此云阿良多倍、仍更求沃壌、以往下総国結城郡、而種樹麻穀矣、麻此云総、故曰総国、今案、可呼下総国結城郡、以云、日高既在大日本洲之地、又我朝本楊肥饒之名、古文挙彼沃壌之国以為詞耳、

C　日本国

延喜四年講日本紀、博士春海記云、今案、日本国自大唐楽浪郡東十五万二千里、日出東方昇扶桑、此国近其地、故云日本云々、又此国生日也、号日本之由云々、

D　日本紀私記云、釈美豆、改倭国号日本国、隋煬帝不許、至唐則(天)皇后許此号

E　海外国記第一云、垂仁天皇十七年、後魏帝中元二年、和国使人大夫来、自称大夫、神功皇后世九年、魏志云、明帝景初三年六月、倭女王遣大夫難斗米等詣郡云々

F　日本国不為海底事

古人云、此国山不高、近海辺云々、仍可為海底也、而依本国神明之祐、不為海云々、

G　姫氏国

日本紀問答云、此国称姫氏国如何、答云、師説梁時、宝誌和尚讖云、東海姫氏国、又本朝善擇推記云、東海姫氏国者、和国之名也、今案、天照大神者姫祖陰神也、神功皇后者又女帝也、依此等称姫氏国云々

H　日本紀第九云、息長足姫天皇諡神功后九年冬十月己亥朔辛丑(以下略)

I　日本国和国之別種也(以下略。『旧唐書』東夷伝日本国条の摘記)

見る通り、諸書の引用から成る(13)。

いま注目したいのは、Gの「日本紀問答」である。『私記丁本』とほぼ同文であり、『私記丁本』が、「日本紀問答」として、ここに引かれるのである。前掲金沢論文は、これを、『私記丁本』は、現実には『日本紀問答』としてあったと考えた。『本朝書籍目録』に「日本紀問答　一巻」が見えるのであり、それにあたるものと見るのである。その判断は正しいであろう。

いまの記事は、さきに取り上げたように、『釈日本紀』「丁本」とのあいだで異同が大きく、異本『私記丁本』の想定をもとめるものの一つであった。「日本紀問答」の位置づけは、異本『私記丁本』の位置づけにかかわる。

和田英松『本朝書籍目録考証』（一九三六年）は、『日本紀問答』について、「日本紀私記の中には、問答体なるもあれば、この書も、その一種なるにや」といい、『勘仲記』弘安元年十月二十二日の記事を掲げる。藤原兼平、一条家経らが平等院経蔵に赴き、『日本紀問答』を書写したと言い、ほぐし分けて分担して写したとある[14]。太田晶二郎「上代に於ける日本書紀講究」（一九三九年。『太田晶二郎著作集　第三冊』一九九二年所収）は、『和歌童蒙抄』巻三に引く「日本紀問答抄」と「或は同じであらう」としたが、その可能性は考えてよい[15]。

『御鏡等事』に引かれたのも、金沢がいうとおり、この『日本紀問答』であったと考えてよいであろう。状況判断を重ねた上にいうことになるが、『私記丁本』がこの『日本紀問答』だと考えると、そこに元来の「私記」が保持されたと見ることができるであろう。平等院の経蔵に秘蔵されていたのであり、伝来の間に改変を被るようなことはなかったと考えられるからである。

このように『日本紀問答』を位置づけうることからも、『釈日本紀』が引いたのは、伝来のなかで元来のものからは変換された異本『私記丁本』であったという判断がささえられるのである。

考えてみれば、『釈日本紀』に引かれた「私記」は、最後の講書から数えてでさえ二世紀以上を経て伝来してきたものである。いま、『私記丁本』と『釈日本紀』「丁本」とのあいだに見た問題は、『釈日本紀』の引く「私記」全体の問題として考えることをもとめられるのではないか。『私記丁本』において異本『私記丁本』を生じたことが、他の「私記」になかったとどうしていえようか。『釈日本紀』に引かれた「私記」をそのまま平安時代前期のものとして見ることは無防備に過ぎる。

『御鏡等事』Bの二つの「私記」引用は、この点できわめて示唆的である。aは、前半の「日本国、自大唐東去万余里、日出東方昇扶桑、故云日本」が「弘仁私記序」（『私記甲本』）と同文であり、ここから「是即唐人所名也」と続け、「案唐暦云」として『唐暦』[16]を引くものである――この文は「弘仁私記序」には見えない――。それは『御鏡等事』の引用操作ではなく、そうしたかたちの「私記」テキストがあったと見るべきことを、『聖徳太子平氏伝雑勘文』からもとめられる。同書下一、「日本国本名和国事」の項に、「日本紀私記云」として、「是即唐人所名也」から『唐暦』の引用までaと同文の記事が載るのである。(17)「弘仁私記序」が変形された記事であり、そうした「私記」テキストがあったのだと見るべきである。

『御鏡等事』の「私記」bは、「古者令謂之和国……漢人所名之字也」と「通云山跡……言止住於山也」(18)とは「弘仁私記序」と同文であり、そのあいだに『釈日本紀』が「私記」から引いたと見られる問答にあたるものをはさむかたちとなっている。ふたつの「私記」の取り合わせ本文なのであるが、いまのような観点に立つと、伝来のなかでそうした『私記』がありえたと考えることが十分可能であろう。

異本『私記丁本』は問題を具体的にかつ明らかに示すものだが、それにとどまらず、「私記」全般について、鎌倉時代までに、「私記」のなかに異本が生じていたと考えておくことも必要なのではないか。

6　兼方本『日本書紀』神代巻と『私記丁本』

なお、『私記丁本』に関して、兼方本『日本書紀』に関する赤松俊秀『国宝卜部兼方自筆日本書紀神代巻　研究篇』(19)の説について付言しておく必要がある。

赤松は、

> 注目されるのは、第一次加注当時の兼方本が丁本をそのままの形で引用していないことである。これは、文永十一年前後の兼文が丁本をそのままの形で知らなかったことを示している。しかし弘安九年に兼方が第二次加注をした時は、兼方は丁本を知っていて、その一部を引用している。

という。

しかし、兼方本には『私記丁本』ないし異本『私記丁本』は引用されていないと見るべきである。

赤松は「その一部を引用している」ということを示していない。いうところの第二次加注をめぐって兼方本と『私記丁本』との関係についてふれるところは次の二箇所である。

「国狭槌尊」の注も「国常立尊」と同じく第二次筆致であるが、これまた丁本と同旨のことを言っている。兼方本の注者は不明であるが、前と同じく兼文が丁本に基づいて注したものであるに相違あるまい。[三〇]

とあり、「前と同じく」というのは、「国常立尊」に関する兼方本の注記（裏書）「神孫長遠常可立栄天下之義也」について、

その説の主旨は丁本同項目所見の「常立之義者、天下始祖将伝子孫万代无窮歟」と同じである。兼方本でそれに一致するのは「三尊御号事」のうち「国常立尊」の釈義であって、第二次筆致で釈紀の先師説と同文を掲出する。[三〇]

としたことをいう。あとの場合も、同旨ゆえ『私記丁本』によったと見られる兼文の説が兼方本に注記され、『釈日本紀』にも記されたというのである。

いずれにしても主旨が同じというのであって、「引用」を証したものではない。主旨が同じというだけなら、「国狭槌尊」の注（裏書）「槌字土也大地未成立国土狭之義也」は、赤松自身が認める通り、『釈日本紀』「公望私記」も同旨なのである。

公望私記曰。問云。此神為狭槌。若有所由乎。　答云。或書作国狭土。然則天地分後未経幾日。故土地狭少。其時此初出。故謂之国狭土尊。[七三]

という「公望私記」と、『私記丁本』に、

国狭槌尊者。開闢之後土地未広之間所生之神也。〔一九八〕

とあるのと、主旨ということからいえば、どちらを踏まえたとも確言できないというしかない。

赤松説は不備であり、兼方本注記には『私記丁本』ないし異本『私記丁本』を直接参看したという確かな徴証はないのである。前掲金沢論は、『日本紀問答』が平等院で書写された後、兼文・兼方のもとにもわたり、兼方本注記や『釈日本紀』に用いられたと想定したが、『釈日本紀』に引くのは異本『私記丁本』であって『日本紀問答』ではありえず、また、兼方本注記についても故ないことであった。周辺問題だが、兼方と『私記丁本』ないし異本『私記丁本』とのかかわりのために明確にしておきたい。

7 問題の方向

『私記丁本』にもどって問題を再確認しよう。

述べてきたような異本『私記丁本』という問題認識を踏まえて、いまある『私記丁本』を承平講書の私記として読む、テキスト理解ははじめられるべきであろう。

そして、『私記丁本』を考えることは、『釈日本紀』「丁本」が後代的な異本であることを認識した上で、それによって補いつつなされてよいであろう。また、異本『私記丁本』との関係から、『釈日本紀』を問うことが試みられるべきであろう。

そうした観点から、『釈日本紀』開題部が異本『私記丁本』を土台としていることについてなお述べたい。

『釈日本紀』巻一「開題」は、その標題の通り、「日本書紀」ということをめぐる一巻である。後半〈分量にして約四割弱〉は「本朝史書」「日本紀講例」「竟宴」の挙例であり、前半は「私記」によって構成される。その前半は異本

『私記丁本』がそのままベースとなり、他の「私記」が組み込まれたというべきものである。具体的にいえば、「弘仁私記序」、「延喜講記」「延喜開題記」「延喜講記発題」[20]、「公望私記」からの引用として明示されるものが、あわせて量的にはほぼ三分の一[21]となる。それを除いた大部分は出典の標示がないが、それらは異本『私記丁本』と認められるのである。

ただ、現存『私記丁本』が零本であるために、そこには『私記丁本』と『釈日本紀』とを突き合わせて認定することができない部分を含む。これに対して、『私記丁本』内部からと『釈日本紀』からと、双方から状況を積み上げることはできる。

まず、「日本書紀」の題号に関する『釈日本紀』「丁本」の一連の問答（〔五・3―六・8〕）は、「問。……答。師説……」という体裁においてあることと、『私記丁本』には「書紀」二字の読み（〔一八六〕）から「巻第一」（〔一八七―八八〕）、「神代上」（〔一九二〕）とすすめてゆく文脈をさかのぼればあるべきだったものとしてもとめられることと、あいまって、『私記丁本』にもこれに対応するものがありえたであろうと考えられる。

また、やはり論議の脈絡という点で、『釈日本紀』「丁本」が「倭面」以前、少なくとも「倭奴」（〔一〇・2〕）から一連であることを見よう。「倭面」問答の直前の問いに「大倭。倭奴。日本。三名之外。大唐別有称此国之号哉」（〔一〇・8〕）とあるから、中国側からの称としてその三を取り上げたのであり、その前の「倭奴」問答から続き、これに対する「師説」は「史書中耶馬臺。耶摩堆。耶靡堆。倭人。倭国。倭面等之号甚多」とあって、以下の「倭面」「耶馬臺。耶摩堆。耶靡堆」の問答を導く。「倭奴」から「倭面」まで（〔一〇・2―4〕）の一連性は明らかである。この『釈日本紀』「丁本」と、『私記丁本』との文脈の共通性は肯われてよく、『私記丁本』にもいま『釈日本紀』「丁本」に見るところと対応するものがあったであろう。「問。……　答。師説……」という体裁の一貫性からもそれは支持されよう。

こうして、『私記丁本』の首欠部にありえたと見られる部分をも想定しつつ、異本『私記丁本』を考えるとき、『釈日本紀』巻一開題前半は、「弘仁私記序」『延喜講記』『延喜開題記』「公望私記」から組み込んだほかは、全体が異本『私記丁本』だということになる。土台という所以である。異本『私記丁本』によって、この巻一開題は成り立つのだといえる。

そうした認定とともに、これら巻一前半の大部分について出典を標示しないのは、それを土台としたからだと答ええよう。異本『私記丁本』に、いくつかの「私記」を切り入れたのであるとすれば、切り入れたそれぞれに出典を標示しても、異本『私記丁本』の側にないのは当然といえるのではないか。

そして、そうした土台となったものとして見るとき、にもかかわらず、『釈日本紀』が、「倭」「日本」にかんしては『私記丁本』を排除するという問題が浮かび上がってくる。そこでは「公望私記」によっているのである。「日本」は唐から名づけられた称だとする他称説に立つ『私記丁本』を排除して、『釈日本紀』は、自称説の「公望私記」によったのだと見るべきであろう。このことについては、本書Ⅱ「四承平度講書の「日本」論議」において取り上げる。

付

『私記丁本』の筆録者について、前掲太田晶二郎「上代に於ける日本書紀講究」は、「厳閤」と呼ばれる者の発言があることから、「筆録者は父も共に列筵した者である。之を天慶竟宴歌作者中に求め得るとせば、藤原忠平と男実頼・師輔・師尹が有る。三子の内の何れかはなほさら証を得難いが、講席に出たことを記す史料の遺存を以て蓋然性を加へるならば、師輔となる」と示唆した。ただし、太田は、「『唐暦』について」(『太田晶二郎著作集　第一冊』吉川弘文館、一九九一年。初出一九六二年)においてこれを撤回した。「承平度私記残闕ノ筆録者ニ関スル推測ハ疎漏デアツタコトヲ、桃裕行氏ノ指摘ヲ蒙ツテ知リ、大イニ慙愧シテヰル」と、その注二三にいう(同書八二ページ)。

桃の指摘がどのようなものであったかは知りえないが、『十訓抄』十ノ二に、菅原輔昭について、詩序の作者に指名されたときのこととして、「厳閤の助成をうたがひて、院門を閉ぢて、往反せしめず」とある（新編日本古典文学全集による）。「厳閤」は父文時のことだが、筆者の言であって、他人の父の尊称である。『私記丁本』においても、父子で参加した忠平のことをそう呼んだのであろうが、「厳閤」によって筆者を忠平の子息だということはできない。

注

（1）この見地は、『古今集の研究』（臨川書店、一九八〇年）にも述べられる。『日本書紀』にとって重大な問題提起だが、きちんと受け止められてきたとはかならずしも言えない。

（2）たとえば、「磤馭慮嶋」の所在について、

『私記丁本』—師説。（略）其在処在淡路嶋之坤角小嶋也。或云。淡路紀伊両国之境由里駅之西方小嶋。云々。然而彼淡路坤方小嶋。于今得此也。（二〇五）

『釈日本紀』—私記云。（略）今見在淡路嶋西南角小嶋是也云。俗猶存其名也。或説。今在淡路国東由良駅下。（七五）

と相似た説を見るとおりである。

（3）『釈日本紀』は、問答のあとに『東宮切韻』『玉篇』を引用する。「師説」に「今案。諸字書等中。又指無訓読」とあるのに対して「諸字書」を示したものであるが、問答と一連ではなく、『釈日本紀』「丁本」には含まれないと判断する。

（4）『私記丁本』では「元慶説」として二組の問答を引用するのであるが、『釈日本紀』では第二の問答を「丁本」自体の問答であるかのようにして、二項とする。

（5）『私記丁本』は、「国常立尊」から「国狭槌尊」「豊斟渟尊」の名義までを一続きにして一項とするが、『釈日本紀』は、「国狭槌尊」「豊斟渟尊」を別項とし、「国常立尊」に「或書」、「豊斟渟尊」に「私記曰」として『私記丁本』に対応する記事を引く。この例を見ると、「或書」「私記」という引用書標示の別がどれだけ意味をもつものか、疑問である。

（6）『釈日本紀』「丁本」は「問……答。師説……」というかたちをとる。『私記丁本』が「問……師説……」というのに対して、『釈日本紀』では問答のかたちを明確にして「答」を前置するのだが、これも所拠のテキストにそうあったものと見られる。また、「答。師説。……」とならず、「答。」とだけあるものも、1、3、10、17、22の五例を数える。

（7）『釈日本紀』開題部が異本『私記丁本』を土台とすることは、あとにも述べたとおりであるが、「倭」「日本」の名にかかわ

るところ（八—九）は、「晋恵帝云々」だけをのこして、「公望私記」によったと見られる。そのことは意識的というべきであり、『釈日本紀』の問題として問われる（参照、本書Ⅱ四承平度講書の「日本」論議）。なお、恵帝の時代は、二九〇—三〇六年だが、「日本」の号が見えるとは何によっていうのか、追尋しえていない。

(8)「東海姫氏国」については、参照、本書Ⅱ四付論「東海姫氏国」と「野馬台詩」。

(9)藤原資隆が八条院（鳥羽天皇皇女暲子）のために撰進したというが（『塵添壒囊抄』）、「帝王」等、部分的に南北朝時代までの書き継ぎがある。

(10)真名序の「神世七代、時質人淳、情欲無分」についての注として、『竟宴和歌』、信西『日本紀鈔』等を引くなかに、「皇代記」の冒頭とおぼしい、定型化した天神七代・地神五代を見る。ただ、国常立尊を第一にすえるはずのところが、

一、天鏡尊　コレハ、ヨノハシマリノカミナリ、クニノトコタチノミコトヲハ、コノアメノカ、ミノミコトノウミタマヘルトソ

角機神　コレモヨノハシマリノカミト、日本紀ニミエタリ

とあって、以下の国狭槌尊、豊斟渟尊と続く。「天鏡尊」「角機神」の二項は、ともに信西『日本紀鈔』によるが、もとは、国常立尊に対する補足的引用かと思われる。混乱を生じているが、定型的な天神七代・地神五代と見て誤りないであろう。

(11)ただし、「皇代記」類のなかで数字には微妙なゆれがある。参照、平田俊春『神皇正統記の基礎的研究』（雄山閣出版、一九七九年）。

(12)出典は『韻詮』か。『日本国見在書目録』には、武玄之撰として、「韻詮十巻」、また、「韻詮十二巻」を載せる。『新唐書』「芸文志」には、「武元之韻銓十五巻」とある。切韻系の韻書である。『釈日本紀』が「倭」にかんする問答のあとに引いた「東宮切韻」のなかの切韻系諸本も同様の記事を有する。参照、本書Ⅱ四付論「東海姫氏国」と「野馬台詩」。

(13)金沢の指摘したように、C、D、Eは、逸文資料として注目される。とりわけ、Cの「延喜四年講日本紀博士春海記」は『釈日本紀』などに「延喜開題記」などとして引用されるのとおなじものと見てよい。ただ、Bのなかのc「景行天皇記」d「古語拾遺」の引用は、『日本書紀』『古語拾遺』と異同が少なくなく、『日本書紀』『古語拾遺』そのものによったかどうか、問題が残る。

(14)家経は、父実経とともに卜部兼文の日本紀講釈をこの数年前に受けていた。太田晶二郎「上代に於ける日本書紀講究」（『太田晶二郎著作集　第三冊』吉川弘文館、一九九二年。初出一九三九年）のいうように、もし経蔵のことのほうがさきで

あったなら、『釈日本紀』の「摂問」にこの書のことが取り上げられていたかも知れない。

(15)「やまと」の謂れを、「言は、山の跡と云也」として「委見日本紀問答抄」とあるもので、実見しているかどうかは留保が必要だが、開題部の国名の論議を指している。『私記丁本』では現在うしなわれた冒頭部にあたる。

(16)『唐暦』については、参照、太田晶二郎「『唐暦』について」(『太田晶二郎著作集　第一冊』一九九一年。初出一九六二年)。

(17)両者の間には、即—則、和—倭、等の小異があるにすぎない。

(18)『釈日本紀』に、

問。唐国謂我国為倭奴国。其義如何。

答。師説。此国之人昔到彼国。唐人問云。汝国之名称如何。自指東方答云。和奴国耶。云々。和奴猶言我国。自其後謂之和奴国。

とあり、異本『私記丁本』によったと思われるが、傍線部は『御鏡等事』の文と相似する。

(19)『国宝卜部兼方自筆日本書紀神代巻　印影編上下』『同　本文編』『同　研究編』全四冊として刊行されたものである。

(20)『釈日本紀』に引用された、これら「延喜講記」「延喜開題記」「延喜講記発題」は同一の書と見てよい。参照、石崎正雄「延喜私記考(上)」(『日本文化』四三、一九六四年)。なお、注(13)参照。

(21)新訂増補国史大系本の行数による計算。はじめの「弘仁私記序」のあとの『続日本紀』の引用、および中国正史の引用と、「倭」の問答のあとの字書の引用は、『釈日本紀』の編者自身の書き込みと見てのぞいて計算した。

〔二〕「公望私記」と「元慶私記」

1 「公望私記」のありよう

「日本紀私記」の資料批判のために、「公望私記」について見たい。「公望私記」は、『袖中抄』『釈日本紀』等に多数の引用があり、そこには、「私記」を考えるための問題がおおく含まれているからである。

「公望私記」については、延喜度講書の尚復にして承平度の博士であった矢田部公望が、延喜の講書のために元慶度の講書にかかわる「私記」に注を書き加えて備えたものと見るべきであることを、はやく太田晶二郎「上代に於ける日本書紀講究」（『太田晶二郎著作集　第三冊』吉川弘文館、一九九二年。初出一九三九年）が明確に提言した。「元慶の問答を録した既成の私記に後から公望が案を書き加へた二段構成のもの」だというのが太田の提起であった。それを再確認しつつすすめよう。

まず、その構成が、「私記」を引いて批判を加えたものだということは、『釈日本紀』に引用された「公望私記」について見るに、前の「私記」と切り離すことができないことに明らかであろう。

たとえば、「国常立尊」の項に、「公望私記曰。案古事記。此五神下注云。……」（七三。『釈日本紀』により、そのページ数を示す）と、『古事記』には国常立より前に出現する神があることに関して問題とするのは、その前の「私記」の問答が、「問云。案古事記。自国常立以前。先有五柱神人也。而今此紀不載之。其説如何。　答云。今此紀不載之由未詳」（七二—七三）としたことに対する批判であって、一連であってこそ意味をもつ。「公望私記」だけ切り離したのでは、「此五神」ということが文意をなさない。こうしたコメントが、問答の続くなかに書き込まれてあるような場合があることも、「大日孁貴」の項（七九）、「可以治滄海原潮之八百重也」の項（八九）について、太田の示した通りである。

この「国常立尊」の項は、「公望私記曰。（略）問云。……答云。……公望私記曰。案古事記。……」とあって、はじめの「公望」二字はミセケチになっている。太田は、こうした例は、「首めから同私記で一連であるのを、別のやうに作つたのであらう。蓋し元慶の問答の部分は公望の名に係けて引くのは妥当でないとし、彼の批判そのものだけに限らうとしたものか」という。「国常立尊」の項の前後にも、「公望私記曰」として引用しつつ、「公望」をミセケチにするものがある。「溟涬」（七二）、「精妙之合摶易」（七二）、「国狭槌尊」（七三）、「埿土煮尊沙土煮尊」（七三）、「面足尊惶根尊」（七四）の五項である。これらはあとに批判や言及がつかないものであり、もとの「私記」の記事のままであって、それを慮って「公望」をミセケチにしたのだが、引用したそのテキスト自体は「公望私記」と呼ばれていたのだと、太田の言うところが納得される[1]。

こうした「公望私記」の態様について見るのに好適な例として、「湯津杜木」の項（一一三）をあげよう（図1）。「私記曰」として、「惟良大夫」が、「杜」は「桂」のあやまりではないかと問うのに対して、「師説」はただ「不詳」と答えた、とある。この問答は、「杜木」に「此云可豆邏」という、『日本書紀』自体の訓注があることについてなされている。「公望私記」は、「不詳」という答に対して、「杜」の誤字はあきらかだと批判する。『先代旧事本紀』には「楓木」とあり、カツラであることは確かで、「杜」にカツラという訓はないのだから、「杜」と「桂」は似ているが故のあやまりと見るべきだというのである。

これにかんして、兼方本頭書・兼夏本裏書を見合わせると（引用の態度について信頼できるものとしてこの三者を見合わ

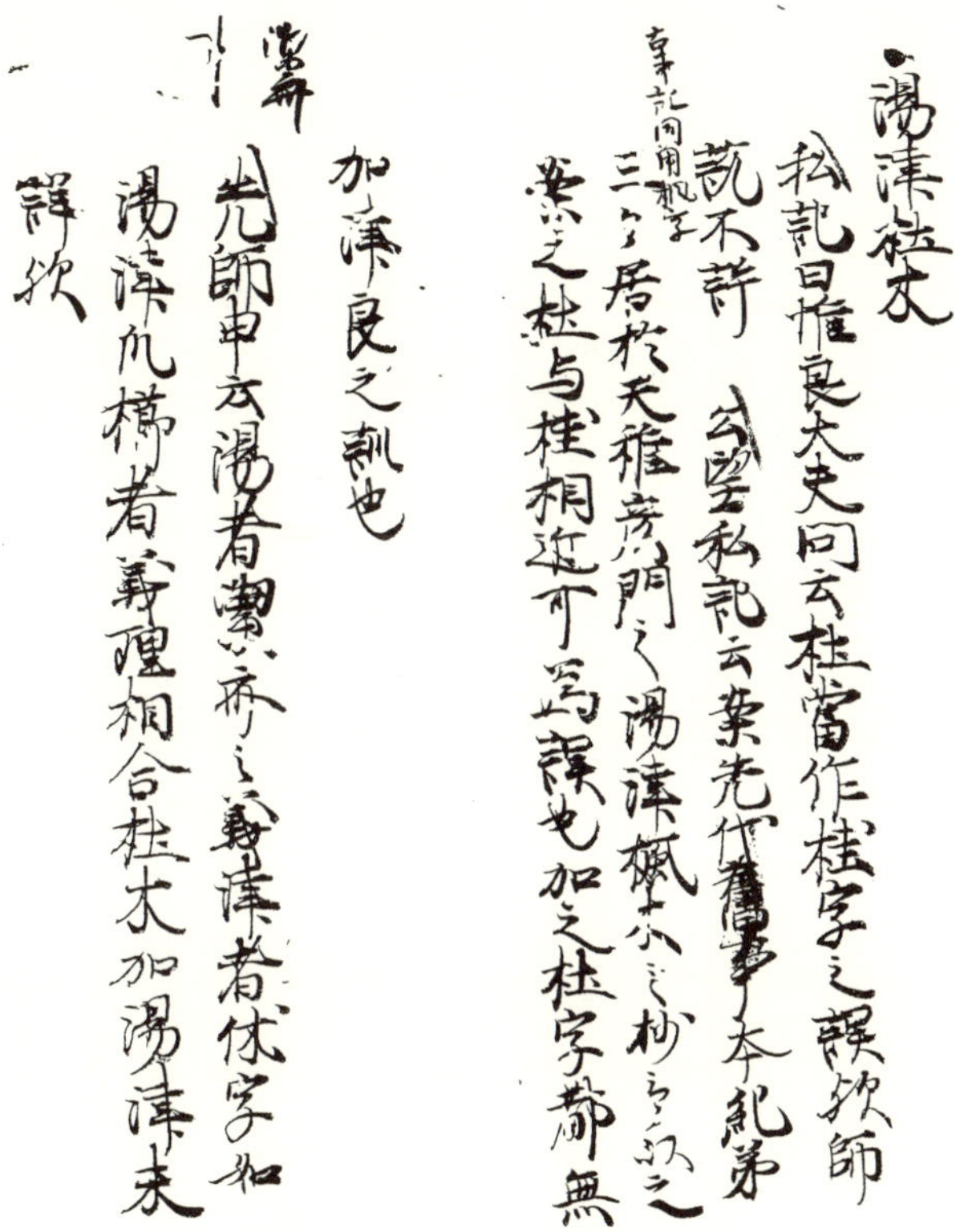
・湯津杜木
私記曰惟良大夫問云杜當作桂字之誤歟師
説不許　公望私記云案先代舊事本紀第
古事記同用桂字
三云居於天稚彦門之湯津楓木之杪云〻然則之
案之杜与桂相近可爲誤也加之杜字都無
加津良之訓也
先師申云湯者潔齋之義津者助字如
湯津爪櫛者義理相合杜木加湯津未
詳歟

図１　『釈日本紀』「述義」四

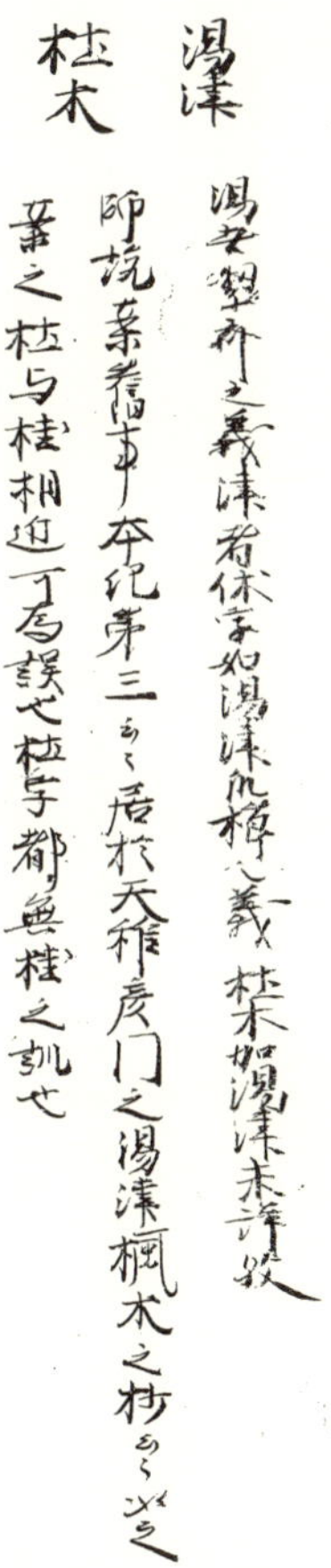
湯津
湯者潔齋之義津者休字如湯津爪櫛之義　杜木如湯津未詳歟
杜木
師説案舊事本紀第三云〻居於天稚彦門之湯津楓木之杪云〻然之
案之杜与桂相近可爲誤也杜字都無桂之訓也

図２　兼夏本裏書

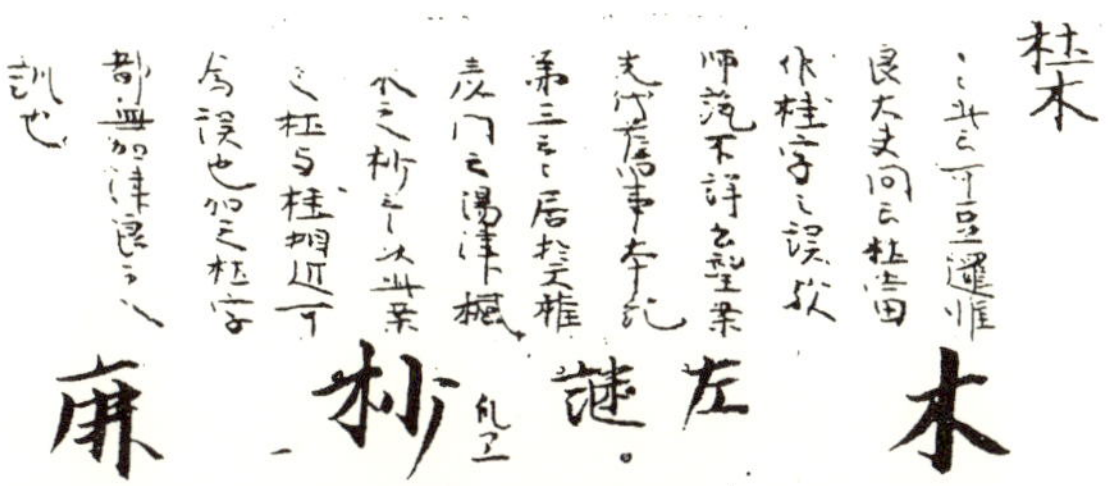

図３　兼方本頭書

せうる。参照、本書II［三］『釈日本紀』の「私記」）、なおはっきりするところがある。その批判部分のはじめが、『釈日本紀』に「公望私記云案」とあり、兼方本に「公望案」とあり、兼夏本は「師説」から、ただちに「案先代旧事本紀第三云々」とつづく（図2・3）。

兼夏本は「師説不詳」の「不詳」を省略してしまったのであった。もとの「私記」と、公望の注とはひとつづきであって、『釈日本紀』は、ここからが公望のコメントだということをあきらかにするために、「公望私記」として標示したと認められる。公望の批判的言及は、ただ「案」（案ふるに）というだけであったかと思われる。

「公望私記」は、「二段構成」というより、公望が批判を書き加えた「私記」——「私記」の存在態様——というのが適切であろう。全体が「公望私記」と呼ばれるが、実質は先行の「私記」にほかならないのであった。その全てにわたって公望の注が書き込まれていたというわけでもなく、原形としての「私記」がほぼ確実に取り出せるようなものだったから、『釈日本紀』は、公望のものでないものについてはただ「私記」として引用することにしたのだと受け取られる。

『袖中抄』（引用本文は、校異によってあらためたところがある）が「日本紀注」あるいは「日本紀公望注」「公望注」として引用する「公望私記」は十五例にのぼるが（重ねて引くものがあるので延べでは十七例）、『釈日本紀』に対応する十二例（のべ十四例）中、十例（のべ十二例）まで、『釈日本紀』ではたんに「私記」として引くことは、そのように見て納得されるであろう。対照して、項目および見出しと書き出しとを書き抜いて一覧的に掲げれば、以下のとおりである。

	『袖中抄』	『釈日本紀』
i	「ウラベカタヤキ」 問云　今此云太占云　是何占乎（中略）已上公望	「太占」 私記曰。問。是何占哉。（以下略）（七八）

注也（以下略）（一五六）

ii「ユツノツマグシ」

日本紀注云　湯津爪櫛　師説　湯是潔斎之義也（以下略）（一五九）

iii「アラヒトガミ」

A 日本紀云　スミノエ　古記　古ハ称善事為江云々（二八）

B 住吉大神スミノエノ大御神　古事記云　墨江之三前大神也（一九九）

C 日本紀曰　底筒男命　中筒男命　表筒男命　是則住吉大神矣

注云　須美乃江乃大御神　古事記云　師説称善事為江云々　墨江之三前大神是也（以下略）（三一二）

iv「アハユキ」

私考日本記云　若沫雪アハユキノゴト師説沫雪ハ是雪之脆弱者也（以下略）（三六五）

v「トコヨノクニ」

又考日本紀公望注云　常世　問云是何処乎（以下略）（一〇七）

「湯津爪櫛」

私記曰。師説。湯者。是潔斎之義也。（以下略）（八六）

「住吉大神」

私記曰。問。上文。底津中津等神名。既有所由。今此底筒。中筒。表筒等三神名。若有所見哉。（以下略）（八八）

「若沫雪」

私記曰。問謂沫雪其意如何。（以下略）（九四）

「常世」

私記曰。問。是何処哉。（以下略）（九七）

vi「タマクシ」
日本紀公望注ニ真坂樹八十玉籤　問曰玉籤者是何物乎（以下略）（三二一）

vii「アラヒトガミ」
師説水中葉甚翠稚也（以下略）（三二三）(2)

viii「アラヒトガミ」
日本紀云　現人之神アラヒトガミ　師説神自称之号也（中略）公望案借名日本紀　可謂帝之号ト（三二三）

ix「ヲシテルヤ」
考日本紀云　難波高津宮　於辞弖履　師説難波之崎如推出也（六二）

x「サイバリ」
考日本紀云　婆利我曳陀　師説所登之木是榛木也故云

「真坂樹八十玉籤」

私記曰。問。玉籤者。是何者哉。（以下略）（一〇四―五）

「水葉稚」

私記曰。師説。水中葉。甚翠稚也。（以下略）（一五〇）

「現人之神」

私記曰。師説。神自称之号也。（以下略）（一六二）

「於辞弖履」

私記曰。難波之碕如推出也。（三一五）

「婆利我曳陀」

私記曰。師説。所登之木。是波利乃木也。故云。（三三〇）

『袖中抄』では、「日本紀（記）」としかいわずに「師説」を引用する場合もある（iiiA、iv、ix、x）。これらにかんしては、iiiCに「日本紀」を引き、その「注」として示すのは「日本紀公望注」「公望注」と見られるが、それがiiiAではただ「日本紀」として引かれるのであったことにてらして、「公望私記」を経由すると見てよいものとして掲げた。

『袖中抄』にとっては、公望の名を負う「日本紀」の注としてあった。ただ、これらには公望の批判的言及がなく、もとの「私記」の記事のみであった。それとおなじものが、『釈日本紀』にただ「私記」としてあらわれるのであった。『釈日本紀』には、もとの「私記」の記事は、公望の名を冠することを避けるという判断があって、たんに「私記」として引用したと考えられる。要するに、ある「私記」が、「公望私記」として存在することとなったのである。

2　土台としての「元慶私記」

もとにあった「私記」はどういうものか。それは一つの「私記」であり、「元慶私記」と見るべきだというのが太田説であった。これに対しては、はやく関晃の批判があった（「上代に於ける日本書紀講読の研究」『関晃著作集』第五巻、吉川弘文館、一九九七年。初出一九四二年）。関は、「公望私記」の批判する「私記」は、元慶度に比定されるものが多いことは認めてよいが、元慶度とするには支障があって延喜度のものと見なければならないケースがあり、元慶度のものとは限定できないという。

公望が延喜講書と承平講書との間の或る時期に於て、従来存する数種の私記を取捨し批判を加へて「公望私記」なる名称の書を編述し、釈紀の編者は其の中より公望自身の説の部分のみを取出して「公望私記曰」と冠し、他の部分を凡て私記曰として揚げたのではないか（以下略）

というのである。『釈日本紀』の引用態度に関わるところは太田の説いたものであることは見た通りである。問題は、「数種の私記を取捨」したという判断だが、それは妥当とはいえないのではなかろうか。

関が、元慶度とするには支障があり、延喜度のものと見なければならぬとしてあげた例は、決定性に欠けるのである。関のあげた例にそくしていおう。『釈日本紀』秘訓一に、

含牙。

私記曰。問。此云溟涬而含牙也。即是春秋緯文也。説彼文者皆云。牙者万物萌牙之義也。然則此云牙者遍通万物之牙。非独葦牙。只キサシヲフ、メリ止可読歟。答。旧説又有キサシ之読。但案仮名本。全云含葦牙。故存其文猶読葦牙也。即是天地初分之後。化為国常立尊者也。然則是不開万物之牙也。猶宜読葦牙。又問。凡製書之例。若有同事両処者。具前略後也。今此前云含牙。後云葦牙。若前後同物者宜云含葦牙。而今略前具後。可謂乖尋常製文之例也。然則是不同物甚明。如何。答。先師相伝之説也。今論物意雖可如問。於輙改読所不忍也。又旧説有読キサシ。而先師棄而不同。今又所不取也。

公望私記云。師説又非也。何則借名古本全云葦牙。此書若同彼書者宜云葦牙也。而今此棄葦而只云牙。至於下文乃云葦牙。明知含牙与葦牙不相同也。而猶執旧説不改読之。公望意所不取也。宜拠問者之説歟。（二一九）

とある。『私記丁本』に、

問。含牙之牙。先々之説皆読阿志加比。而此度被読支佐志。其心如何。

師説。先師之説有葦顕之説。然而下文葦牙之処可読此説也。此含牙者。万物萌牙之義也。非可指謂葦牙。仍取萌牙支佐志止可読。但先師阿志可比と被読説者。可相存。（一九四）

とあることから、関は、

延喜講書に於て、支佐志の説が殆ど無視されてゐた事を示してゐるが、先の公望私記に示されてゐる公望の確信を以てすれば、延喜の講筵に臨んで簡単に阿志加比説に屈服するとも思はれない。又、元慶度からこれだけ支佐志説が有力であれば、先々之説皆読阿志加比といふ事は有り得ない。従つて、此の公望私記は矢張り延喜度のものであらうと推測される。

という。

しかし、関のいうことは、延喜度と考えても理解できるという以上のものではない。元慶度とはいえないということとが証されていないのである。「元慶度からこれだけ支佐志説が有力であれば云々」といい、「延喜の講筵に臨んで簡単に阿志加比説に屈服するとも思はれない」というが、キサシ説が、代々の講書の博士のいれるところとならなかったといえばそれまでだ。元慶度と見ても差し支えなく、太田説に対する反証とはならない。

むしろ、ここでも「元慶私記」を引用したと見るべきではないかと考える。「師説又非也」とあったが、「又」というのは、その直前の「溟涬」の項とつながって意味をもつからである。「溟涬」の項は長大だが、その「私記」を、博士の言を主に要約すれば、

『古事記』に天地初分をクラゲナスタタユヘルというのとあわせて読むこととしたが、天地未分と見るべきだと問者がいうのは理を得ている。ただ、先師相伝の説として読みは改めがたい。問者はククモリテ説を主張するが、承和の代の読みとしてもこの説のあることは聞かない。天地未分の時に、クラゲの如き物がありえたのかということについては、一書に「天地未生之時。譬猶海上浮雪無所根係也」ということをもって推せばよい。（二一八）

というものであった。これを批判して「公望私記」は、

公望私記曰。今案。師説非也。何則古事記所指者。是天地初分之後也。既云取古事記之訓以何相合天地未分之時乎。又案古事記。修理固成是多陀用弊流之国賜天沼矛也。然則是皆指天地已分之後也。又溟涬者。是元気渾沌之言也。非謂形質初具。又一書云。天地未生者。案当是天地初定。猶未堅固之間。仮称未生耳。豈是天地未分歟。若果謂之天地未分者。国常立尊為在天地未分之前歟。先師已誤。後儒必固也。宜拠ク、モル若者ホノカニ之説。今師説。可謂違古事記之文耳。（二一八）

という。この「師説非也」に対して、さきの「師説又非也」が対応する。批判したのは当然同じ「私記」であろう。

その「私記」のなかで、「溟涬」の読みに関して、博士は承和の講書のことに言及していた。

答。承和之代。博士春澄。博士滋相公共定読之日。所不聞此説也。（二一八）

とある。承和度の講書の博士は、菅野高年と伝えられる（『釈日本紀』開題「日本紀講例　康保二年外記勘文」）が、春澄善縄・滋野貞主というその代の碩学が関わったものとしても伝えられていたのである。そして、承和度への言及は、『釈日本紀』のなかに、他にのべ三例を見る。

a　爾田村皇

私記曰。愚案。上下既有田村皇子。今此処無子字。然則書著読之如何。菅内史称善。師説。承和説無子読之。今案。義理依違。須書著読之乎。今讐校諸本。皆無子字。疑書写之人所落也。（一八七。二五八重複）

b　画滄海

私記曰。問。画字訓読長短之説如何。　答。師説アヲウナハラヲ。シホコヲロコヲロニカヒナシテ。是古事記之説也。但旧説只画読カキナス。而昔承和之講。滋相公相定云。既有鳴声。当標其響。故依古事記之意加此長詞耳。（二一四）

aの「愚案」は「愚実案」と同じとみてよく（太田前掲論文）、この「私記」は、矢田部名実による元慶度の「私記」と認められる。そこで承和説に言及するのは、その前回の講書だったからであり、bの「滋相公」にからめて承和の講書にふれるのもまた同じと見てよい。それらとともに、当面の「春澄・滋相公」にからめた承和度講書への言及も元慶度の「私記」の引用と判断するのが穏当ではなかろうか。

関は、「公望私記」が延喜度の「私記」をも引用していたという根拠として、他に、秘訓一「譬猶浮膏而漂蕩」の項をあげる。ここに引く「私記」は、承平度の「私記」たることが『私記丁本』との対応から明らかだが、その後に「公望私記」を引く。

譬猶浮膏而漂蕩。

私記曰。（略）

公望私記曰。橘侍郎案。依古事記可読云々。而師不読之。（二一二）

とあるが、「橘侍郎案」は、述義「天神」の項にもつぎのように見える。

天神。

私記曰。（略）又問。国常立尊者。是葦牙之所化也。今此等天神者何物所化生哉。答。先儒説不伝。抑今可求。

橘侍郎案。是上所謂隠坐神等也。（七七）

その「橘侍郎案」に「延喜私記」と傍書することをもって、関は、「此の橘侍郎が延喜度の人と考へるのが自然である」というのである。

しかし、「天神」の項の場合も、「譬猶浮膏而漂蕩」の項と同じく「橘侍郎案」は「公望私記」にあったと考えられる。傍書の「延喜私記」は「延喜公望私記」の謂いで、問答の後の部分を公望の注として示すためのものだと見ることが十分可能であり、延喜講書ということの決定的な証とはならない。

関の太田説批判は決定性に欠け、反証たりえないといわねばならぬ。太田が示した通り、『釈日本紀』「現人之神」の項の「治部卿」（一六二）は、『袖中抄』に「治部卿在原朝臣」とあるが（三一三）、元慶講書の間、在原行平が治部卿であったのに照らして、「公望注」のなかのこの「私記」は「元慶私記」を引用したことは動かしがたい。やはり、全体として、ひとつの「私記」、すなわち元慶度の「私記」によったとするのが穏当であろう。「延喜公望私記」と呼ばれることがあるのは、延喜の講書に尚復をつとめるにあたってなされたことによるという太田説を否定するだけのいわれはないのである。

むしろ、より積極的に、『釈日本紀』が、「公望私記」の土台は元慶度の「私記」だと見ていたと思われる例もあげられる。

「曾戸茂梨之処」の項（一〇八）である。『釈日本紀』・兼方本頭書・兼夏本裏書の三者を見合わせよう（図4―6）。

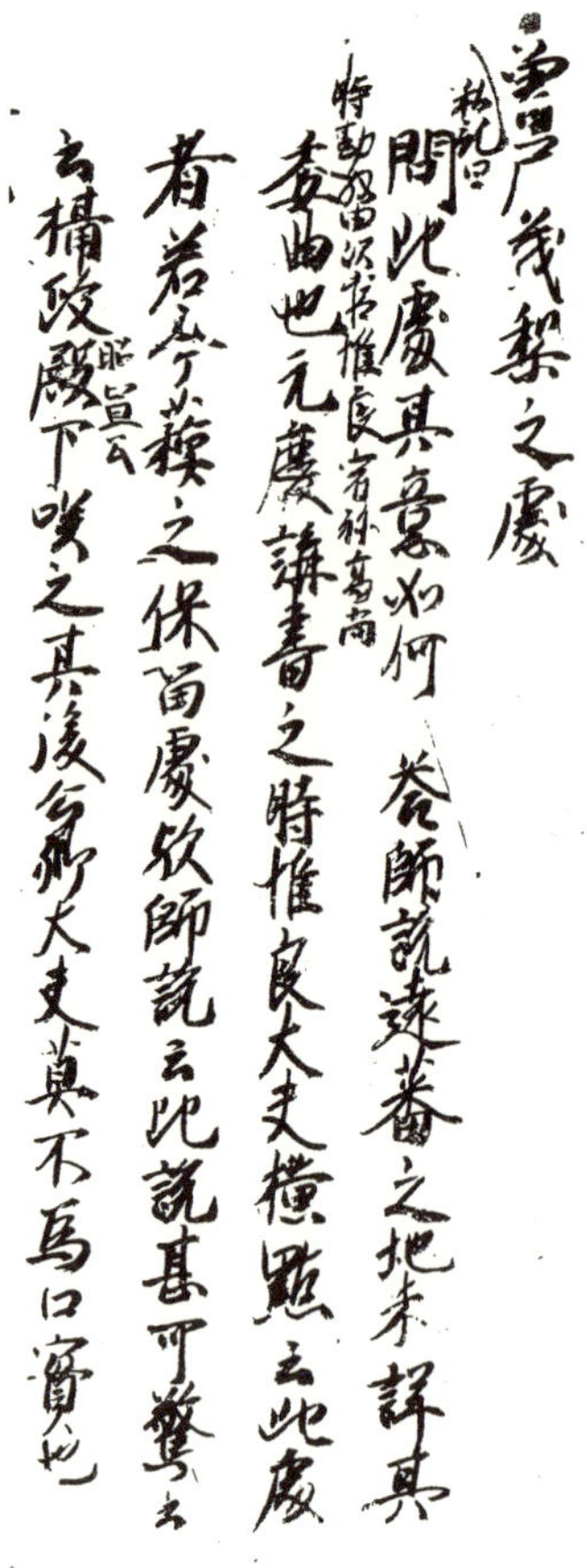

図4　『釈日本紀』「述義」三

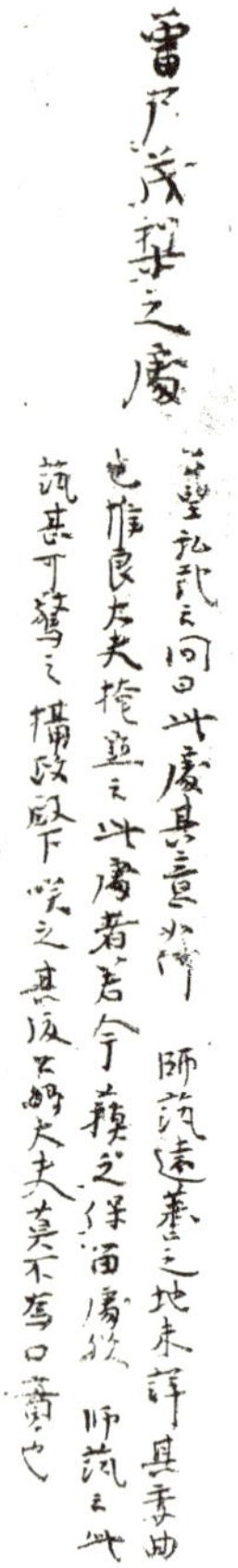

図6　兼夏本裏書

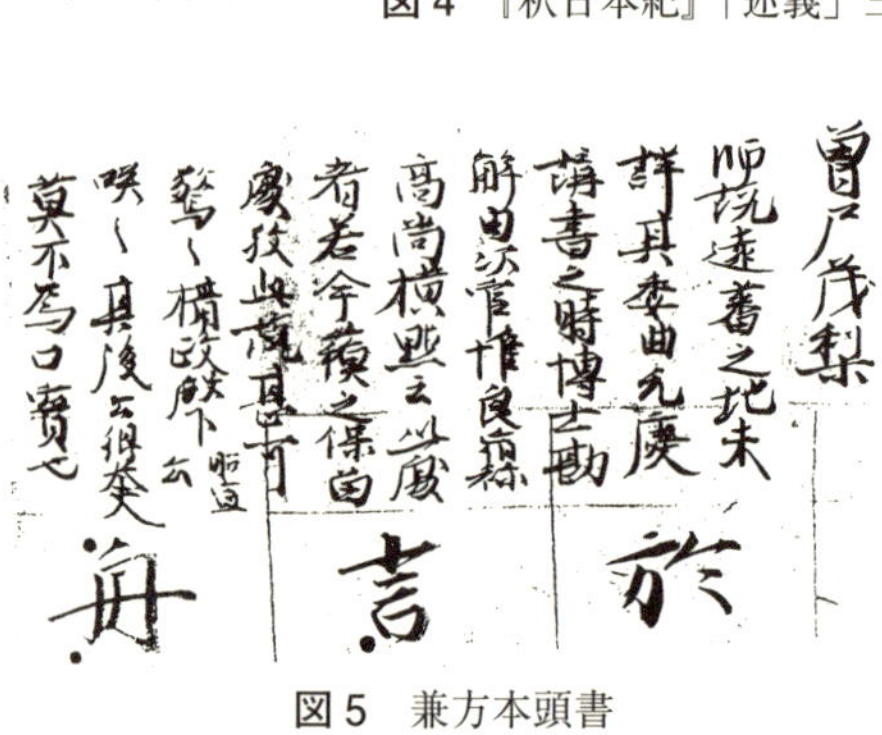

図5　兼方本頭書

ここには、さきの「湯津杜木」の項と同じく、「惟良大夫」が登場する。公望の批判をうけた「私記」のなかの問答に登場した人物であるから、同じ講書のときの問答と見てよい。兼夏本は、はじめに「公望私記云」とするが、「未詳」とした「師説」に対する「惟良大夫」の当座の発言と、それに対する「師説」「摂政殿下」の否定的反応として、一続きのものとしてある。『釈日本紀』・兼方本には、「惟良大夫」のまえに「元慶講書之時」という句があり、「惟良」「摂政殿下」については傍書がある。兼夏本にはない、それらは、元来の「私記」にはなかったものが説明的に書き入れられたと認められる。『釈日本紀』の文脈は、一見すると「師説」が「元慶講書之時」に言及したように取れそうだが、「横点」は、「師説」を前提にして意味をもつ。「元慶講書之時」以下は、「師説」が元慶度のものだという諒解のうえにある。

ただ、「其後公卿大夫莫不為口実也」とあるのは、講書の発言がその後公卿大夫たちの語り草になったというのだから、当座の記録とは言えないが、その場に立ち会ったものの証言として受け取られる。「元慶講書之時」以下は、公望の書き入れと見てよい。

もうひとつ、開題の国号論議のところに、

問。号日本濫觴。見大唐何時書哉。

答。元慶説不詳。公望私記曰。大宝二年壬寅。当唐則天皇后長安二年。（以下略。九）

とある。「公望私記」は、「不詳」を批判し、「唐暦」の大宝の遣唐使の記事がはじめだという。批判された問答は、「日本」の名がはじめて見える唐の書を問うたのに対して、「元慶の説は詳らかでない」と答えたということになるが、それでは問答として不自然で意味をなさない。「不詳」とだけあったのが元来の文脈と見るべきである。「元慶説」は書き入れであり、それに対する批判として「公望私記」を諒解していたとうけとるのが自然であろう。

3　「元慶私記」の原形——見出しと訓

「元慶私記」に注を加えたのが「公望私記」だと見るべきことを再確認してきたが、土台となった「元慶私記」について、一九七七年、一九八一年に報告・紹介された陽明文庫蔵『序注』[3]（勝命、一一六七年成か。新日本古典文学大系『古今和歌集』付により、そのページ数を示す）、兼夏本裏書を見合わせることによって、なお具体化することができる。

この『序注』は、『竟宴和歌』等諸書の引用（切り張り）によって構成される[4]。そのなかに、七項の「私記」の引用が見られる。列挙的に書き抜くとつぎの通りである(5)（傍訓は、見出しに付されたもののみカッコ内に示したが、その他は省略した）。

①白銅鏡　マスミノカヽミ

古語拾遺裏書云、

〔……〕問云、今謂之々々々、其意云何、答、是猶真澄也〔……〕

問云、今如此紀者、万物之始、皆有其由、今・此鏡、何人初作乎、答、未詳

問云、此鏡等令有何処乎、答、未詳（三八三）

②八咫鏡　ヤアタノカヽミ

同裏書云、問謂之八咫、有何処乎、答云、未詳、〔……〕于時戸部藤卿進曰、嘗聞、我説、八咫烏者、凡読咫為阿多、是手之義也、一手之広四寸、両手相加正是八寸也、故・・謂咫八寸、今云八咫者、是八々六十四寸也、径六寸四分、〔……〕是則今在伊勢太神也〔……〕（三八三）

③真経津鏡　マフツノカヽミ

問云、謂之々々々、若有意乎、答曰、真是例又褒美之称也、・経津是今相寄之義也、俗間、謂以此物相寄此物為布都、是其義也、・今鋳此鏡相似・・天照太神御像也、故謂之経都・（三八三―八四）

④日本紀第一云、湯津爪櫛（ユツノツマクシ）

師説、湯者、是潔斎之義也、

今云由紀者、悠紀也、是湯之義也、・主基者、・其次也、然則、湯者伊波比支与麻波留之辞也、津者、是語助也、故天津等皆是也、爪櫛者、其形如爪也

問云、今此爪櫛、与下文投於醜女爪櫛者、同歟、異歟、

答云、案古事記云、刺左之御美豆良湯津之間櫛之男柱一箇取闕也、下文云、刺其右御美豆良之湯津之間櫛引闕而抛棄、然則、左右各別、此文雖不見、而猶可依彼文也（三八六）

⑤ 夜忌擲櫛（ヨルクシヲナクルコトヲイム）

問云、取闕男柱一箇為一火、故忌挙一火・、何故更忌擲櫛乎、答云、是蓋取闕男柱已畢之後、即投棄其櫛歟、故人忌擲櫛・〔……〕（三八六―八七）

⑥ 古語拾遺云、蠅斫　ハ、キリ、剣名ナリ、〔……〕此剣尤利剣也、若有居其刃上者、・其蠅自斫、此鋭鋒之甚也（三八七）

⑦ 麁正　アラマサ　剣名也

古語拾遺裏書云、・此剣斬蛇之後、得麁正之号云々〔……〕（三八七）

①―③は天照大神にかかわって、④―⑦は素戔嗚尊のヤマタヲロチ退治に関して引用される。④⑤は伊弉諾尊の黄泉行きのくだりに関する問答であって場面としてはずれるが、みな「私記」から引用したものと認められる。

おなじものが『釈日本紀』に「私記」として引かれている。いずれも述義の部だが、①は「白銅鏡」（八三）、②は「八咫鏡」（九八）、③は「真経津鏡」（九九）、④は「湯津爪櫛」（八六）、⑤は「夜忌擲櫛」（八六）、⑥は「天蠅斫之剣」（一〇九）、⑦は「麁正」（一〇八）の項に、それぞれおなじ記事を見る。『序注』と同じ「私記」によるといってよい。

ただし、本文には若干の異同がある。傍線を付したのがそれである（・は『序注』にはないことを示す）。『序注』には「問」「答」のあとに一貫して「云」を添えることが注意される。また、〔……〕を付したのは、異同が大きく数文字以上に及び、文というべき単位で欠落しているものである。

〔……〕はいずれも『序注』の側の欠落である。『釈日本紀』に照らして具体的にいえば、以下のとおりである。

①「白銅鏡」の項は、『釈日本紀』は、はじめに「問。案万葉集。召犬追牛之鏡也。然則当読万曾美。答。古者須与曾音通用。故或云麻須美。或云麻曾美。譬猶素戔嗚尊之処曾与須相通也」とあり、また、「是猶真澄也」のあとに「言是真実澄清之鏡也」の一文がある。

②「八咫鏡」の項には、「于時……」の前に、『釈日本紀』は「但延喜公望私記云」の一句がある。また、「是八々六十四寸也」のあとに「蓋其鏡円数六尺四寸歟。其径二尺一寸三分余也」とあり、末尾に「貴神遠人。甚遠未詳其実也。師説亦許同之」とある。

⑤「夜忌擲櫛」の項は、『釈日本紀』には、末尾に「又下文。伊弉諾尊投湯津爪櫛。此即化成筍云々。因茲亦忌擲櫛歟」とある。

⑥「天蠅斫之剣」の項は、「此剣……」の前に、「問蠅斫之号其義如何。答師説」とある。

⑦「麁正」の項は、「云々」と省略されたところが、「若前名有所見哉。答。未詳」とある。

『序注』が直接「私記」を引用したのでないことは、①—③の一連が、『古語拾遺』の裏書にあったと見られることから明らかだ。この前に『古語拾遺』の天岩戸のくだりをひくのだが、そこに裏書としてあったものであろう。④⑤の、記事とのずれもまた、直接には「私記」を見ていないことの証といえよう。これらも、『古語拾遺』の引用と近接し、⑥⑦から『古語拾遺』の裏書だったことは明らかである。

『古語拾遺』の裏書に「私記」が引用されることについては、『古語拾遺』の位置という点から見るべきであろう。この『序注』にも『日本書紀』そのものは引用されていない。そのかわりに、『古語拾遺』『日本紀竟宴和歌』『信西日本紀鈔』が引用されるのであった。それらが「日本紀」と呼ばれるのでもある。『古語拾遺』が、『日本書紀』にかわる役をはたしているのであり、それゆえ、『日本書紀』の注であるはずの「私記」が、『古語拾遺』裏書に書き込まれたのだととらえられる。「私記」が、平安時代末において、実際に生きた環境を示すものとして注目されてよい。

さて、その引用は、いくつかの「私記」から取り合わせて引用したというようなものではなく、ある一つの「私記」によることを、形式面での同一性からも認めてよいであろう。

④「湯津爪櫛」の項は、『釈日本紀』とともに、『袖中抄』に同じものを見る。『袖中抄』は、「日本紀注云」として、「湯津爪櫛（ユツノツマクシ）　師説……」（一五九）と、同文の記事を引くのである。『袖中抄』にはこの引用のあとにも「日本紀公望ガ注ノゴトクニテアルベシ」とあって、それが『公望私記』によるのにほかならないことを示している。つぎに、②「八咫鏡」は、『釈日本紀』に「但延喜公望私記云」とあるのは、いうまでもなく、この「私記」が『公望私記』のなかにあったことを意味する。ただ、『序注』とあわせて見ると、「于時戸部藤卿」以下も、もとの「私記」にあったはずであり、『釈日本紀』がここから公望の注としたのは、博士に対する批判と見たための誤認だったかと思われる。②は、全体が、「公望私記」の土台となった「私記」と見てよい(6)。

⑥⑦は、兼夏本『日本書紀』の裏書に、「公望記云」として引かれる。

麁正　公望記云師説此件尤利剣也若居其及上者即其蝿自斫此鋭鉾之甚也

蝿斫剣　公望記云此剣斬蛇之後得麁正之号若前名有所見乎　答曰未詳

『序注』が「公望私記」のなかにあった「私記」によっていることは、これによってもたしかめられよう。

なお、兼夏本裏書には、この他に七項の「公望私記」引用を見る。『釈日本紀』の見出しとページを一覧的に掲げると以下の通りである。「赤酸醤」（一〇六）、「韓鋤之剣」（一〇八）、「吉備神部許」（一〇八）、「曾尸茂梨之処」（一〇八）、「将臥之具」（一〇九）、「昆虫之災異」（一〇九）、「幸魂奇魂」（一〇九）。これらも、『釈日本紀』ではおなじくたんに「私記」とある。

『序注』・兼夏本裏書とともに、土台となった「元慶私記」をふくめて「公望私記」なのだとあらためてたしかめよう。

そして、この両者をあわせることによって、「元慶私記」についてより具体的に見ることができるのである。

第一に、この「私記」の様式として、『日本書紀』本文の語句を見出しとして標示するのであり、それがそのまま『釈日本紀』の見出しとなっているということである。『袖中抄』には八例において見出しがあったと認められる（ii、iii、iv、v、vi、viii、ix、x）。『序注』の七例、兼夏本裏書の九例が見出しを有することは見るとおりであり、それらと『釈日本紀』とを見合わせると、「蠅斫」（『序注』）―「蠅斫剣」（乾元本裏書）―「天蠅斫之剣」（『釈日本紀』）という一例をのぞいて一致するのである。原形をのこすと見られる『私記丁本』も同じ見出しのかたちをもつのであり、これが「私記」のスタイルというべきものであったと受け取られる。

第二に、その見出しに訓を付していたということである。このことは太田説のふれるところでもあった。太田は、『袖中抄』に三度にわたって引用される「住吉大神」の記事（さきの一覧iii）から、元来の「私記」の記事を再建して見せた。

A 日本紀云　スミノエ　古記　古ハ称善事為江云々（二一八）

B 住吉大神スミノエ御神　古事記云　墨江之三前大神也　此荒御魂者当在筑紫橘小戸　和魂今在摂津墨江耳神功皇后初遷居摂津墨江耳云々（一九九）

C 注云　須美乃江乃大御神　古事記云　師説古称善事為江云々　墨江之三前大神是也　問曰　上文底津中津等神名　既有所由　今此底筒　中筒　表筒等三神名若有所見乎　答曰　此等三神似有所由　但先師不伝今又闕之　又問曰　今如此文者此三大神者当在筑紫橘之小戸而今在摂津国墨江如何哉　答曰　此神荒御魂者猶在筑紫　但和魂独在墨江耳　案神功皇后紀云　九年三月皇后親為神主於是審神者曰　今不答而更後有言乎　乃対曰　於日向国橘小門云水底所居而水葉稚之出居神名〔注云　師説水中葉甚翠稚也　言此神如此葉盛出居也云々〕表筒男　中筒男　底筒男神之有也　時得神語随教而祭之　然則此神本在筑前小戸　即神功皇后初遷居於摂津墨江耳（三二一―二二三）

ここから、復原すれば、

住吉大神　須美乃江乃大御神　古事記云墨江之三前大神是也　師説古称善事為江云々　問（曰）……答（曰）……又問（曰）……答（曰）……案……

となる。傍線部は『釈日本紀』にはないが、『袖中抄』を通じて復原されるというのであった。

見出しの下に訓を付すという、そのかたちが、「住吉大神」の項にとどまらず、全体のものであったと見てよいことを、いま、『序注』とともに、より確かに言うことができるであろう。『序注』は、見出しの下にカタカナで訓を示し、あるいは、見出しに傍訓を付す。形態に相違はあるが、前者が元来のものであろう――ただし、原形はカタカナではなく後述するように万葉仮名であったと考えられる――ことを、『袖中抄』とあい照らして認めることができる。

さらに、こうして「公望私記」を見ることに立って、「公望私記」と『釈日本紀』との関係から、『釈日本紀』の「私記」の問題性が明確にあらわれてくるのである。

ひとつは、土台となった「私記」に公望の批判的言及がない場合、『釈日本紀』はたんに「私記」として引用するということは、「公望私記」が『釈日本紀』のなかにおおく潜在していることを考えねばならないということである。「公望私記」、ひいてはその土台「元慶私記」の比重の高さを考えさせられるのである。

もうひとつは、訓の問題である。『釈日本紀』の「私記」の見出しに、訓をつけたかたちはない。高い比重をもってあったはずの「公望私記」経由「元慶私記」だが、見出しの下に付された訓は、『釈日本紀』の引用では切りおとされたということである。その痕跡は、『釈日本紀』「麁正」の項の見出しの下に「阿良万沙」と万葉仮名で記された訓がミセケチになっていてその訓と『序注』に「麁正　アラマサ　剣名也」と見出しの下にカタカナの訓を付すこととが符合するのに見ることができよう。この切りおとされた訓の問題は、兼夏本本文中に多く見られる「私記」「私記説」として書き入れられた訓や、和訓集的な『日本書紀私記』甲本・乙本・丙本にかかわってくる。

このふたつの問題については、章をあらためて見ることとする（参照、本書II〔三〕『釈日本紀』の「私記」）。

注

（1）こうしたミセケチははじめにしかなく、批判的言及の部分だけが「公望私記」としてあらわれるようになる。それは、方針の変更と、それによる処置だったと認められるのであり、そこに、「なほ、原本 original の気味を帯すること濃厚なるもの」（太田晶二郎「前田育徳会所蔵　釈日本紀　解説　附引書索引」『太田晶二郎著作集　第五冊』吉川弘文館、一九九三年。初出一九七五年）を見ることができよう。

（2）「住吉大神」について「公望注」を引用するが、そのなかの神功紀の文「水葉稚之出居神」に、「注云　師説水中葉甚翠稚也　言此神如此葉盛出居也云々」と、重ねて「公望注」を引くものである。『釈日本紀』述義「於日向橘小門之水底所居而水葉稚之出居神。名表筒男。中筒男。底筒男神」の項（一五〇）に、「水葉稚。私記曰。……」として同文の記事がある。

（3）新井栄蔵「陽明文庫蔵古今伝授資料」『国語国文』四六巻一号、一九七七年。および、同「影印陽明文庫蔵　古今和歌集序注」『論集古今和歌集』笠間書院、一九八一年。

（4）『序注』の切り貼り的構成については、神野志隆光「平安期における「日本紀」」（『古代天皇神話論』若草書房、一九九九年。初出一九九八年）に述べた通りである。

（5）「国常立尊」に関して引かれた「天地未定之時、其形如水母之浮水上也　クラケナスタユタヒテ、アメツチイマタワカレサル心ナルヘシ」（三八〇―八一）は、『釈日本紀』述義「溟涬」に「公望私記曰。師説。天地未定之時、其形猶如水母之浮水上也」（「公望」二字はミセケチ。七一）とあるのと合致する。もとは『公望私記』に内包された『元慶私記』に帰されるだろうが、いま見るのは、それが天地未分をいうものとして敷衍されたところから引用されたのであり、もはや「私記」を離れてある。それゆえ、ここには掲げない。

なお、『序注』における『私記』の引用にかんして、本稿とは異なる見地からだが、赤瀬知子「院政期の古今集序注と日本書紀注釈書――勝命『真名序注』を中心に」（『院政期以後の歌学書と歌枕』清文堂、二〇〇六年。初出一九八八年）がある。

（6）「戸部藤卿」はここに見えるのみだが、たとえば「戸部藤侍郎」（「愚実云々」とあって元慶度たること明らかなものに繰り返し見える。『釈日本紀』一九四、一九七、二一四）のように、かかるかたちで呼称するのも、元慶度の特徴であった。

［三］『釈日本紀』の「私記」

1　『釈日本紀』―兼方本―兼夏本の「私記」

「公望私記」をめぐって見てきたことから、『釈日本紀』の「私記」の問題にむかうことをもとめられるのであった（参照、本書Ⅱ［二］「公望私記」と「元慶私記」）。

そのために、まず、『釈日本紀』に引かれる「私記」の資料性について確認することからはじめたい。『釈日本紀』の「私記」は、再構成されたものであり、なまのままではないからである。

さいわいに、ほぼ同時期に『釈日本紀』の編者卜部兼方が弘安九年に書写した『日本書紀』神代巻（兼方本）、卜部兼夏が乾元二年に書写した『日本書紀』神代巻（兼夏本）の、「私記」の書き入れがある。同じ環境にあったものとして、『釈日本紀』の「私記」とこれら、特に兼夏本になされた多数の「私記」書き入れとを見合わせることができる。

三者を同時に見られる例をまず取り上げよう。a『釈日本紀』、b兼方本、c兼夏本を対照するかたちで掲げる。必要な場合には図版を付す（『釈日本紀』は新訂増補国史大系本の、兼方本・兼夏本は複製本の、ページ数を示す）。

(1)　醸八醞酒（神代上、第八段本書）

a 106　醸八醞酒

私記曰問謂之八塩折酒有何意哉　答或説一度醸熟絞取其汁棄其糟更用其酒為汁亦更醸之如此八度是為純酷之酒也

謂之塩者以其汁八度絞返故也今世亦謂一度便為一塩也謂之折者以其八度折返故也是古老之説也而先師不用此酒二日二夜而熟耳

b 109　八醞酒　問謂之八塩折酒有何意哉

答或説一度醸熟絞取其汁棄其糟更用其酒為汁亦更醸之如此八度是為純酷之酒也謂之塩者以其汁八度絞返故也今世亦謂一度便為一塩也謂之折者以其八度折返故也是古老之説也而先師不用此酒二日二夜而熟耳　（裏書）

c 353　醸八醞酒　同云問曰謂之八塩折酒有何意乎　答云或説一度醸熟絞取其汁棄其糟更用其酒為汁亦更醸之如此八度是為純酷之酒也謂之塩者以其計八度絞返故也今世亦謂一度便為一塩也謂之折者以其八度折返故也是古老之説也而先師不用謂此酒二日二夜而熟耳　（裏書）

(2)　於奇御戸為起（神代上、第八段一書の一）

a 108　於奇御戸為起

私記曰問奇戸之義如何　答奇戸猶忽然也言忽然起立相与溝合也

b 67　師説問曰奇戸之義如何　答猶忽然也　（頭書）

c 355　於奇御戸為起　問曰奇戸之義如何　答奇戸猶忽然也言忽然起立相与溝合也　（裏書）

(3)　韓鋤之釼（神代上、第八段一書の三）

a 108　韓鋤之釼

私記曰問韓鋤之意如何　答其形似鋤故名之鋤今世之須岐也　（問から答まで八字はミセケチ）

b 71　師説其形似鋤故名之　（頭書）

c 157　韓鋤之釼

似鋤故名之　今案須岐也　（頭書）

355　韓鋤之釼　公望記云問韓鋤之意如何　答其形似鋤故名之鋤　今世之須岐也（裏書）

(4)　吉備神部許（神代上、第八段一書の三）

a 108　素戔嗚尊斬蛇之釼今在吉備神部許
私記曰問是何神許哉　答未知其為何神也
問下文云出雲簸之川上山是也今如此文者寸簸神部者是可在出雲川上也案吉備与出雲其国各異也今得云相近哉　答
未通者也

b 71　師説寸簸神部者是可在出雲川上也（頭書）

c 158（頭書）、356（裏書）（図1）

(5)　曽尸茂梨之処（神代上、第八段一書の四）図版前掲一〇八ページ

a 108

b 71

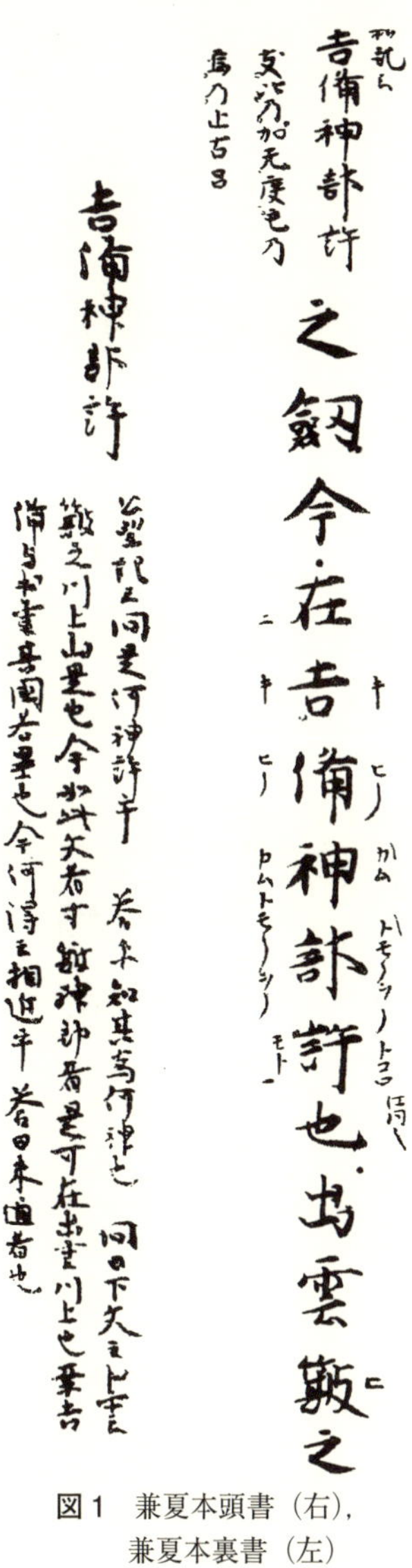

図1　兼夏本頭書（右），
兼夏本裏書（左）

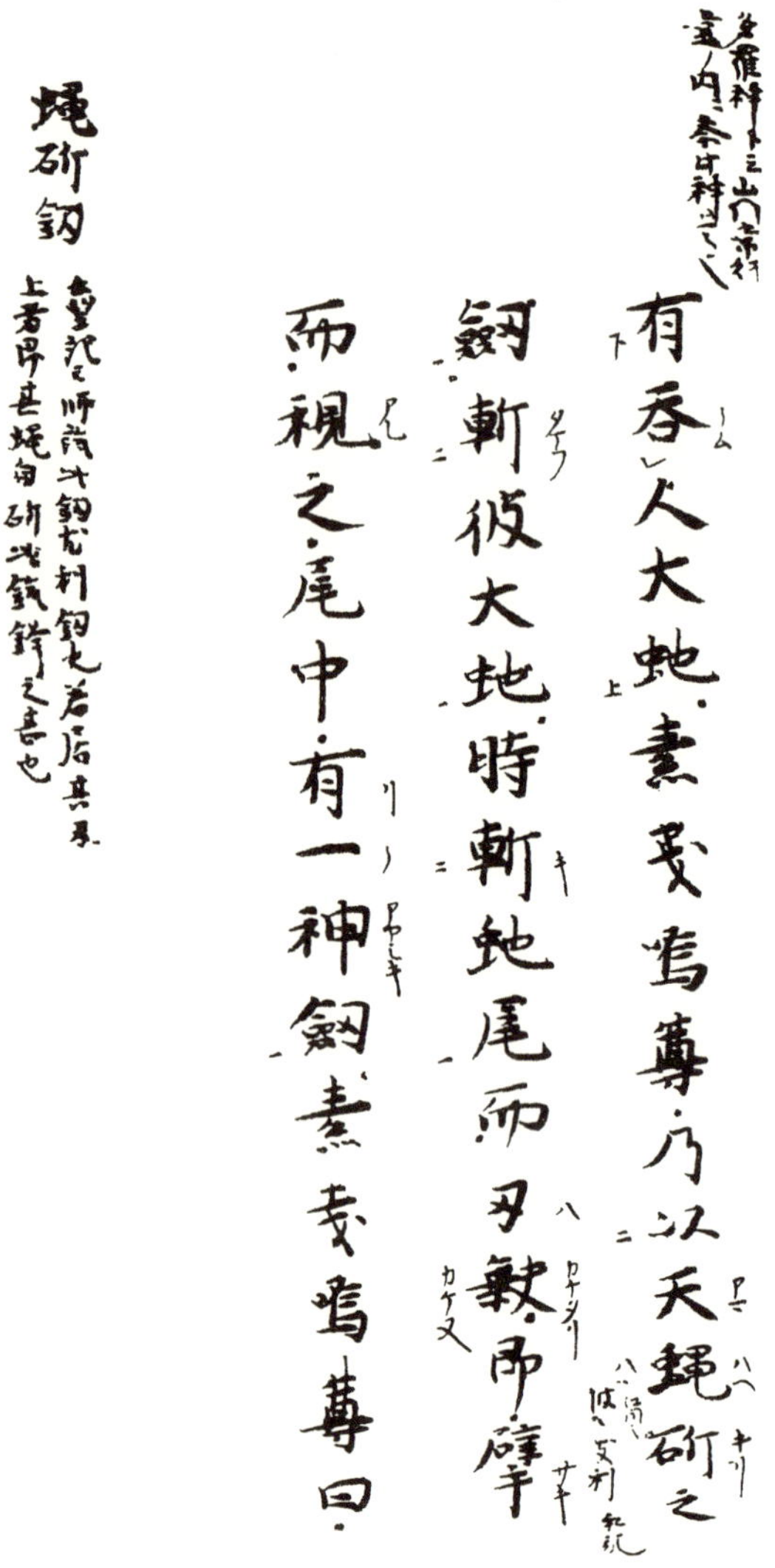

図2　兼夏本傍書（右），兼夏本裏書（左）

c 356

(6)　蝿斫釼（神代上、第八段一書の四）

a 109　天蝿斫之釼

私記曰問蝿斫之号其義如何　答師説此釼尤利釼也若居其刃上者即其蝿自斫此鋭鋒之甚也（問から答まで十字はミセケチ）

b 72　師説此釼尤利釼也若居其刃上云即其蝿自斫（頭書）

c　159（傍書）、357（裏書）（図2）

(7)　昆虫之災異（神代上、第八段一書の六）

a　109　昆虫之災異

私記曰問此等災異為何哉　答此等之類甚多近則蝗虫害苗之類也

b　75　師説蝗虫害苗之類也（頭書）

c　358　昆虫之異　公望私記云問此等災異為何乎　答曰此等之類甚多近則蝗虫害苗之類也（裏書）

(8)　湯津杜木（神代下、第九段本書）図版前掲九九、一〇〇ページ

a　113

b　87

c　190

(9)　造綿者（神代下、第十段本書）

a　113　造綿者

私記曰問是又何物哉　答師説謂令以綿漬水沐浴於死者之人耳（問から答の七字はミセケチ）

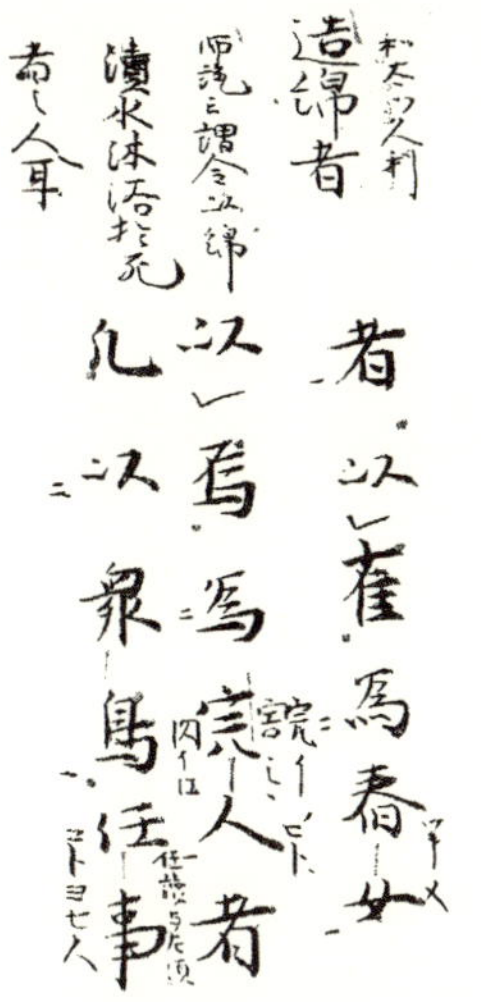

図3　兼夏本頭書

b　87　造綿者　師説謂令以綿漬水沐浴於死者之人耳（裏書）

c　193（図3）

(10)　完人（神代下、第十段本書）

a　113　完人

私記曰。問此何人哉　答師説　包丁之類也（問から答まで六字はミセケチ）

b 87 完人 師説包丁之類也 （裏書）
c 194 完人
師説包丁之類也 （頭書）
⑾ 後手（神代下、第十段一書の二）
a 122 後手
私記曰問後手有意哉 答師説今世厭物之時必以後手也
b 100 後手 師説今世厭物之時必以後手也 （裏書）
c 360 後手 師説今世厭物之時必以後手也 （裏書）
⑿ 湯坐（神代下、第十段一書の三）
a 122 湯坐
私記曰問此何物哉 答師説坐或作人是調湯之人也 （問から答まで六字はミセケチ）
b 102 湯坐 師説坐或作人是調湯之人也 （裏書）
c 318 湯坐
師説調湯之人也 （頭書）

一覧してあきらかだが、三者の一致度はきわめて高い。「問」「答」のあとに、「云」「曰」があるか否かといった程度の小異はあるが、それぞれ、おなじ「私記」を忠実に引用する態度に立つものとして信頼できる。見出しも含めて一致するのであって、「私記」の見出しが、ほぼ『釈日本紀』にもそのまま用いられていると認められる（5、8については、参照、本書II〔二〕「公望私記」と「元慶私記」）。文字どおりの切り貼りなのである。

2　『釈日本紀』における「公望私記」の比重

この信頼性に立って、『釈日本紀』の「私記」の問題にさらに立ち入って見ることができる。

ひとつは、潜在する「公望私記」とその比重である。

本書Ⅱ［二］「「公望私記」と「元慶私記」」において見たとおり、「公望私記」は、「元慶私記」に公望が批判的言及を加えたものであり、土台の「私記」をふくめた全体が「公望私記」とよばれていた。それを引用するに際して、『釈日本紀』は、公望の批判的言及のみを「公望私記」とする。ただ、「述義一」の前半部分にあっては「公望私記曰」として引用しながら、土台となった「私記」については、「公望」をミセケチにした。方針を変更したのであり、以後は、土台部はたんに「私記」として引く。「公望私記」は潜在することとなったといえる。たとえば、兼夏本によって「公望私記」と確認されるものが、『釈日本紀』ではたんに「私記」として引かれることは、さきの(3)(4)(5)(6)(7)に見る通りである。

潜在するものを確かめつつ、その比重をはかることが必要であろう。「述義一」前半、「公望」のミセケチがのこる「面足尊。惶根尊」まで、十四項のうち、「公望私記」の引用は六項を数えるのである。

「公望私記」について潜在をあらためて確認しよう（参照、本書Ⅱ［二］）。

まず、兼夏本裏書には、右の五例に加えて、さらに四例の「公望私記」からの引用がある。見出しと、兼夏本・『釈日本紀』のページをかかげれば、「赤酸醬」（353、一〇六）、「麁正」（355、一〇八）、「将臥之具」（358、一〇九）、「幸魂奇魂」（358、一〇九）である。それらについても同じ問題を見る。すべて『釈日本紀』にあり、見出しを含めて異同はないが、みな、たんに「私記」とされるのである。

平安時代の歌学書、『袖中抄』や陽明文庫『序注』（古今集序注）に引かれた「公望私記」にもおなじことを見る。

『袖中抄』の「公望私記」は、「日本紀注」「日本紀公望注」「公望注」などとして引用したものが、十五例（重ねて引くものがあるので、のべ十七例。神代八〈のべ十〉例、他七例）にのぼる。これらは兼夏本の例と重なることがない。そのうち、『釈日本紀』の記事と対応するとはいいがたい例や『釈日本紀』に対応するものが見出せない例、三例があるが、他の十二例（神代七〈のべ九〉例、他五例）は、同じ記事があって、一例を除いて、『釈日本紀』ではたんに「私記」とされるのである。

陽明文庫『序注』に、『古語拾遺』の裏書としてあったもの七例は（すべて神代の例）、みな『釈日本紀』に同じものがあり、「八咫鏡」一例をのぞいて、ただ「私記」とする。『古語拾遺』裏書が引いたのは、ひとつのテキストからだと見てよいが、『袖中抄』・兼夏本と重なるものがあり、兼方たちにとっては「公望私記」と呼ばれていたものであった。それによって、『釈日本紀』がたんに「私記」とする「公望私記」の例を、あらたに三例追加することとなる。

こうして、『釈日本紀』には、「公望私記」によったが、公望がコメントを加えなかったゆえにたんに「私記」とするものを、すくなからず（兼夏本・『袖中抄』・『序注』をあわせて十八例）確かめることができる。

さらに、「秘訓」部においても、「安氏」の読みに言及する「私記」は、「公望私記」であったと認められるが、そこでも潜在が認められる。

天先成而地後定

私記曰。自天先成已下。其読並本字。安氏読此文云。アマノミキリシ。クニノミキリシ。アマノイハタチソイタチ。是亦旧老之口伝耳。公望案。此読意。似読清陽已下地後定已上之文。而安氏只為此一句之訓者。恐旧聞之誤歟。（二二〇）

とあり、また、「陽神。陰神」（二二三）、「覚賀鳥」（一四五、重複二三四）の項も、「安氏説」を引用する「私記」について、「公望私記」「公望案」が続くのである。「安氏説」（「安氏」「安家」「安太夫説」とも）に言及する「私記」は、たんに「私記」とあるものも、「公望私記」だと見てよい。「純男」(二二二)、「不祥」(二二三)、「陰陽始遘合為夫婦」(二二三)、「草野姫」(二二四)、「妹自左巡」(二二四)、「有勇悍以安忍」(二二五)、「纏其髻鬘」(二二七)の七例を、潜在する「公望私記」の例として加えることができよう。「秘訓部」で、「公望私記」と明示するのが六例だから、倍化することになる。

「公望私記」はひろく潜在すると見るべきであり、それを考慮すると『釈日本紀』における「公望私記」の比重はかなり高くなる。

その比重の数量化をこころみよう。兼方本、兼夏本ともに神代の二巻だけのテキストであり、『序注』の例も神代に限られるので、『袖中抄』を除いて、これらの例は、『釈日本紀』の「述義」一―四(神代上下)の範囲にほぼ限定される。そこで、この四巻について数量的に整理して見ることとする。

『釈日本紀』が、この四巻において立てた項目数(見出しを立てたものを数える)は、二一一、うち、「私記」による項は一二八にのぼる。[1]

この範囲で数えると、「公望私記」として顕在しているのが十三項、たんに「私記」としてあるが、兼夏本等によって「公望私記」と確認されるものが十八項を数えるのである。あわせて三十一項(ほぼ四分の一)となるが、たんに「私記」としてあるなかに、それはなお潜在していると考えてよい。兼夏本等によって確認されるものでつくされるわけではないのである。

こうして、『釈日本紀』のなかの「私記」は、「公望私記」として顕在させるものをはるかにこえて、「公望私記」(「元慶私記」)に依拠していたといわねばならないであろう。むしろ、「述義」部に関しては、「公望私記」(「元慶私記」)を中心として構成されるものであったというのがあたっていよう。

ここで想起されるのが、「釈日本紀に単に「私記」として引用されたものには、この時(元慶講書――神野志)の私記が多くあったと、私は考える」という、坂本太郎『六国史』の発言である。坂本のこの認識は、はやく『大化改新の研究』（至文堂、一九三八年）に収められた「釈日本紀所引私記の撰述年代」に発するものでもあった。ただ、坂本は、「大体に元慶私記、延喜又は承平の公望私記を含むものの如くである」（『大化改新の研究』）と、「元慶私記」と「公望私記」とを区別して見るのであったけれども、それとは別に、いま、「公望私記」の把握として述べてきたようなわたしなりの見地から、坂本説の結論に加担したい。

なお、「元慶私記」をめぐっては、矢田部名実の「私記」との関係が、問題としてある。太田晶二郎前掲「上代における日本書紀講究」が指摘していた問題である。太田は、「名実の元慶私記と今言ふ公望私記の基底をなす元慶のものとの関係などの問題も存して、なほ考覈の要が多い」とふれるにとどまった。「公望私記」と認められるところには、「愚実云々」というのは見られないのであって、別にあったという可能性もあろう。しかし、決定的ともいえず、明解な断案を下すことはできない。ただ、いずれであれ、『釈日本紀』における元慶度の「私記」の比重は高いということである。

『釈日本紀』に即して言えば、「私記」を中心に構成されるのは、巻一の「開題」、巻五〜十五の「述義」と、「秘訓」部では神代上に関する巻十六「秘訓一」になる。その巻一「開題」が、承平度の「私記」（異本『私記丁本』）をベースにしていることは、すでに見たとおりである（参照、本書II［一］『日本書紀私記（丁本）』（『私記丁本』）の資料批判）。「述義」「秘訓」部では、異本『私記丁本』の利用も見られるが、中心となっているのは「公望私記」（実態は、「元慶私記」）なのであった。

3　「私記」と訓

もうひとつは、訓の問題である。「公望私記」の土台の「元慶私記」は、見出しのもとに訓が付されるというかたちであったと考えられる。

さきに『序注』をめぐって、このことにふれたが、いま、(4)のc兼夏本（図1）に注意したい。頭書には万葉仮名で訓が、裏書には釈義が示される。同筆であり一体と見られるが、これと、(9)のc兼夏本（図3）のような、右に万葉仮名で訓を示すものとあいまって、訓を含むかたちであったものとして見ることに当然導かれるであろう。

兼夏本からは、なお、次のような例も加えて挙げられる。

・91　父（神代上、第六段本書）図4上
・132　多請（神代上、第七段一書の三）図4中
・162　枌（神代上、第八段一書の五）図4下

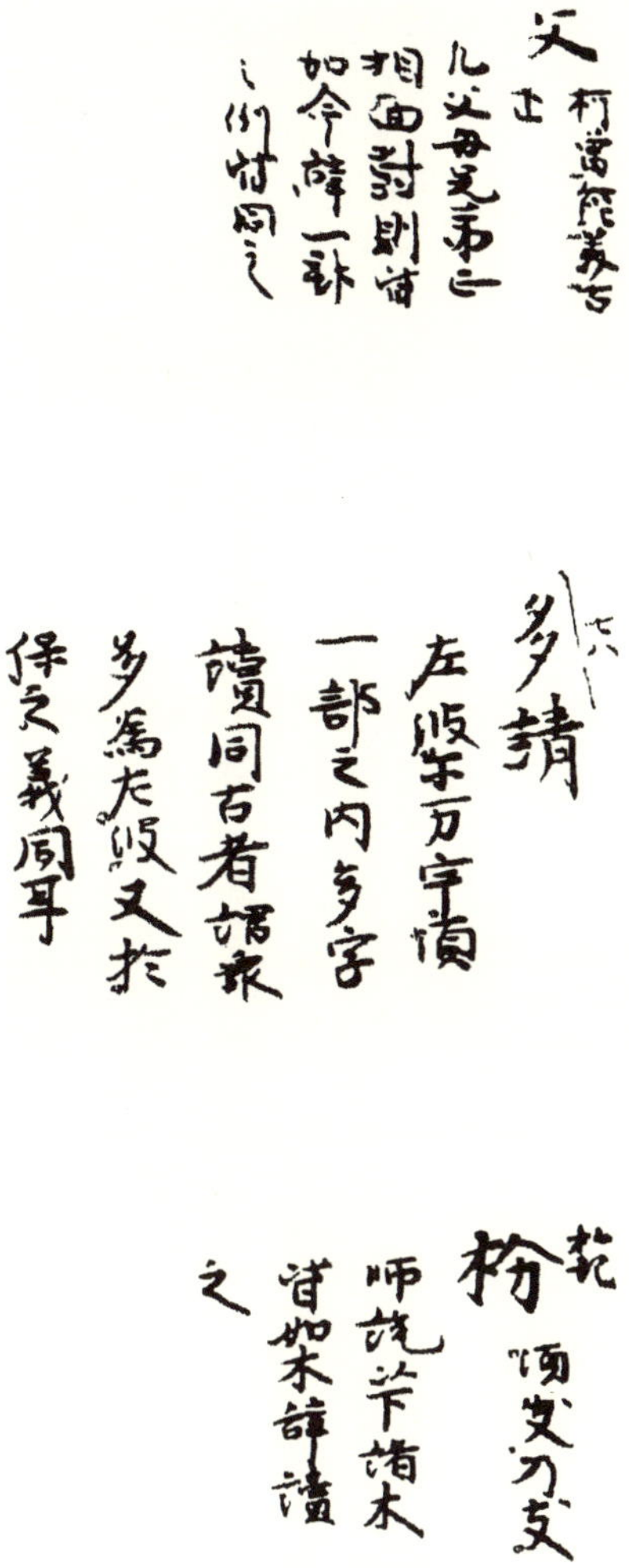

図4　兼夏本頭書

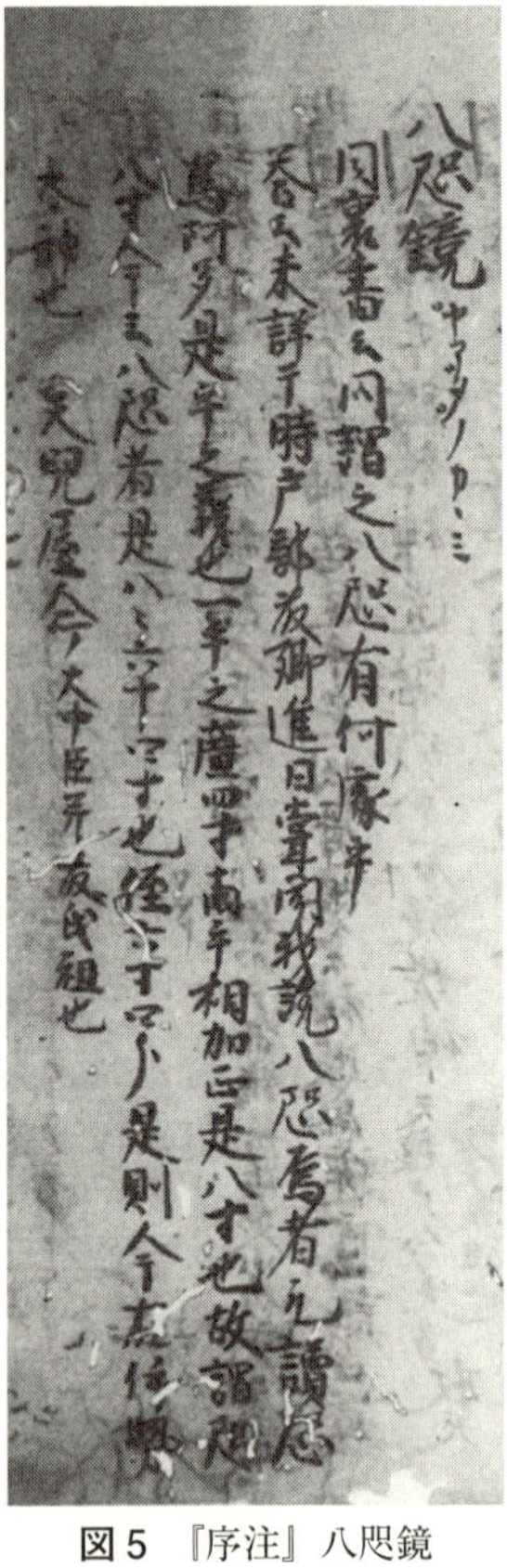

図5　『序注』八咫鏡

いずれも、「私記」の引用なのである。前二者は『釈日本紀』に合致するものがあり（「秘訓」一）、第三のものには「私記」と肩書きがある。それらの一致したありようは、(4)(9)とあわせて、訓をつけるのを「私記」のかたちとして見ることをもとめるであろう。

あらためて、『序注』について言えば、図5に見るごとく、見出しの下に、カタカナで「ヤアタノカ、ミ」と訓が付されてある。こうしたありようは、『序注』の「私記」引用七項のうち、五項に共通するかたちである。もとはカタカナでなく万葉仮名であったと了解されるならば、兼夏本の引用の示すところとまさに符合するのである。

それは「公望私記」のなかの「元慶私記」のかたちに他ならない。このことも、じつははやく太田晶二郎前掲論文において、『袖中抄』の記事のありようを通じて言われていたことであった。

太田は、「私記の形式は今の伝本に、大分趣きの違ふ二類が見られる」という。甲、乙、丙本の和訓集のかたちも「私記」の形式と認めるのである（この問題は後述する）。そして、『袖中抄』の逸文に、この二を「兼ね合わせたもの」を見出す。三度にわたって引用される「住吉大神」の項が、ともに訓を含むことから、訓を原本からあったものとしたのであった。

いま、兼夏本書き入れ、『序注』の逸文を得て、それは、よりたしかに認められるのである。見出しの下に、割注にして万葉仮名で訓を付す、というかたちが「元慶私記」のものであったと考えられる。

大事なのは、『釈日本紀』が、もとの「私記」にあった訓を切り離して引用するということである。その態度は、兼夏本もまた同じであったといえる。さきの⑷の例の場合、「吉備神部許」について、図1のように、本文の頭書として訓をとり、裏書に釈義を引用するのは、一体だったものを分離しているのである。⑹もまた、その好個の例といえよう。図2のごとく、本文中に左傍に万葉仮名で「波、支利　私記説」と書き入れがある。右傍訓に、「ハヘキリ」とあるのに対して、「私記説」として書き込まれたものである。それは、⑷と同じく、もとは裏書と一体のものであったと見るべきである。図6の『序注』の例が、兼夏本頭書・裏書と彼此照応して、そのことを証する。

「古語拾遺云」として引いたのは、裏書としてあった「私記」だが、そこには、見出し「蝿斫」の下に、割注で「ハ、キリ剣名ナリ」とあったということがわかる。

さらに、『釈日本紀』「述義」三「麁正」の項見出し下に、「阿良万沙」という訓が、ミセケチになっているのも、『序注』に引く「私記」（「麁正」）において、見出しの下に「アラマサ　剣名也」とあるのと符合して、「公望私記」の元来のすがたと、『釈日本紀』における訓の分離とを確信させるものである。

こう見てくると、兼夏本本文中に多く見られる、「私記」「私記説」として書き入れられた訓のもとになったものにも、この「私記」があったのではないかと考えられるのである。

88　既畢　（左）ヲヘタマヒテ　私記説二字引合之

100　食　（右）ヲス　私記説

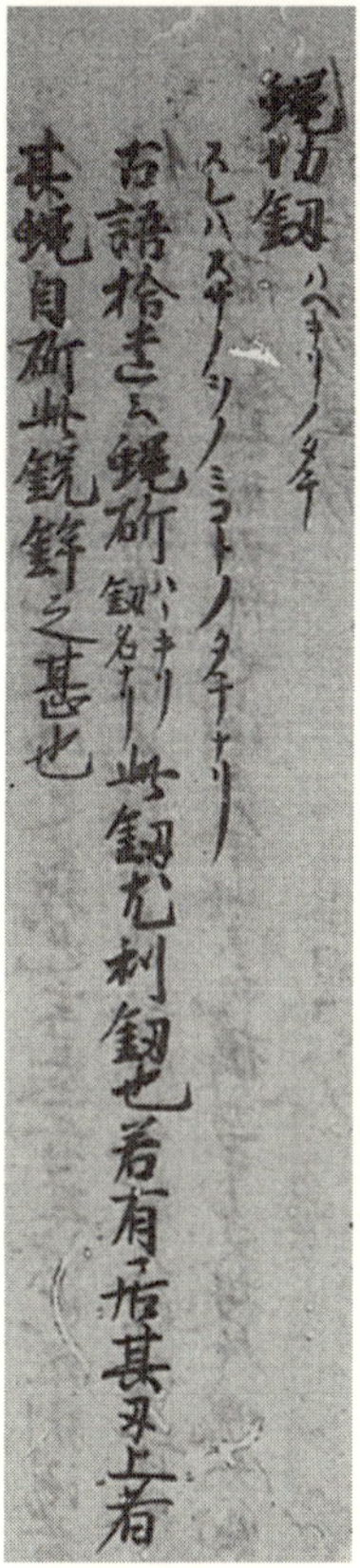

図6　『序注』蝿切剣

108（頭書）云云（割注）之加之加／伊布／私記如一部之内皆之也
141 可平安（左）左支久万之万世　委有私記可見也
165 百姓（左）於保无太加良　私記
165 恩頼（左）美多万乃布由　私記
167 強暴（左）阿之加留　私記
167（頭書）不和順（左）万ツ呂波奴（肩書）私記
168（頭書）唯然（割注）唯音越之加／奈利（肩書）私記
170 天皇之后（左）須女良美古止乃支佐支　私記
170 平国也（左）クニヲタヒラケシトキニ　私記
170 且当飲食（左）美烏之世无止須　私記
171 一箇小男（左）比止ツ乃烏久奈　私記
171 白蘞皮（左）加々美乃加波　私記
172（頭書）指間（割注）多万与利／私記無自字只如此也
187 傑也（左）イサヲナリ　私記説
203（頭書）排（割注）於志和介　私記説
233 勅教（左）ノタマフコト　私説
240（頭書）親（割注）私記云／加曽
242 勅（右）ヲホムコトノ　私記説
245 短折（右）イノチモロキ　私説

253 塩土 （左）シホツ、ノ　私記説
263 （頭書）粟田 （割注）阿波不／豆田 （割注）万女布／已上私記説
298 非常之人 （右）タ、ヒトニアラス　私記説
316 視 （左）カキマミシタマフコトヲ　私記
351 （裏書）冒以絡縄 （割注）阿世奈波比支和多須　私記説

頭書と文中の別、文中の場合の傍書は左か右か、文字は万葉仮名かカタカナかを一覧化して書き抜いた（行頭に、複製本のページ数を示す）。見渡して、微妙な差異が感じられ、これらをひとしなみに扱うのは躊躇される。「私記」からの直接引用もあるかもしれないが、どこまで確かにいえるか。カタカナのものと万葉仮名のものとを同じように見てよいかどうか。『釈日本紀』の「私記」と対応するものも、「可平安」、「冒以絡縄」にとどまるのであって、問題は単純ではない。[2] ただ、図7の「粟田、豆田」の訓は、『和名抄』が「日本紀私記云」として載せるところ（十巻本、二十巻本とも）と合致する。[3]『和名抄』序は、「田公望日本紀私記」（「田氏私記」）によるというのだから、これも「公望私記」に出ると認められる。「公望私記」から出たものは、掲げた二十六項のなかにこれ以外にもあったと考えられてよい。

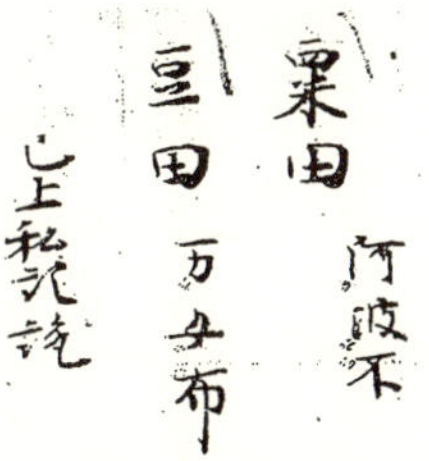

図７　兼方本頭書

また、「私記」と注さない、万葉仮名、カタカナによる、きわめて多数の訓の書き入れが兼夏本にはある。そのなかには、たとえば、さきに言及した「麁正」に関して、裏書の「公望私記」の引用と対応すると見てよいものもある。本文中には、「阿良万沙」と書き込みがある。「私記」という標示はないが、『釈日本紀』のミセケチの訓と、表記も一致したものであり、「公望私記」から訓が切り離されたと見てよいであろう。「蝿斫」の場合と同じではないかと思われる。

なお、訓にかかわって、兼夏本には、「安氏説」とする書き入れ（三例39、96、144）があって、これもいまの問題にかかわるところがある。「八岐大虵」に、頭書として「師説／也万太鳥呂知／安氏説大虵羽々ト読之」とあるが、「師説」ということからすると、「私記」によったのであり、「安氏説」に言及するものとして、その「私記」は「公望私記」（「元慶私記」）だと見るのが妥当であろう。(4)

4　和訓集

以上、「公望私記」の土台の「元慶私記」は訓を付したものであったととらえられることを確認し、訓の分離ということを見てきた。

「公望私記」（「元慶私記」）は、見出しの下に訓を万葉仮名で付すのであり、訓だけを分離することは容易であった。『釈日本紀』も兼方本も、訓を分離して引用したのであり、兼夏本にも、その分離のあとがはっきりとうかがわれる。その結果、訓がそれだけで「私記」説として扱われるということが、兼夏本書き入れに見てとれるのである。

さきだって、『和名抄』が、同様に「公望私記」の訓を分離することをおこなっていたのであった。

『和名抄』の「日本紀私記」（「田氏私記」）については、西宮一民「和名抄所引『日本紀私記』」（『日本上代の文章と表記』風間書房、一九七〇年）の整理がある。十巻本一一七例、二十巻本一〇二例の「日本紀私記」の引用を見渡しながら、西宮は、

田氏私記は、和名抄を通じてみる限りでは、大半は日本書紀の「和訓」集の如き観を呈してゐる。（中略）現実には、このやうな説明的記述がある（「沫雪」の例＝「日本紀私記云、沫雪阿和由岐、其弱如水沫、故云沫雪也」を挙げたのをうける――神野志）のは、（中略）六例に過ぎない。（中略）恐らく、『田氏私記』は、和名抄に引かれたやう

な記述体裁――すなはち大半が「語彙集」と言へるもの――をもつたものであつたらうと想像される。という。

しかし、西宮のいう六例は、「田氏私記」が、いうところの「語彙集」とは異なり、『釈日本紀』の「公望私記」と同じものであったことを、むしろ証するというべきであろう。見てきたような「公望私記」の認識に立って、「和訓集」のように見えるのは、訓だけ取り出した結果であったといえる。訓の分離の契機は、その「私記」自身のなかにあったことを見つつ、兼夏本の書き入れの、「蝿斫剣」における訓（本文書き入れ）と釈義（裏書）の分離の例や、「粟田、豆田」の例等は、はやく『和名抄』がこの「私記」に加えた加工とおなじことだと見るべきなのである。

そして、『和名抄』のように訓を分離したところで、それだけで「日本紀私記」説として意味をもち、また、「和名」という、一般化ないし普遍化されたレベルにおかれ、『日本書紀』というテキストをはなれて意味をもつものとなることが認められる(5)。

そうしたなかで、和訓集的テキストが「私記」と呼ばれて意味をもってあったことがとらえられるべきであろう。いまある『日本書紀私記』甲、乙、丙本が、「私記」そのものではないということはほぼ共通の認識となっている。甲本は、『日本書紀』そのものには見えない語を含み、再編テキストによったものかと推測される。乙本、丙本もテキストに付された訓を集めたものと考えられる(6)。

しかし、それが現に「私記」と呼ばれている。和訓集が「私記」として認められる所以はどこにあったのか。『和名抄』に見る訓の分離に、すでにそのことははらまれていたというべきであろう。そこでは訓だけで「私記」なのであった。元来の「私記」とは別に、和訓集が「私記」と認められる所以はここにあった。「私記」がもとより二類あったというのではなく、『日本書紀』から出たと認定される訓の集が「私記」の名を与えられたというべきであろう。

そして、その訓が、『和名抄』における「和名」、すなわち和語としての一般化に見るように、漢字・漢語に対する和語を示すものとして、その対応が辞書的に機能することに目を向けねばならない。

漢字―和語の対応が、実際には和語の理解のために利用されることは、『和歌童蒙抄』『袖中抄』などの歌学書に見るとおりである。

たとえば、『和歌童蒙抄』（「日本歌学大系」別巻一）第四、「恋」の部において、「我心いともあやしくしこめとは見るものからにやくさまるらん」に注して「古歌也。日本紀醜女とかきてしこめとよめり。又不平とかきてやくさむとはよめり」といい、また、「時となくいさちなけどもこと〻せでさもまつろはぬ人心かな」に「古歌也。日本紀に哭泣と書ていさちなくとよみ、不順と書てまつろはずとよめり」と注する等々は、「しこめ」などの和語について、漢字の字義によって理解を与えるものである。

そして、それらが、実際に『日本書紀』そのものに付された訓を見てなされたかどうか。「醜女」は「私記」を経由して『和名抄』に入ったなかにあった。「不平」は、「挙体不平」（神代上、第七段一書の二）によると見られるが、『釈日本紀』には「私記」によって立項されている。この「私記」に訓が付されてあった可能性も、兼夏本の本文の左傍訓に、「私記」とはないが、万葉仮名で「也久左美太万不」とあることからすると考えられてよい。ともに、『日本書紀』そのものを離れてありえたといえようし、また、黄泉の話などの文脈を離れて字義のみが働いている。文脈を離れることは、「哭泣」「不順」も同様である。「哭泣」は、スサノヲについて「常以哭泣為行」とあり（神代上、第四段本書）、「不順」は、オホアナムチの服従の誓いのなかの「誰復敢有不順者」とある（神代下、第九段本書）のに相当するかと判断されるが、その『日本書紀』の文脈とかかわりなく、字義によって和語を理解しようとしているのである。『和歌童蒙抄』には、「日本紀」によるといいながら『日本書紀』とは異なるものがあり(7)、こうしたものも、『日本書紀』そのものについて見たというより、訓だけを取り出したテキストによったことを想定するのが妥当であろう。

訓を集積したテキスト（和訓集）がおこなわれていたのであり、そもそもは、訓を分離することに向かうような「公望私記」（「元慶私記」）があったことから、そのなかで、現存『私記』甲、乙、丙本のごときは、「私記」という名を付されることにもなってゆき、辞書として機能するなかにあったといってよい。

甲本のように、『日本書紀』にはない語をふくみ、『日本書紀』から離れたものでありながら、「日本書紀私記」と呼ばれるのは、そうした状況を見てはじめて納得されるのである。大事なのは、偽書か否かということでなく、「日本書紀」を冠して呼ばれることがどうありえたか、また、それがどういう意味をもってあったかということである。端的にいえば、『日本書紀』の訓とされるとき、ただしい由緒を負う和語という保障が与えられるということではなかったか。

このことに関して、はやく、関晃「上代に於ける日本書紀講読の研究」（『関晃著作集』第五巻、吉川弘文館、一九九七年。初出一九四二年）が、述べたことを想起せねばなるまい。

書紀が上古口伝の筆録に成つた古語仮名之書の漢訳であるとの博士の認識には変りがない。従つて、書紀を古語
に復原する努力に依て、古史の純粋なる姿に於ける再現が達せられるといふ考へは、明白に博士の意識の上に存
したとしなければならない。（中略）訓注は書紀の和訳ではなくして上古口伝・古書、師説等に基いて得られた
書紀以前の古語である。而して博士はかゝる方法論を此学独自のものとして充分なる自覚の下に遂行してゐる。

という。ここに「訓注」というのは、講書においてなされた訓のことであるが、講書が、『日本書紀』を元来の和語に戻す作業としての訓読に目的化されたことを、言い当てているところがある。

『日本書紀』がもとより漢文テキストとして成り立つことに即していえば、「古語」がはじめにあるというのは、倒立というしかない。ただしく言えば、「古語」は、あるべきもの（ないし、あらねばならないもの）としてもとめられたのであり、そのために、講書は、訓読作業を目的化したということができる。「復原」でなく、「発見」というほうが

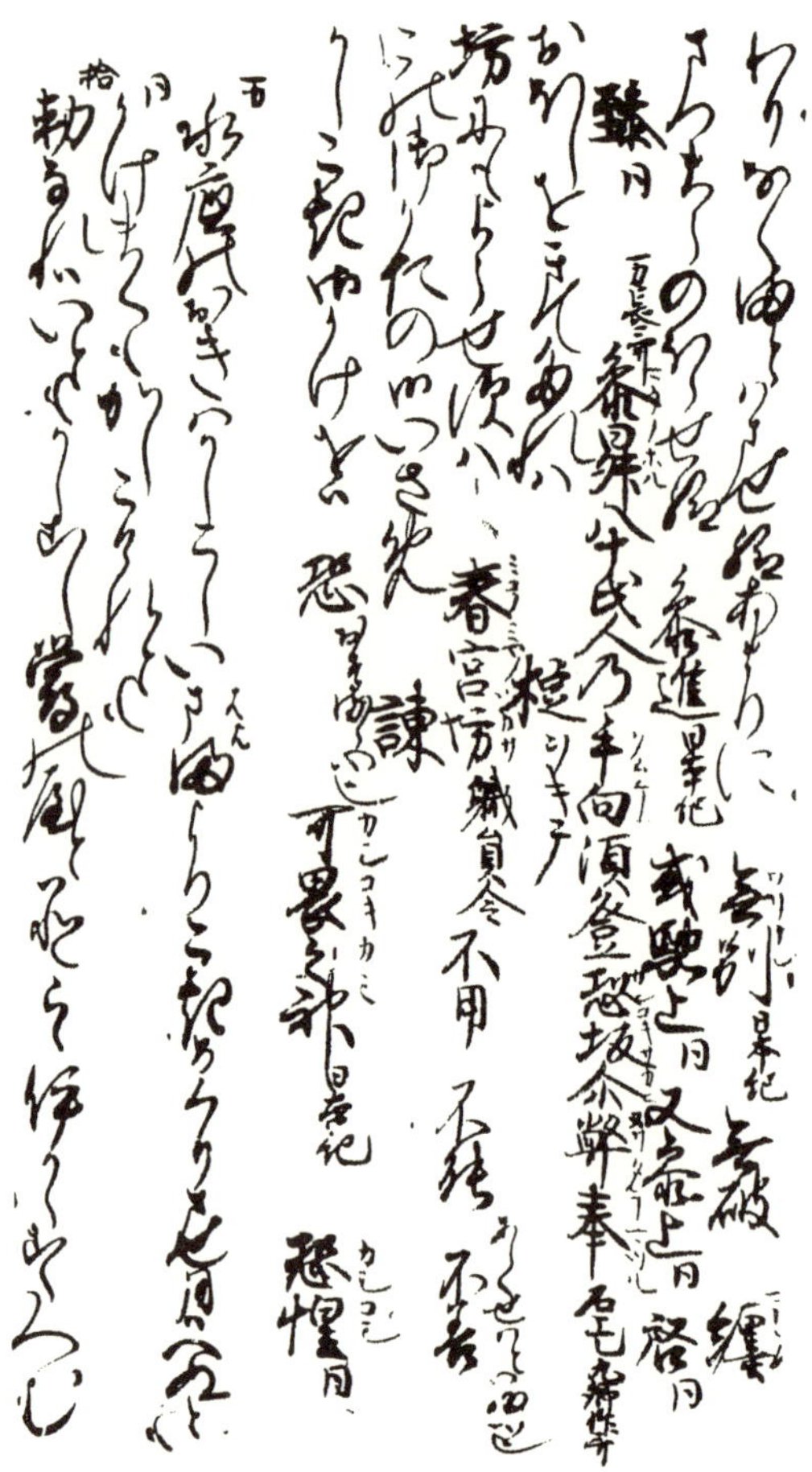

図8　『河海抄』天理図書館蔵

あたっていよう（このことについては、参照、本書II五講書と「倭語」の擬制）。

しかし、「発見」されたとき、それは、あった「古語」として意味をもつ。ただしい由緒を負う和語になるのである。

『和名抄』が「私記」から訓を取り出したのもそれゆえであったし、歌学書が「日本紀」の訓を引用する理由もそこにあった。

さらに、それが、『日本書紀』を離れて、「日本紀」から出たとするものが広がる所以でもあるということができる。

甲本のもとになったテキストが『日本書紀』の再編版（サブテキストといってもよい）であったために、『日本書紀』にはない字句もふくむと認められることはすでに論じたとおりであるが、(8) さらに、広がってゆくものであったことを見るべきだと考える。『和歌童蒙抄』などに見るように、「日本紀」という保障があれば十分なのである。「私記」という擬制がとりはずされてしまうことは必然ともいえる。『日本書紀』にはない字句により拡大を重ねてゆき、『日本書紀』にあったものとして由緒を保障しようとする動きを見るべきではないか。

そのように見て、はじめて、『河海抄』に見る、図8のような和語注釈の状況も理解されるのである。「わりなく」について「無別（ワリナシ）日本紀」、「まうのほらせ給」に「参進日本紀　或馳上同　又参上同　啓同　臻同」、「かしこき」に「可畏之神（カシコキカミ）日本紀　恐惶（カシコシ）同」とあるが、「日本紀」を引用し、その訓を介して漢字によって和語を理解するものである。吉森佳奈子「「日本紀」による和語注釈の方法」（『『河海抄』の『源氏物語』』和泉書院、二〇〇三年。初出二〇〇〇年）によれば、こうした形のものが、『河海抄』全体で約二百例にのぼる（約というのは、諸本で異同があり、数がゆれるからである）。そして、たとえば、右のなかで「恐惶」は『日本書紀』には見られない。そのような、『日本書紀』にはないものを掲げる例が、吉森によれば、五十例以上を数えるのである。

その基盤にあったのは和訓集テキストであったとみてよい。『日本書紀』に由緒をもとめることが、『日本書紀』にあったという訓を拡大していったが、『河海抄』が、さらにそれを拡大することとなったと見るべきなのである。そのさきに、『仙源抄』という辞書そのもの（『源氏物語』語彙の和訓―漢字の集積と、そのいろは引き配列のテキスト）が生まれたのであったことまでふくめて、「私記」とその訓の営みのゆきついた中世的状況として見ることができよう。(9)

注

（1）他には、延喜式・旧事本紀・風土記・漢籍などを引用するだけの注（四十四項にのぼる）があり、兼方の父兼文と一条実経・家経らとの問答（「私記」を引くのと重なるものもあるが、三十項をこえる）、「先師説」（「私記」引用と重なる場合が多い）などがある。

（2）ちなみに、一覧的に掲げた、兼夏本書き入れ訓の「私記説」二十六項のうち、『釈日本紀』「私記」と対応するのは二項だが、『日本書紀私記』甲本に対応するものが二項、乙本に対応するものが十項ある（甲本、乙本で重なるものが一）。ただし、対応するもののうち、甲本は一項、乙本は六項が合致しない。これも、兼夏本書き入れ「私記」の問題として考慮されねばならない。

（3）『和名抄』には、十巻本『箋注倭名類聚抄』巻一に「粟田日本紀私記云、粟田阿波布」「豆田日本紀私記云、豆田末女布」とあり、二十巻本巻一に「粢田日本私記云粢田安八不又作粟」「豆田日本私記云萬女不」とある。

（4）この他「弘仁説」として書き入れられた訓の問題もある。傍訓を主に十五項（頭書二）を数える。万葉仮名、カタカナが混在しているが、すべて甲本に対応するものを見る。ただし、一例だけ異なるものがある。「弱肩」（神代下、第九段一書の二）に、兼夏本書き入れは「与和可比那」、甲本は「ヨハカタ」とする。

（5）『図書寮本　類聚名義抄』に、『和名抄』を通じてとりこまれてゆくことが、一般化をよく示すものといえる。

（6）甲本については、参照、築島裕『平安時代の漢文訓読語につきての研究』（東京大学出版会、一九六三年）、小論「『日本紀』と『源氏物語』」（『古代天皇神話論』若草書房、一九九九年）。乙、丙本については、参照、西宮一民『日本上代の文章と表記』（風間書房、一九七〇年）。

（7）たとえば、「ますかゞみ」について「日本紀には白明鏡とかけり」というなど（『日本書紀』には「白銅鏡」とある）、吉森佳奈子「「日本紀」による和語注釈の方法」（『河海抄』の『源氏物語』和泉書院、二〇〇三年。初出二〇〇〇年）が示したとおりである。

（8）参照、注（6）前掲小論。

（9）そうした方向性は、吉森佳奈子「『仙源抄』の位置」（紫式部学会編『源氏物語とその享受研究と資料古代文学論叢　第十六輯』武蔵野書院、二〇〇五年）によってすでに示されている。

［四］承平度講書の「日本」論議

1 『私記丁本』と『釈日本紀』

講書のなかの『日本書紀』は、解釈によって変奏されていた。「日本」をめぐる論議を取り上げて、このことをあきらかにしたい。

ここでは、『私記丁本』を取り上げ、承平度の講書を見てゆく。「私記」の原形をのこす唯一のものであり、零本だが開題部をのこしていて、講書の「日本」論議の現場がよくうかがえるからである。

『私記丁本』の開題部を書き抜くとつぎのとおりである。国名にかかわるところは全体を掲げ、その他は便宜的に問いのみを掲げるかたちで示した。

A（この前の部分は欠）面国遣使奉献。注曰。倭国去楽浪万二千里。男子皆黥面文身。以別尊卑大小。云々。

B 問。倭国之中有南北二倭。其意如何。

師説。延喜説云。北倭可為此国。南倭女国。云々。此説已无証拠。未為全得。又南北二倭者是本朝南北之辺州也。

无可指別由。

C 問。此倭字訓。其解如何。

師説。延喜説。漢書晋灼如淳各有注釈。然而惣无明訓之字也。

今案。諸字書等中。亦无指読也。

D　問。耶馬臺。耶靡堆。耶摩堆之号。若有各説乎。

師説。今案。雖有三号。其義不異。皆取称倭之音也。

E　問。此国称姫氏国。若有其説乎。

師説。梁時宝志和尚讖云。東海姫氏国。又本朝僧善椲推紀云。東海姫氏国者。倭国之名也。今案。天照大神者。始祖陰神也。神功皇后者。又女帝也。依此等。称姫氏国。

F　問。書紀二字乎合読天不美止云。其意如何。（答え略）

G　問。書紀二字。訓釈不同。若相別読者如何。（答え略）

H　問。両字乎一字爾読成。若有所拠乎。（答え略）

I　問。書字之訓乎不美止読。其由如何。（答え略）

J　問。諸史伝経籍等。只注第一第二。不加巻字。而此書注巻第一習何書乎。（答え略）

K　問。巻第一井三箇字乎。巻乃次一巻爾当巻止読也。少字多詞。若巻乃次一と読如何。（答え略）

L　問。此書不注撰者之名。其由如何。（答え略）

M　問。本朝之史。以何書為始乎。（答え略）

N　問。撰修此書之時。以何書為本乎。（答え略）

O　問。考読此書。将以何書備其調度乎。（答え略）

P　此時。参議紀淑光朝臣問曰。号倭国云日本。其意如何。又自何代始有此号乎。

尚復答云。上代皆称倭国。倭奴国也。至于唐暦。始見日本之号。発題之始。師説如此。師説。日本之号。雖見晋恵帝之時。義理不明。但隋書東夷伝云。日出国天皇謹白於日没国皇帝者。然則。在東夷日出之地。故云日本歟。

Q　参議又問云。倭国在大唐東。雖見日出之方。今在此国見之。日不出於域中。而猶云日出国歟。又訓日本二字云倭。其故如何。博士答云。文武天皇大宝二年者。当大唐則天皇后久視三年也。彼年遣使粟田真人等入朝大唐。即唐暦云。是年日本国遣使貢献。日本者。倭国之別名者。然則唐朝以在日出之方。号云日本国。東夷之極。因得此号歟。

R　問。仮名日本紀。何人所作哉。又与此書先後如何。（答え略）

S　参議淑光朝臣横点云。仮名之起。当在何世故。（答え略）

T　問。仮名之字。誰人所作乎。（答え略）

神代上

U　問。此巻注神代上。其意如何。（答え略）

V　問。不唯言神代。相別上下。其意如何。（答え略）［一八五—一九三］

ここまでが開題部となる。「日本書紀巻第一」を「日本」「書紀」「巻第一」と構成的に分け、それぞれについて問答してゆくのだが、Eまでが「日本」、FからIまでが「書紀」、J・Kが「巻第一」についての問答である。そのあと、LからTまで撰者の名が記されないことを取り上げて成立に及ぶ。そのなかでは、「仮名日本紀」の話題が出たこと（O）から「日本」の問題が蒸し返されることもあったが（P・Q）、「神代上」として巻を立てることの問答（U・V）を経て、本文の講釈に入るのである。

テキストに沿って進む『私記丁本』は、実際の講書の進行をそのままにとどめたものと受け取られる。『釈日本紀』開題部は、本書Ⅱ［一］「『日本書紀私記（丁本）』の資料批判」に述べたとおり、『私記丁本』に後世的な要素を加えた異本『私記丁本』を土台として、諸史料を切り貼りするものである。

『釈日本紀』は、開題部をいくつかの標題をたてて構成し、資料を切り貼りする。すなわち、標題をたてないで成立にかかわる記事をはじめに置き（I）、以下、II「日本国・倭国」、III「本朝号耶麻止事」、IV「本朝史書」、V「日本紀講例」、VI「竟宴」、VII「修国史事」、VIII「御読書事」という標題のもとに構成される。これを右の『私記丁本』との対応を含めて、問答ないし引用の一項ごとに一覧化すれば以下のようになる。『私記丁本』との対応は、Aに対してはaのごとく小文字で示した。

開題

I 1 弘仁私記序 ／ 2 続日本紀巻七 ／ 3 続日本紀巻八 ／ 4 続日本紀巻十二 ／ 5 出典不標示n ／ 6 出典不標示o ／ 7 出典不標示r ／ 8 出典不標示r ／ 9 出典不標示s ／ 10 出典不標示t ／ 11 先師説 ／ 12 出典不標示、未確認① ／ 13 出典不標示、未確認② ／ 14 出典不標示、未確認③ ／ 15 延喜講記 ／ 16 延喜講記 ／ 17 出典不標示j ／ 18 出典不標示v ／ 19 出典不標示i ／ 20 出典不標示、『私記丁本』本文講釈部（一九八—九九）に対応箇所あり ／ 21 出典不標示、『私記丁本』本文講釈部（一九九）に対応箇所あり

II 22 弘仁私記序 ／ 23 唐書 ／ 24 後漢書 ／ 25 魏志 ／ 26 南史 ／ 27 出典不標示c ／ 28 東宮切韻 ／ 29 玉篇 ／ 30（公望私記） ／ 31 公望私記 ／ 32 公望私記 ／ 33 出典不標示p ／ 34 出典不標示、未確認④ ／ 35 出典不標示、未確認⑤ ／ 36 出典不標示、未確認⑥ ／ 37 出典不標示a ／ 38 出典不標示d ／ 39 出典不標示b ／ 40 出典不標示e

III 41 弘仁私記序 ／ 42 延喜開題記 ／ 43 延喜開題記 ／ 44 延喜開題記 ／ 45 延喜開題記

IV 46 出典不標示mをはじめに置き、以下のV VI VII VIIIとも、それぞれ記録から記事を抽出する。詳細は省略

2 「承平私記」開題部

『釈日本紀』Ⅰ—Ⅲ（開題の前半部、分量的にも開題部の半分）において、異本『私記丁本』の比重は圧倒的に大きい。これを土台にしており、それゆえ出典を標示しないのであって、逆に、出典を標示しないものは異本『私記丁本』によると認めてよい（参照、本書Ⅱ〔一〕『日本書紀私記（丁本）』（『私記丁本』）の資料批判）。13—15、35—36が『私記丁本』に確認できないのは、『私記丁本』の失われた部分にあったからだと考えられる(1)。

なお、『私記丁本』開題部にあった記事が、『釈日本紀』秘訓に引用されるものもある。秘訓一「日本書紀巻第一」の項（二一七）に、G・H・I・Kに対応する記事がある。それは、逆に、『釈日本紀』には開題部以外にも、『私記丁本』開題部に由来する記事があるかもしれないということになるが、確かめようがない。いま、『釈日本紀』開題部にあって出典を標示しない六項は、『私記丁本』にあったと認められるということにとどめる。

それらは次のような記事である。

①問。此書名日本書紀。其意如何。
答。師説。依注日本国帝王事。謂之日本書紀。〔五〕

②又問。不謂日本書。又不謂日本紀。只謂日本書紀。如何。
答。師説。伝習大唐文字。考九流書撰出此書。其中殊者。神代之事。倭歌古語等是也。又大唐称紀者。秦漢魏晋宋斉梁陳等之中。漢紀。魏紀。晋紀。宋紀等是也。又謂之魏書。晋書。宋書等也。然則非依習此書而作。但宋太子詹事范蔚宋撰後漢書時。叙帝王事謂之書紀。叙臣下事謂之書列伝。然則書紀之文依此欤。〔五—六〕

③又問。後漢書者。帝紀列伝有異。仍叙帝王事。謂之書紀。叙臣下事。謂之書列伝。而此書者。不別帝紀列伝。只称書紀。如何。

答。師説。此書雖無列伝。兼注帝王君臣事。仍謂之書紀。但其体者。習於梁典。斉春秋。唐暦等紀咸入。猶可謂依後漢書所称也。［六］

④問。唐国謂我国為倭奴国。其義如何。

答。師説。此国之人昔到彼国。唐人問云。汝国之名称如何。自指東方答云。和奴国耶。云々。和奴猶言我国。自其後謂之和奴国。

或書曰。筑紫之人隋代到彼国。称此事。［一〇］

⑤又問。若然者。和奴之号起自隋代歟。

答。此号非隋時。然則或書之説未為全得。［一〇］

⑥問。大倭。倭奴。日本。三名之外。大唐別有称此国之号哉。

答。師説。史書中耶馬臺。耶摩堆。耶靡堆。倭人。倭国。倭面等之号甚多。但史官所記。只通音而由。更無他義。［一〇］

なお、『和歌童蒙抄』巻三に言及される「日本紀問答抄」も考慮されるべきであろう。太田晶二郎「上代に於ける日本書紀講究」（『太田晶二郎著作集』第三冊、吉川弘文館、一九九二年。初出一九三九年）が指摘した通り、「勘仲記」弘安元年十月二十二日条に見える「日本紀問答」——藤原兼平、一条家経らが宇治平等院経蔵におもむいて見出し、分担し書写したという——と同じものと認めてよい。石清水八幡宮『御鏡等事　第三』には、「日本紀問答云」として、『私記丁本』Eと同じ記事が引かれる。「承平私記」が「日本紀問答」とも呼ばれていたと見られるのである。

その「日本紀問答抄」は、『和歌童蒙抄』に「あし引」の語源に関してつぎのようにあるものから推察される。

あし引とは、むかし天地さきわかれて泥湿いまだかわかず。仍山にすみてゆきかへる跡多し。故此国のはじめ名をやまと、名づけたる也。言は、山の跡と云也。委見日本紀問答抄。されば山の土かわかずして葦を引義によりて、あし引の山とはいふ歟。

引用というより、意を取ったというべきであるが、「むかし天地さきわかれて（中略）言は、山の跡と云也」は、国名に関して「やまと」をめぐって、「弘仁私記序」や、『釈日本紀』所引「延喜講記」（前掲42―45）と同じような論議が「承平私記」にもあったことの証といえる。

こうして、『私記丁本』に失われた部分を、①―⑥、『和歌童蒙抄』の「日本紀問答抄」により補って、「承平私記」開題部を考えることができよう。

『私記丁本』にそくして見ると、この講書のもととなった『日本書紀』テキストの巻頭の体裁は兼方本・兼夏本と同じく、

日本書紀巻第一

神代上

古天地未剖……

とあったと考えられる。これを順をおって取り上げて論議してゆくのである。

「書紀」にさきだってなされた「日本」にかかわる論議は、失われた部分がおおい。ただ、現存のA―E、P、Qに加えて、④―⑥、および、「日本紀問答抄」によってありえたものをうかがうことはできる。承平度講書の「日本」論議として、これを整理すれば、

(1)「日本」についての論議

(2)「倭」「倭奴」をめぐる論議

(3)「倭面」等、中国文献にあらわれる呼び名についての論議

という三部からなると認められる。Aは「倭面」の問答の後半がのこったものであることは、aと比べてあきらかだ

が、⑥から言えば、「大倭、倭奴、日本」のあとに「倭面」・「耶馬臺」等と進行したものであった。

まず、書名に関する論議として、「日本」の意義・成立について論議するというのが講書のはこびであった。「延喜講記」（兼方本『日本書紀』の書き入れ）に、

問。此書号日本書紀。如何。説云。書本朝事。故云。

又問。何不云倭書。云日本書。如何。説云。本朝地在東極。近日所出。又取嘉名。仍号日本書。

又問。改□□為日本事。自唐国耶。将自本朝耶。説云。自唐所号也。

とあるのと、『私記丁本』(2)とを見合わせると、そう諒解されよう。(1)「日本」からはじまるのであり、(2)「倭奴」などの論議があって、(3)「倭面」等の論議となるという三部構成であった。

(1)の、「日本」そのものにかんする問答は現存部にはない。ただ、P・Qを通じて、はじめの論議が蒸し返されたことがわかるのであり、どういう主旨であったかをうかがうことができる。(2)は、④⑤と「日本紀問答抄」とによって見ることができる。(3)は、⑥をきっかけとしてすすめられた。『私記丁本』にのこっているのは(3)なのである。

この全体の脈絡のなかで「日本」がどのように問題とされたかを見なければならない。それはこの展開を読みといて答えるべきものである。(3)を除いて、断片的にのこるものから見てゆくしかない。

3　「日本」他称説

P、Qは、講書における「日本」論議として取り上げるには格好のものであり、言及されることも多い。最近の「日本」論のなかでも、吉田孝『日本の誕生』（岩波新書、一九九七年）や、網野善彦『日本の歴史00　「日本」とは何か』（講談社、二〇〇〇年）の論点となった。

しかし、この問答が正当な理解を得ているであろうか。このテキスト理解が不正確なままでは出発点から誤ることになる。まずはP・Qの理解から進めよう。

Pの問いは、読むために備えるべきものとして「仮名日本紀」の名が出たから、紀淑光が、「もともと倭国とよばれていたものが日本といわれる。それはどういう意味があるか。またいつからその呼び方はあるのか」と質問したのであった。

これに対して、Pの答えには、博士の補佐役尚復が、「上つ代には、ずっと倭国・倭奴国と呼ばれていた。『唐暦』になってはじめて日本という呼び方が見える。書名を説いたはじめに師説はこうであった」といい、「師の説くには、日本の号は、晋の恵帝の時に見えるが、その意味は明らかではない。ただし、『隋書』東夷伝に、日出る国の天皇謹んで日没する国の皇帝に白す、という。それからすると、東夷にして日出る地にあるということ故に日本といったのであろうか」と説く。

この答えは、まず、わが国を「日本」と呼ぶのは『唐暦』が最初、つまり唐にはじまるとする。そして、その意義を説くために、『隋書』東夷伝を引くのである。ただ、「日出国天皇謹白日没国皇帝」というのは正確ではない。大業三年の倭国の国書には「日出処天子致書日没処天子」とある。これと、『日本書紀』推古天皇十六年条の隋への国書に「東天皇敬白西皇帝」とするのとを合体させたような文言となっている。晋の恵帝の時に「日本」の例はあるが――何によったか、いま確認できない――、どういう意味か明らかではないという。唐をさかのぼる「日本」であるが、この国の国号として確認できるわけでもないというわけだ。この推古天皇代の「日出」によって――「日出国天皇」は意味的にわかればよいということで便宜的になされた文言であろう――、「日本」なる呼び方の意味は明らかになるというのである。

淑光の問いに対して、唐代にはじまる国号「日本」であり、『隋書』に見える「日出」の意味で、その「日本」は成り立つと答えたのである。ただし、そのままでは、中国からの東夷日出の地という世界的位置づけを受けて自分で「日本」と言い出したというのか（自称）、中国が言い始めたというのか（他称）、明言しておらず、いずれにも解しうるということになろう。

そこで淑光の問いがなおあった。「そういう日出という意味だとしたら、中国から見るとたしかに日の出る方というこどだが、この国にあっていえば、日は国のなかから出るわけではない、それでもみずから日の出る国などというだろうか」という。それはありえないのではないかという問いかたである。「また、日本二字をヤマトというのはどうしてか」ともいう（Qの問い）[3]。

博士は、あらためて答え、他称という立場を明確に述べた。「大宝二年の遣唐使粟田真人らに関して、『唐暦』には、日本国の使いとあり、日本国は倭国の別名だという。だから、唐朝が日出の方にあることをもって、名づけて日本といったのである。東夷の極にあることからこの名を得たか」。淑光の問いを肯うかたちで、「倭国」の「別名」だという認識は、中国が名づけたことを意味すると明言する。ただ、日本二字をヤマトという所以についての説明はここにはない（Qの答え）。

P、Qは以上のように読みとかれる。この上にたって承平講書における「日本」を見ることを、吉田・網野前掲書に対する批判を明確にして進めよう。

吉田は、

たとえば、平安時代の講書では次のような問答があった。

〔問〕倭国は大唐の東にあり、〔唐からは〕日の出の方に見えるけれども、いまこの国にありてこれを見れば、日は、国内からは出ない。それなのに、なぜ「日出づる国」というのか。

〔答〕唐朝から見て日の出の方にあるから日本国というのだ。

すなわち、日本という国号は唐朝から見た「日出づる処」である、というのである。そうすると次のような質問も出てくる。

〔問〕日本というのは、唐朝の名づくる所か、あるいはわが国がみずから称したのか。

〔答〕唐より名づくる所なり。(4)

大宝元年の遣唐使のことを記した日本側の『続日本紀』や、中国側の『旧唐書』日本伝によると、この博士の答えはあきらかに事実に反する。「日本」の国号は日本国の使いの自称であった。「日本」という国号が、倭がみずから称したのか、それとも中国が名づけたのかという、もっとも基礎的な知識すら、平安時代には失われていたのである。（『日本の誕生』一二二―一二三頁）

といい、網野は、

「日本」は「日の本」、東の日の出るところ「日出づる処」を意味しているが、いうまでもなくそれは西の中国大陸に対してのことであり、ハワイから見れば日本列島は「日没する処」になる。

ここからこの国号については、平安時代から疑問が発せられており、承平六（九三六）年の『日本書紀』の講義（『日本書紀私記』）において、参議紀淑光が「倭国」を「日本」といった理由を質問したのに対し、講師は『隋書』東夷伝の「日出づる処の天子」を引いて、日の出るところの意と「日本」の説明をしたところ、淑光はふたたび質問し、たしかに「倭国」は大唐の東にあり、日の出る方角にあるが、この国にいて見ると、太陽は国の中からは出ないではないか、それなのになぜ「日出づる国」というのかと尋ねている。これに対し講師は、唐から見て日の出る東の方角だから「日本」というのだと答えているが、岩橋小弥太氏も「よほど頭の善い人だった」と評しているように、この淑光の質問はみごとにこの国号の本質を衝いているといってよい。

このように、この国号は「日本」という文字に則してみれば、けっして特定の地名でも、王朝の創始者の姓で

もなく、東の方向をさす意味であり、しかも中国大陸に視点を置いた国名であることは間違いない。（『日本とは何か』九二頁）

という。

両者は問題意識を共有し、Qの問答を取り上げて論点としている。しかし、その取り上げかたは、端的にいえば、自己の立場に引き付けて元来の問答を歪曲しているのではないか。「而猶云日出国歟」（Qの問い）は、「それなのに、なぜ「日出づる国」というのか」（吉田。網野も同旨）と釈かれるものであろうか。「唐朝以在日出之方。号云日本国」（Qの答え）は、「唐朝から見て日の出の方にあるから日本国というのだ」（吉田。網野も同旨）と解されるものであろうか。見てきた通り、Qの問答は自称とは考えがたいということを確認し合うものである。「而猶云日出国歟」は、それでもみずから「日出づる国」というのか、と解くべきであり、「唐朝以在日出之方。号云日本国」は、「唐朝」が「号云日本国」の「号云」の主語であって、唐朝が、日の出る方にある、東夷の極として日本と名づけた、としか文意はとりようがないであろう。

吉田・網野は、問答の文脈を離れた理解を作っているというほかない。そこにあったのは、「西の中国大陸に対して」「東の日の出るところ」（網野）として自称したのが国号の本質だという把握である。その国号把握にひきつけて、「淑光の質問はみごとにこの国号の本質を衝いている」といい（網野）、「（他称とする）博士の答えはあきらかに事実に反する」というのである（吉田）。元来の国号ということから見ようとするのである。そこには、講書の論議に即して、そのなかでかれらがどう考えていたかを問う姿勢がない。「倭がみずから称したのか、それとも中国が名づけたのかという、もっとも基礎的な知識すら、平安時代には失われていた」（吉田）と裁断してしまうのだが、正しいか正しくないかはともあれ、平安時代の問題としては、かれらが他称だとすることをうけとめねばならぬ。

承平講書において理解された「日本」は、東夷の極という、中国中心の世界のなかの位置づけとしてあり、中国が名づけたと見るものであった。かれらにとってそうであったということを、国名論議の問題として考えるべきなのである。

唐が名づけたということは、「日本」そのものは自分たちの問題としてあったのではないということではないか。本質はそこにあるということを見過ごしてはなるまい。そうした「日本」把握をまずおさえよう。それとともに、国名論議の全体がどう成り立っているかということに眼を向けることがもとめられる。

4　「やまと」にもとめた自己確証

もと「倭」であったのが「日本」となった。その認識は、「弘仁私記序」に「古者謂之倭国」とあり、「延喜講記」に「倭」を改めて「日本」としたといい、Ｐの答えに「上代皆称倭国。倭奴国」とあり、「承平私記」まで一貫している。

注意したいのは、そこで、漢字を離れて「やまと」に帰してみようとすることである。

「弘仁私記序」に、

> 倭義未詳。或曰。取称我之音。漢人所名之字也。

とある。自分のことを「ワ」といったのを、国の名ととって、字をあてたのが「倭」だという。それが、④の答えに、この国の人が唐に到った時、彼の国の人がお前の国の名はと問うたのに対して、東を指して「ワヌ国」と言ったことから、そのワヌを名ととって「和奴国」というようになったのだとするのと軌を一にすることはいうまでもない。「倭」の字の意味は未詳だとしつつ、それはおいて、ワ・ワヌという自分たちのことばに還元すればよいというのである。

「倭奴＝ワヌ国」なるものは、『後漢書』「倭伝」の解釈から生まれた。建武中元二年に「倭奴国」が奉賀朝貢し、光武帝が印綬を賜ったとある。「倭／奴国」（倭の奴国）と理解されるべきものだが、それを「倭奴国」としてしまったのである。『旧唐書』に「倭国者古倭奴国也」というのは、「倭国」と区別して「倭奴国」と言うのであって、そうした解釈が講書だけに帰されえないことを示すが、講書における「倭奴国」の由来はともあれ、ワ（我）の音にあてた「倭」という、「弘仁私記序」の解釈につながることを、いま、注意したい。(5)

要は、そうした解釈を生むことのもとにあるものの問題である。そこでは文字はあてたにすぎないとする。ことは「日本」に通底する。「日本」の意味は、東夷の極にある日出の地という中国による世界的位置づけだと理解されるが、それも外（中国）からあてたものというのにほかならない。字の意味が解ける、解けないの違いはあれ、「倭」も「日本」も、その名義は自分たちの問題ではないということなのである。

そしてのこるものは「やまと」だということになる。「弘仁私記序」には、

故云日本。古者謂之倭国。但倭義未詳。或曰。取称我之音。漢人所名之字也。通云山跡。

とあった。「日本」も「倭」も、通じて「やまと」だというのである。

要するに、字のもとにあるのはひとつ、「やまと」であり、字義ではとらえられないそれこそが自分たちの問題だというのである。そこに自分たちの根拠となるものがもとめられるはずだということになる。承平度に、「やまと」語源説のかたちで、「やまと」とは何かを説き（『日本紀問答抄』）、承平度のみならず講書を通じてもそれが貫かれてゆく所以である。

それが、「日本」と「やまと」とを分離する立場を論理化するうえに立つものであったことにも留意したい。『釈日本紀』秘訓一「日本書紀巻第一」の項に引かれる、年度未詳の「私記」に、

日本両字於夜末止ト読之。不依音訓。若如字比乃毛止ト令読如何。

答。是尤叶其義事也。然而先師之説。以山跡之義読之。不可輙改。又此書中大日本於訓己謂大夜末止。然則雖為音訓之外。猶存心可読夜末止。〔二―七〕

とある。「日本」＝「やまと」である。しかし、「音訓の外」にそれは成り立つという。文字とは別なところにある「やまと」だというのであった。

そうした立場が講書のなかに一貫するといってよい。『私記丁本』においても、「日本」、「倭」関連とは別な、中国史書の呼称を取り上げるが、それは、「やまと」こそが自分たちの問題だということをより確かにするためのものであった。

Dは、「耶馬臺、耶靡堆、耶摩堆」を問題とする。「耶」は「邪」とするのが一般だが、『太平御覧』所引「魏志」に「耶馬臺」とあるなど、通用させて用いる。これらはいずれも史書に見えるのであって、「邪（耶）馬臺」は『後漢書』『魏志』『梁書』『隋書』『北史』に、「邪（耶）靡堆」は『隋書』に、「邪（耶）摩堆」は『北史』にそれぞれ見える。「師説」は、三号ともみな「やまと」の音をとったのだという。字のもとにあるのは「やまと」だという確信を深くするのである。

Eは、「姫氏国」は天照大神・神功皇后という女神・女帝のもとにあったことをとらえた呼称だという（「姫氏国」については、参照、本書Ⅱ四付論「東海姫氏国」と「野馬台詩」）。それも中国が見た自分たちだと納得するのではあるが、もっとも本質的な問題は「やまと」にあるとした上での話である。自分たちに内在する根拠といえるものをもとめるところは「やまと」以外になかったのである。

あらためて「やまと」論議にそくして見なくてはなるまい。「承平私記」にありえたものが、『和歌童蒙抄』所引「日本紀問答抄」からうかがえることはふれた通りだが、『釈日本紀』には「承平私記」を取らない。開題部の「本朝号耶麻止事」は、「弘仁私記序」「延喜開題記」を引くのであった。

全文を掲げれば、

41 弘仁私記序曰。天地剖判。泥湿未乾。是以栖山往来。因多蹤跡。故曰耶麻止。又古語謂居住為止。言止住於山也。

42 延喜開題記曰。師説。大倭国。草昧之始。未有居舎。人民唯拠山而居。仍曰山戸。是留於山之意也。又或説云。開闢之始。土湿而未乾。至于登山。人跡著焉。仍曰山跡。

43 問云。諸国人民倶拠山而居耶。将只大和国独拠山耶。説云。大和国独有此事。

44 問。本国之号。何独取大和国為国号耶。説云。磐余彦天皇定天下。至大和国。王業始成。仍以成王業之地為国号。譬猶周成王於成周定王業仍国号周。

45 問。初国始祖天降筑紫。何国偏取倭国為国号。説云。周后稷封邰。公劉居豳。王業雖萌。至武王居周。始定王業。仍取周為号。本朝之書亦其如此。［一一］

となる。

「弘仁私記序」「延喜講記」を通じて、「山跡」説、「山止」説、「山戸」説の諸説があったのを見るのである。『和歌童蒙抄』に「委しくは日本紀問答抄に見ゆ」といって示されたのによれば（前掲）、承平度の講書は「山跡」説をとったのであった。それは、「弘仁私記序」にほぼひとしい。講書のなかでつくられてきた「やまと」言説というべきものの重なりがうかがわれる。

大事なのは、「やまと」の言説が、かれらにとって、自分たちの世界の根拠をとりとめようとするものであることだ。素朴ともいえる語源説だが、天地が分かれたはじめのころ大地はまだ乾かず、人は山に住んでいて、往来の跡が多かったので山跡（山の足跡）の葱でヤマトというのだとするにせよ、山に止住するという意で山止＝ヤマトというとするにせよ、また、世界のはじめのとき、いまだ居る家なく山に居たので山戸（山が住みか）の意でヤマトというのだとするにせよ、いずれの説であれ、「やまと」には、世界のはじまったときの記憶がとどめられていることを説くものなのである。『日本書紀』には見られない独自な神話的言説は、「やまと」ということばから紡ぎ出されたと見られる。「日本」そのものは自分たちの問題ではないとして、「やまと」に向かったとき、こうした物語を生み出すことによって自己確認を果たしえたというべきではないか。

そうした「やまと」言説の構築として、右に引いた「延喜開題記」はひとつの到達を示しているといえる（そこに『釈日本紀』がこれを引く理由があるのではないか）。その問答を通じて構築されたところ、

「やまと」は、「山戸」とも「山跡」とも解されるが、「草昧之始」あるいは「開闢之始」、つまり世界のはじまりの状態をいうものだ（42）。

それはいまの大和国のことで元来は大和国の名の由来だ（43）。

その大和国で王業が定まったことによって「やまと」が国号となった。それは中国の周と同じことだ（44）。

天降った筑紫でなく王業が定まった地を国号とするのも、周がその先祖の地でなく、王業定まった地を国号とするのと同じだ（45）。

と、世界の始源から一国大和がこの国の総称となる所以まで、まさに自己確認の「やまと」物語だといえよう。

承平度にいたる講書のなかで重ねられてきたところをうけて、『私記丁本』はある。かれらにとって、「日本」は字の意味からすると、東の日の出る方ということになるが、それは中国が東夷の極としてこの国を位置づけたものであり、自分たちの世界を根拠づけるものとしてそこに自己確認をよせることはできない。「日本」は、「やまと」に対して外からあてたものにほかならないとし、世界をあらわすものとしての「やまと」について自己確証をはたそうとしたのである。

これが講書のなかでいたりついたところであったと認められる（6）。

5　『日本書紀』の「日本」

こうした講書の「日本」は、元来の『日本書紀』の「日本」――それによってみずからを標示して、「歴史」を語るもの――ではない。

歴史的に言えば、「日本」は、大宝令において制度化されたと認められる。『令集解』から「公式令」詔書式の令文と、注のうちの「古記」とを書き抜いて示せば、次のようになる。

明神御宇日本天皇詔旨。（古記云。御宇日本天皇詔旨。対隣国及蕃国而詔之辞。問。隣国与蕃国何其別。答。隣国者大唐。蕃国者新羅也。）云々。咸聞。

明神御宇天皇詔旨。　云々。咸聞。

明神御大八洲天皇詔旨。（古記云。御宇。御大八洲者。並宣大事之辞也。於一事者任用耳。問。大八洲。未知若焉。答。日本書紀巻第一云。因問陰神曰。汝身有何成耶。対曰。吾身有一雄元之処。陽神曰。吾身有雄元之処。思欲以吾身元処合汝身之元処。於是陰陽始遘合為夫婦。及至産時。先以淡路洲為胞。意所不快。故名之曰淡路洲。廼生大日本日本。此云耶麻騰。下皆效此。豊秋津洲。次生伊予二名洲。次生筑紫洲。次双生億岐洲与佐度洲。世人或有双生者象此也。次生越洲。次生大洲。次生吉備子洲。由是始起大八洲国之号焉。即対馬嶋。壱岐嶋。及処々小嶋。皆是潮沫凝而成也。）云々。咸聞。

天皇詔旨。　云々。咸聞。

詔書。（古記云。天皇詔旨書並同。皆宣小事之辞。）　云々。咸聞。（古記云。云々聞宣者。五事惣云々。）

これによって、大宝令文を再建すると、

御宇日本天皇詔旨。

御宇天皇詔旨。
御大八洲天皇詔旨。
天皇詔旨。
詔書。云々。聞宣。

となる。

「明神」を冠することは、大宝令にはなかったことが注意されるが、いま措く(7)。注目したいのは、「御宇」のもとにある「日本」は、国土をいうものではないということである。「日本天皇」が君主号なのである。「天皇」が王号で、「日本」は王朝名だと見るのが正当であろう。吉田孝『日本の誕生』（岩波新書、一九九七年）の説くとおりである。『日本書紀』という書名も、『漢書』『後漢書』『晋書』などにならうのだが、中国のそれが王朝の名を冠するものであることを意識していないはずはない。日本王朝の歴史を意図するものとしてその名をうけとるべきである。

『日本書紀』には本文本体に二一九例にのぼる「日本」を見る。「大日本豊秋津洲」にはじまって、神話的物語のはじめから「日本」として語る。「日本」ということの根源がそこに語られるのである。その『日本書紀』の「日本」を見届けようとするとき、『古事記』には、一例も「日本」の用例がないということにも眼を向け、あわせて見なければならないであろう。「日本」を、『日本書紀』は語ろうとし、『古事記』は、「日本」とは別に「古代」を語る。あわせて見届けることによって、「日本」として語ることの意味をより明確にすることができる。

きっかけを、神功皇后の物語にもとめよう。『日本書紀』は、新羅王が服属を誓うことをつぎのように語る。

新羅王遙望以為、非常之兵、将滅己国。讋焉失志。乃今醒之曰、吾聞、東有神国。謂日本。亦有聖王。謂天皇。必其国之神兵也。豈可挙兵以距乎、即素旆而自服。素組以面縛。封図籍、降於王船之前。因以、叩頭之曰、従今以後、長与乾坤、伏為飼部。其不乾船柂、而春秋献馬梳及馬鞭。復不煩海遠、以毎年貢男女之調。則重誓之曰、非東日更出西、且除阿利那礼河返以之逆流、及河石昇為星辰、而殊闕春秋之朝、怠廃梳鞭之貢、天神地祇、共討焉。（神功皇后前紀、仲哀天皇九年十月条）

さらに、新羅が「日本国」に降ったことを聞いて高麗・百済の二国王も「永称西蕃、不絶朝貢」と誓ったとある。また、四十三年条から五十二年条にかけても、百済が、東方に「日本貴国」があるということを聞き、服属するにいたったという事情を語る。

他方、『古事記』では、

是に、其の国王畏み惶りて奏して言ひしく、「今より以後、天皇の命の随に、御馬甘と為て、年毎に船を双べて、船腹を乾さず、天地と共に、退むこと無く仕へ奉らむ」と言ひき。（仲哀天皇条）

とあるだけで、「日本」をあらわすことはないのである。

話のすじは同じように見えるが、「日本」をあらわして語る『日本書紀』と、あらわさない『古事記』との差は明らかであり、そうしたなかに、「日本」の意味を見なければならない。

そのとき注意されるのが、同じ『日本書紀』の神功皇后の物語に引用される『魏志』『晋起居注』の記事である。周知のごとく、神功三十九年、四十年、四十三年の各条は『魏志』のヒミコに関する記事を引き、六十六年条は『晋起居注』を引く。ヒミコと神功皇后とを重ねるのであるが、注意したいのは、それらすべてにあって、

倭女王遣大夫難斗米等（三十九年条）

奉詔書印綬、詣倭国也（四十年条）

倭王復遣使大夫伊聲者掖耶約等八人上献（四十三年条）

倭女王遣重訳貢献（六十六年条）

のごとく、「日本」とはせず、「倭」とあることである。

朝鮮諸国が「日本」と呼び、中国は「倭」と呼ぶものとして語るのである。そこに、「日本」の本質が見られるべきであろう。

はやく、伴信友「中外経緯伝」（『伴信友全集　第三巻』ぺりかん社、一九七七年復刻）が、この『日本書紀』神功皇后条をめぐって次のように述べたところが、ほぼ核心を射ていると認められる。

また謂日本と云へることは、神功紀に、百済国の使人の奏言にも、百済王、聞東方有日本貴国云々と云へる由見えたり、韓国はもろこしの東に在とて、後世に彼国人がほこりがに東華東国など云へるをもて、めぐらしおもふに、そのかみも然る意ばえにて、日の出るかたに近き東の国ぞとほこりがに思ひ居りしこゝろならひに、大皇国はその東なる神国なれば、日出方の本国と云ふ意にて、既くより日本と称へ申したりしなり、（中略）かくの如く既くより、然韓人どもの尊称奉れる国号の良しきを受給ひけるにあはせて、すべて、外蕃へは日本と詔ふ例とぞなされたりける、

という。

信友自身は、あくまで歴史的成立ということに帰そうとするのであるが、『日本書紀』の「日本」が、朝鮮諸国との関係においてあることを、名義とともにとらえるのは、テキスト理解として明確だといえる。要は、外からの価値（ないし、優位）の確認ということにある。『日本書紀』の表現に即して言えば「貴国」であり、その根拠は「東」であり、「日本」という文字に即して日の出る方にあることにある。(8) そのことを信友は的確についている。

同じく外からではあるが、中国からは、「日本」と呼ばれることはなく、「倭」と呼ばれる。この中国との関係を、なおあとまで見届けて言えば、『日本書紀』では、神功皇后の記事のあと、推古天皇代まで中国について語ることがない。中国正史には、いわゆる倭の五王のことが載るのは知られる通りであるが、『日本書紀』はふれることがない。神功皇后以後、推古天皇代にいたってはじめて、厩戸皇子の外交として中国との交渉が語られるのである。それは、

『日本書紀』の「歴史」における厩戸皇子の特別な役割を語るものであるが、(9) その厩戸皇子の中国との関係においても「倭」と呼ばれることは同じである。

推古天皇十六年条に載る、「大唐国」の使いのもたらした国書は、「皇帝、倭皇に問ふ」と書き出されていた。「倭皇」の「皇」は天皇にあわせたものであり、(10) 中国側の国書の書式としてもとよりそうであったとは認めがたい。『日本書紀』にあって、自分たちの世界の統治者は一貫して「天皇」とし、それは徹底している。おそらく「倭王」が「倭皇」と改められたといわれるのはあたっているであろう。しかし、「倭」は「倭」のままにしているのである。また、斉明天皇五年七月条に、この年派遣された遣唐使が高宗の問尋を受けたことを、「伊吉連博徳書」によって記すが、使いは「倭客」と呼ばれたとある。高宗が「天皇」と言ったとするのは、明らかな書き換えであるが、「倭」はそのままにしているのである。(11)

なお、朝鮮からは、「日本」と呼ぶだけではないことも留意しておこう。

百済記云、（中略）加羅国王妹既殿至、向大倭啓云、（神功皇后六十二年条）

百済新撰云、辛丑年、蓋鹵王遣弟昆支君、向大倭、（雄略天皇五年七月条）

百済新撰云、（中略）琨支向倭、時至筑紫嶋、生斯麻王。（武烈天皇四年是歳条）

百済遣下部杆率汶斯干奴、上表曰、百済王臣明、及在安羅諸倭臣等、任那諸国旱岐等奏、（欽明天皇十五年十二月条）

等がそれであり、「倭」という呼びあらわしは、朝鮮からもなされるのであった。「大倭」は、「大唐」のごとく、大国として「大」を冠したものである。しかし、「倭」は、その名自体は「日本」のような価値をになうものとは認められない。

要するに、外から「倭」と呼ばれるのでもあるが、朝鮮からは「日本」という価値を負うものとして呼びあらわさ

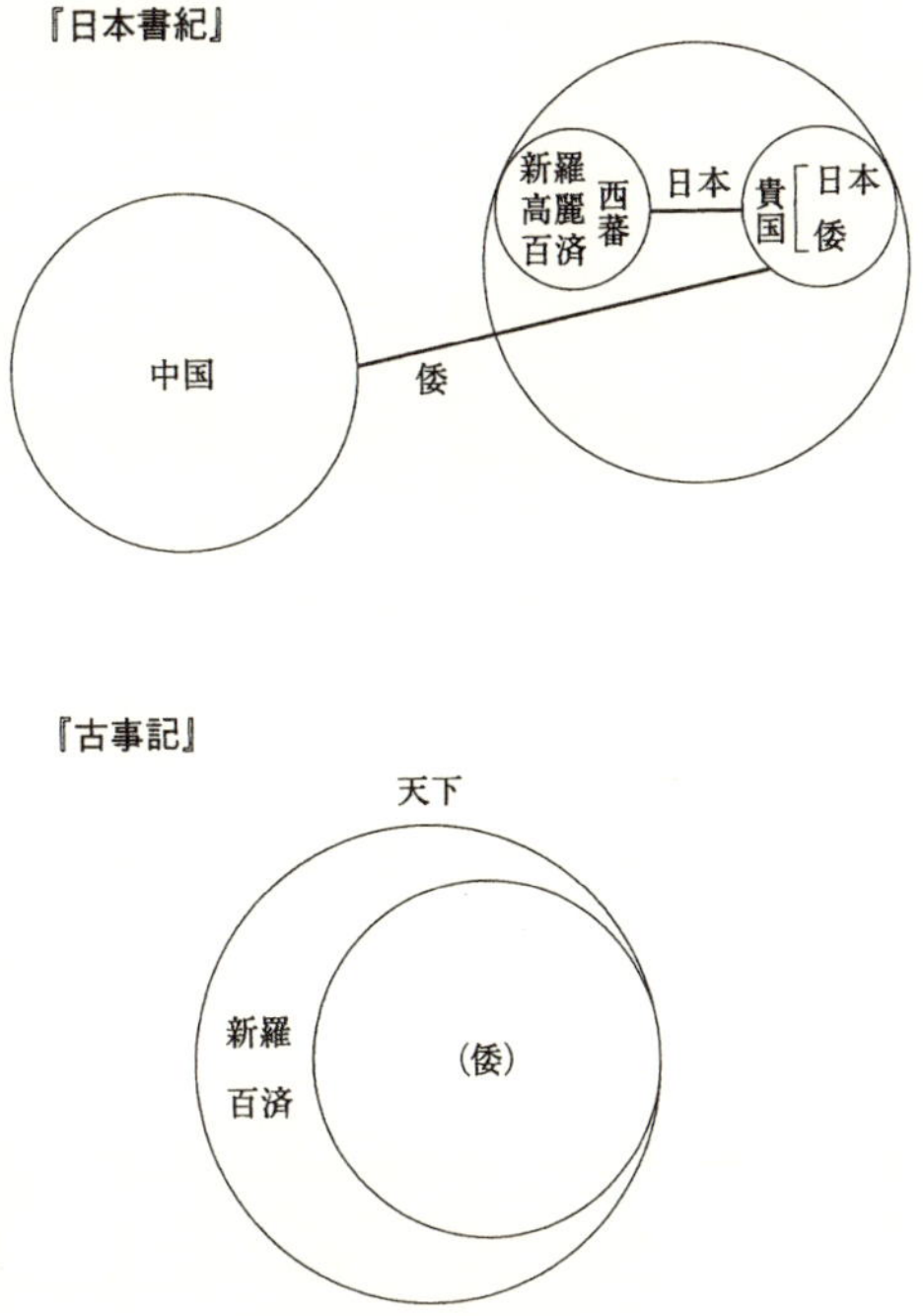

図1　世界の図式

れ、そこに、「西蕃」―「貴国」という世界関係を成り立たせるのである。

ここから、『古事記』を振り返って言えば、中国との関係が『古事記』には語られることがなく、高麗もあらわれることがないのであったと注意される。それは、端的に外部をもたない『古事記』というのが適切であろう。

『古事記』において、新羅・百済は、大八島国の延長上にそのまま包摂され、天皇の「天下」の一部となる。神功皇后の系譜の問題も、ここに想起される。応神天皇条の最後に新羅の国王の子アメノヒボコの渡来が語られ、その子孫として皇后の母葛城之高額比売命が確認される。『日本書紀』にはその系譜的位置づけがない。そのことを含めて、新羅・百済が外部としてあるのではないということをおさえて、外からの呼びあらわしがない『古事記』として、『日本書紀』とのあいだが明らかとなる。『日本書紀』において、「日本」は、外部との関係において本質をあらわすものであった。それが『古事記』にはないのである。

こころみに図式化すれば図1のようになる。

講書のなかの「日本」は、この『日本書紀』の「日本」とは別なところにあるといわねばならない。それは、かれらにとっての「日本」であり、変奏された「日本」であった。

注

（1）30は、出典を標示しないが、異本『私記丁本』によるものではないと思われる。問いは、「虚盈倭。虚見倭。秋津嶋倭」が「倭」の称の義だといいつつ、「濫觴如何」と言う。答えは、神武紀を引いて例をあげる。あとに「倭」を改めて「日本」とするといい（31の答え）、続いて「日本」の「濫觴」を問う（32の問い）のと、文脈からも、「濫觴」という用語の共通からも、30〜32は一連と見られるので、31、32とともに「公望私記」によったと考える。

なお、『私記丁本』にあって、『釈日本紀』には対応する記事が見出せないものが、F、P、Qである。P、Qにかえて「公望私記」を取ったのであるが、それは、「日本」他称説を排除するという、意識的な選択であった。

（2）「倭面国」について『後漢書』を引用するが、この本文は問題がある。このことは、西嶋定生『倭国の出現』（東京大学出版会、一九九九年）に詳しい検討がある。

（3）あったとすれば、内容的には、『釈日本紀』秘訓一「日本書紀巻第一」の項に引かれる、「日本」二字を「音訓の外」で「やまと」と読むとする問答（二―七）とおなじであったと考えられる。

（4）吉田が引用したこの問答は、『釈日本紀』に、

問。大唐謂此国為倭。而今謂日本者。是唐朝所名歟。将我国自称歟。

答。延喜講記曰。自唐所号也。隋文帝開皇中。入唐使小野妹子。改倭号為日本。然而依隋皇暗物理。遂不許。至唐武徳中。初号日本之号。

とあって、さらに、「公望私記曰」と続くところから、傍線部を取り出したものである。「延喜講記」自体にも同旨の記事があることは見たとおりだが、文言から、『釈日本紀』によったと見られる。しかし、この取り出しかたは正当とはいえない。答えの本体は、「隋文帝開皇中」以下であり、それは「倭」の側から改めたという自称の立場なのである。他称を明言する論議をいうなら、「延喜講記」自体によるべきであった。

（5）蕃国は、新羅・百済のごとく、二字で称するのが通例であり、むしろ「倭奴国」のほうがうけいれやすいという背景があったと推察される。

（6）講書のなかでは、元慶度の講書が自称説をとったと思われる。

前掲注（4）に引用した問答のあとには「公望私記」がつづき、この問答をふくめて全体が「公望私記」であったと考えられる（「公望私記」については、参照、本書II［二］）。その「公望私記」は、『隋書』を引き、「日出処天子致書日没処天子」と

あったという国書によって、「既自謂日出処天子。不可言大唐所名歟」と、自称と見るべきだと言う。「公望私記」が批判的に言及した問答の答えは、全体が「延喜講記」のように見えるが、「延喜講記曰。自唐所号也」だけが「延喜講記」の引用である。それは兼方本『日本書紀』に書き入れられた「延喜日本紀講記」によって知られるとおりである。答えの本体は、隋に遣わされた小野妹子が「日本」にあらためようとしたが果さなかったというのである。自称説であって、「延喜講記」とは異なる（「延喜講記」の引用は、あとからの書き入れであり、それをのぞいて問答を見るべきであろう）。ただ、隋の皇帝が「許さず」といい、中国王朝の許可のもとにありえたというのに対して、「公望私記」は、「日出処天子」と自らいう以上、大唐が名づけるというのではないことをはっきりさせようとしたのである。

この問答は、自称説であって、延喜度でも、承平度でもない。元慶度と見るべきであろう。

（7）「明神」を冠するのは、即神思想というべきであろう。参照、小論「神と人」（『柿本人麻呂研究』塙書房、一九九二年。初出一九九〇年）。

（8）日本の字義は、『日本書紀纂疏』が、「太陽は扶桑に出づ。則ち、此の地、自づから日の下たり。故に名づけて日本と曰ふ」というのにつきる。

（9）『日本書紀』の「歴史」として見るべき問題である。参照、小著『複数の「古代」』第三章（講談社現代新書、二〇〇七年）。

（10）書式として「倭王」とするのが自然であり、書き換えと見られる。参照、日本古典文学大系『日本書紀　下』頭注（岩波書店、一九六五年）。

（11）おなじ「伊吉連博徳書」に、「天子相見問訊之、日本国天皇、平安以不」と、中国皇帝が言ったとあるが、『書紀集解』のいうとおり、「日」は「曰」の誤写であろう。

付論 「東海姫氏国」と「野馬台詩」

1 『私記丁本』と異本『私記丁本』

「東海姫氏国」あるいは「姫氏国」が、この国の呼び名（国号）の一としてあるということが、承平度の講書において問題とされる。国名論議の最後に、中国側に見える称の一として取り上げられてあらわれるものである。この「東海姫氏国」のふくむ問題について見たい。

この「東海姫氏国」の項の本文は、『私記丁本』と、これに対応する『釈日本紀』の本文とが大きく異なる。『釈日本紀』に引くのは『私記丁本』の異本と見るべきだとしてさきにもあげたものだが（参照、本書Ⅱ[一]『日本書紀私記（丁本）』（『私記丁本』）の資料批判）、行論上、あらためて両者の本文を対比して掲げる。

『釈日本紀』

問。此国謂東海女国。又謂東海姫氏国。若有其説哉。
答。師説。梁時。宝志和尚讖云。東海姫氏国者。倭国之名也。今案。天照大神始祖之陰神也。神功皇后又女主也。就此等義。或謂女国。或称姫氏国也。謂東海者。日本自大唐当東方之間。唐朝所名也。（一一）

『私記丁本』

問。此国称姫氏国。若有其説乎。
師説。梁時宝志和尚讖云。東海姫氏国。又本朝僧善椲推紀云。東海姫氏国者。倭国之名也。今案。天照大神者。始祖陰神也。神功皇后者。又女帝也。依此等。称姫氏国。（一八六）

「宝志和尚の讖」によって「東海姫氏国」が国名論議のなかに登場することとなったと知られるが、いくつか小さくない相違があることに留意したい。第一に、『私記丁本』は、「東海女国」についてはふれない。第二に、『私記丁本』は、「東海姫氏国」の「東海」を問題にすることがない。第三に、『釈日本紀』には、「本朝僧善棹推紀」のことが出てこない。

この相違について、『釈日本紀』（異本『私記丁本』）に即して、問題を整理してはじめよう。

第一に、「東海女国」がどこからきたかだが、「弘仁私記序」に「武玄之曰、東海女国也」とあるのによって補い加えたと見るべきであろう。この文は、『切韻』の一、『韻詮』によったと見られる。[1]「女国」について言えば、あとにふれるように、『翰苑』の引く『魏略』、『太平御覧』の引く『魏志』に、「女王国」でなく「女国」とあったことが知られる。この「東海女国」を、「東海姫氏国」と並べるのは、同旨の称と見るゆえであることは、文脈的に明らかであろう。ただ、後にも述べるが、「始祖之陰神」「女主」が「女国」ということのゆえんであるのは了解されるとして、「姫氏国」のゆえんについてまでは説明が行き届いているとはいえない。

第二に、「東海」について、「大唐自り東方に当たる」と説明することは、講書のなかで「大唐の東一万二千里」なる地理規定を定式化してきたことを引き入れたものと見られる。その一万二千里が、「楽浪郡徼はその国を去る万二千里」（『後漢書』）、「楽浪郡境および帯方郡を去ること並びに一万二千里」（『隋書』）という中国史書に負うことはいうまでもない。「東（東方）」「東海」については小さくない問題があるが、これに関しては後に述べる。

第三に、「本朝僧善棹推紀」にふれないのは、単なる脱落か、意図的省略か、判断しがたい。これがなくとも、「宝志和尚の讖に云う東海姫氏国とは、倭国の名である」として文意は通じるが、いずれにしても『私記丁本』の変形と見てよい。

要するに、承平の講書において、「宝志和尚の讖」と、それについての注と思われる「本朝僧善棹推紀」とによって、「東海姫氏国」なる呼称が取り上げられ、論議されたが、その『私記』の伝来のなかで、講書のなかにあったものを引き入れて増幅・変形されてきたということである。

2　野馬台詩

「宝志和尚の讖」とは、「野馬台詩」として伝えられたもののことと認められる。いま、『本朝一人一首』巻九におさめるところによって示せば（新日本古典文学大系本による）、「野馬台詩」本文（原文・訓読文）はつぎの通りである。

東海姫氏国、百世代天工、右司為輔翼、衡主建元功、初興治法事、終成祭祖宗、本枝周天壌、君臣定始終、谷塡田孫走、魚膾生羽翔、葛後干戈動、中微子孫昌、白竜游失水、窘急寄胡城、黄鶏代人食、黒鼠飡牛腸、丹水流尽後、天命在三公、百王流畢竭、猿犬称英雄、星流飛野外、鐘鼓喧国中、青丘与赤土、茫茫遂為空、

東海姫氏国　百世天工に代る
右司輔翼と為る　衡主元功を建つ
初めには治法の事を興し　終りには祖宗を祭ることを成す
本枝天壌に周く　君臣始終を定む
谷塡り田孫走り　魚膾羽を生じて翔る
葛の後干戈動き　中微にして子孫は昌なり
白竜游ひで水を失ひ　窘急胡城に寄す
黄鶏人に代つて食ひ　黒鼠牛腸を飡す
丹水流尽きて後　天命三公に在り

百王流畢竭きて　猿犬英雄と称す
星流れて野外に飛び　鐘鼓国中に喧し
青丘と赤土と　茫茫遂に空と為る

「東海姫氏国」は初句である。それがこの国の謂いであるものとして、また、「野馬台詩」全文は、宝誌（志）がこの国の衰亡を予言したものとして受けとられてきたのである。「讖」は予言の謂い、承平度の講書にいう「宝志和尚の讖」は「野馬台詩」のことであり、「東海姫氏国」はこれによる。

ただ、「野馬台詩」については、長い伝来のなかで注を繰り返し更新することについての認識がもとめられる。[2]「野馬台詩」が定着・流布されたのは、「長恨歌伝」「長恨歌」「琵琶行」「野馬台詩」が合わされた、いわゆる「歌行詩」としてであった。古活字版・整版本ともなったそれ[3]は、「野馬台之起」「野馬台序」とともに、「野馬台詩」（本文・注）を載せる。これに対して、さらに注を付して『歌行詩諺解』――疏ということになる――が成され（一六八四年）、また、「野馬台詩・注」を和語化して『野馬台詩国字抄』（一七九七年）・『野馬台詩余師』（一八四三年）も成った。『本朝一人一首』（一六六〇年）が基づいたのも「歌行詩」であった。

「野馬台之起」は、遣唐使吉備真備の話として「野馬台詩」伝来の事情を語る。唐において真備にあたえられた試練のひとつに、宝誌が作った「乱行不同の文」、すなわち「野馬台詩」の解読があった。真備が東の方に向かって仏天の加護を願ったところ、長谷寺観音が蜘蛛となって現じ、その引いた糸にしたがって読むことができたというのである。真備の死後、読めなくなっていたのを、小野篁がまた長谷寺に参詣し、観音が蜘蛛と現じて読むことができたともいう。

「野馬台序」は、宝誌がこの詩をいかにして作ったかということを記す。宝誌のもとに「化女」が次々と千八人来り去って「本国の始終」を語った。「千八人女」を組み合わせると「倭」となることから、その化女の倭国の神たることを知り、その言をこの詩に作ったというのである。宝誌は観音の化身だともいう。

この「起」「序」とあわせて、「野馬台詩」は、この国の歴史を予言したものとして読む注とともに定着された。その注を、要領よくまとめた『本朝一人一首』によって示せば、つぎのごとくである。

好事の者、此の詩を註して謂はく、「姫氏国とは、日本、后稷の後為ればなり。右司は、天児屋根命・天太玉命、皇孫の輔翼と為るを謂ふ。衡主とは、八耳太子、衡山思大和尚の化身為るを謂ふ。谷塡魚膾は、大友皇子の乱を謂ふ。葛後の二句は、恵美押勝が乱を作し、藤氏中微にして、忠仁公に至つて再興し、子孫繁昌を謂ふ。白竜とは、孝謙女主を謂ふ。庚辰の歳を以て生れて淫乱、国祚殆絶す。黄鶏とは、平将門を謂ふ。己酉の歳を以て生れて、而して王号を僭す。黒鼠とは、平清盛を謂ふ。壬子の歳を以て生れて、而して王室を侮る。天命三公に在りとは、源頼朝四海を領し三代将軍と為るを謂ふ。猿犬英雄と称すとは、申戌の歳の人、威四海に加ふること有るを謂ふ。其後兵革止まず、国中空と為る」と。或いは曰はく、「山名宗全・細川勝元、申戌の歳を以て生れて、応仁の大乱、洛中焦土となんぬる者是也」と。

降臨から、さまざまな乱離を経て、武士の世となり、応仁の乱によって都が焦土になるにいたるまで、衰亡の歴史がここに潜められていたのだというのである。「或いは曰く」の前は、武士の時代を迎えた王党派の、自己納得のための歴史解釈であった。元来の「歌行詩」の注はここまでであった。さらにそれを延ばして応仁の乱にまで及んでゆくのである。『応仁記』がそこに生まれることは黒田彰「応仁記と野馬台詩注」（『中世説話の文学史的環境　続』和泉書院、一九九五年。初出一九八九年）の論じたところであるが、更新のあとは明らかだといえる。

いうまでもなく、その最終段階は応仁の乱後の解釈であるが、「歌行詩」注として定位されているのは、その前段階の武士の時代となったことについてまでの解釈である。

その「歌行詩」注の定位にいたるまでも、平安時代以後解釈を更新しつつ、とくに中世に多様に広がるものであったことについては、小峯和明『『野馬台詩』の謎　歴史叙述としての未来記』（岩波書店、二〇〇三年）がくわしく論じる。

小峯は「過去ばかりでなく、まさに現実を読むための必須のテキストとなっていた」（前掲書二二〇ページ）という。「野馬台詩」による現実解釈の上に『応仁記』をつくり出すような室町時代末期もそうであったが、よりはやい段階からそうしたものとなっていたふしがある。

中世初期、『平家物語』には、巻四、治承四年の高倉宮の挙兵に際しての三井寺からの誘いに対する南都返牒のなかに、「親父忠盛、昇殿をゆるされし時、都鄙の老少、みな蓬壺の瑕瑾を惜しみ、内外の英豪、おのおの馬台の讖文に啼く」とある。すぐれた識者たちは、「野馬台詩」を思い合わせて嘆いたというのである。それは詩句をどのように引き当てたのか。忠盛の昇殿は、天承二年（一一三二）、壬子の歳のことであった。その「内外の英豪」の嘆きは、壬子と「黒鼠」とを関係づけて、「黒鼠牛腸を湌す」とはこのことか、というものであったと推測される。清盛が壬子の歳に生まれたことをもって、「黒ハ水、鼠ハ子」（「歌行詩」注）として、清盛のことを「黒鼠」に引き当てるのと同じである。嘆かわしい現実に相対しつつそれを受け入れるための、「現実を読む」テキストとしての「野馬台詩」がすでにここにある。

そうした積み重ねのなかから、「歌行詩」注として定着するにいたるのであったが、十世紀前半の承平度の講書において「讖」として受け止められていたのは、これと同じ歴史解釈ではありえないことはいうまでもない。平安時代における解釈を、どれだけ追尋できるか、さかのぼって見ることがもとめられる。

3　『私記丁本』「今案」の問題性

大江匡房が、十二世紀初めに「件の讖はこれわが朝の衰相を寄せて候ふなり」（『江談抄』巻五、新日本古典文学大系本による）といったのは、平安時代の解釈にかかわる言及である。それが具体的にどのような内容であったかということは明らかではない。ただ、真備が蜘蛛の糸をたどって解読したという話はすでに『江談抄』巻三にも見えるから、「野馬台詩」をめぐる説話化の広がりと定着とがうかがえる。

ありえた解釈の実際についての手がかりとなりうるのは、『延暦寺護国縁起』（『続群書類従』27輯下）に引かれた「延暦九年注」である。

いま、東野治之「野馬台讖の延暦九年注」（大阪大学教養部『研究集録　人文・社会科学』四二、一九九三年）の校訂した本文によって引用すれば、つぎのようになる（〈　〉内は割注の文。傍線部は東野の改めた箇所）。

延暦九年注云、
丹水流尽〈千八女人帝尽、又高野女帝崩也。是清原孫尽、故曰天命。運逮近江孫大納言、故三公在云。〉
又云、丹水竭而衡主者〈千八女人王尽、而三公成王也。〉
衡者、朝法滅、仏法守倭云々。
又云、朝法滅者、国随滅也云々。
又云、茫々遂為空、謂仏法滅、国邑亡。
国破宗破、終無君長、終成曠野云々。

この後には、「謹案和注意云」――「和注」とは、この国で付された注、の意であろう――として、これを敷衍する文（すなわち、疏。いつのものかは不明とする他ない。『延暦寺護国縁起』は鎌倉時代末の成立だから、それ以前とはいえる）が続く。

謹案和注意云、本朝王法、光仁天皇御代、百王流盡也。称徳天皇崩御後、依王孫盡、白壁王子起。准三公一大納言是也。改之為継体君。光仁天皇是也。桓武天皇者、光仁天皇御子也。光仁天皇以前、依王法権威、持国。光仁天皇以後、依仏法之助縁、持国。王法仏法共滅盡、国随滅、無君長故、終無人民。終成曠野、此意也。

以下は略したが、桓武天皇がこの理を知って、天台・真言両宗をもって鎮護国家の宗としたということが説かれる。この敷衍の文（疏）をもあわせ見ながら、右の「延暦九年注」が、「野馬台詩」の最後の部分「丹水流尽後、天命在三公、百王流畢竭」以下にかんして、天武皇統の断絶にかかわらせて説くものであることは明らかであろう。「百王流畢竭」とは、称徳天皇の崩御によって天武皇統がつきたのを、「倭」の字を分解した「千八女人」とからめて、「野馬台詩」は、女帝によってつきたことをいうものであったと納得するのである。そして、「朝法」（後の文では「王法」）が滅び、天智系の光仁天皇が即位して「仏法」によって国をたもつこととなったが、「仏法」が滅びたときには国も滅びることが「茫々遂為空」と予言されているというのである。平安仏教の鎮護国家の立場からの付会・解釈である。

「延暦九年」ということを信じれば、八世紀末には、そうした注が成立していたことになる。東野治之のいうように、注の内容は八世紀末の成立としても支障はない。この段階で天武皇統から天智皇統への交替を軸として解釈するのは、まさに「現実を読む」ものといってよい。十世紀段階にありえたものは、この注に見る如きものであったのではないかと考えられる。

ただ、「延暦九年注」の本文には問題が多い。東野の校訂本文によって前に掲げたが、東野が改めた箇所には傍線を付した。「高野女帝」は「馬野女帝」を、「近江孫」は「近所孫」を、「三公在云」は「三公一書云」を、それぞれ改めたのである。いずれも、文意の不審を、字形の相似による誤りと見ることによって解消しようとしたものである。

前二者については異論の余地はないが、第三の「三公在云」はどうか。東野は、「一書」は、本来「在」の一字であったが、草体で書かれていたため、二字に分けて誤写され、「在」の第一画が

「一」、下部が「書」に誤られたのではなかろうか。

という。

しかし、べつな可能性も考えられる。東野は、「三公在云」として、「三公に在りと云ふ」と解するのであるが、和風漢文であるにせよ、それでは「在」の位置（語順）が不自然に過ぎよう。それでは、三公在り、としか解せないであろう。また、後の文に「白壁王子起。准三公一大納言是也」（白壁王子起つ。准三公にして、一大納言これなり）というのとあわせ見て、「一」とあるのが生かされるべきではないか。「三公」とあるからには、「三」という数が意味づけられねばならない。定式化した「歌行詩」の注では頼朝以下の鎌倉幕府三代にひきあてたのであった。「准三公にして、一大納言これなり」というのは、「三公」とあるが、一人のことだというのである。いま、「一」を生かして、文末を他と合わせるかたちで、「書」を「云」の誤りとして、「三公一云々」（三公は一なりと云々）という復原を一案として提出したい。

いずれにせよ、天武系から天智系への皇統の交替を軸として解釈する立場は明確である。『私記丁本』が、「宝志和尚の讖」にはこの国を「東海姫氏国」というとして引いた「本朝僧善榛推紀」は、「野馬台詩」の注であったと考えられるが、東野がいうように、それが「延暦九年注」であった可能性もある。よし、そのものではないとしても、天武系から天智系への皇統の交替を軸として解釈するものであったことは確かだ。

ともあれ、公望が講書にあたって参看した「野馬台詩」注に、「東海姫氏国は、倭国の名なり」とあった。『私記丁本』「今案」は、それを、博士矢田部公望が敷衍したということになる。その「今案」の説明はどう追尋されるか、また、それは「東海姫氏国」の名義を正当に明かしたものか。

「今案」は、天照大神が女神であり、神功皇后が女帝であるということをあげ、「此等によりて、姫氏国と称す」という。だが、それによって「姫氏国」と呼ぶ所以が十分諒解されるといえるであろうか。そうした解釈が、この「私記」の伝来のなかで「東海女国」を引き込んできたということではあろう。しかし、始祖の女神や女帝を持ち出すことは、「女国」の説明にはなるかもしれないが、それ自体は「姫氏国」たるいわれの説明にはならないであろう。『日本書紀纂疏』（以下『纂疏』とする。天理図書館善本叢書『日本書紀纂疏　日本書紀抄』八木書店、一九七七年）の説明の丁寧さは、そのことへの意識から出ると思われる。すなわち、

五云姫氏国。出宝誌和尚讖文。晋書伝曰、男女、無大小、悉黥面文身。自謂大伯之後。蓋姫氏周姓。周大王之長子、呉大伯、譲国逃荊蛮、断髪文身、以避龍虵之害。而呉瀕東海。本朝俗、皆黥面椎髻。故、称太伯之後。則、名国曰姫氏。然、吾国君臣、皆為天神之苗裔。豈太伯之後哉。此蓋付会而言之矣。但、考韻書、姫、婦人之美称。而天照大神、始祖之陰霊。神功皇后、中興之女主。故、国俗、或仮借用之、依字不依義也。

という。

「日本」の別号を十三項にわたって取り上げた、その第五である。『纂疏』は、まず、『晋書』に「呉の太伯」の子孫とあるから、宝誌は、周と同じ姫氏だということで「姫氏国」と呼んだものだとしつつ、これを「付会」の言にすぎないと切り捨てる。そのうえで、「国俗」が、天照大神・神功皇后への意識から、「婦人の美称」という「姫」の字義――「韻書」とあるのは、『古今韻会挙要』であろう――によって（「依字」＝字に依る）、この称を、中国側の呼称の意味を離れて（「不依義」＝義に依らず）借用したものかというのである。

『私記丁本』「今案」が天照大神・神功皇后をあげるのは、女主の国ということを示すと考えられるが、それだけでは「氏」について説明しえず、「姫氏」という名義の説明にはならない。『纂疏』が「借用」というのは、「姫氏国」が別にあったことを考えないと説明が完結しないという認識による。さらに、宝誌の讖（「野馬台詩」）という中国側のテキストのなかの称が、天照大神・神功皇后という存在を踏まえたものだというには無理があるという判断も、当然そこにはあろう。この『纂疏』の示したところから『私記丁本』「今案」が問いかえされねばなるまい。

中国正史には、倭の女王の記事はあるが、天照大神や神功皇后の名は登場することがないことを、公望は当然承知していたはずである。にもかかわらず、公望は、中国側が天照大神・神功皇后という女神・女帝によって「姫氏国」と称したのだと（そう解するほかない文脈である）、「氏」についての説明もつけないままに答えておわるのである。

この「今案」の問題性を素通りすることはできない。公望が、そうした無理を何も自覚しないままであったとは思われない。彼はあえて議論の方向をまげたのではないか。その意味づけを問いかえそう。

4　「姫氏」と「呉の太伯の後」説

「東海姫氏国」の称は中国で生まれたと、宝誌作とされる「野馬台詩」を通じて、平安時代には信じられていた。[4]結論的にいえば、「東海姫氏国」は、この国を指す称として、六朝〜唐初時代の中国にあったと考えられる。無論それは公望がいうような名義においてあるものではなかった。

まず、「倭」についての『切韻』系諸本の記事が注目される。『東宮切韻』の逸文によって見るところである。尊経閣文庫蔵『和漢年号字抄』に、

東宮切韻云。陸法言云。烏和反。東海中女王国。長孫納言云。荒外国名。薛峋云。又於危反。順皃。祝尚丘云。倭人。東夷国。古有百余国。在大海中。依山島為国。又有女王国。亦倭類。此国。漢霊帝時。曾以男子為王。国乱不定。乃以女子為王。遂定其策。渡海千里。有倭国。孫愐云。従皃。東海中日本国也。（上田正『切韻逸文の研究』による）

とある。同じ箇所が、「祝尚丘云」の部分を除いて『釈日本紀』にも引かれる。また、さきにふれた通り、「弘仁私記序」の「武玄之曰、東海女国也」も、『切韻』の一に出る。

それらにおける「倭」の規定として、「東海中女王国」「東海中日本国」「東海女国」それぞれの記事は、「女王国」「女国」が『魏志』『魏略』に基づき、「祝尚丘云」が『漢書』『後漢書』に対応するのは明らかである。

ただし、「楽浪海中有倭人」（『漢書』）、「在帯方東南大海之中」（『魏志』『魏略』『晋書』等）、「在韓東南大海中」（『後漢書』）、「在高驪東南大海中」（『宋書』）、「在百済・新羅東南、水陸三千里、於大海之中」（『隋書』）、「在新羅東南大海中」（『旧唐書』）、「新羅東南在海中」（『新唐書』）と、朝鮮半島を起点として――楽浪、帯方、韓、高驪、百済、新羅と時代状況に応じて呼び出す国名が異なる――、その東南の大海中にあるというのが、正史において一貫するものであった。それは「東海中」というのとは別だと見るべきであろう。

講書のなかでは、「東南海中」から「東」に変換して、「大唐より東一万二千里」というかたちで定着したのであった。それが日本側の問題に帰されるかどうか。たとえば、『山海経』の郭璞注に「倭国、在帯方東大海内」とすることも想起されるのであり、それが「東南」の誤脱でないならば、たんに日本側の問題ではない。『釈日本紀』に引く異本『私記丁本』の示した「東海」理解がその上にあることは見る通りである。

中国側の規定として、「東南海中」と「東海中」とは異なるものであった。「東海中」というとき、起点が異なるのである。「東海」にそくしていえば、揚雄「解嘲」（『文選』巻四十五）において、漢の版図を示すのに「今大漢、左東海、右渠捜、前番禺、後椒塗、東南一尉、西北一候」といい、「東海」は、「応劭曰、会稽東海也」と注される（それが古代帝国時代の「東海」の意味であった）。その「東海」と「倭」とが結びつくゆえんは、正史のなかで、「倭」の位置を、朝鮮の東南海中にあるとすることと併存するかたちで、「在会稽東冶之東」（『後漢書』『魏志』）といい、また、「在会稽之東」（『隋書』『梁書』）ということにあると認められる。ただ、後述するように、会稽の東にあるというのは元来は越との関係を見ることに出るものであり、蛮地としてのつながりをいうものであった。

六朝～唐初時代に「倭」が「東海中」にあるとすることを、上のように見ながら――そして、それが、『義楚六帖』に「日本国亦名倭国、東海中」とし、『元史』に「日本国在東海之東」とすることにつながっていることを見ながら――、「東海姫氏国」は、そのなかに置くべきだとまず確かめよう。

さらに、「姫氏」については、『纂疏』のいうように、「呉の太伯の後」と自称したということによると見られる。『纂疏』は『晋書』を引く。しかし、そのことは、『翰苑』に引く『魏略』にもすでに見える（『太平御覧』に引く『魏志』も同じ）。

其俗男子皆黥而文。聞其旧語、自謂太伯之後。昔夏后小康之子、封於会稽、断髪文身、以避蛟龍之害。今倭人亦文身、以厭水害也。（『翰苑』所引『魏略』）

其俗男子、無大小皆黥面文身。聞其旧語、自謂太伯之後。（『太平御覧』所引『魏志』）

とある。ただ、『魏略』の文脈は、「太伯」は呉の祖であるというのと、「夏后小康之子」は越の祖であるというのがどうかかわるか、わかりにくいところがのこる。

現行の『魏志』には、

男子、無大小皆黥面文身。自古以来、其使詣中国、皆自称大夫。夏后少康之子、封於会稽、断髪文身、以避蛟龍之害。今倭水人、好沈没捕魚蛤、文身亦以厭大魚水禽。後稍以為飾、諸国文身各異、或左或右、或大或小、尊卑有差。計其道里、当在会稽東冶之東。

とあって、「呉の太伯の後」と称したことは見えない。この『魏志』の文脈では文身の風俗の共通を、会稽に封ぜられた「夏后少康之子」すなわち越の祖（『史記』「越王句践世家」）にからめて見ようとするだけである。

いずれにしても、会稽の東というのは、会稽に封ぜられた「夏后小（少）康之子」、すなわち越の風俗とのつながりをいうためのものであった。「倭」に対して「東海」を冠して呼ぶゆえんは、そこにあるのであって、朝鮮半島を起点とした地理的関係とは別な意味づけを負うのである。

「太伯の後」と「夏后小（少）康之子」との関係は、『晋書』の文脈ではそれなりにわかりやすくなる。『晋書』は、

男子無大小、悉黥面文身、自謂太伯之後。又言、上古使詣中国、皆自称大夫。昔夏少康之子、封於会稽、断髪文身、以避蛟龍之害、今倭人好沈没取魚、亦文身以厭水禽。計其道里、当会稽東冶之東。

という。「自謂太伯之後」でいったん切るのである。続けて、「又言、上古使詣中国」として、「当会稽東冶之東」まで、節略はあるがほぼ『魏志』と同じである。つまり、呉とも「黥面文身」の風俗においてつながり、「呉の太伯」の子孫だと自称することをいい、また、越とも風俗・地理の上でつながりが認められるというのである。その「呉の太伯の後」たることをもって、周の姓である姫により「姫氏の国」と呼ぶことが成り立つ。さらに、呉と越とは相接する国であり、「姫氏」と「東海」とは、そこに結びつくゆえんがあった。

「野馬台詩」の宝誌作か仮託かを問わず、「東海姫氏国」は、中国においてあったと見てよい。それが「野馬台詩」を通じて広げられたのである。

5　公望の立場

「東海姫氏国」の成り立ち・名義は見てきたごとくであるが、矢田部公望が、このことを承知していなかったはずはないであろう。

『晋書』の伝来・利用はいうまでもないが、『翰苑』も伝来され、『秘府略』に引かれてもいる。『太平御覧』と記事の多くが重なるといわれる『修文殿御覧』も伝えられている。「倭」が「呉の太伯の後」と自称したという記事には、何らかのかたちでふれることがあったと見てよいであろう。「東海姫氏国」も、当然、前述したようなものとして受け取られていたであろう。

あらためていおう。承平度の講書において、公望は、知られているものとして「東海姫氏国」にふれねばならなかったが、意図的に従来の講書の地理規定によるだけで、「東海」についてふれることを避け、「姫氏国」を、あえて、当然の方向とは異なるかたちで説いたと見るべきではないか。

ことは「日本」という称の把握ともかかわる。公望は、元慶度の講書の「私記」に注を加えた「公望私記」(参照、本書Ⅱ[二]「公望私記」と「元慶私記」)において、「日本」自称説をとっていたが、承平度の講書においては、他称説に転換したのであった。「公望私記」では「既自謂日出処天子。不可言大唐之所名歟」(『釈日本紀』九)というが、『私記丁本』では「在東夷日出之地。故云日本歟」(『私記丁本』一九〇)とするのである。立場は正反対のようであるが、そう呼ばれるゆえんについて、「日出づる地」に在るという自分たちにそくして確かめるのは同じであることに留意したい。

自分たちにあるものが、中国側から呼ぶさまざまな称を成り立たせていることを確認しようとして、承平の講書では、さらに、「和奴国」というのは「彼の地に到りついたものが、国の名を問われた時、東方を指して、〈ワヌ国〉と答えたことに負う」というのであり、「耶馬台、耶靡堆、耶摩堆」とあるのは、みなヤマトの音を取ったものに他ならないというのでもある。「姫氏国」を、アマテラスという女神を始祖とし、女帝を仰いだことから「姫」をもって呼ぶと説くのは、『日本書紀』の皇統譜と歴史とに依拠することによって自己確認しつつ、中国の地から渡来した末裔の国なるが故の称という、「姫氏国」の、ありえた――すでに流布していたとも思われる――、当然の理解をはねつけたのであった。

その拒否において、自己確認のありようを示しているといえよう。中国の地から渡来した人の建てた国などというのは埒もないといえばそれまでではあるが、それを取り上げて否定してみせるところに自己確認の方向が示されるということである。国名論議において、公望らは、地がまだ乾かないとき山を往来した跡が多かったので「やまと」というのだと、その語源に世界のはじまりの記憶を確かめながら、そのはじまりから自分たちの世界としてあったと確信するのであった（参照、本書Ⅱ四承平度講書の「日本」論議）。そうしたなかで、「東海姫氏国」は、知られているだけに取り上げねばならず、あくまで固有のはじめを負うという立場から、まげて、名の由来を始祖の女神に帰したと見るべきであろう。

問題は平安時代にとどまらない。中世を通じて、「東海姫氏国」をめぐって、「野馬台詩」とその注は、自己確認にかかわるところにあった。

定着した「歌行詩」注においては、「東海姫氏国」に「本朝后稷之裔也。故云姫氏国也。」と注するのであり、内閣文庫本『野馬台詩抄』の第一種の注にも、

東海ト云ハ、自大唐東《ナレハト》云也。海中《ニ》有国《ナレハ》、海トハ云也。姫氏トハ、周《ノ》文王武王《ハ》姫氏也。彼《ノ》氏《ノ》人、不思議《ニ》日本国《ニ》渡住給ヘル云々。

とある。(5)元来の意義と対応した理解が、おこなわれていたのである。それは、そうであったというにおわらない。そのことがどういう意味をもっていたか。

『纂疏』が示したように、当然、それは『晋書』の「呉の太伯の後」と結びつけて受け取られていたのであった。ただ、「呉の太伯の後」とは直接はいわず、避けているのである。荊蛮の風俗をもつものといわれ、あるいは、蛮人という感覚で述べられるところを避けて、后稷・文王武王をもって周室とのつながりを正面に出したとも考えられる。それにしても、みずからを外から来たと位置づけるものとして、「野馬台詩」の注はあった。

それが自己確認を鋭く刺激するものであったことは、拒否反応の激しさが証する。たとえば、中巌円月の事件が想起される。

月中岩ノ日本紀ヲ作ラレタニ日本ハ呉太伯カ後裔ナリト云説ヲ云テ破ラレテ不行于世ソ

と、桃源瑞仙『史記抄』（『抄物資料集成』一、清文堂出版、一九七一年）のいう事件である。円月の自歴譜（『五山文学新集』四、東京大学出版会、一九七〇年）の、暦応四年（一三四一年）の条に「杜門於藤谷、修日本書」とあるのがそれにあたる。『神皇正統記』（岩佐正校注、岩波文庫本による）が、

異朝の一書の中に、「日本は呉の太伯が後なりと云。」といへり。返々あたらぬことなり。（中略）天地神の御すゑなれば、なにしか代くだれる呉太伯が後にあるべき。

というのは、『神皇正統記』の成立と事件との先後が微妙だが、この事件と響き合うところがある。『纂疏』に徴しても明らかなように、かれらは、「野馬台詩」やその注の流布が、『晋書』の説と結びつつ、「呉の太伯の後」ということを意識させる状況のなかにいた。そこにおいて、それをはねつけつつ自己確認せねばならなかったことを見るべきなのである。

近世以後、「最《モ》無稽附会而不足信《スルニ》也」（『歌行詩諺解』）と冷笑されておわる。しかし、歴史のなかで、「東海姫氏国」言説が、それ自体というより、それに対する反発が、天神の裔たる自己確認へと向かうバネとなるようなものとして意味をもち続けたのであったことは見忘れないでおきたい。

注

（1）『日本国見在書目録』に「韻詮十巻武玄之撰　々々十二巻」とあり、「新唐志」に「武元之韻銓十五巻」とある。

（2）参照、黒田彰「応仁記と野馬台詩注」（『中世説話の文学史的環境　続』和泉書院、一九九五年。初出一九八九年）、神鷹徳治「解題」（勉誠社文庫『歌行詩諺解』一九八八年）、小峯和明『『野馬台詩』の謎　歴史叙述としての未来記』（岩波書店、二〇〇三年）。

その整理は小峯著が詳しい。小峯は、東大寺本（東大寺図書館蔵『野馬台縁起』大永二年〈一五二二年〉写）系統と、『歌行詩』系統とに大別するが、平安時代から中世を通じて解釈を更新してきたものとして見れば、『歌行詩』系統は、武士の時

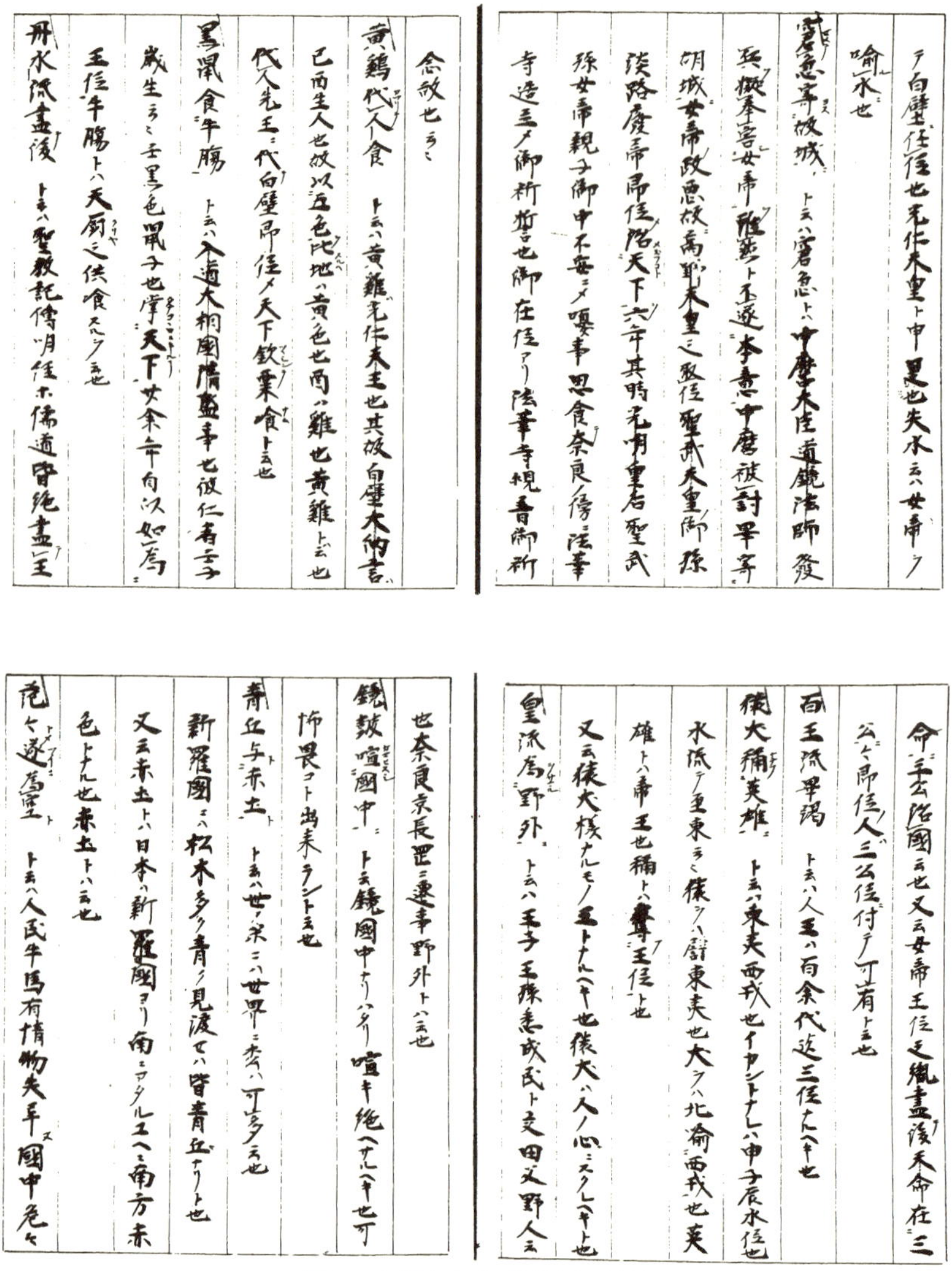

図１　内閣文庫蔵『邪馬台詩抄』

代となったという、中世までの歴史全体を解き、室町時代末に定形化して定着・流布されたものであった。一方、平安時代には、本論中にふれた「延暦九年注」のように、天武皇統から天智皇統への交替を軸にして解するものとしてあったと見られるが、そうした解釈が中世的解釈と交錯しながらあらわれるテキストがある（それは、『歌行詩』系統とは異なるもの、というほうが適切なのではないか）。内閣文庫本『野馬台詩抄』には、三種の注が合綴されているが、その第一種、第三種の注に状況はよくうかがえる。第一種の注に、「黒鼠」について平清盛のことだとするのは、『歌行詩』の「野馬台詩・注」と同じで、中世的理解そのものだが、「黄鶏」「白竜」は光仁天皇とするなど、天智皇統への交替において読む注とともに、「谷塡田孫走」の項に安康天皇殺し等、「葛後干戈動」には鎌足のこと、「窘急寄胡城」に仲麻呂・道鏡のこと、等々、奈良朝王権史解釈として読むことが色濃くあらわれ注意される。「丹水流尽後、天命在三公」も、天智皇統への交替として解する注と推測され、「延暦九年注」を問うことができる場でありえたはずだが、現存本には脱落がある。「丹水流尽後」は「丹水流尽テ後　ト云ハ聖教記伝等儒道皆絶、盡テ王」でこの丁の表がおわり、裏へ「命ニ三公治国云也」云々と続くのだが、文脈は解しがたい。この注では、各句ごとに項目を立てるのであるが、「天命在三公」の立項はなく、「丹水流尽後」の項後半と「天命在三公」の項前半がうしなわれたと見られる。皇統交替の核心にふれる部分と想定されるだけに、注意をひく（図1）。

（3）　享禄四年（一五三一年）の識語を有する三重大学蔵本（『加賀市立図書館聖藩文庫蔵　応仁記』付載複製、ぎょうせい、一九八七年）が、すでに「歌行詩」のかたちをもち、慶長・元和年間の古活字本、寛永・慶安年間の附訓整版本がある。『和刻本漢詩集成』10（汲古書院、一九七四年）に元和末刊本の影印が収められる。

（4）　テキスト自体が果たして中国で成されたものか、作者は宝誌と信じてよいのか、ということが問題とされてきたが、いま、それには立ち入らず、「東海姫氏国」そのものについて追尋する。

（5）　このような解釈が、講書の時代からすでにおこなわれていたことは確かめられないが、「歌行詩」注以前からのものと見られよう。なお、内閣文庫本『野馬台詩抄』の第三種の注にも、「唐土ヨリ東ニアタル海中ニアル国ナレハ東海トハ云也　姫氏トハ周文王姫氏ナリフシキニ日本国ニワタリ住給ヘルト云々」とある。この第三種の注は、「黒鼠」を「道鏡」とする記事などにも、平安時代的解釈のあとをのこしている。

［五］講書と「倭語」の擬制

1　文字をこえてもとめられる「倭語」

講書は、たとえば、「日本書紀巻第一」をヤマトフミノマキノツイデヒトマキニアタルマキと読む（『釈日本紀』「秘訓」一に引く「私記」）ように、『日本書紀』の漢字漢文を徹底して和語で読むものであった。ただ、その読みは、漢字漢文の解釈ということをこえたものであった。

『私記丁本』のつぎのような例に、問題性はあらわであろう。冒頭の段の本書に「洲壌浮漂」とある、「浮漂」をめぐってこういう。

問ふ。浮漂の義、古事記に依りて久良介奈須太々与倍留と読むべき事也。しかるに、字の如くに読まるるは如何。師説。古事記の如く読むべきこと、然り。又、仮名日本紀、大和本紀、上宮記等の意も亦同じ。しかるに、先師、溟涬の処を此の訓に読まれ、浮漂の処に至りて字の如くに読まる。今、案ふるに、此処の浮漂の文は、古事記等を見て作る所也。溟涬に至りては、古事記等になしと雖も、経籍中より新たに撰び出す所也。然れば則ち、倭語の訓はかならずしもこれを読まず。仍りて、今かの溟涬の処は久々毛利天と読む。此の浮漂二字を、久良介奈須太由太比天と改め読むべし。〔一九七〕

この講書において、博士公望は「浮漂」を「字の如くに」、すなわち、字に即して、ウカビタダヨヘルコト、と読んだ――講書の場では、はじめに本文を和語で読みあげたと見られる[1]――。それに対して『古事記』の「久羅下那州多陀用弊流」をもって読むべきではないかという問いがあり、それを受け入れて改めることにするというやりとりである。問う者も博士も、『古事記』の仮名書き箇所を根拠にして読むことを自明のようにして論議するのであった。それは文脈的な対応を見るだけで、文の理解ということをこえている。

とくに、「師説」が、『古事記』等によって『日本書紀』の文が成ったとすることは注意される。『古事記』や「仮名日本紀、大和本紀、上宮記等」の「仮名」を、『日本書紀』に先行すると見るのである[2]。

問題となっている箇所を、『日本書紀』と『古事記』とを対比して掲げると次のとおりである。

『日本書紀』本書

古天地未剖、陰陽不分、渾沌如鶏子、溟涬而含牙。及其清陽者、薄靡而為天、重濁者、淹滞而為地、精妙之合摶易、重濁之凝竭難。故天先成而地後定。然後神聖生其中焉。故曰、開闢之初、洲壌浮漂、譬猶游魚之浮水上也。

『古事記』

天地初発之時、於高天原成神名、天之御中主神。訓高下天、云阿麻。下効此。次、高御産巣日神。次、神産巣日神。此三柱神者、並独神成坐而、隠身也。次、国稚如浮脂而、久羅下那州多陀用弊流之時、流字以上十字以音。如葦牙因萌騰之物而成神名、宇摩志阿斯訶備比古遅神。此神名以音。次、天之常立之神。訓常云登許。訓立云多知。此二柱神亦、並独神成坐而、隠身也。

上件五柱神者、別天神。

『古事記』の「国稚如浮脂而、久羅下那州多陀用弊流」を「洲壌浮漂」と漢文化したのだととらえ、「久羅下那州多陀用弊流」が、「浮漂」のもとにあった元来の「倭語」だというのである。それは、「浮漂」自体の理解から出てくるようなものでなく、『古事記』をつうじて見出されたものである。

さきの「師説」に、「経籍中より新たに撰び出す」と言うのは、「倭語」が元来なかったということである。「溟涬」は、「倭語」をもとにしたものでなく、漢籍によっていわば作文されたと見るのである。「溟涬」にからめて論議されているのであって、さかのぼって、「溟涬而含牙」のところで成された、つぎのような問答もあわせて見なければならない。

問ふ。溟涬二字、経籍を引き考ふるに、皆天地未分の形を称ふ。今、倭語に読むは、其の説如何。
師説。此の文、荘子、春秋緯、幷びに淮南子等にあり。皆、天地未分の形を称ふ。但し、倭語、先々五説あり。一阿加久良爾之天、二保能加爾之天、三久々毛利天、四久良介奈須太々与比天、五久良介奈須太由太比天。今案ふるに、此の五説の中、久々毛利天、此の説を先とすべし。すでに天地未分と云ふ。此の説、彼の義に叶ふべし。然れば則ち其の外の四説は、相副へて存すべし。〔一九三〕

『荘子』『淮南子』『春秋緯』にあるというが、(3) さきの「経籍中より新たに撰び出す」というのはここにかかる。「溟涬」は、これらによって作られた文であるから、「天地未分」という「義」にかなうことばをもとめるべきだといって、第四、五説のクラゲの訓は排される。「浮漂」の問答に、「溟涬」については「倭語の訓はかならずしもこれを読まず」とあったが、元来あったものとしての「倭語」をもとめねばならないというのではなく、字の意味と文脈を考えて読めばよいということなのである。

「経籍」によって「新た」に作られたものは別として、「倭語」は、『日本書紀』のもとにあったものとして、『古事記』等の「仮名」において見出されるべきものなのであった。講書における訓読はそのようになされるものであって、訳読としての、いわゆる訓読なのではない。

『私記丁本』において、伊奘諾尊までを「神代七世」とするという段まで進んできて、この「浮漂」の訓の問題がまた蒸し返されたときの「厳閤」（藤原忠平）の発言には、その問題認識があったことがうかがわれる。

厳閣点じて云ふ。上文に、洲壌浮漂譬猶遊魚之浮水上也と云ふ。（中略）而るに今、古事記、仮名日本紀等、皆溟涬の処に久良介奈須多々与比天と注す。然れば則ち、先師の説尤も此の文に依る。而るに、浮漂の処に此の訓を読まる。頗る合はざるに似たり。又、諸経籍史書等、浮の字を久良介那須と読まず。此の書只訓を読むと雖も、又経籍を離れずして撰び作る。然れば則ち、猶旧説の如く読むは如何。〔二〇三―二〇四〕

さきに博士がクラゲナスタダヨヘルに改めるといったのを批判するのである。「浮の字を久良介那須と読まず」「此の書只訓を読むと雖も、又経籍を離れずして撰び作る」と言うのは、読むべき「訓」と字義とが乖離して文が作られているのではないはずだという批判である。これに対して博士は、「浮漂の文は開闢の後にあり。今古事記を考ふるに、開闢の後に久良介奈須多々与倍利と注し置く事なり」と言って、「浮漂」＝クラゲナスタダヨヘル、「溟涬」＝クモリテの読みの文脈的整合性をもって、字義と乖離した「訓」であってもよいことをあらためて確認する。

字義をこえてもとめられる「訓」の問題性は講書の場で認識されていたのである。

別な例をあげていえば、あの「日本書紀第一」＝ヤマトフミノマキノツイデヒトマキニアタルマキの訓について『釈日本紀』「秘訓」一に引く「私記」(4)にこうある。

又曰ふ。問ふ。日本両字を夜末止と読む。音訓に依らず。若し、字の如く比乃毛止と読ましむるは如何。

答ふ。是尤も其の義に叶ふ事なり。然るに先師の説、山跡の義を以て之を読む。又此の書の中に、大日本を訓みて大夜麻止と謂ふ。然れば則ち、音訓の外たりと雖も、猶心を存して夜麻止と読むべし。〔二一七〕

問いは、「日本」をヤマトと読むことについて、「音訓に依らず」という。字を離れてしまっているというのであって、「字の如く」と対置してその不審を問うのである。博士は「義に叶ふ事」ではないのを承知しているが、「先師の説」によってヤマトと読んだのだと答える。「大日本を訓みて大夜麻止と謂ふ」というのは、国生みの段、「生大日本豊秋津洲」の「大日本」の下の注に「日本、此云耶麻騰。下皆效此」とあることをさす。ここに留意して「音訓」をこえて読む――「先師」の説もまたおなじであったと諒解しつつそういうといってよい――というのも、さきに見たことに通底する。

文字をこえて「倭語」をもとめる――、講書はそれを繰り返し、累積してきたのであった。「溟涬而含牙」の項に「倭語、先々五説あり」というとおりである。

2　相伝される読みの規制

そうした説は相伝され、いわば伝統となってあった。

『釈日本紀』に引く「公望私記」のなかの「元慶私記」（元慶度講書の「私記」を土台とし、それに批判的言及を加えたのが「公望私記」であったと認められる。参照、本書Ⅱ［二］「公望私記」と「元慶私記」）に、「溟涬」をクラゲナスタユタヒテと読み、『古事記』によるとしたことをめぐってなされた問答にこうある。

又問ふ。今案ふるに、古事記に、次国稚如浮脂而クラゲナスタ、ユヘル時、と云へり。是れ、天地初分の後を指して、此の言を発すなり。溟涬は天地未分の気なり。何ぞ古事記と相合ふを得んか。前後相違と謂ふべし。願はくは其の説を聞かん。

答ふ。溟涬は天地初分の言なり。正に古事記と相合へり。

又問ふ。溟涬含牙は、是、春秋緯の文なり。説く者皆謂ふ、是れ、天地未分の気なりと。而るに、何によりて陰陽初分と為すを得んか。是れ、甚だ通らざるなり。

答ふ。是れ、甚だ大理なり。但し、先師相伝して此の説を為すのみ。いま問ふ所の如く、已に其の理を得たり。然りと雖も古より相伝して読む所なり。輙く改むべからず。〔二一八〕

あらためて振り返れば、承平度の講書において博士公望は、「先師」（延喜度と受け取るのが自然であろう）がこの箇所をクラゲナスの訓で読んだことを改めたのであった。いま、元慶度においても「先師相伝」「古より相伝」とある。「理」をもっていえば、『古事記』のクラゲナスとは合わないが、「相伝」なるがゆえにたやすく改めることはできないというのである。元慶度の「先師」だから承和度の講書となる。承和、元慶、延喜度までずっとクラゲナスの訓が規制的だったのである。公望は、その規制を受けて、いったんクラゲナスの訓で読みながら改めたということになる。そのことが、さきの「厳閤」の発言のもとにあったのだと納得もされる。

ただ、この後に「公望私記」がつづくが、そこにおいて、公望はすでにはっきりと「師説非なり」と述べていた。『古事記』のタダヨヘル国というのは「天地已分の後」のことであり、「溟涬」は「元気渾沌の言」であるから、ククモルもしくはホノカニの説によるべきだと言明していた。

その公望にして、博士としての場では、はじめは師説のクラゲナスの訓で読んだうえで改めるというかたちで、自説を実現しえたのであった。

講書のなかで重ねられてきた訓は、規制的に強くはたらくものであった。ククモリテの訓に改めるといっても、「其の外の四説は、相副へて存すべし」とあったことが留意される。それらを、なお、保持するというのである。「厳閤」が旧説をもちだしたのに対して、否定したあとで、「但し、旧説棄て難し」と言うのにも一貫する態度である。そして、おなじ趣旨の発言は、ここだけでなく『私記丁本』のなかで繰り返されるのである。列挙すれば、つぎの如くである（後に見合わせる『釈日本紀』にあわせて、訓みを示すところはすべてカタカナで表記した）。

①　問ふ。巻第一幷せて三箇字を、マキノツイデヒトマキニアタルマキと読む。字少なくして詞多し。若し、マキノツイデヒトツと読むは如何。

師説。マキノツイデヒトマキニアタルマキと読む。字少なくして詞多し。誠に理ありと雖も、是れ先師の説にし

て輙く改むべからず。(略)〔一八七〕
②　厳閻横点して云ふ。渾沌如雞子の文、読みてトリノコと云ふ。何鳥の児は明らかならず(略)。
師説。(略)先師皆此の意を存して猶トリノコと読むは、輙く改むべからず。〔一九三—一九四〕
③　問ふ。含牙の牙、先々の説は皆アシカヒと読む。而るに此の度キサシと読まる。其の心如何。
師説。(略)萌牙の義を取りて、キサシと読むべし。但し、先師アシカヒと読まるる説は相存すべし。〔一九四〕
④　問ふ。神聖両字は義理おのおの異なり。仍りて旧説の中、或は二字相連ねて之を読む説有り。而るに、此の度、二字を相合はせてただカミと読まる。其の意如何。
師説。(略)ただカミと読むを先とし、相分けて神聖と読む説を後として、副へて之を存すべし。〔一九五〕
⑤　天先成而地後定。
師説。此の七箇字は、読みてアメマツナリテツチノチニサタマルと云ふ。而るに、古説に、アマノミキリシクニノミキリシ、又、アマノイハタチソリタチシテと云ふ。此の説存すべし。〔一九六〕
⑥　問ふ。洲の字の訓、説文に云ふ、水中の地也、毛詩注に云ふ、水中の地にして居るべきものなりと。又、下文皆シマと読む。而るに此の文にクニツチと読む。如何。
師説。先師、或は洲を訓じてスと読まる。而るに今州の字と通用すと見ゆ。仍りてクニと読む。クニツチと読むを先とするのみ、但し、スツチと、相副へて後説と存すべきのみ。〔一九七〕
⑦　問ふ。此の純男二字をヲトコノカキリと読まる。而るに或説ヒタヲトコと読む。如何。
師説。先師古説の中に此の説有り。宜しく後説として相副へて存すべきのみ。〔二〇〇〕
⑧　問ふ。此の一書の文は、已に古事記を引く。然れば則ち漂蕩の文をクラケナスタ、ヨヘリと読むべきなり。而るにただタ、ヨヘリと読まる。其の由如何。

師説。古事記・上宮記・大和本紀等、皆クラケナスタ、ヨヘリと云へり。然れば則ち、其の説を先と為し、タ、ヨヘリと云ふを後説とすべし。〔二〇〇〕

一覧してあきらかであるが、「先師」の説は、批判されても棄てることはできず、なお保持するべきものだったのである。(5)

これらのうち、③⑤⑥⑦⑧については、「溟涬」の場合とおなじく、『釈日本紀』の引く「公望私記」を見合わせ、元慶度の講書をうかがうことができる。「秘訓」一、i「含牙」〔二一九〕、ii「天先成而地後定」〔二二〇〕、iii「洲壌浮漂猶游魚之浮水上也」〔二二一〕、iv「純男」〔二二二〕、v「譬猶膏而漂蕩」〔二二三〕の各項である。

i「含牙」について、「公望私記」の引く「元慶私記」では、博士が「牙」をアシカビと訓んだのに対して、文意からすれば「万物萌牙」の義だからキザシと読むべきではないかと問われ、こう答える。「旧説又キサシの読み有り。但し、仮名の本を案ふるに、全てアシカヒを含むと云ふ。故に其の文を存して猶アシカヒと読む」。さらに、はじめに「牙」とあり、後に「葦牙」とあるのは、文章として別ものをいうことの証ではないかと問われて、「先師相伝の説なり。今物の理を論ずれば問のごとくあるべしと雖も、輙く改め読むに忍びざる所なり」と答えるのであった。

これに対して、公望は「師説又非なり」として、問者の説によるべきだというが、承平度の博士となって、ようやく、改め読むことを果したのであった。それでもアシカビの説は、「相存」しなければならないものであった。

ii「天先成而地後定」に関して、「公望私記」の引く「元慶私記」は、「安氏の読み」として、「アマノミキリシ、クニノミキリシ、アマノイハタチソイタチ」の読みを掲げて「是れ亦旧老の口伝のみ」といい、公望は「此の読みの意は、清陽已下地後定已上の文を読むに似たり。而るに安氏ただ此の一句の訓と為すは恐らくは旧聞の誤りか」と批判した。しかし、博士としての公望は、これを「古説」として「此の説存すべし」というのであった。

iii「洲壌浮漂」の「洲」の読みもまた、「公望私記」の引く「元慶私記」で問題とされたところであった。「洲渚の字」だからスッチと読むのはどうかという問いがあり、博士は、こう答えた。「凡そ此の書の体として、倭訓を立つるを以て本と為す。文を能くするを以て宗と為すべからざるなり。猶クニと読むべし」と。公望はこの訓に関しては言うところがない（もっぱら「洲壌」につづく「浮漂」の読みを問題とする）。⑥の「先師」＝延喜度はスッチと読んだのだが、字義とのかかわりでクニかスかを論議するなかに、文によらない「倭訓」の志向が根底にあることがうかがわれる。そして、いったんあらわれた博士の読みは、採られなくとも「相副へて」存するべきものなのであった。

ⅳ「純男」にかかわる『釈日本紀』の「私記」は、「公望私記」と明示するものではない。ただ、「安氏の説」に言及するのは「元慶私記」であり、「公望私記」に内包されたものが引かれたと判断する。そこでは、「此の二字ヲトコノカキリと読まる。而るに或説ヒタヲトコと読む。何を以て正説と為すべきか」と問い、「ヲトコノカキリなり。ヒタヲトコは安氏の説なり。宜しく後説として相副へて存すべきのみ」と答える。この安氏説を、延喜度の博士（⑦「先師」）は「古説」として並べあげたのであった。答えの最後は、元慶度も承平度もまったくおなじである。延喜度にもおなじことが問題となり、博士の態度もおそらくおなじであったと見られる。

ⅴ「漂蕩」の場合はやや異なる。異本『私記丁本』を引いた後に「公望私記」を掲げるのである。異本『私記丁本』を引用するのは、①「巻第一」と④「神聖」もおなじである。ただ、『釈日本紀』は、「公望私記」・異本『私記丁本』のいずれかを選択しているようにも見えるが、基準と言えるものは認めがたい。

ともあれ、その「公望私記」には、「公望私記に曰ふ。橘侍郎案ふるに、古事記に依りて読むべしと云へり。而るに師これを読まず」とあるから、『古事記』等によってクラゲナスタダヨヘリの説を採った異本『私記丁本』への批判ではない。元来の「元慶私記」の博士説はクラゲナスの訓ではなかったのだが、それは引かずに、「橘侍郎案」の部分だけを「公望私記」から引用したのである。

こうして見てくると、よりはっきりする。講書の中で累積された読みは、すべて意味あるものとして相伝されて保持されつづけるべきものであった。それは、ひとり承平度における公望のみならず、ずっと講書の博士たちにはたらく規制であった。字義をこえて「倭語」をもとめるとき、一義的排除的に決しえないのは当然ともいえる。得られた「倭語」は、どれでなければならないということでなく、並存されるべきものとなる。時々の説は、講書にあらわれたというだけで「相存」するべきなのである。

見なければならないのは、「倭語」があるはずだというもとめかたそのものである。

3 「倭語」の世界の発見

「倭語」を、字の向こうにもとよりあるはずのものとして信じ、もとめる――、講書の読みの本質はここにあった。『釈日本紀』「秘訓」一、「薄靡」の項が、それをよく示しているであろう。

私記に曰ふ。問ふ。薄靡、又旧説有りや。

答ふ。又の説、カスミナヒキテ。是れ、借名の本の説なり。

又問ふ。此の序文、清陽者自り已下地後定に至る、皆是れ、淮南子天文訓の文なり。修史者引きて以て天地渾沌の序と為す。公望案ふるに、彼の書、薄靡を薄歴と為す。高誘の注に云ふ、風、塵を揚ぐる貌なり、と。若し、此の文の如くば、タナヒクと読むは、彼と相違ふ。如何。

答ふ。此の書、或は本文を変じて便りに倭訓に従へ、或は倭漢相合ふもの有り。今、是れ、倭訓を取りて、便りに彼の文を用ゐるなり。未だ必ずしも尽くは本書の訓に従はず。然れば則ち、暫く彼の文を忘れて、なおタナヒクと読むべし。〔二一九〕

これも「公望私記」によったと見られる。ただ、「公望案」は、『淮南子』の文について検し、本文の異同とともに、高誘の注を確認したのだが、それは、カッコにくったように、第二の問いのなかに書き込まれたと見られる。そう見ないと、問いが完結しないからである。

第二の問答で諒解されるように、博士は「薄靡」をタナビクと読んだ。第一の問答は、「旧説」を確認するもの。第二の問いは、この文が『淮南子』によることを言い、タナビクと読むのではその文意と合わないことを言う。『淮南子』「天文訓」冒頭は次のようにある。

天墜未形、馮馮翼翼、洞洞灟灟、故曰大昭馮翼、洞灟、无形之貌。洞、読挺桐之桐。灟、読以鉄頭斫地之钃也。道始于虚霩、虚霩生宇宙、宇宙生気、気有涯垠宇、四方上下也。宙、往古来今也。将成天地之貌也。涯垠、重安之貌也。清陽者薄靡而為天薄靡者若埃飛揚之貌、重濁者凝滞而為地。清妙之合専一作専易、重濁之凝竭難。故天先成而地後定。

天地の成り立ちを語る宇宙論ともいえる文章が、そのまま『日本書紀』に用いられていることを踏まえて、「清陽」なるものがのぼって天となることをいう「薄靡」に対して、タナビク（用例としては、霞や煙が薄く層をなして横に引くことをいう）は合わないと言うのである。

答えは、本文は便宜的だとする。「倭訓」のために『淮南子』の本文を便宜的に借りたのであって、その文は必ずしも和語とは合わないから、文を忘れよと言う。要は、文以前に「倭訓」があるということである。だから、字をこえて、むしろ、字を離れてもとめるべきものとして、それはある。

そうしたありようについて、関晃「上代に於ける日本書紀講読の研究」（『関晃著作集』第五巻、吉川弘文館、一九九七年。初出一九四二年）は、言い当てているところがある。

書紀の本文と私記の訓注との関係は（略）後者が前者に即して作られたものと言ふ事は出来ない。寧ろ、前者は後者の漢訳の如き観を呈する。（略）

さて、これ等の特徴は如何にして生じたであらうか。それは訓注が書紀本文以前の存在なるが故である。訓注が当時の日常語とは異り、古語或は倭語と呼ばれた事、私記に就いて訓読を繞る議論を見るに、訓は大抵の場合既に提出されてゐて、何故さう読むかの理由付けが議論を構成してゐる事、など皆、訓注が書紀以前のものなるが故である。

といい、また、

訓注は書紀の和訳ではなくして上古口伝・古書、師説等に基いて得られた書紀以前の古語である。

ともいう。ここで「訓注」というのは、読みとして示すもののこと。『日本書紀私記』甲本・乙本・丙本のように、本文の語を掲出して訓をつけた形態を慮るがゆえの用語である。

講書においては、『日本書紀』の文のもとに「上古の口伝」があると信じられていたことを、関はいい当てている。それは制度化されていたといいえる。しかし、見なければならないのは、その倒立性である。

『日本書紀』に即していえば、さきに掲げた冒頭の段は、『淮南子』と、『三五暦紀』の「未有天地之時、混沌状如鶏子、溟涬始牙、濛鴻滋萌」（『修文殿御覧』に引用されるところ）とを合綴して成る。陰陽論によって世界の始まりを語るものである。渾沌から陰陽分かれ天地が成り、陽神陰神たるイザナキ・イザナミが諸神万物を生成するのであって、イザナミは死ぬことなく、「共に」日神、月神、蛭児、素戔嗚尊を生むのである。それは、『古事記』において、天の世界・高天原がすでにあってそこに神々が成ることから語り起し、イザナミが死んで黄泉国に行き、黄泉まで赴いたイザナキが逃げ戻って禊ぎをして天照大御神・月読命・須佐之男命がなったというのとは根本的に異なる物語である。陰陽のコスモロジーによる世界の物語というべきだが、『日本書紀』が成り立たせた神話なのである。伝承があったかも知れないにせよ、それとは別なレベルで、『日本書紀』が、漢文によって成り立たせたものだと見るべきである(6)。

それを、あったもの（伝承されたもの）の「漢訳」として、文は便宜的だというのは、漢文が成り立たせたものを逆に伝承に投影することにほかならない。

そうしたところで、「経籍中より新たに撰び出」したものは「字の如く」に読んでいいとしても、そのほかは、あったはずの「倭語」をもとめるというのが、見たように、講書の営みであった。字とは別に「倭語」は見いだされねばならないという。それはまさに、「倭語」の擬制――虚像の「倭語」の世界――である。

承平度の講書では、『上宮記』『先代旧事本紀』『古事記』の仮名を『日本書紀』に先行するものだと明言する（『私記丁本』一九一）。それによれば、元慶度にも、「仮名之本」が元来あって、その仮名を改めて養老年中にこの書を撰したという論議があったという。(7) 実際の読みの場では、『古事記』によってささえられていることは見てきたとおりである。『古事記』とともに成り立つ「倭語」の擬制なのである。

要するに、漢文を離れて、「倭語」を発見するのである。あるいは、作り出すというほうがふさわしいかも知れない。こうして『日本書紀』は、「倭語」の世界の虚像（作り出された和語の世界）のなかに置かれ、それをもとにしたものとされる。それは、漢文テキストとしての『日本書紀』の変奏にほかならない。講書の場で和語に読むこと自体が変奏であったといわねばならない。

4　虚像のうえになされてきた成立論

「倭語」をもとにテキストが成ったのだと、『日本書紀』を変奏して成立的にとらえることが、『古事記』の成立的把握とともに制度化された。その制度が、『古事記』序文にいう稗田阿礼の「誦習」の問題を巻き込みながら、現在にいたっていることはふりかえっておく必要がある。

よく知られているが、『古事記』序文は、天武天皇が「阿礼に勅語して、帝皇日継と先代旧辞とを誦み習はしめたまひ」、元明天皇の「稗田阿礼が誦める勅語の旧辞を撰ひ録して献上れ」という詔旨にしたがって、太安万侶が「子細に採り摭」って『古事記』が成ったと言う。安万侶が実際に書くときの問題としては、「然れども、上古の時は、言と意と並に朴にして、文を敷き、句を構ふること、字に於きては即ち難し」とある。

この文脈において、阿礼の「誦習」と、「上古の時」の「言と意」とが重ねて受け取られるのは必然である。宣長が「上古の時は」云々の文に注して「此の文を以見れば、阿礼が誦る語のいと古かりけむほど知られて貴し」と言うとおりである（『古事記伝』）。これを現実に『古事記』に適用して仮名書きや訓注に「誦習」したことばを認めたり、『日本書紀』の訓注にからめて見たりすることがなされてきた。たとえば、小島憲之『上代日本文学と中国文学　上』（塙書房、一九六二年）が、

（原古事記）　「＊得言」（＊は推定原文）

アキトヒキ（よみを口で伝える）→（文字化する）「為阿芸登比」（古事記）

阿礼→　　　　安万侶→

と、阿礼と安万侶の役割をとらえたのはそのわかりやすい一例である。『日本書紀』垂仁天皇二十三年十月条に「皇子見鵠得言」とあるのと、『古事記』垂仁天皇条のおなじ場面に「今聞高往鵠之言、始為阿芸登比。自阿下四字以音。」とあるのとを対応させてこうした図式化を示したのである。

それは、阿礼の「誦習」を文字化しようと安万侶は意図したのだととらえることにたっている。序文からそう導かれたのであった。

しかし、八世紀初めの書くことの実際に即して言えば、「誦習」をもとに「上古の時」の「言と意」を文字に定着

しうるものではなかった。漢字を受け入れて読み書きすることを振り返れば、外国語文（漢文）として読み書きする――自分たちのことばの文字でない以上そうするしかない――ことからはじまって、七世紀後半に漢字を自分たちのことばのなかで用いるようになった。漢文でない資料が七世紀後半に出現したことは、元来外国語の文字であったものと自分たちのことばとのあいだに回路がひらかれたということである。その回路はいかにありえたか――、外国語文としての読み書きがダイレクトになされるのでなく、訳読（訓読）されるなかで回路は作られた。要は、それが、古代の人々のことばをそのまま反映するものとはいえないということである。そこに成り立つものは、人工性や不自然さをもつものであった(8)。

この問題は、山口佳紀、奥村悦三両者の研究(9)によって大きくひらかれた。日本語として読み書きすることは、訳読の蓄積のなかで読み添えをシステム化しつつ「訓」を固定化してきたことを意識的に適用してなされるが、暮らしのことばをそのまま書くことができるというものではない。個々のことばも新しく作られたり、新しい意味を賦与されたりするが、書くかたち自体からして漢文を翻訳して得たものによっている（よるしかない）のである。

山口が、

漢文訓読というのはもともと、外国語文を日本語文として曲りなりにも読めるようにしたものだから、できあったものは当時の人間が一般に使う日本語とはいわば似ても似つかないものなんだけれども、じゃあ理解できないかといえば理解できるような、そういう文章だというふうに考えるんです。（「座談会　古事記はよめるか」『リポート笠間』39、笠間書院、一九九八年）

といい、奥村が、

最初に日本語散文の表現に向かっていった人々の試みについて、こう言えるのではないだろうか、――彼らは、漢文に寄りかかりつつ、心中で思考と言語を纏め、それを日本語に翻訳して、仮名で表記していったのだ、と。

（「書くものと書かれるものと」『情況』一九九六年五月号別冊）

というのは、まさにこの点にかかわる。

とくに奥村の正倉院文書の分析は、一字一音の仮名で書けば暮らしのことばをそのままうつすことができるというようなものではないことを明確にした点でおおきな意義をもつ。二つの仮名文書は、訳読によって新しく作られたり、新しい意味をもって用いられるようになったりしたことばによるのであり、それのみならず、文章としての組み立てそのものまで漢文文書の訳読のかたちによりかかって成されていることが明らかにされた(10)。

むろん直接見ることができるのは文字とともにあらわれるものである。ありえたであろう古語ないし伝承のことばとは異なるということは状況的にしかいえないが、漢字で読み書きすることは、「訓」によろうが、「音」によろうが、「上古の時」の「言と意」を実現するようなものではないのである。

それを、阿礼の「誦習」にかかわらせて「上古の時」の「言と意」を苦心してテキストに定着したかのようにいうのは、安万侶が与えた『古事記』の根拠づけにほかならない。序文にしたがって「誦習」を実態化して、小島前掲書のように『古事記』の成立を論うことには意味がない。大事なのは、安万侶が「誦習」をもとにしたということ自体なのである。

成立した『古事記』が、「誦習」がもとにあったものとして意味づけられている。阿礼は実在したかもしれないし、かれが何かしらかかわっていたかもしれない——古語が伝えられていたことを否定しようというのではない。それは当然認められてよい——。しかし、それを『古事記』の成立として具体化することに向かうのでなく、成立した『古事記』の根拠のために、阿礼の「誦習」が『古事記』のもとになったと安万侶がいった、ということをうけとめるべきなのである。

ことの本質は、テキストの根拠として伝承の古語の世界を見出すことにある。それは、テキストを投影して発見される虚像にほかならない。だが、その擬制が、神話や『古事記』『日本書紀』をめぐる論議において、現在もなお生きている。しかも有力だとさえいえるかもしれない。

その淵源は『古事記』序文に発し、講書における『日本書紀』変奏を通じて拡げられたのであった。

注

（1）『西宮記』巻十五「始講日本紀事」に、着座の後、

次博士尚復大臣已下皆披書巻、次尚復唱文一声音、其体高長之、次博士講読了、尚復読訖、

とある。特別な唱えかたで全体を読み上げていたことが知られる。

（2）本書Ⅲ［一］「「聖徳太子」を成り立たせるもの」に述べたように、「仮名日本紀」「大和本紀」「上宮記」は、『日本書紀』を簡略化・再編したテキストと見られる。それが、「聖徳太子」に仮託されたり（「上宮記」）、仮名を含んだりするがゆえに、『日本書紀』に先行するものだと、逆立ちさせられる。

（3）「溟涬」（涬溟）の例を『荘子』『淮南子』に検すれば、『荘子』外篇に「在宥」第十一「大同乎涬溟」、同「天地」第十二に「若然者豈兄堯舜之教民溟涬然弟之哉」、『淮南子』巻八本経訓に「江淮通流、四海溟涬」とあるが、「天地未分の形」をいうとは言いがたい。『釈日本紀』に引く「公望私記」の土台となった元慶度の「私記」に「溟涬含牙は、是、春秋緯の文なり」（二一八）とあるから、「春秋緯」がもっとも近いものとして意識されていたのであるが、この例は逸文に確認できない。

（4）「秘訓」一の冒頭、「日本書紀巻第一」の項には、「私記曰……又曰……又曰……又曰……」と、一連の「私記」の引用がなされる。ここに引いたのは、その第二である。第三、第四の「又曰」は、異本『私記丁本』からの引用であるが（『私記丁本』一八六―一八九に対応する）、第一、第二の引用もあわせて全体が異本『私記丁本』を引くものであったかと考えられる（現存の『私記丁本』の失われた部分にあったか）。『和歌童蒙抄』巻三に言及される「日本紀問答抄」は、石清水八幡宮『御鏡等事　第三』に見る「日本紀問答」（『私記丁本』とおなじ記事を引く）とおなじものかと思われるが、そこに、

あし引とは、むかし天地さきわかれて泥湿いまだかわかず、仍山にすみてゆきかへる跡多し。故此国のはじめ名をやまとゝ名づけたる也。言は、山の跡と云也。委見日本紀問答抄。

とある。これは、第一の引用に、

天地剖判、泥湿未だ乾かず。是を以て山に栖み往来す。因りて蹤跡多し。故に山跡と曰ふ。山は之を耶麻と謂ひ、跡は之を止と謂ふ。

というのとほぼ同旨なのである。参照、本書II四承平度講書の「日本」論議。

（5）関晃「上代に於ける日本書紀講読の研究」（『関晃著作集』第五冊、吉川弘文館、一九九七年。初出一九四二年）も、師説が常に尊重され、権威化されていたという講書の特徴を指摘する。

（6）『日本書紀』の神話的物語を、陰陽論世界像による全体構造として見るべきことについて、具体的には、小著『古代天皇神話論』（若草書房、一九九九年）第二章に論じた。

（7）この問答は、『私記丁本』（一九―二〇）と、『釈日本紀』に引く『私記丁本』（四―五）との間に問題がある。『釈日本紀』に引くところでは、仮名の本がもとよりあって養老年中にそれを改めて本書を為した云々という論議は、元慶度のものではない扱いである。注意される本文の異同である。参照、本書II一『日本書紀私記（丁本）』（『私記丁本』）の資料批判。

（8）八世紀初期の読み書きの現実については、小著『漢字テキストとしての古事記』（東京大学出版会、二〇〇七年）第一、二章に述べた。参照を請う。

（9）山口佳紀『古代日本文体史論考』（有精堂、一九九三年）、および『古事記の表記と訓読』（有精堂、一九九五年）。奥村悦三「仮名文書の成立以前」（『論集日本語・日本文学I』角川書店、一九七八年）、「仮名文書の成立以前　続」（『万葉』九九号、一九七八年）、「暮らしのことば、手紙のことば」（『日本の古代14　ことばと文字』中央公論社、一九八八年）、「仮名で書くまで」（『万葉』一三五号、一九九〇年）、「話すことと書くこととの間」（『国語と国文学』一九九一年五月号）、「土左日記――三つのことば」（『叙説』二〇号、一九九三年）、「書くものと書かれるものと」（『情況』一九九六年五月号別冊）、「万葉集の歌を成り立たせることばはどのような性格のものか」（『国文学』一九九六年六月号）。

（10）参照、注（9）前掲奥村悦三「仮名文書の成立以前」、「仮名文書の成立以前　続」、「暮らしのことば、手紙のことば」。

III

「歴史」の基盤

『日本書紀』を簡略化して改編したテキストと、要覧ないし便覧というべきテキストとがならんでおこなわれる、その広がりが、平安時代における歴史認識(「古代」認識)の基盤であった。「聖徳太子」が成り立つのは、その基盤においてであった。また、要覧は、「皇代記」と呼ばれて、中世以後まで、ずっと長く「歴史」の基盤でありつづけた。

[一]　「聖徳太子」を成り立たせるもの

はじめに

「聖徳太子」――あくまでテキストのなかにあるものとして見るのであり、歴史的実在とは別なものとしてとらえることを明確にするために、「聖徳太子」と、カッコを付して標示する――の伝は、十世紀の『聖徳太子伝暦』（以下『伝暦』とする）[1]において決定版を得たと認められている。そこにおいて「聖徳太子」の集約がはたされたのだが、その基盤は、『日本書紀』にかわっておこなわれていた簡略本にあった。『伝暦』が紀年の土台としたのは、簡略本の一『暦録』であったということに見るとおりである（参照、本書I[一]『革命勘文』の依拠した「日本記」）。また、そこに集約されたものに、要覧の問題を見なければならないのである。「聖徳太子」は、『日本書紀』の変奏のなかに成り立つものとしてとらえねばならない。

1　『上宮聖徳法王帝説』から

平安時代中期のテキスト『上宮聖徳法王帝説』（以下『法王帝説』とする）から問題を具体化しよう。

『法王帝説』（知恩院蔵本〔複製・勉誠社文庫。一九八一年〕により、カッコ内にその行数をしめす。題と末尾の署名とを含めて全一二五行として数えた行数である）は、I系譜的部分（2―24）、II法王の事績（25―44）、III造像銘・繡帳銘・巨勢三杖の歌（45―103）、IV蘇我氏と法王にかかわる事績（105―117）、V皇代一覧（118―124）、の五つの部分から構成される。それらの部分は資料がいわばなまのまま抽出される（切り貼りといえる）だけで、全体が統一された叙述をなしているとはいいがたい。このテキストが、もっぱら資料的成立的関心から見られてきた所以である。

たしかに、全体が不均質であり、とりわけIIIは、他との違いが際立つ。法隆寺薬師仏造像銘・釈迦仏造像銘・天寿国繡帳銘の三つの銘文と、巨勢三杖の歌とを掲げるのだが、その釈迦仏造像銘の「釈」、天寿国繡帳銘の「音義」まで付すのであって、他とは明らかに異質なのである。家永三郎『上宮聖徳法王帝説の研究』（増訂版、三省堂、一九七〇年。初出一九五一年、一九五三年）が、IIIのないかたちを「古本」として想定し、また、太田晶二郎「『上宮聖徳法王帝説』夢ものがたり」（『太田晶二郎著作集　第二冊』吉川弘文館、一九九一年。初出一九六〇年）が、「この部分は第二次的――書入レ的のものが後に挿まり込んだ、と見抜くことが、要樞である」というのは、成立的認識としては正当かもしれない(2)。

しかし、いま『法王帝説』はIIIを含んだテキストとしてある。家永前掲書も、

（「古本」は論理的想定にすぎず、）今日我々が論ずる処はすべて今本を以て根本の拠り所となす外なきのみならず、又後章に述ぶる通り今本以外に系統を異にする異本をも有せざれば、今本を以て唯一のtextと仰ぐ外途なきなり。

という通り、いまあるかたちでのテキストとしての理解を問うべきなのである。

それは、一つの構成として問われる。独自な構成の意欲をもつものだからである。

その構成の軸としての紀年が、基本的には内部矛盾をきたすことなく成り立つことをまず見ておきたい。『法王帝説』に示される紀年を一覧的に掲げれば以下の通りである（末尾カッコに知恩院本の行数を示すとともに、I―Vのどの部にあるかを示す）。

1 戊午年（五九八年）四月十五日、少治田天皇、請上宮王、令講勝鬘経（三八）。Ⅱ
2 壬午年（六二二年）二月廿二日夜半、聖王薨逝也（四一―四二）。Ⅱ
3 辛巳（六二一年）十二月、鬼前大后崩（五〇）。Ⅱ
4 明年（六二二年）正月廿二日、上宮法王枕病（五〇、六九）。Ⅲ
5 （六二二年）二月廿一日癸酉、王后即世、翌日法王登遐（五四、六七―六八）。Ⅲ
6 辛巳（六二一年）十二月廿一日癸酉日入、孔部間人母王崩（八六）。Ⅲ
7 明年（六二二年）二月廿二日甲戌夜半、太子崩（八六―八七）。Ⅲ
8 丁未年（五八七年）六七月、蘇我馬子宿禰大臣、伐物部守屋大連（一〇四）。聖王生十四年也（一〇七）。Ⅳ
9 志癸島天皇御世、戊午年（五三八年）十月十二日、百済国主明王、始奉度仏像経教幷僧等（一〇八―一〇九）。Ⅳ
10 庚寅年（五七〇年）、焼滅仏殿仏像、流却於難波堀江（一一〇）。Ⅳ
11 少治田天皇御世、乙丑年（六〇五年）五月、聖徳王、与島大臣共謀、建立仏法、更興三宝。即准五行、定爵位也（一一〇―一一一）。Ⅳ
12 （六〇五年）七月、立十七余法（一一二）。Ⅳ
13 飛鳥天皇御世、癸卯年（六四三年）十月十四日、（中略）山代大兄、及其昆弟等合十五王子等、悉滅之也（一一四―一一五）。Ⅳ
14 乙巳年（六四五年）六月十一日、近江天皇、殺於林太郎（一一六）。Ⅳ
15 志帰島天皇治天下卌一年。辛卯年（五七一年）四月崩（一一八）。Ⅴ
16 他田天皇治天下十四年。乙巳年（五八五年）八月崩（一一九）。Ⅴ

17 池辺天皇治天下三年。丁未年（五八七年）四月崩（一二〇）。V
18 倉橋天皇治天下四年。壬子年（五九二年）十一月崩（一二一）。V
19 少治田天皇治天下卅六年。戊子年（六二八年）三月崩（一二二）。V
20 上宮聖徳法王又云法主王、甲午年（五七四年）産、壬午年（六二二年）二月二十二日薨逝（一二三）。V

Ⅰ以外のすべての部にまたがる紀年が一つの全体構造をつくるといってよい。基軸となる「法王」に即していえば、Ⅱ—V各部を通じて（2、5、7、8、20）、甲午年（五七四年）に生まれ、丁未年（五八七年）の守屋の変のときには十四歳で、壬午年（六二二年）二月二十二日に薨じたというのは、『日本書紀』とは異なる独自な紀年として、整合的に成り立っているのであり、一つの構造がつくられていると認められる。

ただし、Vの、天皇の崩年干支には問題がある。「治天下」の年数と整合しなくなるところが出てくるのである（このことについては、栗原薫「継体崩年と仏教公伝の紀年」『日本書紀研究』一六、塙書房、一九八七年、の指摘がある）。他田天皇・少治田天皇は、崩年干支によって前天皇崩御の翌年から崩年までを数えた年数が「治天下」年数と合うが、池辺天皇・倉橋天皇は、崩年干支によるとそれぞれ二年・五年となって、「治天下」年数と合わなくなってしまう。内部矛盾なく成り立つ紀年というには、この点に留保が必要かもしれない。ただ、崩年干支・御陵は、「治天下」の下に割注としてあることに留意したい。元来の記事ではなかったと見られるのである。「志帰島天皇治天下卌一年」とある、「卌一」をミセケチにして、「王代云卅二年文」とあることと絡めて見るならば、書式的に異質な割注部分（崩年干支・御陵）は、全体として「王代（記）」によると考えることも可能であろう（図1）。

どの段階の書き入れかはともかくも、崩年干支は、元来は「治天下」年数とは一つの構造をなさず、別にあったものが書き入れられたがゆえに、「治天下」の年数とは合わなくなってしまったのではないかと考えられる。

しかし、それによってこのテキストの紀年構造が揺らぐということではなく、根幹の〈聖徳太子〉そのものにおいては、大きな問題となる薨年月日を含めて、全体が齟齬をきたしていないという点で、独自な構成ということが認められてよい。

要は、それが『日本書紀』とは異なるものであったということである。『法王帝説』などとの対比などでなく、まず『日本書紀』について見るのは、以下の本論を通じて明らかにするが、太子伝という枠組みからはじめるのでは問題が正当に把握されないからである。1—20において、『日本書紀』との相違は、太子の薨年月日をはじめとして少なくない[3]。

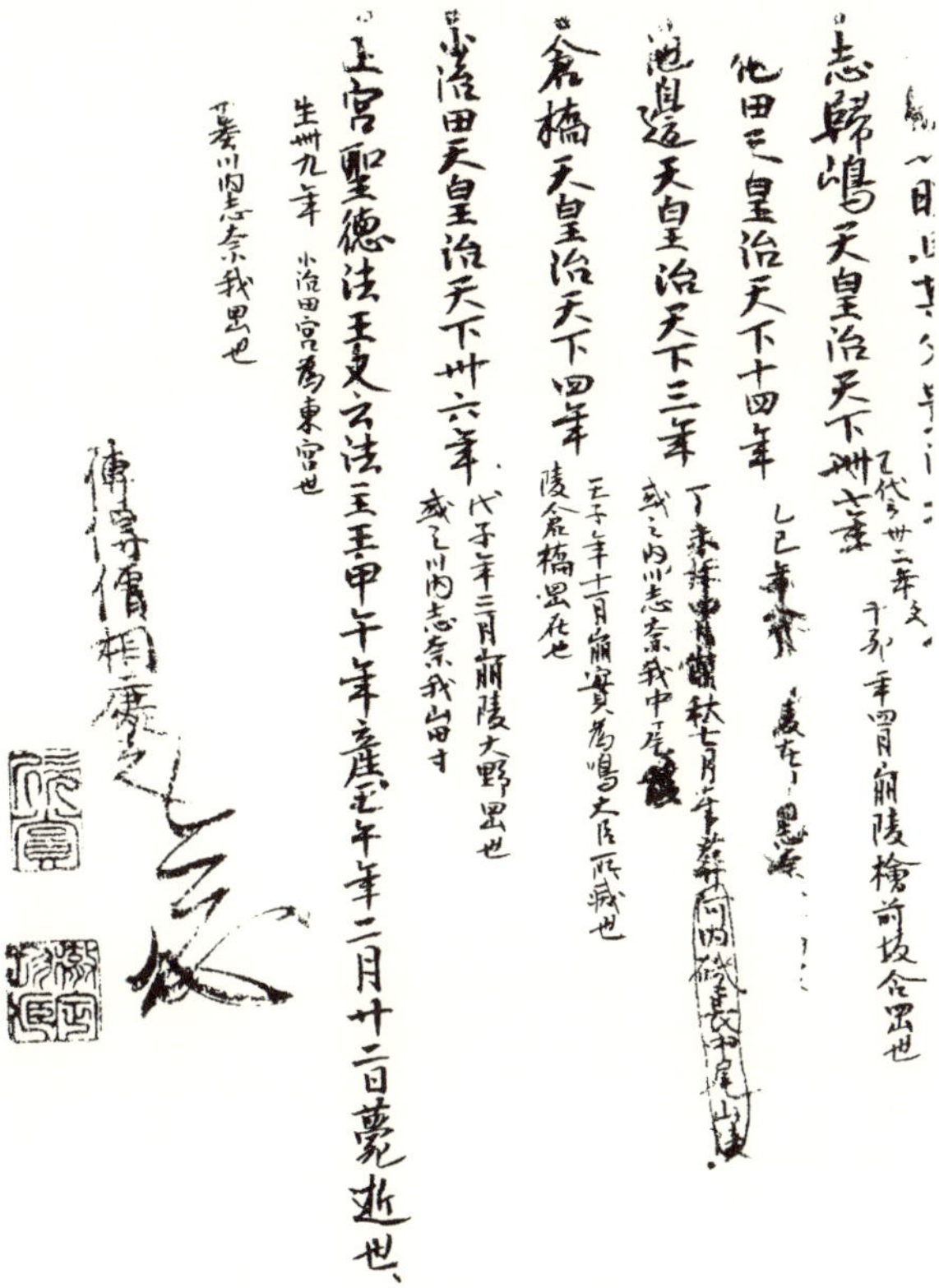
志帰嶋天皇治天下卅一年
他田天皇治天下十四年
池辺天皇治天下三年
倉橋天皇治天下四年
少治田天皇治天下卅六年
上宮聖徳法王又云法主王甲午年産壬午年二月廿二日薨逝也

図1　『法王帝説』（知恩院蔵）

1は、『日本書紀』では推古天皇の十四年（六〇六年）七月のこととされ、年・月ともにずれる。

8は、『日本書紀』は、用明天皇の二年のこととして（崇峻天皇即位前紀）、年は同じだが、「六七月」ではなく、守屋討伐は七月条にあって、これもずれる（六月条には、穴穂部皇子・宅部皇子誅殺のことが記される）。

9は、『日本書紀』の紀年では、欽明天皇の元年は庚申（五四〇年）だから、戊午年（五三八年）は、志癸島天皇（欽明天皇）の治世ではなくなる。

しかし、15の治天下年数とは矛盾なく成り立つことが注意される。あいまって、『日本書紀』は異なる天皇の紀年として見るべきだが、この問題については後述する。

10は、この年に相当する『日本書紀』欽明天皇の三十一年条にはかかる記事を見ない。『日本書紀』には、欽明天皇の十三年（五五二年）十月条に、中臣鎌子の奏によって「有司乃以仏像、流棄難波堀江」とあり、また、敏達天皇の十四年（五八五年）三月条に、守屋がおこなったところとして「焼仏像与仏殿、既而取所焼余仏像、令棄難波堀江」とあるのと相似するが、10が、欽明治世のこととして記すのとは明らかにずれる。

11、12は同じ乙丑年にかけるが、推古天皇の十三年に相当する。『日本書紀』では、冠位十二階・憲法十七条は、推古天皇の十一年、十二年（六〇三、六〇四年）のこととする。ここでもずれる。

あらためて、〈聖徳太子〉にかかわる紀年にたちもどり、9、15と合わせ見て、機軸としてのそれが貫いて整合的に一つの構造をなすと認められてよい。『日本書紀』との異なりを、独自な構成として見ることができるであろう。ずれは、その全体が『日本書紀』とは別な（対抗的な、といってよい）一つの構成を意欲するものとしてとらえられる。その構成の意欲は、主題性とともにあり、「法王」という標題のもとに主題的に統一されていってよい。II、IVに抽出された記事は、仏法の実現を果たした存在として定位しようとしていると認められるのであって、IIIの銘文、特に繡帳銘のいうところとあいまって、全体が「法王」の呼び名に集約されてゆく。『日本書紀』とは異なるものとして、それを見るべきであろう。

2　『日本書紀』『古事記』の「古代」と「上宮厩戸豊聡耳太子」「上宮之厩戸豊聡耳命」

『日本書紀』巻二十二は、推古天皇に一巻をあて、もっぱら「上宮厩戸豊聡耳太子」の領導する展開を語る。他方、

『古事記』は推古天皇を下巻の最後とするが、系譜的記事だけでおわる。「上宮之厩戸豊聡耳命」の名が用明天皇条に見えるに過ぎない。

『古事記』の「古」は八世紀にとっての「古代」を意味する。推古天皇までが、八世紀にとっての「古代」なのである。『日本書紀』にあっても、推古天皇までが「古代」といえるかもしれないが、持統天皇（八世紀にとっての「現代」といえる）まで続く「歴史」のなかにある。

その区切り目たるところにおいて、系譜以外には語られないのと（『古事記』）、「上宮厩戸豊聡耳太子」において語るのと（『日本書紀』）、その違いに問題の本質が問われるのである。『古事記』には資料がなかったなどというのは、テキスト理解の放棄でしかない。

それにこたえるには、『古事記』『日本書紀』が示すところを、ひとつの「古代」として見るのではなく、一元化されえない、それぞれの「古代」としてとらえるという見地が必要であろう(4)。

複数の「古代」という、このとらえかたをもとめる指標はいくつもある。『古事記』には中国があらわれない、「日本」という呼び名も見られない、仏教についてはふれない等、その「古代」世界の本質にかかわるということはただちに諒解されよう。それは、八世紀が、自分たちの「古代」をどのような世界として見出そうとしたかという問題にほかならない。

いま、『古事記』と『日本書紀』との「古代」世界のあいだにあるものに向かうために、文字の問題に着目したい。『古事記』応神天皇条に、百済から『論語』と『千字文』がもたらされたとある。

此の御世に、海部・山部・山守部・伊勢部を定め賜ひき。亦、剣池を作りき。亦、新羅の人、参ゐ渡り来たり。是を以て、建内宿禰命、引き率て、渡の堤の池と為て、百済池を作りき。亦、百済の国主照古王、牡馬壱疋・牝馬壱疋を以て、阿知吉師に付けて貢上りき此の阿知吉師は、阿直史等が祖ぞ。亦、横刀と大鏡とを貢上りき。又、百済国に科せ賜ひしく、「若し賢しき人有らば、貢上れ」とおほせたまひき。故、命を受けて貢上りし人の名は、和邇吉師。即ち論語十巻・千字文一巻、幷せて十一巻を、是の人に付けて即ち貢上りき。此の和邇吉師は、文首等が祖ぞ。又、手人韓鍛、名は卓素、亦、呉服の西素の二人を貢上りき。（以下略。渡来したススコリとその酒のことが述べられる。）

神功皇后が新羅・百済を服属せしめたことを受けて新羅・百済からの渡来・貢上が述べられるなかに、「論語十巻・千字文一巻」もあった。それは技術や物（馬・刀・鏡）と同じレベルで並べられるのである。たしかに『論語』と『千字文』は文字テキストであり、両者の名は、とりわけ、文字を学ぶためのものとして受け取られたはずだ。(5)

しかし、『古事記』は、それを、文字が意味をもつこととしては語っていないのである。『古事記』には、文字を用いる場面も、文字が意味をもつ場面もない。いま、文字テキストがもたらされたと、名をあげて示すのであって、文字との接点はあったというのだが、それだけでおわる。語られるのは、文字とは別なところにあった「古代」だというべきである。文字以前というのではない。文字は『論語』と『千字文』とによって伝えられてあったが、文字にかかわるところは語るものではなかったということである。

『古事記』に語られているのは、要するに、オーラルなことばの世界だといえる。

そうした世界の問題をもっともよく示しているのは、「聞く」天皇、というべき天皇のありようである。(6) 同じ応神天皇条において、天皇は、宇遅能和紀郎子に皇位を継承させようとして、

大山守命は、山海の政を為よ。大雀命は、食国の政を執りて白し賜へ。宇遅能和紀郎子は、天津日継を知らせ。

という。「政を執りて白」すという。「政」は臣下の奉仕であるが、おこなって「白す」ものなのである。「白す」ことはそれだけではありえない。聞くことがあってはじめて成り立つ。神武天皇の東征の発端に、「何地に坐さば、平

らけく天の下の政を聞こし看さむ」とあったことを想起しよう。「政」は「聞く」ことで完結する。いいかえれば、天皇は「聞く」ことによって世界をたもつのである。『古事記』は、そうした天皇のありようを、元来のものだと示し出した。

それは、オーラルなことばの世界としての「古代」、というのがふさわしいであろう。その問題性は、『日本書紀』と見合わせて、より明確になる。同じ応神天皇の、十五年、十六年、二十八年条にこうある。

十五年秋八月壬戌朔丁卯、百済王遣阿直伎、貢良馬二匹。即養於軽坂上厩。因以阿直岐令掌飼。故号其養馬之処、曰厩坂也。阿直岐亦能読経典。即太子菟道稚郎子師焉。於是、天皇問阿直岐曰、如勝汝博士亦有耶。対曰、有王仁者。是秀也。時遣上野君祖、荒田別・巫別於百済、仍徴王仁也。其阿直岐者、阿直岐史之始祖也。

十六年春二月、王仁来之。則太子菟道稚郎子師之。習諸典籍於王仁。莫不通達。所謂王仁者、是書首等之始祖也。

廿八年秋九月、高麗王遣使朝貢。因以上表。其表曰、高麗王教日本国也。時太子菟道稚郎子読其表、怒之責高麗之使、以表状無礼、則破其表。

百済からの馬といい、「阿直伎（岐）」「王仁」の名の一致といい、『古事記』と同じことがらが記されているとはいえる。

しかし、決定的に異なるのは、太子菟道稚郎子が、阿直伎・王仁を師として学んだということである。たんに彼らが渡来したというのでなく、文字テキストを受け入れ、学ぶというのであり、さらに、その学んだことが意味をもった場面が語られるのである。高麗の国書の無礼をとがめたというのは、まさに学習の成果であった。文字の交通のなかにあって、文字をもつこととなった自分たちの歴史的由来が、そこに語られるのだといってよい(7)。

文字の交通という点では、神功皇后をヒミコと同定するようなかたちで『日本書紀』神功皇后の四十年条に引かれた『魏志』の記事も注意される。

魏志云、正始元年、遣建忠校尉梯携等、奉詔書印綬、詣倭国也。

とある。「制詔親魏王卑弥呼」にはじまる、その「詔書」は、『魏志』に景初二年十二月にかけて載せられる。しかし、『日本書紀』はこの詔書は引用しない。また、正始元年条の最後の「倭王、因使上表、答謝詔恩」も省略される。すなわち、魏の冊封を受けたことを示すものは回避されるのである。のこるのは中国王朝との交渉があったということだけであり、それが文字によるもの（「詔書」）としてあったということなのである。

『日本書紀』は、神功皇后・応神天皇段階から文字の交通のなかにあったものとして、文字の文化世界をつくりつつ展開する「古代」を語るのである。神功・応神以後、仁徳天皇の四十一年条に紀角宿禰を百済に派遣して国郡の境を分かつとともに「具録郷土所出」といい、六十二年条に「遠江国司表上言」とあり、また、履中天皇の四年条に「始之於諸国置国史。記言事達四方志」とする等々、文字をもって展開することが語り継がれてゆくのである。『古事記』とは位相が違う「古代」というべきである。

その『日本書紀』の「古代」の問題として、推古天皇の巻における「上宮厩戸豊聡耳太子」の存在を見るべきなのであり、また、そこから『古事記』の「古代」における不在が問い返されるのでもある。

『日本書紀』推古天皇の巻は、厩戸豊聡耳皇子を皇太子としたということを元年四月の記事とする。「立厩戸豊聡耳皇子、為皇太子。仍録摂政。以万機悉委焉」という。さらに、厩の前で生まれたから「厩戸」といい、一度に十人の訴えを聞いてあやまつことがなかったから「豊聡耳」といい、父用明天皇が愛して宮の上殿に居らしめたので「上宮」を冠するのだと、「上宮厩戸豊聡耳」という名の謂れを説く。特別な存在であることの確認である。それは片岡の飢者の話を通じて「聖」として確認する（「聖之知聖、其実哉」という）ことと相応じる（二十一年十二月条）。常人ならざる皇太子によって推古天皇代の展開はひらかれえたというのであり、「政」を統括したものとして、以下の展開を支配しているのである。

その領導するところ、二年二月条の「詔皇太子及大臣、令興隆三宝」以下、仏教の興隆が軸となる。それが、神祇祭祀との調和とともにあることは、十五年二月条の詔に「今当朕世、祭祀神祇、豈有怠乎。故群臣共為竭心、宜拝神祇」とあり、これを受けて、「皇太子及大臣、率百寮以祭拝神祇」ということに示される。欽明天皇の十三年に仏像・幡蓋・経論が伝えられたとき以来の崇仏排仏の争いから、用明天皇即位前紀の「天皇、信仏法、尊神道」を経つつ、その調和ある定位をはたしたことが、ここに確認されるのだといえよう。

また、注目されるのは、中国（「大唐」）との関係が浮上することである（十五、十六、二十二、二十三、三十一年条）。新羅・百済・高麗・任那の朝鮮諸国との関係の比重の高さは神功・応神から一貫するものとして認められるが、中国が問題となるのは、神功皇后以来はじめてなのである。いうまでもなく、中国正史（『宋書』『梁書』）には、五世紀の倭の王たちの朝貢遣使と冊封のことが記されている。そうしたことはなかったかのようにしてふれず、ここで「大唐」との交渉が述べられる。冊封ではない関係として、それは、あった。その「大唐」との関係構築は、「上宮厩戸豊聡耳太子」がになったものとして、「歴史」のなかに定位されねばならなかったのである。国書のやりとりという文字の交通において、それははたされる。

文字といえば、仏教は経という文字テキストぬきにはありえないのであり、ここに語られる全体は、要するに、文字の文化世界としてつくりあげたということに帰される。その達成の頂点が、冠位十二階、憲法十七条（十一年十二月条、十二年四月条）であることはいうまでもない。「天皇記・国記」（二十八年是歳条）もまた同じである。そうした「古代」をになうものとして「上宮厩戸豊聡耳太子」があり、それにつながって持統天皇にいたる「歴史」があったというのである。『日本書紀』は、律令国家（文字の国家）としていまあることを、そのように根拠づけるのである。

『古事記』は、それとは位相が違う「古代」を、自分たちの元来の世界として見出そうとしたのだとあらためていおう。文字の国家のなかにありつつ、文字の外来性を強烈に意識し、それとは別なところにあったはずの固有の自分たちを、オーラルなことばの世界において語る――、それが八世紀の『古事記』の自己確証であった(8)。そこに厩戸豊聡耳命の活動はありえない。また、仏教も、中国もありえない。

『古事記』『日本書紀』の「古代」と太子の問題とを、右のようにとらえ、そのなかに、『法王帝説』を置こう。『日本書紀』と相対せしめて見たとき、『法王帝説』の構成の意欲が、紀年構造において異なることはあきらかだ。さらに、『法王帝説』の、「法王」という主題的統一性は、『日本書紀』の「歴史」をになうありようと、やはりあきらかに異なる。『日本書紀』と対抗的といってよいであろう。

その『日本書紀』の「歴史」においてある「上宮厩戸豊聡耳太子」は、このテキストが成り立たせるものである。従来、『日本書紀』は先行の太子伝に依拠していると考えられてきた（坂本太郎『聖徳太子』吉川弘文館、一九七九年、等）。しかし、『日本書紀』の「古代」をつくる、テキストとしての主体性ぬきに見てはならないであろう。法隆寺関係の資料が反映されていないのも、みずからの構成のために選択したのだと見るべきではないか。そもそも、『日本書紀』が先行の太子伝によるというのは、そのように想定してみたということ以上ではなく、循環論でしかない。

むしろ、より大事なことは、『日本書紀』の枠組みが、「聖徳太子」について、規制的に働いてゆくということであり、それに対して、『法王帝説』が、「太子伝の流れのなかではやや孤立した存在」（飯田瑞穂「伝記のなかの聖徳太子」『飯田瑞穂著作集1　聖徳太子伝の研究』吉川弘文館、二〇〇〇年。初出一九七九年）だということである。その「孤立」の本質は、『日本書紀』の規制から離れたところにあるということにある。『日本書紀』と対抗的だという所以である。

しかし、『日本書紀』と対抗的だということを、ストレートにいうのは正しくないであろう。『法王帝説』自体は平安時代のテキストであり、その構成が相対そうとしたのは、直接には八世紀の『日本書紀』そのものではなかった。『法王帝説』の直接の基盤（ないし環境）は、法隆寺釈迦仏造像銘の「釈」に「案帝記」（五九）といい、欽明天皇の治世年数について「王代云」（一一八）という書き入れがあることに示されている。「帝記」も「王代（記）」も、要覧の謂いである。Ⅴは要覧の体裁そのものだといってよい。それが、『法王帝説』の基盤ないし環境であった。『法王帝説』を、『日本書紀』そのものとの対抗としてではなく、そうした環境のなかにあったものとの対抗として見るべきなのである。

そして、その上で、『法王帝説』の構成は、八世紀の資料によると見られることから、八世紀に、別な「古代」がありえたという可能性を見ることがもとめられるであろう。『古事記』と『日本書紀』とだけでない、八世紀の「古代」を見るということにおよんでゆくのである。

以下、まず、『法王帝説』の基盤ないし環境をとらえること、さらに、問題を八世紀へ投げかけて見ること、この二つの方向に考察をすすめよう。

3　『法王帝説』の基盤

まず問わねばならないのは、資料がいつのものであれ、また、どのような成立を負うにせよ、『法王帝説』の構成がどこで意味をもっていたかということである。さきに見たように、『法王帝説』はさまざまな資料を呼び集めたというべきものであって、それぞれの資料性が問題となるにせよ、それを一つの構造としてつくることの次元において、基盤ないし環境という問題は、ある。

独自な紀年構造において構成しようとする意欲は、法隆寺釈迦仏造像銘に対する「釈」の太子崩年月日の確認のしかたにあらわなのであるが、そこに「帝記」が引かれる。基盤（環境）の問題はここによく示されている。

釈曰。法興元世一年此能不知也。但案帝記云、少治田宮天皇之世、東宮廐戸豊聡耳命、大臣宗我馬子宿禰、共平

章而建立三宝、始興大寺。故曰法興元（之）世也。此即銘云、法興元世一年也。（五九一―六一）

とある。釈迦仏造像銘冒頭を「法興元世一年」と読み、それを解するために「帝記」を引くのである。「法興元世」の「元」は、もと「之」とあったのを上書きしたものである。造像銘にあわせて、後から書き改めたと見られる。「帝記」は、名の示すところ、天皇の代をおって記述されたものの謂いであり、その推古天皇の条に、「東宮厩戸豊聡耳命……故曰法興（之）世也」の文があったということになる。『日本書紀』にはない文である。「法の興りたる世」と、豊聡耳命と馬子とにかけて述べるわけで、仏法の興隆をになう時代と人物として定位されている。この文が、『日本書紀』に、

二年春二月丙寅朔、詔皇太子及大臣、令興隆三宝。是時、諸臣連等、各為君親之恩、競造仏舎。即是謂寺焉。

とあるのと対応することはたしかだが、肝腎の「法興」という語がなく、相違は大きい。「帝記」の文は、『扶桑略記』が、

二年甲寅二月朔日。天皇詔皇太子及大臣等。令興隆三宝。仍諸臣連等各為君親。競造仏舎。是謂寺焉。凡仏法興隆。此時繁昌也。

と、『日本書紀』の文をほぼそのまま承けながら、仏法の興隆の世としての確認を末尾に付加するのと軌を同じくする。さらに、「元興寺伽藍縁起幷流記資財帳」（醍醐寺本『諸寺縁起集』）に付された、長寛三年四月二十一日の日付をもつ「大法師慈俊」の「私勘」が、『扶桑略記』を中心に諸書を引くなかに、

二年甲寅春二月、皇太子上宮厩戸豊聡耳皇子、蘇我宿禰左大臣、令建立三宝、始作飛鳥大寺、故曰法興之世也、

とあり、当面の「帝記」ときわめて類似する。(9) これは、上掲『扶桑略記』二年条と並べて引かれる。出所未詳だが、「法興」という意味づけを与えるものとして注意されるのであり、『法王帝説』の引く「帝記」は、ここに並べ置いて見るべきである。

「帝記（紀）」は固有名ではなかった。一般的な呼称と見るべきである。それらはおなじものでもありうるが、同一のテキストとはかぎらない。要覧の類としてとらえるべきものである（参照、本書Ⅰ四『扶桑略記』の位置）。

くわえて、『日本書紀』にかわって簡略本がおこなわれていたという環境をいわねばならない。

本書Ⅰ［一］「簡略化された『日本書紀』」において、平安時代には、『日本書紀』そのものは用いられず、簡略化したテキストが権威をもつという状況であったことをあきらかにした。ここでは、『日本書紀』を理解するのに、簡略本が持ち込まれるという、倒立にいたることが、『日本書紀』講書の場にあったことを見つつ、それを補足しておきたい。

『私記丁本』にこうあった。

問。考読此書。将以何書。備其調度乎。

師説。先代旧事本紀。上宮記。古事記。大倭本紀。仮名日本紀等是也。

ここにあげられたテキスト群を参考にせよというのであり、実際に博士の説において言及されもする。他にも、「私記」（『釈日本紀』）には、『古語拾遺』『日本新抄』『暦録』が見える。現存するものは、『古事記』『古語拾遺』『先代旧事本紀』にとどまるが、巻数を確かめられるものが、『先代旧事本紀』十巻を別格として、『古語拾遺』一巻、『上宮記』三巻（『聖徳太子平氏伝雑勘文』）、『大倭（和）本紀（記）』二巻（『本朝書籍目録』）、『暦録』四巻（『聖徳太子平氏伝雑勘文』『本朝書籍目録』）となる。巻数の少ないことが注意される。なお、「弘仁私記序」に、「神別記十巻」と見える（『本朝書籍目録』にも）ものについては、「発明神事」とあり、注に「天神天孫之事、具在此書」というのだから、神話的物語を含むものであったことはたしかであるが、文脈からすると系譜に関するテキストと判断されるのでここではふれない。

これらについての講書のなかでの認識は、『私記丁本』にうかがうことができる。

A 問。本朝之史。以何書為始乎。
師説。先師之説。以古事記為始。而今案。上宮太子所撰先代旧事本紀本紀十巻。是可謂史書之始。（以下略）
B 問。撰修此書之時。以何書為本乎。
師説。先師之説。以古事記為本。（中略）而今見此書。所載麁文者。全是先代旧事本紀之文也。注一云之処。多引古事記之文。（以下略）
C 問。仮名日本紀、何人所作哉。又与此書先後如何。
師説。元慶説云。為読此書。私所注出也。作人未明。（中略）上宮記之仮名。已在旧事本紀之前。古事記之仮名。亦在此書之前。可謂仮名之本在此書之前。（以下略）

必要なかぎりで摘記したが、承平度の講書において、以前の講書との対比で示されたものである。要するに、以前には、『古事記』が史書のはじめで、これをもととして『日本書紀』も成ったとしてきたが、承平度の講書では、『先代旧事本紀』がはじめで、『日本書紀』のもととなったと転換するのである（A、B）。また、『仮名日本紀』はこの書を読むために作られたという説もあったが、『上宮記』『古事記』の仮名にてらして、仮名の本は、『日本書紀』以前にあったという（C）。そこには、仮名の本がもとにあったはずだという規制が強く働いている。

しかし、それらを、あらわれた実際に即して検するに、『古事記』を除いて、『日本書紀』をもとにして成ったものだと認められるのである。『日本書紀』の簡略版であった。それが講書に持ち込まれるのである。

以下個々に見ることとする。

(1)『先代旧事本紀』

本書I[一]でも見たが『先代旧事本紀』十巻は規模の大きさにおいて際立つが、それが、十巻のうち六巻までを神話的物語がしめることによる。第七巻天皇本紀、第八巻神皇本紀、第九巻帝皇本紀の三巻は、『日本書紀』推古天皇までを簡略化したものにほかならない。

(2)『古語拾遺』

『古語拾遺』一巻は、九世紀初頭の（八〇七年）成。これらの諸テキストのなかでもっともはやく成ったものであり、その位置は特筆される。記事の実質は、『日本書紀』の本書・一書を切り貼りするものだが、そこで、神器の神話――践祚儀の「神璽の鏡剣」の神話であり、践祚儀において鏡剣の奏上の役を負う忌部氏にとって自己確信をささえる神話――が作り出されるのであった。このことも、すでに論じた通りである（参照、小著『古代天皇神話論』若草書房、一九九九年）。新しい神話を成り立たせてしまうことによって、律令祭祀と神話とがつながれ、『日本書紀』は祭儀神話として変換・更新されたといえる。

(3)『仮名日本紀』

『仮名日本紀』は、前掲『私記丁本』に「元慶説云々」とあるように、元慶の講書で言及されたことは明らかであり、九世紀末までに成ったものである。これについて、『私記丁本』は「仮名の本には二部あって、一部は倭漢の字をまじえて用い、一部はもっぱら仮名倭言を用いている」というが、『仮名日本紀』「仮名本」をあわせて、あらわれたところで見るかぎり、読みを論議する際に『古事記』と並べてあつかわれ、また、「淹滞二字乎仮名日本紀爾志豆美止々母利天と注也」（『私記丁本』）とあることに見るように、漢字の本文に仮名で読みを示したり、あるいは仮名で書かれた部分をもつテキストであったと考えられる。「但案仮名本。全云含葦牙」とあったといわれるのは（『釈日本紀』「私記」）、『日本書紀』の「含牙」に対して、仮名本の本文が「含葦牙」とあったというのである。それは明らかに、アシカビをいうと見る解釈によって成った文であった。いうまでもなく、読みも解釈である。仮名の本がさきにあったはずだという先見的規制から離れるならば、『日本書紀』をもととして解釈を加えて成ったテキストだという把握におのずから導かれよう。ただし、天皇歴代におよぶものとしての、そのテキストの規模は不明とするほかない。

(4)『大倭（和）本紀（記）』

『大倭（和）本紀（記）』二巻は、『私記丁本』では『古事記』『仮名日本紀』『上宮記』と並べて読みを論議することが二箇所あり（「浮漂」の項、「漂蕩」の項）、仮名で書かれた部分を有するものと思われる。そして、『古事記』とひとつにした解釈によることをよく示すのが、「神代上」をめぐって引かれた、つぎの一条である。

> 問。此巻注神代上。其意如何。
>
> 師説。大和本紀云。国常立尊。国狭槌尊。豊斟渟尊。此三神独化身蔵矣。埿土煮尊。大戸之道尊。面足尊。伊奘諾尊。此四神共化身蔵。云々。此巻皆載此等神代之事。故云神代。

国常立以下三神は独り化して身の隠れた（あるいは、身を隠した）神、埿土煮以下の四神は共に化して（ペアの男神の方の名を掲げる）身の隠れた神だという。冒頭の神々は、『日本書紀』では、三神は「乾道独化」の「純男」、四組の神は「乾坤之道」が相まじって化した「男女」とされる。「身隠れたり」とは、『日本書紀』にはないものだが、『古事記』に冒頭の神々を「身を隠しき」というのとあわせたのは明らかである。『古事記』とひとつにして解釈し、整合させてゆこうとすることは、読みをはじめとして、講書における全体の傾向であったが、それが、新しいテキストを生成することに働いていると見るべきである。神話からはじまる、この二巻本は、要するに、解釈によって元来の『日本書紀』を変換した簡略テキストであった。

（5）『日本新抄』

『日本新抄』は、「唯以一児」（第五段一書の六）について、「古事記及日本新抄云。謂易子之一木乎」（『釈日本紀』「私記」）というところにあらわれるだけである。『古事記』と同じ本文を有するテキストがあるというのである。これだけからいうのは憶測になってしまうが、「新抄」という書名は、小さく簡略化したテキストを意味しているのではないか。そして、右の『大倭本紀』のごとき、『古事記』との交渉のもとに変換したテキストがあるのだから、それと軌を同じくするものと見ることが可能ではないか。

（6）『上宮記』

『上宮記』三巻、『暦録』四巻も、同じ性格のものと見られる。

『上宮記』は、現在もなお太子伝テキストとして考えられている（たとえば、石上英一「上宮記」〔石田尚豊編『聖徳太子事典』柏書房、一九九七年〕）。しかし、『聖徳太子平氏伝雑勘文』（以下、『雑勘文』とする）には「上宮記三巻者。太子御作也」という。そうであるならば、当然太子伝ではありえない。『私記丁本』における言及や、逸文に照らして、神話的物語からはじまり、天皇歴代にわたるものであったと考えられるが、逸文は少ない。

これに関して、飯田瑞穂が、「天寿国繡帳銘勘点文」に「或書云」として引くものは、『雑勘文』所引『上宮記』下巻注に載る太子の系譜的記事と、表記と内容の上で一致し、『釈日本紀』に引く逸文と比較しても積極的に別書と見るいわれはないとして、『上宮記』逸文と認めたことにふれねばならぬ（「「天寿国曼荼羅繡帳縁起勘点文」について」前掲『飯田瑞穂著作集1　聖徳太子伝の研究』。初出一九六四年）。たしかに、飯田のいうように、それらは『上宮記』下巻注が引くのとおなじテキストによると認めてよい。しかし、その拠り所とする引用記事は、あくまで『上宮記』に付された注であって、『上宮記』の本文ではない（岩橋小弥太「天皇記国記と先代旧事本紀」『増補上代史籍の研究』吉川弘文館、一九七三年。初版一九五五年の指摘がすでにある）。『雑勘文』に「但注後人撰云々」とあり、また、その引用にも「先後題下云、注新撰云々」と、端題・奥題の下に注は後人のものだと注記があるとする通りである。太子撰とされていたことから、太子の系譜を注として書き込んだと見るのが妥当であろう。『雑勘文』に引く系譜的記事は『上宮記』の逸文ではなく、したがって飯田説も認めがたい。

『上宮記』逸文としてたしかなのは、『釈日本紀』巻十三に、継体天皇にかんして引かれた、よく知られたホムツワケの系譜のみである。ただ、『私記丁本』にあって、『上宮記』が、読みにかかわって『古事記』『仮名日本紀』と並べて言及されたことからすると（「仮名本」の項、「浮漂」の項、「漂蕩」の項）、仮名で書かれた部分を有すると認めることはできよう。その読みが、解釈であることはいうまでもない。

なお、『三宝絵』に関してつけ加えたい。『三宝絵』中巻の第一話は「上宮太子」の話である[10]。中巻の全十八話は、第一話と最後の第十八話とを除いて『日本霊異記』（以下、『霊異記』とする）を典拠とすることを明示するが、『霊異記』を介して本朝仏法史を構成するものとして、その全体はあった[11]。「上宮太子」を本朝仏法史の冒頭にすえるのは、「厩戸皇子ノカシコキ政ニヨリテ今日マテ法門ハ所伝也」（中巻末、「讃曰」）という特別視の意識からであった。その「上宮太子」の条には、『霊異記』だけでなく複数の典拠をあげる。「日本記平氏撰聖徳太子上宮記諸楽古京薬師寺沙門景戒撰日本国現報善悪霊異記等ニ見タリ」という。「日本記」（『日本書紀』）と『霊異記』とには問題がない。ただし、この「上宮太子」の条は、『日本書紀』や『霊異記』によったとはいえない。山田孝雄『三宝絵略注』（宝文館出版、復刻一九七一年。初版一九五一年）が、全体にわたって一々に示したごとく、この条は、『伝暦』に依拠したものであった。そうしたなかで「平氏撰聖徳太子上宮記」が問われるが、前田本には「太子」の下に「伝」の字があり、これを生かして「平氏撰聖徳太子伝、上宮記」とし、『伝暦』と『上宮記』とにひきあててきたのが通説であった。しかし、『上宮記』の側からは問い返されるのである。ここに『上宮記』の登場するいわれはないのではないか、と。見たような『上宮記』のなかに『三宝絵』中巻第一話のようにまとまったかたちでの太子の伝は考えがたいであろう。『上宮記』への認識を欠き、わかりやすい本文をとって、「平氏撰聖徳太子伝、上宮記」としたために、かえって問題を作り出してしまったといわねばならぬ。「太子」の下に「伝」の字のない、観智院本・関戸本（東大寺切）によるべきだと考える。ひとつのテキストをいうものとして「平氏撰の、聖徳太子上宮の記」であって（「上宮」の位置は「聖徳太子」の上にあるほうが落ち着くが、このままでも解しうる）、『伝暦』をさすと見られる(12)。

あらためて、『上宮記』は、三巻の規模で神話から天皇の歴代に及ぶ、簡略テキストであったといおう。『古事記』とかかわらせて『日本書紀』を解釈したことが生成した新しいテキストだが、仮名をもとにして成ったという先入観的規制から、倒立させてしまい、書名も、上宮太子の撰を標榜するものとなったということであろう。もとより付会であるが、『先代旧事本紀』を太子に仮託することにも通じている(13)。

（7）『暦録』

『暦録』（「歴録」とも表記する）四巻は、名の意味するところ、暦年をおって記すということである。当然暦年にかかわらない神代を含まない。神武天皇以下歴代天皇にかかるテキストであったことは逸文にてらしても明らかであり、簡略化したテキストと見るべきである（参照、本書Ⅰ［一］『革命勘文』の依拠した「日本記」）。

こうして、十世紀前半までに、『日本書紀』から出た、解釈を加えた簡略版テキストが『日本書紀』を取りまいていたという状況が確認される。それらのうちには『日本書紀』以前にさかのぼらされるものもあって、それによって逆に『日本書紀』を解釈するという事態にたちいたっていたのであった。『日本書紀』はそれらによって生きてあったということである。現実には、『日本書紀』そのもの以上に、これらがかわって意味をもっていたともいえる。実際に、平安時代には、『日本書紀』が読まれずに、こうした簡略テキストが「日本紀」と呼ばれて、『日本書紀』そのものにとってかわるという状況を見るのである。

『日本書紀』三十巻という大きさに対して、こうした簡略版のほうが実際的だったのである。実用的ということだが、大事なのは、それが平安時代の人々にとっての歴史認識の現場であったということである。元来の『日本書紀』を変換したところで、天皇の正統性の神話・天皇の歴史を確信していたのである。

その本質を共有し、天皇の代々を要覧化しただけのものもならんでおこなわれていたのであった。もっぱら便覧の用のためにもとめられた要覧化であり、その生成は多発的であった。奈良時代に「帝記（紀）」一巻あるいは二巻がすでにあった。見たような講書周辺の十世紀前半の状況と、同時進行的にあったものとしてとらえられる。

平安時代後半以後、これら簡略本と要覧類とが歴史認識の基盤となっていた現実は、たとえば歌学書などに歴史認識のために引かれるのが要覧の類であったこと、『簾中抄』のような百科辞書的なもののなかに要覧がまるごと取込まれること（「帝王御次第」）、『扶桑略記』が要覧を土台として簡略本『日本書紀』を書き入れて成ったこと（参照、本書I四『扶桑略記』の位置）等々に明らかであろう。

神話テキストについても、『古語拾遺』、『日本紀竟宴和歌』（以下、『竟宴和歌』とする）、『信西日本紀抄』が、『日本書紀』と同等の、メインテキストとして扱われ、『日本書紀』にとってかわってあったことを、あわせて見ておきたい。平安時代末になるが、それらは、便覧のための機能と役割とを、それぞれに分けもって負っていたと看取される。『古語拾遺』は、天の石屋にかかわる肩占、神楽の起源、神璽の鏡剣に関して参看されることが常であった（『和歌童蒙抄』、『奥儀抄』、勝命『序注』、『袖中抄』）。『竟宴和歌』は、和歌自体は神・天皇ら人物を題として詠むものであったが、これに、題の人物についての解説のかたちで左注を加えて、『竟宴和歌』として成ったのは平安時代の末であったと見られる。そこにあるのは、神話にかぎらないが、和文化され、解釈を経て変換された『日本書紀』であって[14]、さらに、それを、いわば主題別に切り分けたダイジェスト版テキストとなっている。インデクス化されたものといってもよく、たとえば、国常立尊ならば、『竟宴和歌』のその項をただちに引くことができ、国常立尊に関する神話的物語の概要を簡便に示すことができる。また、『信西日本紀抄』は、部類別に分類した事項に、簡単な説明を付した、辞書的なものである。ここから抜き出し、それを重ねて物語を輪郭づけてゆくことができるという点で、辞書化された神話テキストとしての利便性を有するものであった。(15)

たちもどっていえば、『法王帝説』にせよ、『法王帝説』が対抗しようとしたものにせよ、その環境は、こうした「歴史」の基盤なのであった。

4　一元的でない「古代」をかかえる基盤

『法王帝説』について言えば、『法王帝説』が「孤立した存在」（前掲飯田瑞穂「伝記のなかの聖徳太子」）であったというのは、こうした基盤のなかの「孤立」であったと見るべきなのである。『伝暦』は、『日本書紀』の規制のもとにあって、「聖徳太子」の伝的構成を、それ以前の諸資料（初期太子伝）をも総合して確立し、決定版となった。その『伝暦』と『伝暦』を成り立たせたものとに対抗する位置にあったのが、『法王帝説』だととらえられる。

『伝暦』以前の太子伝として知られるのは、「天王寺障子伝」「七代記」「明一伝」『上宮皇太子菩薩伝』『上宮聖徳太子伝補闕記』（『　』は現存テキスト）である。(16)前三者の関係をめぐる論議はなお決着を見たともいいがたいが、いまは、これらが「直接・間接の差はあるが、いづれもその後、平安中期の『聖徳太子伝暦』に流れ込んでいった」（飯田瑞穂「聖徳太子伝の推移」前掲『飯田瑞穂著作集1　聖徳太子伝の研究』）ということをたしかめておけばよい。

「七代記」が、『日本書紀』そのものでなく簡略化したテキストによったものであることはさきに見た（参照、本書

I［二］『七代記』と「日本記」）。あらためて太子伝の基盤ないし環境として確認しよう。その基盤の源泉はいうまでもなく『日本書紀』であり、『日本書紀』の変奏のなかにあった。

そのことを、『上宮聖徳太子伝補闕記』（平安時代初期の成立とされる。以下『補闕記』とする）と『伝暦』とにかかわって『暦録』の問題にふれつつ、確認してすすめよう。

『補闕記』冒頭に、

i 日本書紀暦録弁四天王寺聖徳王伝、具見行事奇異之状、未尽委曲、憤憤不尠。因斯略訪耆旧、兼探古記。償得調使膳臣等二家記。雖大抵同古書、而説有奇異、不可捨之。故録之云爾。

とあり、『伝暦』跋文には、

ii 聖徳太子入胎之始、在世之行、薨後之事、日本書記、在四天王寺壁聖徳太子伝、弁無名氏撰伝補闕記等、其載大概。不尽委曲。而今逢難波百済寺老僧、出古老録伝太子行事奇縦之書三巻。与四巻暦録、比校年暦、一不錯誤。余情大悦、載此一暦。

とある。ともに『暦録』との関係のなかにあることを言明する。

iは、「日本書紀暦録弁四天王寺聖徳王伝」に対して、「未尽委曲」という不満があり、そのために「古記」をもとめていたところ、「調使膳臣等二家記」を得、これによってみずからを成しえた、という。『補闕記』は、「日本書紀暦録弁四天王寺聖徳王伝」とは別なところにあるものとして、みずからを位置づけているのである。「四天王寺聖徳王伝」とは、「天王寺障子伝」であり、『伝暦』の跋文の「四天王寺の壁に在る聖徳太子伝」にあたることは相違ない。「日本書紀暦録」が、『日本書紀』と『暦録』との二書をいうのか、ひとつの書をいうのか、『雑勘文』（下三）は、「暦録の下に弁字をおくのにしたがって、日本記暦録は一つの物と見るべきだ」と、一つの書としたが[17]、二書と見るのがおだやかであろう。ともあれ、『日本書紀』の外側にあろうとすることは受け取られ、実際の紀年構成に照らしてもそうであったことが確かめられる（後述）。

iiでは、『日本書紀』「四天王寺の壁に在る聖徳太子伝」と、「無名氏の撰し伝えた補闕記」（つまり『補闕記』）への不満をもっていた時に——あきらかにiの文を意識しつつ、『補闕記』をもあわせて不十分だとし、それをこえたものだとみずからを位置づける——、太子の奇瑞についてあまさず録した書三巻を、百済寺の老僧から得た、といい、「四巻暦録」と暦年を比べ見ると、一つも違っていないので、大いによろこび、それを組み入れて、この書を成した、というのである。

iiは、「日本書紀」と「四巻暦録」とを区別しているように見える。この「四巻暦録」は『暦録』四巻のことと見て誤またない。しかし、それが、iiでは正しい年暦の根拠となるのはいかがか。『暦録』は述べた通り、『日本書紀』をもととする。iが『日本書紀』『暦録』をならべて否定的にいうのはよいとしても、iiが『日本書紀』をしりぞけながら、一方で『暦録』によって暦年を保証しようとするのは矛盾している。それは、『日本書紀』そのものを見ていなかったからだと考えるほかない。

『補闕記』が、『日本書紀』を、『暦録』とともに見ていたという可能性は留保されてよい。ただ、『補闕記』自体としては、『日本書紀』の規制のなかで、その外側に位置をとろうとしていた。『伝暦』は、その『補闕記』をもふくめて、ありえた全体を、『日本書紀』にかわるものとしての権威をもっておこなわれていた『暦録』の紀年構成のもとに集成し、闕暦なく「聖徳太子」を組み立ててしまったのであったと見るべきである[18]。

ただ、『伝暦』の成立に関して、『聖徳太子伝古今目録抄』（『聖徳太子伝私記』）裏書に、

平氏伝作年号時代、正暦三年歳次壬申孟夏中旬、挿於中僅得一本、歓喜且千、委計年代、頗在闕暦、補闕、糺偽、拾年、知真、遠近数本、皆以髣髴、

今為後代、引日本紀、具以記所々要文、一々相加、分為上下云々、

とある。[19] 欠けた年を補い、訂そうとしても、かかわる諸本は皆はっきりせず（「遠近数本、皆以髣髴」をこう解しておく）、「日本紀」によって記事を加え、二巻に分けたという。正暦三年（九九二年）に、原撰本を補訂して『伝暦』が成ったものとして見るべきものか、『伝暦』成立論の問題になるが、[20] そのことはいまおく。要は、「闕暦」を補って記事を加えるもととなったという、その「日本紀」は、『日本書紀』そのものではありえないということである。『日本書紀』との紀年の相違が大きいことは見る通りであって、『日本書紀』は見られていないのであり、簡略化したもの（『暦録』等）によると見るべきである。

『補闕記』は、『伝暦』に取り込まれたために元来の独自な位置をわかりにくくしてしまっているが、『暦録』をはじめとする『日本書紀』の規制の外側にあろうとしたものであり、この『補闕記』とともに、『法王帝説』の位置づけを与えて問題のありようを明確にすることができよう。

「聖徳太子」を構成する紀年のために、拠り所をもとめる基盤ないし環境は、同じなのである。そこで軸となっていたのは、『日本書紀』の枠組みであり、それは具体的には『暦録』等によってになわれていた。しかし、それとは異なるものをもとめることも可能であった。『補闕記』『法王帝説』は、そのようにしてみずからを成り立たせた。

『法王帝説』の紀年ははじめに見た通りだが、『補闕記』の紀年構成を、太子の年齢とともに記すところを摘記して確認すれば、

太子生年十四。丁未年七月。（物部守屋討滅）

太子生年卅六。己巳四月八日始製勝鬘経疏。

壬午年二月廿二日庚申。太子無病而薨。時年四十九。

となる。年齢・薨年月日は『法王帝説』と重なり、『日本書紀』と異なる。また、『伝暦』とも異なる。[21] ほかに、『日本書紀』と対照されうるところで、丁丑年（推古天皇二十五年）四月八日の勝鬘経講説のこと、己卯年（推古天皇二十

七年）十一月十五日の片岡山飢者のことが、やはり異なる。『日本書紀』では、それぞれ推古天皇十四年七月、二十一年十二月となる。『伝暦』は、勝鬘経講説は十四年七月と二十五年四月八日とに重載する。また、片岡山飢者のことは、二十一年十一月に、『補闕記』の文をそのまま引くのだが（十一月十五日とするのは『補闕記』による）、これに対して、『暦録』を引いて十二月と注記するのであり、本文にも一部『暦録』による注記がなされることとなった。『伝暦』は二十一年十一月に配置したのであるが、『日本書紀』は十二月であり、『暦録』もこれとおなじで、『補闕記』はそれらと異なるのであった。

その紀年標示の原則は、「丁丑年四月八日」の如く、天皇の治世年によらず、干支年月日を記すのであって、月までにとどまる『暦録』とは異なり、『暦録』をもととした『伝暦』の原則とも異なる。(22)『補闕記』は、「調使膳臣等二家記」によったものだとみずからいうが、太子生年を逐う構成のもととなる、日まで記す紀年自体はどこからきたのか。奇瑞は「二家記」にもとめられたものであるかもしれないが、紀年のもとにあったものはなにか、「家記」に帰してすますことはできない。

『法王帝説』と重なるというのは、正確にいえば、『法王帝説』が紀年のうえでみずからを一つの構造として構成しえたような資料的環境につながるということである。『日本書紀』の簡略化テキスト、要覧のひろがりにおける『日本書紀』の規制に対抗しようとしたとき、それを可能にするものがあったということである。『法王帝説』『補闕記』の両者は、『伝暦』に集約されるものに対抗しようとする立脚点をおなじくした。

ただし、すべてが重なるわけではなかった。たとえば、『補闕記』が、勝鬘経講説を丁丑年四月八日とし、山背大兄殺害を癸卯年十一月十一日丙戌とするのに対して、『法王帝説』は、それぞれ戊午年四月十五日、癸卯年十月十四日とする（戊午は推古六年、丁丑は推古二十五年、癸卯は皇極二年）。なお、『日本書紀』では、推古天皇十四年七月、皇極天皇二年十一月に載せる（ともに日は記さない）。ちなみに、『伝暦』は、『補闕記』を取り入れて、勝鬘経講説は、推古十四年、二十五年に重載し、山背大兄殺害の記事は「一説曰」として『補闕記』を載せる。

それは、平安時代の「歴史」の基盤のなかに保持されていた、複線的で、一元化しえない「古代」としてとらえられよう。くり返すが、それは、あくまで、歴史の事実とは別に、テキストのなかに成り立つものである。平安時代に「聖徳太子」を構成するところで、複線的でひとつではない「古代」をかかえた、「歴史」の基盤があらわになったのである。

その「古代」はどこに発するのかと、さらに問わねばならない。

5　『古事記』の崩御年干支月日注の問題

複線的な「古代」ということについては、なお説明が必要であろう。

それは、簡略化テキストや要覧の広がりのなかに、主軸となっていたものとは異なる「古代」を構成したテキストがあったことを認めうるということである。そして、それが、ひとつの特定のテキストでなく、いくつかのテキストにかかわるものであることが、『法王帝説』の切り貼りからうかがわれるということである。

具体的にいえば、『法王帝説』が、Ⅴで欽明天皇の治世を四十一年とし、Ⅳでその治世の戊午の年（『日本書紀』では宣化天皇の代になる）に仏像・経・僧がはじめてもたらされたというのは、整合的だが、同じひとつのテキストによったという保障はない。Ⅳの紀年標示において、月にとどまるのと（104、111、112）、日まで記すのと（108、113、116）、異なるところがあるのは、ひとつのテキストから出たと断じえないものをのこすのであり、Ⅱには、「少治田宮御宇天皇之世」という（25）、他とは異なる標示の項もあり、複数のテキスト（そこに「帝記」も位置づけられる）によると見るのが穏やかであろう。

要は、それらにおいて、欽明天皇の問題が示す通り、天皇の配置という基本にかかわるところで異なるものがあったということである。その全体像は知りようがないが、『日本書紀』（また、それの規制するもの）とは異なるありようのものの存在が、そこにはうかがわれる。『補闕記』ともあわせて、一元化しえない「古代」構成がありえたととらえることがもとめられるのである。複線的というゆえんである。

ただ、『古事記』には紀年がなく、「聖徳太子」にもかかわることがない。ことは、『日本書紀』的「古代」の位相に属する問題としてある。

その平安時代の状況がどこからきたか。それは、八世紀に、「古代」を構築しようとしたときにさかのぼるのではないかと、『古事記』『日本書紀』というテキストにおける「古代」構築を考えることに導かれるのである。『古事記』の崩御年干支月日注がそのきっかけとなる。『古事記』には原則として紀年がない。例外的にこの注はある。

『古事記』中下巻において、天皇を単位として構成する、その基本的な枠組みは、

（系譜記事）　——命、坐——宮、治天下也。

（物語記事）

天皇御年、——歳。御陵、在——也。

と、「治天下」をいうことにはじまって、「御年・御陵」で閉じるかたちである。「御年」のないものもあるが、これが基本的なかたちである。

具体例として、綏靖天皇条をあげれば、

神沼河耳命、葛城の高岡宮に坐して、天の下を治めき。此の天皇、師木県主が祖、河俣毘売を娶りて、生みし御

子は、師木津日子玉手見命一柱。

天皇の御年は、肆拾伍歳ぞ。御陵は、衝田岡に在り。

となる。系譜記事が長くなり、物語記事がはいることによって、拡大されることにもなるが、構成の基本枠は、このとおりである。そして、物語記事には紀年がない。『古事記』中下巻は、その天皇記を積み上げることによって成り立つ。

『日本書紀』は、すべての天皇の元年の末尾に「是年、太歳――」と干支を記して天皇の治世を画したうえで、記事の叙述は天皇の即位紀年によるが、それとは異なる『古事記』の原則である。違うありようにおいて「歴史」をつくろうとすることが、そこにある。

その『古事記』において、崩年干支月日が、「御年」の下に、「御年」のない場合は、「御陵」の前に、分注で記されることがある（崇神、成務、仲哀、応神、仁徳、履中、反正、允恭、雄略、継体、安閑、敏達、用明、崇峻、推古の十五天皇）。それは、『古事記』のなかに異質なものが入り込んでいるといわねばなるまい。

異質なだけではない。第一に、それには機能がない。すべての天皇に付されているのであれば、そこで天皇の治世が画されるということになるが、部分的ではその機能は果たされない。『日本書紀』における元年の干支の役割と見合わせればあきらかだが、機能を負っていないというしかないのである。

第二に、それは「御年」として、神武天皇から雄略天皇までと、顕宗、継体天皇の、二十三天皇に付されているものとかかわらないのである。御年・崩年干支があいまって施されるのであれば、治世のおわりを示すかたちとして考えられるかもしれないが、両者がそろっているのは、崇神、成務、仲哀、応神、仁徳、履中、反正、允恭、雄略、継体の十天皇にとどまる。「御年」だけの天皇（十三）、崩年干支だけの天皇（五）があって（ともにない天皇が五）、むしろ、両者はかかわらないのである。

そのかかわらなさは、応神天皇の「御年」と崩年干支月日注とをめぐってあらわである。応神天皇条の末尾は、

凡そ、此の品陀天皇の御年は、壱佰参拾歳ぞ。甲午年の九月の九日崩りましき。御陵は、川内の恵賀の裳伏岡に在り。

とある。かたどおりであるが、その百三十という年と、崩年の干支甲午とは合わないのである。前代の仲哀天皇の崩御は、「壬戌年の六月の十一日に崩りましき」と注される。皇后は、新羅・百済を服従させた後、筑紫にもどって応神を産んだことになっている。仲哀天皇が崩じたとき、応神天皇は、神功皇后の腹にいたのであった。応神天皇は、壬戌か、その翌年の癸亥の誕生のはずだが、百三十歳なら崩年は辛未ないし壬申であって、甲午ではありえない。崩年の注と、「御年」とはかかわらないというほかない（参照、神田秀夫『古事記の構造』明治書院、一九五九年）。

こう見ると、まさに夾雑物とも思える注である。渡会延佳『鼇頭古事記』がこれを除き、『古事記伝』また、「今は延佳本又一本に無きに依れり」（この「一本」が何かは不明）として、やはり削除したのは、ゆえないことではない。しかしながら、それをふくんで『古事記』はあった。このかたちで『古事記』として生きてきたのである。異質さを見ておわるのであってはなるまい。『古事記』にとって、この注のもった意味を問う必要がある。

いままでこれを成立的に問題とすることもあった。

はやく、菅政友「古事記年紀考」等のいわゆる紀年論があったことは、知られるとおりである（参照、辻善之助編『日本紀年論纂』東海書房、一九四七年）。『古事記』の崩年干支の全体が『日本書紀』と合わないことは一見してあきらかであり、そのことと関係づけて成立的に見ようとすることに惹かれるのは当然ともいえる。

紀年論は、いま、おく。『古事記』崩年干支注の位置づけについて見れば、津田左右吉『日本古典の研究　上』（岩波書店、一九四八年）が、

これは書紀の記載とは殆ど全く違つてゐるのであるから、多分、書紀に於いて紀年の定められた前に、同じ企て同じ試みが何人かの手によつて行はれた、その名残ではなからうか。書紀によつて紀年が一定せられた後にかう

いふものが案出せられたとは、考へ難いからである。

というのは、わかりやすいひとつの帰結であった。

神田秀夫前掲『古事記の構造』が、その由来を「帰化人の伝承」にもとめ、『日本書紀』編纂に際して、かれらのもっていたものが資料として提供されたが、それは『日本書紀』のつくろうとする紀年構成とは合わず、採用されなかったのであり、

そこで、かれらは、これを古事記の天皇の「御年」の下に書きこんでもらふことにしたものであらうと思ふ。

というのは、より具体的な事情まで想像したのであった。

それとはややかたちをかえて、益田勝実「文学史上の『古事記』」（『益田勝実の仕事4　秘儀の島』ちくま学芸文庫、二〇〇六年。初出一九八〇年）のように、『日本書紀』の紀年構成は、「八世紀初頭の時点で強引に加工作成した」のだとしつつ、

六世紀の宣化・欽明の頃についても、天皇の崩年月日の公的な一致した見解を、八世紀初頭の政府はもちえていない。六世紀最末・七世紀前半の崇峻・推古の頃についても、天皇の崩年月はようやく一致するけれども、日についてはそうではない。律令国家体制に転じていく前後の歴史については、八世紀初頭の大和朝廷内部では、この程度の把握のしかたであった。

と、『古事記』のありようを、「公的な一致した見解」をもたないでいたことの証とするものもある。

いずれにせよ、『古事記』のすべての天皇にあるわけでなく、『日本書紀』とはまったく一致しないという、崩年干支月日の注を、『日本書紀』を視野にいれながら、古くあったと、成立的見地でとらえようとしてきたのである。『古事記伝』が、

若いたく後世の人の所為ならむには、必書紀の年紀に依てこそ記すべきに、彼紀と同じからざるは、必古書に拠

　ありてのことと見えたればなり、

というのに通じる判断がそこにはある。

　とすれば、その史料的性格という問題をかかえて、崩年干支をめぐる近年のあらたな論議を生むことともなった（田中卓『日本国家の成立と諸氏族』田中卓著作集2、国書刊行会、一九八六年。原秀三郎『地域と王権の古代史学』塙書房、二〇〇二年など）。そうしたなかで、鎌田元一「暦と時間」（『列島の古代史7　信仰と世界観』岩波書店、二〇〇六年）が、『古事記』の崩年干支の史実性・信頼性や、紀年の再構成に向かうのでなく、津田説に回帰するかたちで、「『日本書紀』に先行するある時期の、紀年構成の試みの一つ」であり、「『日本書紀』と同様の一つの紀年構成の試みに過ぎない」といい、

　『古事記』崩年干支に見られるような紀年構成の試みは、やがて『日本書紀』の紀年的世界となって結実した。

として「史料的性格」を定位しようとしたことが注意される。

　しかし、『古事記』という作品にとって問われるべきなのは、その注をふくんであることの意味ではないかと問い返さねばならない。『日本書紀』とは異なる紀年構成が、よしんば『日本書紀』以前の試みであったとしても、それを注記するということは、『古事記』にとってどういう問題であるのか。この作品把握の視点が、成立的アプローチには、ない。

　現にある『古事記』にとっての意味を見ようとするとき、大事なのは、その崩年干支注が、『日本書紀』の紀年と徹底的といってよいほど異なるということである。一覧化すれば、つぎのとおりである。

（天皇）	（御年）	（崩年干支月日注）	（『日本書紀』崩年干支・年）
神武	一三七		丙子・一二七
綏靖	四五		壬子・八四

安寧	四九		庚寅・五七
懿徳	四五		甲子
孝昭	九三		戊子
孝安	一二三		庚午
孝霊	一〇六		丙戌
孝元	五七		癸未
開化	六三		癸未・一一五（一云）
崇神	一六八	戊寅年十二月	辛卯・一二〇
垂仁	一五三		庚午・一四〇
景行	一三七		庚午・一〇六
成務	九五	乙卯年三月十五日	庚午・一〇七
仲哀	五二	壬戌年六月十一日	庚辰・五二
（神功）	（一〇〇）		己丑・一〇〇
応神	一三〇	甲午年九月九日	庚午・一一〇
仁徳	八三	丁卯年八月十五日	己亥
履中	六四	壬申年正月三日	乙巳・七〇
反正	六〇	丁丑年七月	庚戌
允恭	七八	甲午年正月十五日	癸巳・若干
安康	五六		丙申
雄略	一二四	己巳年八月九日	己未

清寧			甲子・若干
顕宗	三八		丁卯
仁賢			戊寅
武烈			丙戌
継体	四三	丁未年四月九日	辛亥・八二
安閑		乙卯年三月十三日	乙卯・七〇
宣化			己未・七三
欽明			辛卯・若干
敏達		甲辰年四月六日	乙巳
用明		丁未年四月十五日	丁未（四月九日）
崇峻		壬子年十一月十三日	壬子（十一月三日）
推古		戊子年三月十五日	戊子（三月七日）・七五（注）

大事なのは、成立の事情如何ではない。要は、『日本書紀』の紀年構成と異なるものが、テキストとして、現実にならんであったということである。鎌田元一前掲「暦と時間」が説くような、先行した試みであったが、『日本書紀』の紀年構成が確立しておわったというものではなく、並存しているのである。

なお、その違いについては、構成のスタイルという点からも見ておく必要がある。さきの『古事記』の綏靖天皇条に対置して、『日本書紀』の綏靖天皇条を掲げよう。

神渟名川耳天皇は、神日本磐余彦天皇の第三子なり。母をば媛蹈韛五十鈴媛命と曰す。事代主神の大女なり。天皇、風姿岐嶷なり。少くして雄抜しき気有します。壮に及りて容貌魁れて偉し。武芸人に過ぎたまふ。而して志尚沈毅し。四十八歳に至りて、神日本磐余彦天皇崩りましぬ。（以下、手研耳命の反逆の話は省略した。「時に、太歳己卯」とある。神武天皇の崩年は、丙子に相当する。）

元年の春正月の壬申の朔己卯に、神渟名川耳天皇、即天皇位す。葛城に都つくる。是を高丘宮と謂ふ。皇后を尊びて皇太后と曰す。是年、太歳庚辰。

二年の春正月に、五十鈴依媛を立てて皇后とす。（一書は省略。）即ち、天皇の姨なり。后、磯城津彦玉手看天皇を生れます。

四年の夏四月に、神八井耳命薨りましぬ。即ち、畝傍山の北に葬る。

二十五年の春正月の壬午の朔戊子に、皇子磯城津彦玉手看尊を立てて、皇太子としたまふ。

三十三年の夏五月に、天皇不与したまふ。癸酉に、崩りましぬ。時に年八十四。

元年に干支を記し、即位紀年によって述べるのであることをあらためて確認しよう。崩年の干支は、元年の干支をもとにひきあてられる。神武天皇の元年は辛酉年であり、七十六年に崩じたから崩御年干支は丙子、したがって、綏靖の即位庚辰まで、三年以上の空位があったことになる。綏靖天皇の場合、崩年の三十三年は、壬子に相当する。紀年構成は、元年の干支が起点となるかたちで成り立つのである。

ちなみに、天皇の歳は、この構成にはかかわらない。綏靖天皇は、己卯に四十八だから、壬子には八十四で、この「年」は合うが、安寧天皇の場合は合わない。綏靖二十五年の立太子に際して「年廿一」とあり、綏靖天皇の崩じた壬子に即位、元年は癸丑で、三十八年（庚寅にあたる）十二月に崩じたから、「時に年五十七」とあるのは、六十七でなければならない。歳を記さない天皇も多く、允恭天皇のような「年若干」という例もあって、紀年構成とは別に見るべきものである。

『日本書紀』の、元年干支と即位紀年の組み合わせというやりかたに対して、『古事記』は崩年の干支を記すのであって、紀年のスタイルが違うというべきであろう。干支そのものだけでなく、徹底して『日本書紀』とは違ってあろうとするものが、『古事記』の崩年干支なのである。

それは、『古事記』を、『日本書紀』とは異なる「歴史」としてあらしめる。その崩年干支が、部分的施注であることについても、こうした観点からすれば、それしかなかったのではなく、『日本書紀』とは合致するものが排除されていると見ることが可能である。徹底的に違うのは、もとめられたものであって、結果としてそうなったとはいえないと観察されるからである。

もとより、『古事記』は、紀年を有さないことにおいて、『日本書紀』とは異なる「歴史」をつくるものであった。そのうえに、この干支によって、異なる「歴史」たることはいっそう明確になるのである。

ただ、『古事記』の「古代」は、紀年となじむものではなかった。崩年干支の違和感は消えないが、それは、すでにある。あるものとしてのそれがになう役割として、そういわねばならぬ。

しかし、その干支は、はじめに述べたように、それ自体として機能するものではない。あくまで、『日本書紀』との関係において意味をもつものであった。それは、『日本書紀』と、対峙ないし対抗して、別な「歴史」であることを明確にするものとしてある。どこまでも全体として異なる「歴史」を（推古天皇までであることに配慮していえば、「古代」を）つくるのである。崩年干支とともに『古事記』があらしめようとしたものにおいて見るべきなのは、ひとつではない「古代」（「歴史」）である。

これに対して、崩年干支月日の注が、『古事記』に元来あったことは確かではないといわれるかもしれない。ずっと後になって書き入れられたものだとすれば、『古事記』という作品にとっての意味を、『日本書紀』と並べて見ることはできないのではないかという批判があることも予想される。

それに答えて言えば、まず、いまある『古事記』について考えるしかない。それがテキスト理解の立場である。

ただ、この注の、水に浮いた脂のような違和感はぬぐいがたい。あえていえば、世界をになう天皇に、「御年」を示すことがあって、崩御に紀年を書き入れることも、許容されたのであろうといえるかもしれない。

崩年干支月日の注が、ずっと後になって、たとえば平安時代に下るかもしれない時点で書き入れられたものだという可能性は、否定しえない。そのとき、ことはべつなかたちで問われよう。それは、そのように注をもつこととなった、つまりは、更新された『古事記』（その時代に生きあらたまった『古事記』）の問題として問われるべきなのである。そして、『日本書紀』に対して、異なる「歴史」としてあらしめることをになうと見るべきなのは、そこでもかわらない。

6　八世紀における「古代」構築

『古事記』崩御年干支月日注に見るような、『日本書紀』とは異なる紀年構成の「古代」がありえたと見るべきではないか。それが、平安時代の「歴史」の基盤につながっているととらえるべきではないか。

『法王帝説』にとどめられた資料の古態性も、そうした方向性を支持する。I・Vにおける「治天下」という表現が大宝以後「御宇」が定着する以前のものであり、II―Vを通じて見られる「小治田天皇」等の天皇の呼び方が漢風諡号定着以前のものであることは、指摘されてきた通りである。つまり、七世紀末から八世紀にありえた資料と認めてよい。そこ（V）では、欽明天皇治世四十一年、敏達天皇治世十四年、用明天皇治世三年、崇峻天皇治世四年という。『日本書紀』では、それぞれ三十二年、十四年、二年、五年であり、『日本書紀』とは異なる天皇の配置をもってするものとなっていた。その全体は知られないが、「聖徳太子」に関係する部分だけではなかったと考えてよい。注意したいのは、そうしたかたちで組み立てることがあったということである。紀年自体はVの部分には記されない

（崩年月日はあとからの注記と考えられる）が、ⅡやⅣに紀年をもって記されたものが資料として無縁ではないとすれば――さきに述べたように、複数のテキストによったと考えられるが、漢風諡号定着以前の天皇の称など、関連を排除されない――、それらを成り立たせたものを、「古代」の構築として見ることが必要であろう。むろん、それは、八世紀にありえたものがそのままあったということではない。『日本書紀』に関してもそうであったように、「聖徳太子」について解釈を加え、更新されていって、平安時代の「歴史」の基盤に生きていたと見るべきである。

こうして、いたりつくところ、八世紀における「古代」の構築という問題となる。『古事記』に注記された崩年干支に見るべきもの、『法王帝説』に認めるべきものなどとともに、『日本書紀』として作りあげられるものがあるのだが、その『日本書紀』的位相に対して、他方に『古事記』を見合わせることともなるのだと、はじめにたちもどって、あらためていおう。そうした「古代」構築の複線的追究が、八世紀に見るべきものとしてとらえられるのである。

その八世紀の「古代」構築のなかに、法隆寺の銘文や、「元興寺伽藍縁起并流記資財帳」（「元興寺縁起」）、「法隆寺伽藍縁起并流記資財帳」を定位することができる。

まず、薬師仏造像銘も、天寿国繡帳銘も、七世紀末・八世紀に成されたものである。天寿国繡帳銘については金沢英之「天寿国繡帳銘の成立年代について」（『国語と国文学』七八巻一一号、二〇〇一年）が明確な定位をあたえた。「天寿国繡帳銘」は、『法王帝説』によって知られることとなった資料だが、「天寿国」をかたどった繡帳に、太子薨後に后橘大郎女の発意によって作られることとなった、その由来を記している。しかし、製作年月日についてはいうことがなく、古代の造像銘としては異例であり、「造像銘に仮託した縁起文」と見るべきだということは、東野治之「天皇号の成立年代について」（『正倉院文書と木簡の研究』塙書房、一九七七年。初出一九六九年）が、はやく提起したところであった。金沢論は、銘文中の、太子の母間人大后の忌日の干支のずれから、推古天皇時代のものとは認めがたいことを証し、「縁起文」説をよりたしかにした。繡帳銘には、「歳在辛巳十二月廿一日癸酉日入。孔部間人母王崩」

(86)とある。その干支は、推古朝当時に使用されていたと考えられる元嘉暦では甲戌にあたり、一日のずれを生じる。これは、たんに誤りとするか、推古朝後期当時、唐で施行されていた戊寅暦では合うからそれによったものとするか、論議があった。(23)しかし、誤りといってすむものではなく、戊寅暦は日本で使用された形跡もない。これに対して、金沢論は、『日本書紀』の持統天皇四年（六九〇年）十一月十一日条に、元嘉暦と儀鳳暦とをおこなう（併用する）とあることに徴して、儀鳳暦による計算を試み、辛巳年十二月二十一日が癸酉となることを示したのであった。忌日干支と、造像銘文としての異例さと、あいまって、銘文は、持統天皇時代に製作されたと見るべきことが確認される。

薬師仏造像銘については、「大王天皇」や、「小治田大宮」「東宮聖王」という「大宮」「聖王」が、推古天皇の太子在世時にありえた表現とは考えがたい（福山敏男「法隆寺の金石文に関する二三の問題」『夢殿』一三、一九三五年）。また、薬師像の鋳造技術や造型的分析を通じても、この像そのものが釈迦像より新しいと認められるという（石田尚豊「美術史学の方法と古代史研究」『新版古代の日本10　古代資料研究の方法』角川書店、一九九三年）。作り直された像に刻された縁起文であり、「丁卯年作」というのは、元来の像の製作年であったと考えられる。仏像製作の事情の如何はいまおき、注意したいのは、それが、「東宮聖王」というような、太子像の拡大・上昇のなかにあることであり、釈迦仏造像銘文の「法王」ともかかわりあうものだということである。繡帳銘ともあわせて、七世紀末・八世紀初の太子像の状況がうかがわれるのである。

釈迦仏造像銘をも七世紀末・八世紀初に下げて見ようというのではない。仏像自体は癸未年（六二三年）作を疑うだけのいわれもなく、「法王」というのも薨後直ぐにそうした尊称が生まれたとしてもよい。(24)銘文が刻されたのも、仏像製作と同時であったと認められ（東野治之「ほんとうの聖徳太子」『ものがたり　日本列島に生きた人たち3　文書と記録』岩波書店、二〇〇〇年）、像も銘も推古天皇時代のものとすることに、決定的な支障はない。ただ、大事なのは、その「法王」が、「聖王」と呼んでその発願になるものとしての仏像を薨後にあらためてつくり、あるいは、后に託して天寿国の繡帳を製作するというような、太子を伝説的に拡大してゆくような動きに連なって意味をもつものとしてあったということである。

それは、釈迦仏造像銘の「法興元卅一年辛巳」にかかわって「法興六年」の紀年のもとに、湯岡碑文（『釈日本紀』『万葉集註釈（仙覚）』に引く『伊予国風土記』に見える）があることともあわせていうべきである。「碑文記云」として、「法興六年十月、歳在丙辰、我法王大王与恵忩（『万葉集註釈』では恵慈）法師及葛城臣、逍遥夷与村、正観神井、歎世妙験、欲叙意、聊作碑文一首（以下略）」とある。辛巳と丙辰との差は二十五年、年号と干支とは整合する。しかし、「丙辰」（五九四年）は推古天皇代の初めであり、この時点で太子を「法王大王」と呼ぶのは不審である。伊予国に行ったかどうかという事実はともあれ、碑文は、後代の仮託の作と見るのが妥当であろう。ただ、『伊予国風土記』がこれを引いたこと自体は疑ういわれがない。『風土記』編纂の時代、すなわち、八世紀初頭には、それが存在し、「法王」と呼ぶ太子像がつながっている[25]。釈迦仏造像銘そのものは推古天皇代のものであれ、八世紀初めにおいて、そこから派生するものもあって、そのつながりが太子像を拡大しているのである。

『元興寺縁起』は、百歳の推古天皇が立ち会ったものとして、欽明～推古天皇の範囲で構成される。『元興寺縁起』の書き出しは、

> 揩井等由羅の宮に天の下治しめしし等与弥気賀斯岐夜比売の命の生年一百、歳次癸酉正月九日に、馬屋戸豊聡耳皇子、勅を受けて、元興寺等の本縁及び等与弥気の命の発願、幷びに諸の臣等の発願を記すなり。

とある。

癸酉（六一三年）に百歳を迎えた推古天皇（「等与弥気賀斯岐夜比売の命」）という設定は、『日本書紀』では五五四年の生まれとされるのと合わない。しかし、その『日本書紀』をもって、「ここの記述には潤色がある」（日本思想大系

本頭注）というのはどうか。大事なのは、『日本書紀』とは異なる紀年構成だということである。癸酉の年に百歳だから、五一四年の生まれ。だから、欽明天皇の七年戊午の年（このとき二十五歳ということになる）の仏法伝来の現場に立ち会い、その後の歴史の現場に立ち会ってきた者として語られる。いわば歴史の証言者としての推古天皇（『元興寺縁起』では「大々王」と呼ばれている）を軸にし、その証言を、癸酉年の正月に豊聡耳皇子が聞き取り、書きとめたというかたちである。そこには推古天皇とその時代を特別なものとして見ることがはたらいていたことを見よう。それは、『法王帝説』にも通じるものである。文化国家としての起点を推古朝にもとめる八世紀的認識が、『日本書紀』とは別に、こうした具体的なかたちをもつのである。

仏法伝来のみならず、庚寅年（五七〇年）の難、「堂舎を焼き切り、仏像・経教を難波の江に流せり」ということも、『日本書紀』とは異なる紀年であることに注意したい。堂を焼き、仏像を難波の堀江に流すという破却は、『日本書紀』では、庚寅年にあたる欽明天皇三十一年条ではなく、欽明天皇の十三年（五五二年）十月条、敏達天皇の十四年（五八五年）三月丙戌条に見える。この庚寅年の難についても『法王帝説』と紀年は合致している。ともに、推古天皇の時代を特別なものとして語るテキストの、欽明～推古五代の紀年構成である。『元興寺縁起』は天平十九年（七四七年）に成ったとあるから、その紀年は、八世紀に、『日本書紀』とは別に、『日本書紀』と並んであったのである。その金石文を含めた諸テキスト全体が、『日本書紀』とは別な、「歴史」をになった太子を成り立たせている。

八世紀初めに、複線的に「古代」をもとめる動きのなかに、それをとらえることが必要なのである。八世紀初め、律令国家としての完成を迎えて、その自分たちの世界を確信するための世界の物語がもとめられ、『古事記』『日本書紀』が成った。ともに世界の神話的根拠からはじめて、天皇の「歴史」として自分たちの世界を確認するものである。その「歴史」において、『古事記』と『日本書紀』とでは根本的に異なるのである。位相が違う「古代」世界を構成するというべきなのであるが、『日本書紀』的位相に関してもまたひとつにはならない、複線的な構成があったことを見なければならない。異なった紀年構成をもつテキストがあり、そこに、異なる太子像があったのである(26)。

そうした八世紀の問題が、平安時代の「歴史」の基盤につながっている。解釈を加え、変換・更新されたテキストのなかにあるが、ひとつではない「古代」が、なお保持されてあった。そこに「聖徳太子」は成り立つのであった。

簡略本、要覧のおおくは『日本書紀』の規制のもとにあり、それが『伝暦』に集約されたが、それに対抗的な構成を可能にするものを、孤立的であれ、保っていた。『法王帝説』はそこに成り立ったのだと見届けられる。「聖徳太子」は、変奏される『日本書紀』のなかで成り立たせられるのである。

注

（1）『伝暦』の成立については論議があるが、『本朝月令』『三宝絵』に引用されていることから、十世紀前半には成ってあったものと認められる。

（2）家永は、Ⅲは、太子と妃膳氏とが同日に薨じたという『伝暦』の誤りを破るべき目的をもってなされたものであり、この部分は『伝暦』以後だとするが、太田の批判した通り（「書評　家永三郎博士著「上宮聖徳法王帝説の研究　総論篇」」『太田晶二郎著作集　第二冊』吉川弘文館、一九九一年。初出一九五三年）、『伝暦』以前にはその説がなかったという前提がないと、この判断は成り立たない。以下の本論に論じたごとく、『伝暦』そのものに限定せず、「歴史」の基盤において、『法王帝説』が批判・対抗しようとしたものを見るべきである。

（3）『日本書紀』との相違は、ことがらとしては、すでに狩谷棭斎『法王帝説証注』、家永三郎『上宮聖徳法王帝説の研究』（増訂版、三省堂、一九七〇年。初版一九五一年、一九五三年）にいわれてきたことの再確認である。

（4）小著『複数の「古代」』（講談社現代新書、二〇〇七年）は、この観点から概観したものである。

（5）『論語』と『千字文』との習書木簡に、この二書の、現実におけるありようがよくうかがえよう。参照、東野治之「『論語』『千字文』と藤原宮木簡」（『正倉院文書と木簡の研究』塙書房、一九七七年。初出一九七六年）。

（6）参照、小論「〈聞く〉天皇」（『太田善麿先生追悼論文集　古事記・日本書紀論叢』続群書類従刊行会、一九九九年）。

（7）こうした『古事記』と、七世紀末において、宣命・祝詞・歌等、オーラルなことばの場が新しいかたちで作り出され、元来のことばの世界をあらわしだされることとは、対応するものであったととらえられる。参照、小論「人麻呂作歌の世界」(『セミナー万葉の歌人と作品第三巻　柿本人麻呂(二)』和泉書院、一九九九年)。

(8) 応神天皇の十五年は、文字の伝来した年として、要覧類のなかで定位される。はやく、九八四年、奝然がもたらした「王年代紀」に「応神天皇、甲辰歳、始於百済得中国文字」とあるが(『宋史』日本伝)、それは、『日本書紀』の正当な解釈であったといえよう。

(9) このことは、すでに家永三郎『上宮聖徳法王帝説の研究』に指摘されたところである。

(10) 『三宝絵』は、小泉弘・高橋伸幸『諸本対照　三宝絵集成』(笠間書院、一九八〇年)による。中巻第一話は、「昔上宮太子ト申聖イマシキ」と書き出され(観智院本)、「聖徳太子」とはしないことが留意される。

(11) 『三宝絵』中巻の構成については、参照、小論「『霊異記』と『三宝絵』をめぐって」(『国語と国文学』五〇巻一〇号、一九七三年)。

(12) 新日本古典文学大系『三宝絵』が、「平氏撰聖徳太子上宮記」として、「聖徳太子伝暦のことと思われる」と注するのが支持される。

(13) のちに、『大和本紀』を聖徳太子撰とすることも(『本朝書籍目録』)、この点で注意される。

(14) 『竟宴和歌』の歌と左注とにおいて、ニギハヤヒをめぐる新たな日本紀言説の生成を見るべきことを、徳盛誠「『日本紀竟宴歌』におけるニギハヤヒ」(『国語と国文学』七二巻一〇号、一九九五年)は明らかにした。

(15) そうした『竟宴和歌』『信西日本紀抄』の問題がよくうかがえるのは勝命『序注』(新日本古典文学大系『古今和歌集』付録)である。参照、小論「平安期における「日本紀」」(『古代天皇神話論』若草書房、一九九九年。初出一九九八年)。

(16) 太子伝諸テキストについては、参照、新川登亀男『上宮聖徳太子伝補闕記の研究』(吉川弘文館、一九八〇年)、林幹弥『太子信仰の研究』(吉川弘文館、一九八〇年)、田中嗣人『聖徳太子信仰の成立』(吉川弘文館、一九八三年)、飯田瑞穂『飯田瑞穂著作集1　聖徳太子伝の研究』(吉川弘文館、二〇〇〇年)。

(17) 『雑勘文』は、『日本書紀』巻十九―二十二の四巻を、とくに「別巻四巻」として、これを「暦録」と呼んだのだと解する(下三)。

(18) 『伝暦』が、『日本書紀』でなく、『暦録』によって紀年構成を成り立たせると見る方向は、すでに、北川康雄「『聖徳太子伝暦』編年考」(『日本書紀研究』一六、塙書房、一九八七年)、堀内秀晃「太子伝と『日本書紀』」(『国語と国文学』七一巻一一号、一九九四年）が示したところである。

(19)『聖徳太子伝古今目録抄』は、荻野三七彦『聖徳太子伝古今目録抄』（法隆寺、一九三七年）による。なお、同じ記事が奥書に載る、『伝暦』古写本があるという。参照、阿部隆一「室町以前成立聖徳太子伝記類書誌」（『聖徳太子論集』平楽寺書店、一九七一年）、林幹弥「太子信仰と聖徳太子伝」（『解釈と鑑賞』五四巻一〇号、一九八九年）。

(20) 参照、注(16)前掲林幹弥『太子信仰の研究』、注(19)前掲「太子信仰と聖徳太子伝」。

(21)『伝暦』と『補闕記』との相違については、注(18)前掲堀内秀晃「太子伝と『日本書紀』」の整理がある。

(22)『伝暦』は、『補闕記』によったところ（三経疏にかかわる項など）において日まで記し、全体の紀年のなかで不釣り合いを生じている。

(23) 参照、宮田俊彦「天寿国繍帳銘成立私考」（『史学雑誌』四七巻七号、一九三六年）、飯田瑞穂「天寿国繍帳銘をめぐって」（注(16)前掲『飯田瑞穂著作集1　聖徳太子伝の研究』初出一九六五年）。

(24) 福山敏雄「法隆寺の金石文に関する二三の問題」（『夢殿』一三、一九三五年）は、「法王」の語、「法興元」の年号から、推古朝当時のものとして見ることに不審を呈するが、決定的とはいいがたい。

(25)『伊予国風土記』逸文には、伊予の湯への天皇たちの行幸を五度とし、「上宮の聖徳の皇子」を、その一度とかぞえる。天皇に準じてあつかわれているのである。また、『令集解』「公式令」平出条に引く「古記」に、天皇謚の例として、「一に云ふ、上宮太子を聖徳王と称するの類なり」とある。彼此あわせて、八世紀前半には天皇の列におかれる存在として、特別化されていたと見るべきであろう。

(26) そこでは、何が正しいかというかたちで、「事実」がもとめられるべきではないのである。

［二］「皇代記」の世界

1　要覧の役割

『日本書紀』を簡略化して再編したもの（簡略本）とともに、要覧ないし便覧というべきテキストが、『日本書紀』そのものにかわって「古代」認識をになうことについてあらためて目をむけたい。

『古事記』『日本書紀』は、それぞれの「古代」を成り立たせる（小著『複数の「古代」』講談社現代新書、二〇〇七年）。複数の「古代」というべきだが、その古代の「古代」は、歴史のなかで変奏されてゆく。「古代」はつくり直されるのであり、時代時代の「古代」（それをふくめて、複数の「古代」だと言おう）を見なければならない。それは、テキストの運動を通じてなされるものである。

現実の古代

テキストにおいて成り立つ

古代の「古代」……テキストの運動による変奏……

平安時代の「古代」　中世の「古代」

右のように図式化されるが、そこにおいて、要覧がはたしていた役割はおおきい。

現存する要覧テキストは中世以後のものであり、「皇代記」「年代記」の名を負う。(1)「帝王系図」の称のあったことも、逸文から知られる。『国史大辞典』は「年代記」の項においてあつかうのであるが、天皇の代々の要覧をいうものとしてふさわしく、標準的であったと見てよい「皇代記」の呼称を、ここでは用いることとする。

平安時代についていえば、一一七〇年頃の『簾中抄』は、鳥羽天皇の皇女暲子のためにわきまえておくべき教養をまとめたものであるが（『塵添壒囊抄』）、その「帝王御次第」は要覧そのものである。要覧がそのまま取り込まれた（女性を対象とするから仮名化されている）と見てよい。それが、「歴史」を学ぶためのテキストなのであった。その『簾中抄』と『愚管抄』（十三世紀前半）巻一、二「皇帝年代記」とはきわめて近しい。『愚管抄』も、『簾中抄』のような要覧を基盤とするのである。(2)さらに、『扶桑略記』（十二世紀初）の土台が要覧であったことは、平田俊春『日本古典の成立の研究』（日本書院、一九五九年）があきらかにしたとおりである（参照、本書I四『扶桑略記』の位置）。

それらを通じて平安時代末の状況はうかがえるが、陽明文庫本『序注』（勝命、一一六七年か。新日本古典文学大系『古今和歌集』付）もなお加えよう。『古今集』真名序において和歌の歴史をふりかえるところ、「神世七代」や「昔平城天子、詔侍臣、令撰万葉集。自爾以来、時歴十代、数過百年」に注するとき、要覧によっているのである。「神世七代」については「天神七代地神五代」として定型化された「皇代記」の冒頭を掲げ、「時歴十代」には聖武天皇から醍醐天皇までをあげるが、治世年数・名・父母・宮・御年など最小限の要件を記す要覧から書き抜くのであった。(3)実際に「歴史」を見る場として、要覧が役割をはたしていたのだと認められる。

こうした要覧が『日本書紀』から抽出して簡略化して成るものではないことは、『日本書紀』では半数以下にとどまる御年を、用明・孝徳・天智・天武・持統天皇ら幾人かをのぞく天皇について示し、しかも、『日本書紀』が「若干」とするのに対して具体的な数字を示すということなどにあきらかであろう。平田俊春前掲書に、詳細な「年代記宝算対比表」が付されているが、いま、その表にはあげられなかった『簾中抄』と、『日本書紀』との対比を示しておく。

	『日本書紀』（空欄は記述のないもの）	『簾中抄』
神武	一二七	一二七
綏靖	八四	八四
安寧	五七	五八
懿徳		七七
孝昭		一二〇
孝安		一三七
孝霊		一一〇
孝元		一一七
開化	一一五（一云）	一一五
崇神	一二〇	一二〇
垂仁	一四〇	一三〇
景行	一〇六	一〇六
成務	一〇七	一〇七
仲哀	五二	五二
神功	一〇〇	一〇〇
応神	一一〇	一一〇
仁徳		一一〇
履中	七〇	七〇
反正		六〇
允恭	若干	八〇

安康		五六
雄略		一〇四
清寧	若干	四二
顕宗		四八
仁賢		五〇
武烈		五七
継体	八二	八二
安閑	七〇	七〇
宣化	七三	七三
欽明	若干	六三
敏達		四八
用明		
崇峻		七三
推古	七五（注）	七三
舒明		四九
皇極		
孝徳		
斉明		六八
天智		
天武		
持統		

加えて、要件の一つである宮に関しても、欽明以降には相違が見られる。欽明天皇・「磯城嶋金刺宮」（紀）―「磯城

島宮」（簾）、敏達天皇・「幸玉宮」（紀）―「磐余譯語田宮」（簾）、舒明天皇・「岡本宮」（紀）―「高市岡本宮」（簾）、皇極天皇・「飛鳥板蓋宮」（紀）―「明日香河原宮」（簾）、斉明天皇・「後飛鳥岡本宮」（紀）―「後岡本宮」（簾）と、相違を呈するのである。[4]『日本書紀』の簡略化とは別に見るべきことを再確認しよう。

要覧の発生が奈良時代にさかのぼると見られることはさきにふれた（本書Ⅰ四『扶桑略記』の位置）。それが、九八四年に入宋した奝然の献じた「王年代紀」一巻や、一〇七二年（熈寧五年）に入宋した成尋が、皇帝に対して「本国世系」を答えたときのもとにあったものにつながる。ともに天皇の系譜を神の血統をつぐものとする。ただし、両者の神統譜はおおきく異なる。「王年代紀」は、

初主号天御中主、次曰天村雲尊、其後皆以尊為号、次天八重雲尊、次天弥聞尊、次天忍勝尊、次瞻波尊、次万魂尊、次利利魂尊、次国狭槌尊、次角龔魂尊、次汲津丹尊、次面垂見尊、次国常立尊、次天鑑尊、次天万尊、次沫名杵尊、次伊奘諾尊、次素戔烏尊、次天照大神尊、次正哉吾勝速日天押穂耳尊、次天彦尊、次炎尊、次彦瀲尊、凡二十三世、並都於筑紫日向宮、（『宋史』日本伝）

とあって、天御中主からはじまる系譜は、『日本書紀』とも『古事記』とも異なり、特異な神々が連なる。成尋の答えた「本国世系」は、

答。本国世系神代七代。第一国常立尊。第二伊奘諾伊奘冊尊。第三大日孁貴亦名天照大神。日天子始生為帝王。後登高天照天下。故名大日本国。第四正勝尊。第五彦尊。治三十一万八千五百四十二年。前王太子也。第六彦火々出見尊。治六十三万七千八百九十二年。前王第二子也。第七彦瀲尊。治八十三万六千四十二年。次人代第一神武天皇。治八十七年。前王第四子也。七十一代今上国主。皆承神氏。（『参天台五台山記』。大日本仏教全書による）

とある。これも独自な七代である。注意されるのは、天降った三代に治世年数を示すことである。『日本書紀』の神武天皇の東征の詔のなかに「自天祖降跡以逮、于今一百七十九万二千四百七十余歳」とあるのをふりわけたものであ

る。

「皇代記」において、神統譜は、天神七代（国常立尊、国狭槌尊、豊斟渟尊、泥土瓊尊・沙土尊、大戸之道尊・大戸間辺尊、面足尊・惶根尊、伊奘諾尊・伊奘冊尊）地神五代（天照大神、正哉吾勝々速日天忍穂耳尊、天津彦々火瓊々杵尊、彦火々出見尊、彦波瀲武鸕鷀草葺不合尊）として定式化し、ニニギ以下三代の治世年数を付すことも定型化してゆく（数字はテキスト間で小異がある）。それは強固な定型としてあったものだが、そうした定型にいたるまでに、なお流動的であったことを、平安時代の奝然や成尋の背景に見ることができよう。

2 「皇代記」の「古代」――平安時代

平安時代の「皇代記」がどのような「古代」を成り立たせるものであったか。『簾中抄』と『扶桑略記』（その土台となった要覧）を中心に見てゆこう。

そこには、天皇の代々をおって、治世年数・続柄・元年の干支・宮・崩御年月・御年等、最小限の要件を記すのだが、記事としてあるものは、制度のはじまりを確認することへの強い志向を有するのであった。自分たちにつながる制度をどうつくってきたかを「歴史」に定位することが機軸だといってよい。

それが講書や簡略本とかかわり合うのでもあった。

たとえば、『日本書紀』景行天皇五十一年八月己酉朔壬子（四日）に、稚足彦命を立てて皇太子とし、この日武内宿禰を「棟梁の臣」としたとある。『釈日本紀』に引く「私記」は、「棟梁の臣」について、「大臣の始と謂ふべきか」とし、講書は、大臣制度の起源をここにもとめる。『日本書紀』の、景行天皇五十一年条の「棟梁の臣」と成務天皇三年条の「武内宿禰を以て、大臣としたまふ」（『日本書紀』における「大臣」の初出）とを結びあわせ、大臣の制度の起源をもとめたのである。解釈であり、変奏というべきであるが、この解釈は、『水鏡』成務天皇条に、「武内この御時三年と申ししにぞ、大臣になり給へりし。大臣と申す事はこれより始まれり。元は棟梁の臣と申しき、これもた丶大臣とおなじことなり、官の名をかへ給ひしばかりなり」とあるのにつながっている。『扶桑略記』はこの部分は抄本しか残っていないが、『水鏡』は『扶桑略記』に基づくから、『扶桑略記』にもそうあったと認めてよい。土台となった要覧の記事と認められるのであるが、おなじ要覧の『簾中抄』「帝王御次第」景行天皇条に、「此御時武内宿禰を大臣とす。是大臣のはじめ也」と、軌を一にする。

また、辛酉年に神武天皇が即位したことについて、『革命勘文』は「周の僖王三年に当たる」と注する。もとより『日本書紀』そのものにはなかった記事であり、中国王朝との対照関係において日本王朝の始発を定位しようという、これも解釈にほかならない。『革命勘文』のもととなったのは簡略本だが、奝然の「王年代紀」に「即位の元年甲寅は、周の僖王の時に当たるなり」とあったことを想起せねばなるまい。また、『愚管抄』「皇帝年代記」にも、「元年辛酉歳。如来滅後二百九十年ニ相当云々。又相当周世第十六代主僖王三年云々。一説以周恵王十七年辛酉当之」とあった。(5) 簡略本と要覧とにまたがってあらわれる解釈なのである。なお、中世の「皇代記」に和漢対照のかたちが一般化することについては、後述する。

変奏された「古代」という点で、根幹にかかわるのは、天皇の問題であるが、「皇代記」の世界では、『日本書紀』とは異なる天皇を見ることに注意したい。

その一は、「神功天皇」である。『日本書紀』は神功皇后を天皇とおなじ列に置く（『古事記』にあっては仲哀天皇の巻のなかに取り込まれ、天皇扱いはしない。御年と御陵とを注記するという点で特別な待遇を示すにとどまる）。天皇と同様の前紀があり、紀年構成をになうのである。その治世紀年によって記述し、崩御と御陵の記述も天皇とおなじである。第十五代として天皇代に数えるのが、簡略本・要覧のすべてにつらぬかれる所以である（それは近世の庶民を対象とした掌中判の要覧にいたるまでかわらない)。

ただし、あくまで「皇后」と呼び、辛巳年を「摂政元年」として、天皇とは一線を画すのが、簡略本・要覧を通じて一般的であった。

そのなかに、神功を天皇と呼ぶ「皇代記」の一類があった。奝然の「王年代紀」に、「次は神功天皇、開化天皇の曾孫女なり。またこれを息長足姫天皇という。国人言う、今、奈良姫大神となすと」とあり、『扶桑略記』もまた、神功を天皇として立てるのである。

『扶桑略記』に即して言えば、標題に天皇とあり、「天皇春秋百歳崩」とあって、他の天皇とおなじ体裁による。しかし、記事には「皇后」とある。たとえば、

十月。群臣尊皇后。曰皇太后。即令摂政天下。以大和国十市郡磐余稚桜宮。為其宮都。

のごとくである。「前後の矛盾を顧みない」(坂本太郎『大化改新の研究』至文堂、一九三八年)とその杜撰をいわれる所以であるが、平田俊春『私撰国史の批判的研究』(国書刊行会、一九八二年)は、「(天皇は)原年代記のままに忠実に記しておくと共に、その間の本文には『日本書紀』の記事を抄記挿入した」と、土台となった「皇代記」の問題として見ることを明確にした。ただ、『扶桑略記』が、『日本書紀』を抄出したのでなく、簡略本によるのであったことは、さきにのべた(本書I四『扶桑略記』の位置)。当該の文についていえば、『日本書紀』には、

冬十月癸亥朔甲子、群臣尊皇后曰皇太后。是年也、太歳辛巳。即為摂政元年。(中略)三年春正月丙戌朔戊子、立誉田別皇子、為皇太子。因以、都於磐余。是謂若桜宮。

とある。『扶桑略記』において、摂政をめぐる文脈のみならず、宮号とその紀年に相違を生じた再構成となっているのは、杜撰によるのでなく、依拠した簡略本にそうあったからにほかならない。

ともあれ、「神功天皇」とすることは、「皇代記」のなかに確固としてあった。時代がくだるが、『海東諸国紀』(一

四七一年）の「日本国紀」に吸収された「皇代記」に「神功天皇」とあることも加えよう。神功を第十五代として天皇の列におき、「天皇」と呼ぶこともあるのが、平安時代の「古代」なのであった。

その二は、「飯豊天皇」である。『古事記』にも『日本書紀』にも見えない天皇が、「皇代記」の世界では流布していた。これも、『扶桑略記』が天皇として、清寧天皇の次に第二十四代として立てる。『日本書紀』は、清寧崩後弘計王と億計王とが皇位を譲りあい空位となったので、飯豊青皇女が「忍海角刺宮」に「臨朝秉政」したという（顕宗天皇即位前紀）。皇女は、十一月に「崩」じ、「葛城埴口丘陵」に葬ったとあるが、この皇女を天皇の列に置くのである。「宮」「崩」「陵」とあるのは、『日本書紀』の用字からすれば、天皇待遇といってよく、特別な扱いである。天皇とするのはこうした根拠があってのことである。

なお、飯豊「崩」後、翌年一月に顕宗天皇が群臣の要請をうけて即位したとあり、それは、兄億計王のひたすらなことばに動かされてのことであったと『日本書紀』は述べる。『扶桑略記』顕宗天皇条には、

爰皇太子。弁大臣大連等嘆息云。天位不可久空。再三固請。仍不堪兄皇太子弁群臣等志。乙丑年正月一日。遂以即天皇位。

とあって、文言も文脈もおおきく異なる。これも直接『日本書紀』によったとは言えないことはあきらかである。

ただ、この「飯豊天皇」は、『扶桑略記』にあっても問題的だと意識されていた。

此天皇。不載諸皇之系図。但和銅五年上奏日本紀載之。仍註伝之。諸本有无不同也。

いうところの「和銅五年上奏日本紀」が何であるかをめぐって論議があるが（参照、前掲平田俊春『日本古典の成立の研究』）、いま、そのことには立ち入らないで、天皇としてあらわれることの問題にしぼる。

「諸本有无不同也」というとおり、『簾中抄』にはなにもふれるところがない。ただ、そうしたなかで、この天皇の存在が、平安時代のみならず中世・近世までの人々の「歴史」にとってちいさくない問題であったことを見なければ

ならない。『扶桑略記』をうける『水鏡』が第二十四代飯豊天皇を立てるのは当然と言えるかもしれないが、『愚管抄』が、「皇帝年代記」において天皇代には数えないという態度をとった上で、「両所互譲給之間。御姉妹ノ女帝ヲ奉立云々。号飯豊天皇云々。二月即位。十一月崩御シ給云々。常之皇代記之略歟」という（巻三にも、このことをややくわしく述べる）。くだって、『歴代皇紀』『皇年代略記』にも、問題をいいながら天皇として掲げるという扱いなのであった。また、『一代要記』『神皇正統記』も、天皇と呼びながら、代数には入れない。『神皇正統記』には、

御兄仁賢先位に即給べかりしを、相共に譲ましましかば、同母の御姉飯豊の尊しばらく位に居給き。されどやがて顕宗定りましましによりて、飯豊天皇をば日嗣にはかぞへたてまつらぬなり。

とある。「飯豊天皇」は無視できないのであった（後述するように、江戸時代の『日本王代一覧』にも「天皇」と呼んで言及するのである）。

その三は「大友天皇」である。『扶桑略記』は、天智天皇の十年十月に太政大臣であった大友皇子を皇太子に立て、十二月三日に天皇が崩じた翌々日五日に即位したという。『日本書紀』には立太子のことも、即位のことも見えない。『水鏡』をのぞいてこれをうけるものもなく、「皇代記」にあっても「天皇」として扱うものもない。ただ、伴信友『長等の山風』（『伴信友全集』第四、ぺりかん社、一九七七年覆刻）が、即位の証として諸書をあげたなかに、『大鏡』に、大友皇子が正月に太政大臣になり、その年十二月に即位したとあることは注意されてよい（第一巻および第五巻）。『大鏡』は大友が即位したのが天武天皇だともいうのであって、話は単純ではないが、大友即位をいうことが、平安時代において意味をもつものであったことを見過ごすことはできない。

大友皇子を天皇として認めて弘文天皇と諡したのは明治三年のことであり、(6)『大日本史』の主張が背景にあったことはよく知られているが、それは、はやく、「皇代記」の世界の問題なのであった。

以上のような天皇の問題とともに、『日本書紀』には見られない年号が、『簾中抄』『扶桑略記』の、天武・持統・

文武天皇代にあらわれることに注意したい。

『簾中抄』は、天武天皇に「年号あり。朱雀一年、白鳳十三年、朱鳥一年」、持統天皇に「年号あり。朱鳥ののこり七年、大化四年」とし、大化三年に文武天皇に譲位したとする。大化のこり一年は文武天皇治世ということになる。『扶桑略記』には、天武天皇の元年壬申の八月に朱雀元年とし、二年三月に白鳳と改元、「白鳳は合して十四年に至る」といい、十五年七月に朱鳥元年と改めたとある。持統天皇については年号にかかわる記事がなく、文武天皇条は、その五年に大宝元年と改めたとして、以後、大宝・慶雲の年号による。白鳳の年数に食い違いがあるが（『帝王編記』が、白鳳十四年として『扶桑略記』とおなじ）、朱雀一年、白鳳十三年（以上は天武）、朱鳥八年（天武一年、持統七年）、大化四年（持統三年、文武一年）というのが、『愚管抄』『一代要記』『歴代皇紀』群書類従本『皇代記』等にまで共通している。

言うまでもなく、『日本書紀』には、孝徳天皇の大化、白雉と天武天皇十五年の朱鳥元年（この一年のみ）とが大宝に先だってあるが、それとは異なる年号である。後述するように、中世の「皇代記」には、さらに継体天皇以後の多様な年号を見るがこれらは性格を異にする。朱雀も白鳳も奈良時代の公文書や正史にあらわれ、中世的なものとは違うのである。

すなわち、天平九年の太政官奏に「従白鳳年迄淡海天朝」とあり（『類聚三代格』）、『続日本紀』神亀元年十月丁亥治部省奏言の詔報に「白鳳以来朱雀以前。年代玄遠。尋問難明」とある。

これにかんしては、坂本太郎「白鳳朱雀年号考」（『日本古代史の基礎的研究下　制度篇』東京大学出版会、一九六四年。初出一九二八年）の明解な論がある。坂本説によれば、白鳳については、奈良時代末のものである『家伝』「大織冠伝」に、孝徳天皇の崩御を白鳳五年にかける記述があり、天智天皇以前のこととする天平九年の太政官奏ともども、孝徳の白雉が白鳳とも呼ばれたと考えられ、一方、天武の白鳳は奈良時代の文献に例を見ず、後に、白雉とは別にあったものだと解して、「皇代記」類において生じたと見られる。朱雀は、白雉―白鳳とおなじく、朱鳥を転換して生じたと、『参考熱田大神宮縁起』に「天渟中原瀛真人天皇朱雀元年丙戌」（丙戌は天武十五年＝朱鳥元年にあたる）とあることを傍証として、認めることができる。

坂本説は歴史的成立の認識として正当であろう。ただ、いま、大事なのは、成立の事情はどうであれ、『日本書紀』とは異なって、天武朝に白鳳の年号がおこなわれ、また、朱鳥が天武・持統の両天皇にかかり、持統・文武両朝に大化の年号がおこなわれていたというのが、「皇代記」の「古代」であったということである。そこに平安時代の人々にとっての「古代」があったのである。

3　中世の「皇代記」

中世以後も、「皇代記」は「歴史」の現場でありつづけた。数多くの「皇代記」がのこされ、その多様さと流布とが知られるが、かれらの「歴史」を見る実際の場はそこにあったことに注意しよう。

実際の場というのは、「歴史」をたしかめようとするときに役をはたしたという謂いである。

その点で、注釈の場にあったものが注目される。たとえば、『古今集』仮名序が和歌の歴史について述べるなかに、「難波津の歌はみかどのおほんはじめなり」とあるが、それについて、所謂古注がウジノワキイラツコとの皇位の譲り合いをいうのに対して、京都大学蔵『古今集註』（『為相注』。十三世紀末。京都大学国語国文資料叢書四八、一九八四年）は、「皇代記」によって仁徳天皇を「歴史」のなかにふりかえる。

「みかどのおほんはじめ」について、(1)帝を歌によむのがこの歌からはじまった、(2)位につきはじめたときの歌である、(3)天神七代地神五代のあいだにも仁徳のような賢王はいなかった、という三義を示し、「その、天神地神十二代神代、ならひに、人王十七代までのあらあらしるし申侍るへし」として、天神七代地神五代から仁徳天皇にいたるまで、「皇代記」をまるごと取り込んでゆくのである。

こころみに、孝霊天皇の条を取り出して見れば、

第七孝霊天皇

此帝は、孝安の太子也。御母、皇太后姉押姫也。此押姫は、天足彦押人命之女也。七十六年世をたもちて、御命は百十歳沽おはしましき。治世五年乙亥、近江水海湛始。同三十六年丙午大唐秦代興。

とある。これを、『簾中抄』に、

孝霊天皇　治七十六年　御年百十

孝安太子。同七十六年に東宮とす。母皇后姉押姫命。天足彦国押人命のむすめ。大日本根子彦太瓊と名付く。

黒田廬戸の宮にをはします。きさき五人男女の御子六人。

とあるのと対照すれば、おなじ体裁であるが、(7)『為相注』には琵琶湖のはじめを言うことや中国王朝との対比のあることが注意される。琵琶湖のことは、『歴代皇紀』『帝王編年記』（前者は書き継がれたが、ともに十四世紀後半に成ったと見られる）にも記される。『為相注』に引く「皇代記」には、綏靖天皇三年に「踏山陽道」、懿徳天皇九年に「踏出山陽道」、孝元天皇五年に「東海道踏始」、同十三年に「南海道踏はしむ」とあって（『簾中抄』にはない）、天皇の世界の成り立ちを確認しようとする起源記事が拡大されていることを見る。『歴代皇紀』等ともども、そうした拡大をもつものによって、かれらの「古代」認識はつくられていたのである。

また、『聖徳太子平氏伝雑勘文』（十四世紀初）にあらわれたところにも、状況はよくうかがえる。『雑勘文』は、『聖徳太子伝暦』の本文の語句・事項を取り出して、関連する文献から記事を抽出するというかたちでなされる。その上一に、「欽明天皇御代事」として、年表のかたちで記されたものは、一部取り出せば、

元年庚申三月。蝦夷隼人竝率衆帰附。八月。高麗。百済。新羅。任那竝遣使献竝修貢職。召集秦人漢人等諸蕃投化者。安置国郡。編貫戸籍。秦人戸数惣七千五十三戸。以大蔵掾為秦伴造。文

十二月即位。正月。有司請立正妃。

皇代記云。高麗。百済。新羅。任那朝貢。文

二年辛酉明要元年。十一年アリ。

旧事本紀云。秋七月。都遷磯城嶋。謂金刺宮。文

日本記云。二年三月納五妃。文

三年壬戌

四年癸亥

五年甲子

扶桑略記云。五年甲子三月。百済来自伐得新羅。文

六年乙丑

七年丙寅

扶桑略記云。七年丙寅正月。百済国使帰。賜良馬七十疋。船十隻。

同年。高麗大乱。凡闘死者二千余人。文

八年丁卯

九年戊辰

十年己巳

十一年庚午

十二年辛未春三月。以麦種一千斛。賜百済王。

扶桑略記云。是歳率衆及二国兵。二国者。新羅。任那也。往伐高麗。文

十三年壬申貴楽元年。二年アリ。

（以下略。十三年条には、仏法伝来について、「皇代記」「扶桑略記」「日本記」を引く。）

といった体である。年表型の「皇代記」（たとえば『如是院年代記』の体裁はそうであった）を土台に、『扶桑略記』等から書き入れるのである。それが、かれらの「古代」なのであった。

別な例として、十四世紀後半の『河海抄』もあげよう。周知のように『源氏物語』の注釈であるが、「準拠」として、物語のなかの事項を「歴史」と対応させる。そのとき「皇代記」によるのだということを見なければならない。このことについては、すでに吉森佳奈子「皇代記類と『河海抄』」（『説話論集』第一四集、清文堂出版、二〇〇四年）の詳細な考察がある。『河海抄』が、「皇代記」によって歴史上の例をあげることは吉森があきらかにしたとおりであるが、いま、具体的な一例として、桐壺巻において、桐壺更衣の「ちゝの大納言」に、

天武天皇元年改御史大夫蘇我果安巨勢比登臣紀大人臣已上三人始任大納言（玉上琢彌編『紫明抄　河海抄』による）

とあるのを取り上げて見る。

『日本書紀』天智天皇十年正月条に、この三人を御史大夫としたという記事がある。しかし、これを改めて大納言としたということは、天武元年条には見えない。但し、その「御史大夫」の下に「御史は蓋し今の大納言か」と注記し、天武天皇元年八月二十五日条に「大納言巨勢臣比等」等を配流したとあるから、御史大夫を改めて大納言としたとし、大納言の起源と見る解釈は必然と言える。

そうした大納言制度の起源が「皇代記」に記されるのであった。『扶桑略記』の天智天皇十年正月五日に、大友皇子をはじめて太政大臣としたこととともに、「同日。始置大納言」とあり（前掲平田俊春『日本古典の成立の研究』が、

土台となった「年代記」の記事と認めた部分である)、群書類従本『皇代記』天智天皇条に、「十年辛未正月大友皇子始任太政大臣。始置御史大夫。施行冠位法度之事。五日始置大納言」とある。「皇代記」の世界では、天智朝が、太政大臣と大納言の制度の始まりに位置づけられていたのである。

ただ、一方で、『愚管抄』「皇帝年代記」に「大納言蘇我果安。元年八月坐事被誅。大納言起自此。于時五人云々」とし、『歴代皇紀』には、天武天皇条に、果安は「元年改御史大官号為大納言」、比登臣は「果安同時改御史大夫為大納言」、紀大夫臣は「元年改為大納言」とある。『一代要記』にも、三人を大納言としてあげ、果安を、「元年改御史大号為大納言」という。「皇代記」の世界では、大納言の起源を、壬申の年のこととして、天武天皇の元年とするのでもあった。『二中歴』「公卿歴」に「大納言　浄原天皇(天武)元年改御史大夫果安等為大納言」とあって、天武元年を大納言の起源とすることもあわせ見られるべきであろう。

『濫觴抄』「太政大臣　附大納言」の項に、「(天智天皇十年辛未正月)又始置大納言三人云々。或云。天武元年壬申置之」とあるごとく、大納言起源は両説がおこなわれていたのである。

いずれにしても、この『河海抄』の記事は、「皇代記」を引いたのに相違ない。

注釈の場を取り上げてきたが、このように、「歴史」を見ようとするとき、「皇代記」によるのであった。

さらに、『神皇正統記』がみずから「皇代記」によったと言い、実際そうであったと認められ(参照、平田俊春『神皇正統記の基礎的研究』雄山閣出版、一九七九年)、『塵荊鈔』(一四八二年)第七「吾朝人皇世系事」に、人皇第一代神武天皇から百四代後花園天皇にいたる「皇代記」がまるごと取り込まれていること等もあわせて、「皇代記」が「歴史」の現場なのだとあらためて言おう。

4　「世界史」化される「皇代記」

中世「皇代記」にあって、注目されるのは、さきに掲げた『聖徳太子平氏伝雑勘文』引用の「皇代記」に見るように、平安時代の『扶桑略記』などにあった朱雀・白鳳・朱鳥の年号をはるかにこえて、「明要」「貴楽」等、『日本書紀』には見られない年号が多数あらわれることである。『二中歴』「年代歴」に一覧化されているが、それは、中世的特徴というべきである。江戸時代に、古代年号、逸年号、私年号、九州年号、偽年号などと呼ばれて、考証家の関心の対象となり、藤貞幹『逸号年表』のごとき一覧化の試みもあったが、伴信友『長等の山風』付録二「年号の論」が、資料を博捜し、「僧徒の作」と断じたのが、当たっていよう。

そして、中世「皇代記」の本質的特徴として注意されるのは、前掲平田俊春『日本古典の成立の研究』のいう「世界史的立場」である。平田は、『扶桑略記』の「史的意義」を五点にまとめ、その第五として、

第五に注意すべきは、世界史的立場をとっていることである。すなわち各所においてインドの年代を記し、中国の年号とも対比して、それぞれの国の記事をも抄記している。これは仏教中心という立場が自ら然らしめたところであるが、かかる和漢対照の歴史書はこれが最初であり、こののちの年代記に大きな影響を及ぼしたところであった。

という。

その「世界史的立場」は、『帝王編年記』もおなじであり、さきに引いた『為相注』のなかの「皇代記」孝霊天皇条に、「同三十六年丙午大唐秦代興」とあったことも想起しつつ、『塵荊鈔』第七に取り込まれた「皇代記」の孝霊天皇には、

七代孝霊天皇。孝安ノ太子、大日本根子彦太瓊天皇。御母姉押姫、天足彦国押人命之女也。卅五而即位。元年辛

未、唐周赦王廿五年ニ当。此宇五年乙亥ニ近江水湖ト成。大和黒田廬戸宮ニ居。天下ヲ治、七十六年、寿百十歳ニシテ崩。（中略）卅六年丙午、秦昭襄王元年也。四十一年辛亥、孝文王元年ナリ。四十二年壬子、荘襄王元年也。四十五年乙卯、始皇元年ナリ。七十年庚辰、始皇廿八（六）年ニ六国平ゲ、天下ヲ併セテ始皇帝ト称ス。（古典文庫による）

と、中国王朝との対照がおおきく拡大されるという状況にも通じて言われるべきであろう。

そこにあるのは、世界認識の枠組みの問題である。『革命勘文』のもとになった簡略本にも、神武元年を周の僖王治世に対比することはあったが、それとは異なる意義を、対照記事の密度が高く、インドまで広げることに見なければならない。世界認識の枠組みの問題というのは、仏教的世界像がそのベースにあるからである。

元来『日本書紀』にあったのは、古代帝国的世界像であった。朝鮮諸国を藩国として服従させ、中国王朝と対峙して、東アジアにおいて一つの文化世界としてあった「日本」王朝の「歴史」を語ろうとするのが『日本書紀』である（参照、小著『複数の「古代」』講談社現代新書、二〇〇七年）。そこに、インドまでは含みようがない。

しかし、仏教的世界観は、天竺・震旦・本朝を同時所成の一世界としてとらえる。『水鏡』「序」において、仙人が、『倶舎論』をもとに世界の生成・消滅を説く、かなり長い叙述があるが、『塵荊鈔』第六に、

凡大蔵起世阿含等経弁倶舎論ヲ見侍ニ、三千世界成劫ノ初、大雨降リ湛ヘテ三禅天迄浸シケルヲ、随藍風力是ヲ吹堅メテ漚ト作。此時ヨリ諸天ノ宮殿八万由旬、須弥山四大部州一時ニ出現シ、其余残ノ水大海ト成也。吾朝粟散辺地ナリト云ドモ、同時所成ノ世界ナルベシ。

というのが、端的に要をつくしている。天竺・震旦・本朝は、ひとつの世界であった。「歴史」はそのなかに定位されねばならない。そのために、三国対照のかたちは必然なのであった。「和漢」「三国」を名に冠する、対照型の「皇代記」の出現（「世界史」化、といってよい）はその必然の結果である。

そして、近世においても、仏教的世界像とは別に、その形自体は生きつづける。

5　生きつづける「皇代記」

「皇代記」は江戸時代にも生きつづける。『本朝通鑑』や『大日本史』のような公的な修史に浸透するだけでなく、むしろ、それが底辺をおおきく広げて「歴史」の基盤となってゆくことを見なければならない。

『大日本史』についていえば、第十五代神功皇后（ないし、神功天皇）を、天皇代の列から降し、大友皇子を天皇として認めるという特色を有するものとして知られる。神功の扱いは、「皇代記」の世界が確固として保持してきた神功の位置を覆すものであった。しかし、『大日本史』は、全体として、むしろ「皇代記」に立脚するともいえるのである。

さきに掲げたように、『日本書紀』に天皇の御年が記されるのは、半数に満たない。『大日本史』はすべての天皇に御年を示そうとするが、そのとき根拠とするのは、「皇代記」なのである。懿徳天皇に例をとっていえば、「三十四年甲子、秋九月八日辛未、天皇崩、年七十七」と本文を立てたうえで、「七十七」についてこう注記する。

本書享年闕、今拠水鏡、皇代記、皇年代略記、及本書立為太子年十六之文。〇古事記曰、肆拾伍歳（大日本雄弁会刊本による）

要するに「皇代記」によりつつ、安寧天皇の十一年に年十六で皇太子となったとあることから計算しても合致するというのである。安寧治世は三十八年だから、安寧崩時四十三で、即位時の年齢が四十四となり、治世が三十四年で、享年は七十七となる。ただ、仁徳天皇のように、「皇代記」の享年百十歳説をとると、記事とのあいだで矛盾を生じる場合や、説が分かれていて決しがたい場合には御年を示さないのだが、「皇代記」は排除されないこと、見るとおりである。

大友即位にしても、よりどころとするのは、『水鏡』や『大鏡』なのであった。「五日丁卯、皇太子即天皇位」とし、注記して、「五日以下、水鏡、立坊次第、○按大鏡亦曰、為太政大臣、其年為帝」とある。また、大海人皇子が出家した後、大友が皇太子に立ったという、『日本書紀』に見えない記事を立てるについても、「皇太子、拠水鏡」というのである。「皇代記」は、『大日本史』の基盤なのであった(8)。

『本朝通鑑』も、『日本書紀』に記されない御年をうめてゆこうとする。ただ、『大日本史』のように根拠を注するというのでなく、結論的に示すのみである。『大日本史』とおなじく、問題を解消できない場合は記さないという態度で、仁徳・仁賢・武烈・用明・崇峻・舒明・孝徳・斉明・天武・持統天皇の御年は空白となる。

「皇代記」の参看が明示されることはないが、天武天皇の年号として白鳳を立てるというのは、「皇代記」によることがあきらかであろう。『本朝通鑑』巻六天智天皇条の末尾に、

是歳。備後国献白雉。因建年号。曰白鳳。

日本紀無白鳳年号。明年三月、備後国献白雉。然改元在明年。追以此年為元年。或曰。此歳筑紫献三足雀。因号朱雀元年。明年号白鳳元年。(国書刊行会刊本による)

とある。天武天皇代の朱雀・白鳳は、さきに見たように、「皇代記」のなかにあった。それをうけ、壬申年を白鳳元年とし、白鳳十四年・朱鳥一年で構成するのだが、一方で、朱雀説にも配慮するのである。

「皇代記」のかかわりはここにあきらかであるが、さらに、『日本王代一覧』をつうじてなおあきらかとなろう。『日本王代一覧』は、『本朝通鑑』の編纂責任者であった林鵞峰の著。慶安五年(一六五二年)の跋文によれば、酒井忠勝のもとめに応じて編まれたという。『本朝通鑑』を簡約化したと自ら言うが、体裁は「皇代記」そのものである。

しかも、顕宗天皇条に、

其姉飯豊皇女シバラク位ニツキテ。政ヲ行フ。（中略）皇女位ニアルコト十月アマリニシテ崩ス。飯豊天皇ト云トモ。一年ニタニ及バネハ。王代ノ数ニイレズ。

と、飯豊皇女を、「天皇」と呼ぶ。それは『本朝通鑑』には無い記事であるが、さきに見たとおり、「皇代記」において「天皇」と呼ぶことがあったのをうけたと見るべきである。

また、天武天皇条に「在位十五年年号ハ白鳳十四年。朱鳥一年」、文武天皇条に「在位ノ始四年年号ナシ。大宝三年。慶雲四年。合テ十一年ナリ」等、年号と年数を示すのも、「皇代記」の体裁であり（群書類従本『皇代記』、『歴代皇紀』など）、これも『本朝通鑑』とは異なる。『日本王代一覧』は、すくなくとも体裁は「皇代記」にならったものであり、「皇代記」を母体としたといって誤またない。『本朝通鑑』の基盤でもあったと見てしかるべきであろう。

「皇代記」が、江戸時代の二大修史の基盤として生きていたことを見たが、むしろ、より大事なのは、ひろく人々が「歴史」を知る基盤として、それが、あったことである。「年代記大成」「年代記集成」などの名をもって庶民向けに繰り返し刊行され、普及した掌中判の要覧は、「皇代記」の再生産にほかならない。和漢対照のものもおおく、一年一事項という年表型が一般的だが、それによって人々は「歴史」を知るのである。教科書ともいえるのであり、そこにかれらの「歴史」あるいは「古代」はあった。

三浦周行「日本史学史概説」（『日本史の研究　第二輯上』岩波書店、一九八一年。初版一九三〇年）が、

而かも最もよく一般に普及して、最も長く国民を支配してゐたものは、此史体からさらに簡易化された各種の年代記の教ふる貧弱なる国史の知識であつたことを忘れてはならぬ。

と言ったことを想起しつつ、この江戸時代の要覧にいたるまでの変奏を、「皇代記」の世界の問題として見届けたい。

そうした「歴史」の基盤たる問題の意義にもかかわらず、それに対する研究の貧困を、平田俊春前掲『日本古典の成立の研究』（一九五九年）、『神皇正統記の基礎的研究』（一九七九年）が、「『皇代記』や『年代記』が史学史上、大き

な分野を占めているのに、従来研究者により全く閑却されている」(『神皇正統記の基礎的研究』)と批判して、「皇代記」研究の道をひらこうとしたところから半世紀を経ても、おおきな前進が見られたとはいいがたい。ただ、近年ようやく本格的な研究も見られるようになったと、小口雅史が、前掲吉森佳奈子「皇代記類と『河海抄』」をあげて述べたが(続神道大系『一代要記』解題、二〇〇五年)、資料の整備が格段にすすんだあたらしい状況のもとで、ことはなお今後にかかっている。

注

(1) 平田俊春『神皇正統記の基礎的研究』(雄山閣出版、一九七九年)第一篇第一章「神皇正統記の成立」、第三篇第一章「皇代記の展開」に、平田の披見した「皇代記」の一覧と解説が載り、山下哲郎「軍記物語と年代記――『平家物語』との関係を中心に」(『駒沢国文』三五、一九九八年)に主要な「年代記」の一覧があって、資料にかんして基礎となるが、『一代要記』の校訂本の新刊(続神道大系、二〇〇五―〇六年)や、龍門文庫本『帝王記』(阪本龍門文庫、一九八二年)、龍谷大学善本叢書『皇年代記』(同朋舎出版、一九九九年)、冷泉家時雨亭叢書『簾中抄』(朝日新聞社、二〇〇〇年)の複製刊行等とともに、『海東諸国紀』、『塵荊鈔』などのなかにまるごと取り込まれたとおぼしい「皇代記」への視点も加えた整理がもとめられよう。

(2) 『愚管抄』の「皇帝年代記」が『簾中抄』の「帝王御次第」に拠ったこと、友田吉之助「愚管抄皇帝年代記の原拠について」(『島根大学論集』人文科学三、一九五三年)が説く。ただ、あとに述べるように、『愚管抄』が、神武元年を周の僖王三年・一説周の恵王十七年にあたるとすることや、飯豊天皇に言及することは、『簾中抄』には見られない。

(3) 勝命『序注』が、諸書の切り貼りをもってなされることは、小著『古代天皇神話論』(若草書房、一九九九年)第四章「平安期における「日本紀」」で論じたとおりである。

(4) この宮号は、『歴代皇紀』等にも共通するところである。注意されるのは、『万葉集』が巻一、二において、「――宮御宇天皇代」という標題のもとに構成するが、舒明、皇極、斉明の宮号と、この宮号とが一致することである。『万葉集』の諸注は、『日本書紀』をふまえて説明しようとするが、むしろ『日本書紀』にはよらなかったことを見るべきであろう。本書I[三]

「『万葉集』巻一、二左注の「日本紀」をめぐって」に述べたごとく、『万葉集』巻一、二の左注が、『日本書紀』そのものではなく簡略本によったと見なければならないこととからめて、『万葉集』の「歴史」の基盤の問題として考えるべきであろう。

（5）神武元年と中国王朝との対照は、『簾中抄』にはない。「皇代記」のなかに両説あったと見られる。ちなみに恵王十七年説は、『神皇正統記』、『塵荊鈔』巻七の「皇代記」などに見る。

（6）明治三年七月二十四日の布告によって、廃帝としか呼ばれなかった二人の天皇に対して淳仁、仲恭と諡することとともになされた。

（7）諱・宮・后・御子という要件が、『為相注』に引くところでは見えない。そのことは他の天皇にもあって、「皇代記」をまるごと取り込んだというには、問題としてのこる。

（8）この大友即位を、明治三年になって公認し（参照、注（6））、弘文天皇と諡したことは、現在、歴史の教科書・辞典において歴代天皇にあげるかたちで定着している。「皇代記」の世界は、現在につながっているのである。

IV 付篇

中世における『日本書紀』の変奏は、一条兼良『日本書紀纂疏』を機軸に、吉田兼倶、清原宣賢の講釈活動を見ながら、いわゆる「中世日本紀」をも視野に入れて見る必要がある。そのために準備してきたものを付載する。

〔一〕『日本書紀纂疏』の基礎的研究

1

『日本書紀纂疏』（以下『纂疏』と略称する）は、『日本書紀』「神代」上下の全体にはじめて一貫した構成的分析的注釈を施し、注釈史の期を劃した。そして、長く「神代」紀注釈の機軸となってきたのであり、研究史的な意味は極めて大きい。なおかつ、今日、『日本書紀』「神代」の作品理解にとって多くの示唆を含む。

しかし、『纂疏』の示唆をうけとめていこうとするとき、不可避の、諸本の問題がある。[1] 兼良自筆本から直接書写したことが確かな、十分信頼に足る清原宣賢本・卜部兼永書写本があることは知られるとおりだが（後述）、兼良自身に発した異本をも考えねばならぬのである。ただ宣賢本、兼永本に拠ることができるというだけですますわけにはいかない。兼良自身において異本を生じていたことは、「日本書紀宣賢講抄」（『向日庵抄物集』一九八七年、清文堂出版）に見える。[2]

纂書モ両本アリ、草藁ト清書ト也、清書ノ写本ニハ十一段ニシテ経営ノ段アリ、処々ニ草本ト増ノ違有、

また、祐範書写本系の奥書に、記事の加減のある二類があったという。[3] そのことを諸本のなかにどのように認めうるかを追尋し、『纂疏』説としての把握がどのようになされるべきかを明確にしなければならないのである。

祐範書写本系というのは、春日社預中臣祐範が慶長十二年に書写したという奥書を伝えるからである。天理図書館

蔵曼殊院旧蔵本のほか、東北大学狩野文庫本が知られる。(4) 巻五・六の奥書には祐範の書写事情を記すが、巻三・四の奥書として次のようにあることが注目される。(5)

御本云

此御抄大閤御本紛失以予本今度令写給之次、或加増或減少、所々以彼御本予又令校達定、而可有越度重可校多

文明五載 初夏廿有八 隆量

つづいて、

校本云

文亀三癸亥三月下澣以真筆御本写之、此巻命侍中雲騎中書資直令書之、予加朱点校合書入落字等者也、後日重加倭訓畢 従三位藤原俊通

と、校合に用いた本の奥書を示したうえで、さらに「御本云」として、一条の本奥をも写してある。いま注目したいのは、文明五年の日付の隆量の奥書である。のべるところ、兼良が自らの原本を紛失して、隆量の本を「令写」したが、「或加増或減少」したというのである。

『纂疏』の成立は、康正年間(一四五五―五七年)と認められる。康正に成ったの(一次本)と、文明の(二次本)(6) と、二類があったことになるが、その「加増」「減少」の輪郭を明らかにすることが、『纂疏』説としての把握のためには必須となる。

いま宣賢書写本を規準として考察する。(7) 巻一・二と巻三・四及び巻五・六、三冊それぞれの奥書に、永正七年から八年にかけて「一条殿」自筆本をもって書写したとあり、書写態度も謹直、忠実に原本を写したものと信じうるからである。宣賢と前後して、同じ兼良自筆本を写したものが伝えられる。他に二類が確認されるのであり、すなわち、書写年代の順に、

Ⅰ　文亀三年（一五〇一）藤原俊通書写本系
Ⅱ　永正七、八年（一五一〇―一一）清原宣賢書写本系
Ⅲ　永正九年（一五一二）卜部兼永書写本系

となる。(8) Ⅱ、Ⅲは、宣賢本、兼永本そのものが伝存する。宣賢本は天理図書館蔵、兼永本は東京国立博物館蔵で、ともに規準たりうる、素姓の明らかなものだが、いま宣賢本に拠ることとする。

宣賢本を規準として、「加増」「減少」といわれるところが諸本のなかにどのように認められるか、また、そのことに立脚して諸本をどのように関係づけ、整理しうるか。そうした整理ないし展望をもってはじめて、『纂疏』説としてのあとづけと、その意味づけとにむかいうる。

2

宣賢本を規準として、諸本を眺めてゆくとき、最初に注目されるのは、これと大きく相違する版本であろう。(9)まず、形態のうえで、宣賢本は本文を部分的に示すだけなのに対して、版本は本文全体を提出するという点で特色をもつ。それ自体で『日本書紀』を読みつつ、注解としての『纂疏』をあわせ読むことができるわけである。ただ、段落区分上の説明は省略される。第四段冒頭を例としていえば左の如くである。

○宣賢本（三八）
　第三明八洲起原者有其三《ママ》、初釈正文、二釈或説、初中復分為四、一投矛獲地、二陰陽交感、三正生八洲、四小嶋凝成、伊弉至盧嶋、一投矛獲地也、天浮橋指空虚而言、（以下略）
○版本（上四八オ）

伊弉諾尊、伊弉冉尊立於天浮橋之上（中略―本文引用）名之曰磤馭盧嶋、天浮橋指空虚而言（以下略）

版本は、「伊弉至盧嶋」の本文を全文掲出し、段落説明は省略するのである。ただし、章段の大きな切れ目にあたるところのみ、「右明三才開始」のごとくに章段名を示すというやりかたをとる。

ただ、この形態の問題は（段落的説明のことも含めて）、「加増」「減少」とは別の問題と見るべきであろう。よみ易くするために本文を全文掲出するのは、内容の問題とは別におこったことと考えられる。清原宣賢の『日本書紀神代巻抄』が、永正本（先抄本）と大永本（後抄本）との間で(10)、大永本は神代巻本文を掲出するかたちとなることを想起しつつ、『纂疏』の伝来のなかである意味では当然おこりえたことであったというべきであろう。その本文を全文化するとき、段落説明をも残してテキストを大字に、『纂疏』本文は細書にするものに、東京大学法学部蔵『日本書紀纂疏一、二』や、宮内庁書陵部蔵『日本書紀神代巻訣釈』とその同系統本（神宮文庫蔵旧御巫清白氏蔵本、国学院大学蔵本。これらは、『日本書紀纂疏』本来の書名で伝えられる）がある。

神代巻本文の掲出は版本固有の問題でなく、古写本と版本との相違をここに認めるのは必ずしも正当ではない。東大法学部本や書陵部本等を視野に入れつつ、『纂疏』伝来のなかで、本文を全文掲げるようになるのだと見るべきであろう。ただ、版本はより多く変改を加えているのである。すなわち、第一に、段落的説明を省略すること（前述）、第二に、本来の区切りにあわせて本文を掲出することがなされるわけでもないこと、に留意したい。

第二の点について具体的にいえば、宣賢本では、四「万物造化」の、「初釈正文」の注解は、四に分けてなされる。「一生山川草木、二生日月、三生蛭児、四生素戔嗚尊」だが、「二生日月」の項は他と異なり、本文の注解に入るまえに「初明神人生日月、二顕日月照四洲、三述陰陽同体之義」の三項をおき「四正釈本文」において注解がなされる。「既而伊弉諾尊伊弉冉尊共議」以下「故亦送之于天」がその本文だが、「初釈生日、後釈生月」と二分したうえで、前半についてはさらに四に分けてすすめられる。

初中有四、初述二神之志、二釈名義、三説光明、四述上天、既而至者歟、初述二神之志也（略）於是至孁貴、二釈名義也（略）此子至之内、三説光明也（略）故二至上也、四述上天也（略）

これに対して、版本は、「初述二神之志」と「二釈名義」、また、「三説光明」と「四述上天」をあわせ、二段にして本文を掲げる。東大法学部本や書陵部本等が、そのまま四に分けて本文を掲げるのと、版本とは、本文の全文化といっても異なるところがある。「加増」「減少」という異本問題とは別に、伝来のなかで、本文を掲げるようになったのであり、そのとき異なるものがあったと言うべきであろう。

大事なのは、内容のうえで、版本が宣賢本と相違するところが少なくないということである。

版本と宣賢本との異同については、すでに言及されてきた(11)。主として、分注について、版本の分注が宣賢本では分注でないことがあり、あるいは、宣賢本には見られないものが多いことがとり上げられてきたのであった。その分注の現象はたしかにひとつの問題ではあるが、それを明らかにするためにも、むしろ、別な方向からはじめるほうがよいであろう。細書双行は、宣賢本にあって皆無ではないがごく限られる。版本のそれは、大多数（宣賢本と重なるものは除外して）が、『纂疏』の本体ならざる注記という意識をもってなされたのであり、版行のさいの処置と認められる（この点後述する）。これらの注を除いたすがたをもって、宣賢本との関係を見定めることにむかいたい。

異同は、巻三以下の全巻にわたってのべ百箇所以上にのぼるが(12)、字句上の相違とともに、記事の増減としてあらわれる。いくつか列挙しよう（以下、版本は、返り点や傍訓等を省く）。

(1)　第五段一書の六、イザナキ逃走の件り

○宣賢本（六四―五）

時伊至坂路、九明陰神逐陽神也、（略）令吾恥辱者、以陽神見膿沸虫流而為之恥也、陰神已現変壊相、又対陽神、如平生、語言対論者何也、曰、菩薩変化身、為令人生厭苦之心、故現穢土相、且非随機示種々神通、不可思

議之妙用耶、（略）醜女採噉故也、又菩薩定力、変化之事、故大涅槃経云、仏言善男子菩薩摩訶薩、修行如是大涅槃者、観土為金、観金為土、地作水相、水作地相、随意成就、無有虚妄、観実衆生、為非衆生、観非衆生、為実衆生、悉随意成、無有虚妄、又具下巻、（略）放尿則水気也、人者四大和合、五行生成、故曰成巨川、（略）

○版本（上一〇六オ—一〇七オ）

時伊奘諾尊大驚之曰（本文引用は略した）塞其坂路

（略）令吾恥辱者、謂以陽神見膿沸虫流而為之恥也、（略）曰、醜女採噉故也、（略）放尿則水気也、人者四大和合、五行生成、水気成巨川、理何疑乎（略）

版本の『日本書紀』本文引用は省略した。また、（略）としたのは、同一の部分であり、相違のあるところを対照して示した（以下同じ）。「令吾恥辱者～恥也」の後の「陰神已現変壊相～妙用耶」の一節、また、「醜女採噉故也」の後の「又菩薩定力～又具下巻」の大涅槃経の引用を含む件りが、版本にはない（異同が大きい箇所には傍線を付した。以下同じ）。その増減とともに「故曰成巨川」（宣賢本）と「水気成巨川、理何疑乎」（版本）という字句の相違がある。

(2) 第五段一書の六、勅任三子の件り

○宣賢本（六八—七〇）

已而至遂之、四言処分三子也、（略）滄海原潮之八百重者、言海水之深広也、猶言水輪厚八億由旬也、諸書説潮、其言不同、如此書之言、則潮汐謂月神之所治也、臨安志論潮曰、高麗図経云、潮汐往来、応期不爽、為天地之至信、古人嘗論之、在山海経、以為海鰌出入之度、浮屠書以為神龍之変化、竇叔蒙海嶠志、以為水随月之盈虧、盧肇海潮賦、以謂日出于海、衝撃而成、王充論衡、以為水者地之血脈、随気進退、率未之尽、又余安道海潮図序云、古之言潮者多矣、或言如槖籥翕張、或言如人気呼吸、或云海鰌出処、皆亡経拠、唐世盧肇著海潮賦、以謂日入海而潮生、月離日而潮火、自謂極天人之論、世莫敢非、（略）

○版本（上一一六ウ―一一八オ）
已而伊弉諾尊勅任三子曰（本文略）乃逐之、
（略）滄海原潮之八百重者、言海水之深広也、猶言水輪厚八億由旬也、諸書説潮、其言不同、按高麗図経云、潮汐往来、応期不爽、為天地之至信、山海経云、以為海鰌七由反如鱧形小出入之度、浮屠書以為神龍変化所致、竇叔蒙海嶠志、以為水随月盈虧、盧肇海潮賦、以謂月入海而潮生、月離日而潮大、王充論衡、以為水者地之血脈、随気進退、大底天包水、（略）又抱朴子曰、月之精生水、又陽燧取火於日、陰鑑取水於月、蓋月之与潮、気類相通可知矣、

まず、引用関係に問題を生じ（「高麗図経」は版本＝直接引用、宣賢本＝間接引用）、つぎに、引用書に出入りを生じ（「余安道海潮図序」は版本に引かれず、「抱朴子」は宣賢本に引かれない）、また、引用文の相違をきたす場合（「盧肇海潮賦」の場合）もある。加えて、「如此書之言～所治也」と「古人嘗論之」の文言を版本には欠く。

(3)　第八段一書の六、大己貴と少彦名の天下経営の件り

○宣賢本（一〇四）
夫大至致焉、二々神経営之方法也、（略）為人及畜定療病之方、所謂神農嘗百草之味、救万民之疾、名之曰本草、黄帝之臣岐伯弁愈附、定脈経等類也、方、々書、如孫思邈千金方也、畜産、謂治馬牛等病、其方散在諸書、鳥獣之灾、如聴鵄鳴禳厭及野狐蠱惑等、昆虫、王制注曰、昆、明也、虫者得陽而生、得陰而蔵者也、其灾如蝗螟害苗、及反鼻螫人等類也、（略）

○版本（上一二〇五オ―ウ）
夫大己貴命（略）至今咸蒙恩頼
（略）復為人及畜、定療病之方、所謂神農嘗百草味、為本草、治医薬、及黄帝岐伯、著素問、弁治法診法、愈附、

定脈経等類也、方、方述方書、如張仲景金匱玉函方、孫思邈千金方也、畜産、謂治馬牛犬豕羊驢鷹鶻鶏猫等病、其方散在諸書、鳥獣之災、如聴鴉鳴禳厭及野狐狸魅蠱惑等類、昆虫之災、如蝗螢害苗及反鼻蚿蜂螫人等類也、

（略）

傍線のごとくに異同があり、記事の出入りがある。「王制注」が版本には引かれず、引用書に相違を生ずることにもなる。

(4) 第八段一書の六、大己貴の功績

○宣賢本（一〇四―五）

自後至后也、四大己貴之丕績也、大己貴独能巡造者、少彦名入常世故也、荒々、謂鴻荒草昧之世也、（略）幸魂則陽魂、主気与生、以可慶幸、故曰幸、奇魂則陰魄、主形与死、以可奇異、故曰奇、神功皇后紀曰（略）依仏教、則華厳経四十五曰（略）、大己貴二魂、始現照海之異、遂住大和国之三諸山、是則大三輪明神也、（略）

○版本（上二〇八オ）

自後国中所未成者（略）五十鈴姫命

独能巡造者、猶如大禹開九州也、荒芒、言鴻荒之世也、（略）京房易云、六十四卦、五世之後、四爻変為遊魂、三爻二爻変為帰魂、世伝曰、世魂術、今非此義、大己貴之幸魂奇魂、化神始顕照海之異、遂帰住大和国之三諸山、是蓋大三輪明神也、（略）

「独能巡造者」をうける文言の違いとともに、幸魂・奇魂を注するにあたって、引用書も含めて大きく異なるところがある。

(5) 第九段、葦原中国の不順の邪神(13)

○宣賢本（一〇八―九）

然彼下、二征討不順、此又有二、初述不順、二述征討、初中螢火光神（略）、涅槃経云、如十五日、月盛満時、有十一事、五能破壊、螢火高心、謂螢火、喩外道光明也、如此言、則以螢火、喩邪神之小智也、（略）今邪気害物、如蝿脚汗素帛、又営々、往来飛声、乱人聴也、（略）草木能言、上文曰、磐石草木、咸能強暴、又、下文曰、二神遂誅邪神、及草木石類、（略）四謂、智徳勝妙境界也、如華厳会上、諸樹神、薬草神、穀神等、又欄干供具、各説偈讃神仏之類是也、今又已言強暴、則摂前二、而非後二、若謂覚与不覚同一真如、則四義悉収、（略）

○版本（下四オ―六ウ）

然彼地多有螢火光神、（略）復有草木咸能言語

螢火光神、（略）如此言、則以螢火、亦喩邪神之小智也、黄魯直亦云、熠熠霄行誇照火、此謂也、（略）今邪気害物、如蝿矢汚素帛、故名曰蝿声、則営営、往来飛声、乱人聴也、（略）草木能言、上文曰、磐石草木、咸能強暴、（略）四謂、智悳勝妙境界也、如華厳会上、諸樹神、薬草神、穀神等、各説偈讃仏之類是也、今文已言強暴、則摂前二、而非後二、若明本有之性、則摂後二、而非別二、又謂覚与不覚同一真如、則四義悉収、（略）

「螢火光神」の注において、版本は「涅槃経」を引かず、また、文言にも少なからず相違が認められる。

(6)　第九段、天孫降臨の件り(14)

○宣賢本（二一七―八）

皇孫至峰矣、二離天座也、（略）凡諸神天降之言、料簡多義、詩云、維嶽降神、生甫与申、弥勒下生経云、爾時弥勒菩薩、於兜率天、観察父母不老不少、便降神下応、従右脇生、如我今日、右脇生無異、又華厳経曰、釈迦菩薩、乗栴檀楼閣、入摩耶胎、（略）按天孫降臨者、天上依身、不及命終、直降下為中国主、有聞諸中宗説者謂、悲増菩薩、登地已去、為利生故、造人趣業、故下為人主、但是順現転別報、若物報第八識不転、故無中有、又不託胎、如人生身、為虵虎等、亦不転惣報、或又依定力、則如梵王等、反本形類、仏前聴法、談論語言、所謂法処

中定果色也、無著菩薩、夜舛都史多天、於慈氏所、受瑜伽論等、昼則下天、為衆説法、是等皆定通之力、今非所取義、

○版本（下二六オ―ウ）

皇孫乃離天磐座（略）於日向襲高千穂峰矣

（略）天降之言、料簡多義、詩云、維嶽降神、生甫与申、華厳経曰、釈迦菩薩、乗栴檀楼閣、入摩耶胎云々、

（略）又修多羅之説、有言、十王業報者蓋悲増菩薩、依善業力、登地已上、便作欲色界之王、以大威力、済度衆生、或感分段反易二身而十地之報土有差別、故名曰十王、今天孫降迹、為中国主、教化蒼生、豈非十地業報乎、亦非神道遊戯之境界乎、

版本では「弥勒下生経」を引かない。また、宣賢本の「按天孫降臨者」以下と、版本の「又修多羅之説」以下とは大きく相違し、全く別文といってよい。

(7) 第九段、火中出生の件り

○宣賢本（一一九―一二二）

故鹿至能害、（略）火不能害、此有多義、一誓約故、（略）二信力故、（略）三転業故、（略）四業果故、涅槃経云（略）、五神力故、神境通、十八変中、二熾然、身之上下出水火等、般若経云、地中出没、如出没水、身出煙焔、如燎高原等、法華経云、身上出水、身下出火、身下出水、身上出火等、六同体故、経云、一切地水、是我先身、一切火風、是我本体、如此等説、則衆生色身、以四大成、与外四大、一体無別、如水合水、如火合火、不見能漂所漂、及能焼所焼之差別、上六義中、如此書之言者、専合於一与二四、而摂余三、統而言之、冥権之化迹、不可思議者也、

○版本（下三一オ―三二ウ）

火不能害、此有五義、一誓約故、（略）二信力故、（略）三転業故、（略）四神力故、慈恩基曰、神境通有二、一能変、二能化、謂無而忽有、謂化身化語化境、能変、謂転換旧質、此謂十八変、一振動地、六動等也、二熾然、身之上下出水火等云々、又般若経説神境通曰、地中出没、如出没水、身出烟焔、如燎高原等、法華経云、身上出水、身下出火、身下出水、身上出火等、諸仏菩薩、乃至二乗等、神通所現、但此中有等差、上位能制伏下位、所現神通故也、五同体故、経云、一切地水、是我先身、一切火風、是我本体、如此等説、則衆生色身、以四大成、与外四大一也、上五義中、如此書之言者、専合於一与四而摂余三、尽一心之所受、冥権之化迹、統而言之、不可思議者也、

「火不能害」について六つの点から説くのと、五点から説くのと内容的に異なり、結論も異なる。引用と文言の相違もまた小さくないこと、見るとおりである。

以上、代表的なケースと認められるものを掲げてみた。宣賢本と版本との間で、内容的に差は生じなくとも文言に相違のあることは見るとおりであり、また、記述が大きく異なることも少なくない。それは、引用書の出入りにもわたるとともに、記事の増減を生じていることが注目される。(1)(2)(5)(6)(7)において、宣賢本から版本へ、記事は減少し、(2)(5)(7)では逆に増加する（(2)(5)(7)では、増加、減少の両方が認められる）。

こうした全体を見渡してゆくとき、版本を宣賢本をもとに改変したものとして見るわけにはいかなくなる。(1)のような記事の削減だけならば版本が削ったと考えることもできる。新しく引用書を加えることもありえたかもしれない(2)など)。しかし、(4)のごとく、また、(6)、(7)のように、内容が異なるような相違は、両者を同一の系統として見ることを容れないのである。別本ないし異本として見るほかない。

そのような異本の発生にかかわる者として、兼良当人を見るべきことに、宣賢の言や祐範書写本系の奥書は必然的に導く。掲げた異同を、いうところの「増ノ違」、「加増減少」に相当するところがあると認めることは、もっとも無

理のない想定であろう。

3

のべてきた版本の問題性を、諸本のなかでさらに具体化しうるかということを問われていくであろうが、宣賢本を規準として眺めるところで、宣賢本と対立しつつ版本と共通する異同をかかえるものとして蓬左文庫本、及び宮内庁書陵部蔵『日本書紀神代巻訣釈』系諸本を認めることによって、輪郭はより明確にすることができる。[15]

蓬左文庫本について見るに、本文は「○○至○○」の如くに示し段落説明を有するという形態の問題を除いて(1)—(7)は版本と共通し、宣賢本と対立すると認められる。すなわち、(1)（蓬左本第三冊一三ウ—一五オ）、(2)（三・一八ウ—二一オ）、(4)（四・三七ウ—三八オ）、(5)（五・三オ—四ウ）、(6)（五・一七オ—一八オ）は、版本と同文であり、(3)（四・三六ウ—三七オ）、(7)（五・一九ウ—二〇ウ）は、同文とはいえないけれども基本的な点において版本と共通し宣賢本と対立するするのである。(3)の場合、当該箇所は次の如くである。

復為人及畜、定療病之方、所謂神農嘗百味、為本草、治医薬、及黄帝之臣岐伯弁愈附、定脈経等類也、方、方書、如孫思邈千金方也、畜産、謂治馬牛羊鶏等病、其方散在諸書、鳥獣之灾、如聴鵄鳴禳厭及野狐蠱惑等類、昆虫之灾、如蝗虫害苗及反鼻螫人等類也、

「畜産」の具体例など版本に加増の傾向が認められるが、本質的というより、後人の加筆と考えてさしつかえない程度のものである。むしろ「王制注」を欠くことを重視すべきであろう。(7)の場合も、「火不能害」を五つの点で説くことにおいて、基本線はかわらず、引用・文言も殆ど同一なのだが、一箇所だけ宣賢本と共通して版本とは対立するところがある。

（前略）五同体故、経云、一切地水、是我先身、一切火風、是我先身、一切火風、是我本体、如此等説、則衆生色身、以四大成、与外四大、一体無別、如水含水、如火含火、不見能漂所漂、及能焼所焼之差別故也、

傍線部が版本にはないが、目移りによって「与外四大一也」の本文を生じたと考えられる。「也」は宣賢本になく、傍線部がないと文章が通じにくい。版本の独自異文である。

右のようにして蓬左本を見ていくとき、版本の、宣賢本に対する異同を通じて想定をもとめられた異本の問題は、より具体的に輪郭づけられてくる。宣賢本を規準として、異本を考えねばならぬところで、版本と蓬左本とが重なるのであり、蓬左本を通じて異本の性格をさらにはっきりと見ることができるのではないか。

特に段落区分に注目したい。版本は前にのべたように本文全体を掲げて章段以外の段落説明を省くが、蓬左本はこの点では宣賢本と同じ体裁である。宣賢本とひき比べることのできるところとして眼をここに及ぼしてなお明確に異本たるありようを浮かび上がらせるのである。

①　第五段一書の二

○宣賢本（五六）

第二説又分為三、初言生蛭児進雄、二言生五行神、三言生蚕桑五穀、初中又三、一明蛭児脚不起之因由、二言進雄性悪赴根国、三言舟載蛭児放棄、違陰陽之理者、明脚不立之因由也、（略）

○蓬左本（三・二ウ）

第二説又分為三、初言生蛭児進雄、二言生五行神、三言生蚕桑五穀、一書至放棄、初言生蛭児進雄也、違陰陽之理者、明生蛭児之由也、（略）

三に分つことは同じである。その初を又三に分けて見るのが宣賢本だが、蓬左本は異なる。また、文言も相違するが、蓬左本の「明生蛭児之由也」の文言は版本と同じである。

② 第五段一書の六

○宣賢本（五八―五九）

第六説、此中分為十一段、一明化風神、二明生穀神、三明生海山等神、四明惣生万物、五明生火神而化去、六明陽神哭泣、七明斬火神而化神、八陽神入黄泉、九明陰神逐陽神、十明二神誓約之言、十一明陽神祓除而化神、（略）

○蓬左本（三・六オ）

第六説、此中分為十二段、一明化風神、二明生穀神、三明生海山等神、四明惣生万物、五明生火神而化去、六明陽神哭泣、七明斬火神而化神、八明陽神入黄泉、九明陰神逐陽神、十明二神誓約之言、十一明陽神祓除不浄、十二明処分三子、（略）

宣賢本では十一段に分け、蓬左本は十二段に分ける。宣賢本は第十一段をさらに四に分け、その第四を「処分三子」とするのである。

③ 第五段一書の十一

○宣賢本（七三）

第十一説、分為二、初明任三子、二述保食神之状、一書至原也、初明任三子也、（略）二述保食神之状、此中有四、（略）

○蓬左本（三・二五オ）

第十一説、復分為四、初明任三子、二述保食神、三明昼夜分、四解農桑始、（略）

段落区分のみならず、日月隔離をのべる文章も大きく異なる。ここでも蓬左本は版本と共通して、宣賢本と対立するのだが、なかで版本の分注の由来について示唆するところ多大なものがある。すなわち、宣賢本（七四―七五）は、この十一説を大きく二に分け、後半「二述保食神之状」をさらに四分して、その三に二神隔離をのべる。

然後至而住、三明日月二神隔離之由、悪神、指月神殺食神故也、隔離而住者、明昼夜相分之濫觴、且拠外書、則天之形円、恰如弾丸、朝夕運転、但天行甚健、一日一夜周天、（略）是謂一日一夜隔離而住也、因本経云、（略）立世論云、（略）倶舎論頌疏云、問、何故月輪、於黒半末白半初位、見有欠耶、（略）

と、二神の隔離をのべていったん結んだ上で、「因本経」「立世論」「倶舎論頌疏」をさらに引くが、蓬左本（三・二六オ—二七ウ）は、この十一説を四に分けて、その三を「昼夜分」とする。

時天至而住、三明昼夜分也、悪神、謂殺保食神也、然則日月隔離之説如何、曰、天行甚健、一日一夜周天、（略）是謂一日一夜隔離而住也、又依倶舎、則唯一日月、普於四州、作所作事、北州夜半、東州日没、南州日中、西州日出、此四時等、余州応知、日行北州路有差別、故令昼夜有減増、五月夏至已後、日則向南、説夜増、十一月冬至已後、日既向北、説昼増也、問、何故日輪、於黒半末白半初位、見有欠耶、（略）

と、「倶舎」（「倶舎論頌疏」）の引用がかなり長くなり、ひきかえて「因本経」「立世論」は引用されない。ただ、欄外書き入れとして、二七オ上欄に、「立世阿毗曇論云、云何黒半、云何白半（略）」、二七オ—ウの下欄には「因本経云」という宣賢本と同文のものが記される。版本は、文言、引用、すべて蓬左本と一致しつつ、欄外書き入れの二項を「依倶舎」の文のあとに小書分注のかたちで入れるのである。分注は、前にもふれたように、本文本体とは異なるという意識を示したものだが、このような欄外書き入れをとり入れる処置ではなかったか。

本文を全部は掲げないことと相まって段落区分をいわば見出しのようにして頭注のかっこうで書き入れるのは宣賢本をはじめとして諸本に共通する。さらに、見出し以外にも、欄外書き入れが右のようにある。諸本間の交渉を反映して同一のものが広く諸本に認められる場合があり、また、他本とは共通しないものもある。そうしたなかで、版本の分注は、その祖本の書き入れをとり入れて成されたと認められる。そのようなものとして見るとき、版本の分注がやはり蓬左本の書き入れと重なるところの多いのは、のべたような異本としての両者の関係から納得できよう。一例を挙げれば、さきに、宣賢本と版本とを対比したなかの、⑵に、山海経を引いた文に「以為海鰌、出入之度」とあるが、版本は「鰌」の下に「七由反如鱧形小」という分注を有する。宣賢本にも頭注のかっこうで「鰌　如鱧形小」と記され、本文のなかに「シユウ」と傍書する。蓬左本が「鰌　如鱧形小」としつつ、「如鱧」の横に「七由切」とする（三・一九オ、なお、鰌に関する注のほかに、左には「鱧ナヨシハム」〈カタカナで左に傍書〉とある）のと、見合わせれば関係は明らかであろう。伝来のなかでそれぞれの本に有されるにいたった書き入れということになるが、蓬左本と版本との重なりはここでも再確認される。

そうした書き入れのなかに、宣賢本にあって、蓬左本（版本）に欠ける記事があり、それが版本の分注となったとき、宣賢本の本行―版本の分注という相違を呈するように見えるのである。その書き入れの由来については、宣賢本系を見合わせてのことなのか、なお問題とはなるが、版本の分注は、全体として、書き入れのとりこみというひとつの性格において捉えておくべきだと考える。本文の伝来自体とは別な問題であり、当面の異本の追究には直接かかわるものではない。

さて、蓬左本の段落区分が宣賢本と相違するところはなお多いのである。以下、一々の引用はせず、問題点のみ端的に示すこととする。

④　第六段本文
宣賢本が四段に分けるのに対して、蓬左本は六段に分ける。

⑤　第六段一書の一
宣賢本は四段に分け、蓬左本は三段に分ける。

⑥　第六段一書の二

宣賢本は二段に分けるのに対して、蓬左本は三段に分ける。

⑦ 第七段一書の一

宣賢本は三段に分けるが、蓬左本は分けて四段とする。

⑧ 第七段一書の三

分けて十二とするのが宣賢本、対して蓬左本は分けて九とする。

⑨ 第八段本文

宣賢本が五段に分けるのに対して、蓬左本は四段に分ける。

⑩ 第八段一書の四

宣賢本は分けて三段とする。これに対して蓬左本は、宣賢本の「三述五十猛之有功」に相当する部分をもって、新たな章段「経営天下」をたてる。一書の第四の「初五十猛神」以下を第一段、次の一書を第二段、一書の六を第三段として「経営天下」の段とするのである。この章段のたてかたは版本も同じである。従って、蓬左本（版本）では、「神代上」が八章段、「神代下」三章段、あわせて十一段に全体を区分する。宣賢本は、「経営天下」段をたてないから、全体は十段区分となる（この点後述する）。

⑪ 第九段本文

いわゆる天孫降臨の段。長いので段落区分は複雑である。すなわち、大きく三段に分け、その第一段「初明将降臨」は、さらに二に分け（「初定中国主、二征討不順」）、それぞれをさらに二に分けていく。

初定中国主
　初天孫系譜
　二皇祖嘱命

- 二征討不順
  - 初述不順
  - 次述征討

この「次述征討」はさらに左のように細分されていく。

- 次述征討
  - 初命佞将
    - 初明天穂日之佞媚
    - 次明天稚彦不忠
  - 二選良将（以下略）

その「天稚彦之不忠」の件りにおいてさらに分ける分けかたは、宣賢本が「初選将、二衆挙、三発遣、四不忠、五天討、六婦哭、七帰葬、八弔喪」、蓬左本が「初選将、二衆挙、三発遣、四不忠、五天討、六帰葬、七弔喪」となり、「五天討」以下で相違を生じる。他は変わるところがない。

以下のほかにも、段落の区分は同じでも名称の異なる場合もある。第五段一書の一、「第一説明化日月及進雄神也」（宣賢本）と「第一説明生日月及進雄神也」（蓬左本）、これを二段にわけるが、「一明化三子」（宣賢本）と、「一明生三子」（蓬左本）、また、第五段一書の七、やはり二に分けて、「初明斬火神而化神」（宣賢本）というのと「初述斬火神」（蓬左本）というのと、の如くである。

また、第六段一書の一、同一書の二、同一書の三、第七段の一書の一、同一書の二、同一書の三、第八段一書の二、同一書の四、のごときは、段落区分では変わらないもの（第六段一書の三、第七段一書の二、第八段一書の二）もあるのだが、段落とは別に、叙述のスタイルとして注目すべき相違をかかえている。第六段一書の三を例にとっていう。

○宣賢本（八四）

第三説復分為二、初誓約生神、二処分男女、一書至男矣、初也（略）故日至云備、二処分男女也（略）

○蓬左本（四・九オ—九ウ）

第三説復分為二、初至男矣、一誓約生神（略）故日至云備、二処分男女、（略）

段落としての分けかたや、文言とは別に、はじめに段落をまとめて示す宣賢本と、そうしたことなく、「○○至○○、〈段落名〉」というふうにして注解をすすめるなかであらわしてゆく蓬左本と、段落表示のスタイルが異なることをみるべきであろう。

段落区分・段落名・段落標示の問題を加えて、宣賢本とは異なる、異本として見るべきものの輪郭がなお明確となる。

段落にかかわるところは兼良当人の関与以外に考えにくい。誰が変えることができるか、また、そうすることに何の意味があるだろうか。「或加増或減少」という、兼良自身の手入れがあったことにかかわらせて見ることができるならばこれを落ちつかせうるのではないか。

宣賢本が一方の兼良自筆本の姿をほぼ忠実に伝えているとすれば、兼良自身から出たもうひとつの『纂疏』の姿は蓬左本にうかがうことができるのではないかと考える。蓬左本とともに異本系列にたつものとして版本が位置づけられるのであり、蓬左本と版本とをつなぎ、また、重ねて、宣賢本との異なりを捉えて、異本を見るべきなのである。

4

『日本書紀神代巻訣釈』本系諸本が、蓬左本（版本）と、宣賢本との相違を共有することも、異本の伝来を見わたす上では小さくない問題である。ただし、『訣釈』本系諸本は、全体にわたって宣賢本と対立するのではない。「神代下」に相当するところ、すなわち五、六冊（書陵部本は巻一・二を合せて一冊とした五冊本だから四、五冊）において、蓬左本・版本と共通し、一―四冊（書陵部本一―三冊）にあっては「第八経営天下」段をたてることを除いて宣賢本と共通するのである。要するに、取り合せ本なのである。

『訣釈』本系を特徴づけるのは、巻頭、「日本書紀巻第一」としたあと、「私決釈云先開六段」という標題とともにはじまることである。その「六段」とは、「一撰述人　二引拠書典　三制書凡例　四本末義訓　五一書題目　六本文註解」である。宣賢本・蓬左本とともに、まず「日本書紀纂疏巻第一」と右肩に記し、次行左下に「藤兼良述」としたあとに、「神代上之一」という標題とともにはじまる。巻六まで一貫して同じ体裁であり、巻一―四が神代上の一―四、巻五、六が神代一、二となる。これに対して『訣釈』本系は、「纂疏」の名を出さず、「日本書紀巻第一（二）之〇」とするのみで兼良の名も記さない。あえて、そういう体裁をとった『纂疏』の伝本の一である。「私決釈云」とあるのは、ここに「私決釈」なるものをとりこんだということになる。書陵部蔵の一本が五冊仕たて（巻一・二を合せるゆえ）で、『日本書紀神代巻訣釈』と外題したのは冒頭の体裁にひかれてのことであろう。『纂疏』なのであって、別個な注釈書であるような書名を与えるのは正当とはいえない。ただ、のべたような体裁をあえてとる一系統を認め、その特徴を呼びあらわすにあたってふさわしいものとして『訣釈』本系と称することとしたい。

冒頭の総論部に「私決釈」なるものをとりこんだというのみで、あとは内容的には『纂疏』そのものなのであるが、「〇〇至〇〇」という本文の提示に忠実にしたがって、テキスト全文を大字とし、『纂疏』本文は小字双行の体裁である。『日本書紀』本文とともに、注釈を示すという形を呈するわけで、『日本書紀――』と題する所以はそこにあるかもしれない。

冒頭部を対照的に示せば左の如くなのである。

〇宣賢本・蓬左本

「神代上之一」のあと、「叙曰」にはじまる序文があり、「将釈此書先開六段」として、名称は『訣釈』本系のと同じ六項について、いわば総論としてのべつつ、「本文註解」のあと本文が注釈にひきつづく。

○『訣釈』本系

「叙」がなく、「私決釈云先開六段」からはじまる。項目は共通するが、「四本末義訓」までの四項は、宣賢本・蓬左本を簡略化し（あとは同じになる）、「二引拠書典」には、「決釈云、不取義此義、当書者、神代諸神書契、舎安者集古書撰編之而已」と「決釈」からの引用がある。

ちなみに版本は、兼良の名を示し「叙」からはじまるが、「六段」を記さず、「綱領」として、一々の項の見出しを省いて六項をそのままつづけて載せる。

本文を全文掲げるのは版本と同じだが、版本とは別に、「叙」を除き、「私決釈」をとりこんだところで、本文を全て掲げるものがあったのである。版本とは別に見るべきなのは、本文の掲げかたの問題（前述）とともに、巻一—四までが宣賢本系につながり、巻五、六が異本たる蓬左本系につながるという、取り合せ本としての『纂疏』にもとづいていると認められることによって明らかであろう。

何らかの事情で、系統の異なる二本を取り合せて、巻一—六としたものについて、本文を全文掲げてそれだけで読めるものとし、「私決釈」を組みこむこと等の体裁の改変を加えているのである。おそらく、二つのことがなされたのは同時ではなかったかと思われる。本文を掲げるのは、冒頭などの体裁を変えたものについてなされたのであろう（後述）。しかし、大事なのは、巻一—六全体が異本であるところの版本とは別に見るべきだということである。

また、おさえておきたいのは、本文を全文掲げて読めるようにしていくのは、『纂疏』の晦渋に対して多発的にその伝来のなかで、ありえたということである。

そして、「私決釈」説とりこみについていえば、おそらく吉田家の所為と見るべきであろう。『兼右卿記』（天理図書館蔵）天文二年六月条及び七月条の裏紙に「日本書紀私決釈巻第三」として、兼右の筆で神名等を記したものが存するという。[16] 他の徴証とあわせて卜部家伝来の書紀注釈書の一としてこれを考えうるのである。[17] 加えて、吉田家文庫に存した兼倶筆の『纂疏』巻頭は『訣釈』本系のそれと同じであったという。[18]

その兼倶筆の『纂疏』があるいは『訣釈』本系の源流であったかもしれない。兼倶の段階で生じた改変だとすれば、その時点では本文は全体を掲げるものではなかったであろう。宣賢の『日本書紀抄』にしても永正本（先抄本）では本文を全文掲げはしなかったからである。但し、その最初から、二系の取り合せ本であったかどうか、留保しておきたい。

ともあれ、『訣釈』本系を通じても、異本の伝来を見るわけである。そして、『訣釈』本系巻五、六と、蓬左本、版本とを対照して、異本系統のなかで、版本のかかえる問題を示唆されるのである。『訣釈』本系・蓬左本に対して、版本には独自な異文が認められる。

a 第九段一書の二

○宣賢本（一三一）

故経至褒美、四賞罰之権也、（略）順而褒、謂華袞之贈、然賞罰之権、在彼而不在我、々只持其衡而已、（略）

○版本（下五七ウ）

（略）順而褒、謂華袞之贈、然賞罰禍福軽重、而不在我、我只持権衡而已、（略）

b 第十段一書の三

○宣賢本（一四五）

須臾至沈去、二塩翁画策也、（略）逢塩翁之救我、猶如鳥之困厄我解之也、可見報応之速矣、如宋郊渡群蟻中甲科之類、多出諸書、（略）

○版本（下一〇二オ）

須臾有塩土老翁来（略）則自然沈去

（略）逢塩翁之救我、猶如鳥之因厄我解之也、可見報応之速矣、如殷湯解網徳及禽獣遂有天下、如宋郊渡群蟻中甲科之類、多出諸書、（略）

c　第十段一書の三

○宣賢本（一四七）

于時至登母、初天孫贈歌也、（略）誉能拠登々々者、猶言其世之事々、蓋記海宮可楽之事也、

○版本（下一〇七ウ—一〇八オ）

既児生之後（略）誉能據鄧駁鄧母

（略）誉能拠登駁登者、猶言其世之事事、蓋記海宮可楽之事也、或云、火出見尊意謂、我所共謀、治世事事、不可忘玉姫内助也、

d　第十一段本文

○宣賢本（一五〇）

彦波至四男、初也、以姨母為妻非礼、然陰陽不測之事、未可知焉、

○版本（下一一六ウ）

彦波瀲武鸕鷀草葺不合尊（略）因葬日向吾平山上陵

其姨母為迎妃、礼然、実母不在、故可知焉、

右に掲げたのは、みな、蓬左本も『訣釈』本系も宣賢本と合致する。蓬左本・『訣釈』本系を異本と見るべきことと、版本における異本たることの共通性とともに独自さをかかえることとを、異本系のなかでの問題として見なければならぬ。

右のうち、dの如きは、内容的に大きく異なるものであり、そうしたものの由来についてはなお慎重を要しようが、b、cのような例を通じて、ほぼ、版本が加えた改変と考えられる。特に、cの場合、これと同じく、歌謡に関して「或云」とする独自異文が他にいくつかあり（下三八ウ、三九オ、四〇オ、七四ウ—七五オ）、歌謡の注を他からとりこんだものと判断してよい。cやもう一例（下三九オ）のほかは、分注のかたちになっているところを見ても、欄外の書き入れになっていたと思われる（あるいは本文化されたものは、本文のなかに書き入れられたものかとも想像される）。

異本を考えるうえで配慮するべきこととして、蓬左本がその中心となり、版本は、それと重なるところで見ていくべきであろう。

なお、異本を考えるうえで、もうひとつ視野に入れておかなければならぬのは、兼夏本神代紀の書き入れである。(19)兼夏本神代紀には、四箇所にわたって、段落説明に関する『纂疏』からの書き入れを見る（裏書にも、兼倶の筆で『纂疏』からの引用が記されるが、性格を異にするものとしていま措く）。すなわち、次の如くである。

i 第五段一書の一のはじめの上欄（四〇）

二釈或説者、凡有十一説、明生日月及進雄尊、此有二、初明生三子、二明命三子、

ii 第五段一書の六の冒頭の上欄（四八）

第六説、此中分為十二段、一明化風神、二明生穀神、三明生海山等神、四明惣生万物、五明生火神而化去、六明陽神哭泣、七明斬火神而化神、八明陽神入黄泉、九明陰神逐陽神、十明二神誓約之言、十一明陽神祓除不浄、十二明処分三子、

iii 第六段本文冒頭右傍書（八七）

第五品、明瑞珠盟約者、有其二、初釈正文、後釈或説、初中分為六段、一進雄登天、二陽神入寂、三月神発忿、四二神問答、五誓約生神、六瑞玉帰主、

iv 第七段本文冒頭の上欄（一一三）

第六品、明宝鏡図像者、有其二、初釈正文、後釈或説、初中分為五段、一進雄無道之由、二日神幽居天窟、三諸神祈請之目、四日神出窟之状、五帰罪於進雄尊、

この段落区分が宣賢本のものではなく、蓬左本と合致することは明らかであろう。さきに、蓬左本と宣賢本との段落区分の相違を十項にわたって見たが、右のii・iiiは、蓬左本と合致し宣賢本と対立するのである。iにおける「生」（「生日月」「生三子」）もまた同じである（宣賢本は「化」）。

必ずしも全面的に蓬左本と同一というのではないところもある。iii・ivの「第五品」「第六品」の「品」字は蓬左本になく、iの「生日月及進雄尊」を蓬左本は「―進雄神也」とする（宣賢本も同じ）。ただ、そうした小異は別として、ii・iiiをもって、この書き入れに用いられた『纂疏』は異本だと見るのが正当であろう。

兼夏本への書き入れが誰によっていつなされたものかなお追究されねばなるまいが、吉田家の所為と見ることで大過はきたさないであろう。そして、異本の伝来が、ここでも認められるということにおいて、その意味は小さくない。また、異本を、蓬左本を中心として考えることについても、この書き入れがひとつの支えとなるといえる。

あらためていえば、蓬左本を中心に、『訣釈』本系の五、六冊や兼夏本の書き入れ、及び版本をつないで、異本の輪郭をつかむことができるのではないか。異本として、宣賢本にこれを対置しながら、両者の異同の間で、兼良における神代紀理解を動態的に問うことが可能となってくるのだといえる。

宣賢本と、異本としての蓬左本と、両者をめぐって、兼良における「加増」「減少」の実態をとらえ、また、諸本

の関係把握を展望すべきだということを確認してきた。それを、康正年間に成立したということと、文明段階に「加増」「減少」の手が入ったということに、どのようにひきあてるか、諸本の関係づけを明確にすることがもとめられる。

いま、一次本（康正年間に成立したもの）、二次本（一次本に「加増」「減少」したもの）としての位置づけを端的にいえば、宣賢本は二次本の姿を忠実に伝えるもの、蓬左本は一次本系、として見るべきであろう。

そのように判断する理由は、祐範書写本系は、文明五年の日付の隆量の奥書によって「加増」「減少」を経た二次本をもって「令校達定」したところとして、二次本系とうけとるのが当然であり、その祐範書写本系は、宣賢本と蓬左本（版本）との対立に対していえば、宣賢本と基本的な点で共通すると認められるからである。

正確にいえば、「経営天下」を第八段としてたて、従って、全体を十一段とするという章段区分の問題を除いて、宣賢本と蓬左本との対立における宣賢本の諸特徴を具えるのである。「経営天下」の段の問題に対する明確な把握をここで問われる。

すでにのべたごとく、蓬左本・版本は、第八段の一書の四の途中で区切って、「経営天下」という章段をたてる。宣賢本はそれをしない。一書はすべて「神剣奉天」の段の「或説」として扱う態度で一貫するのである。大きな対立点があり、一次本と二次本との間における問題のひとつとして見なければなるまい。

ただ、「経営天下」段をたてることが、また吉田の家説として主張されてきたのはよく知られるとおりである。兼倶は、兼夏本神代巻一、第八段の一書の一の冒頭上欄に、「是ヨリ一書ノ説六説アリ、第四説ノ末ヨリ分テ経営ノ品トス、一家ノ習也」（二四九）と書き入れ、さらに、第四の一書「初五十猛神――」の行頭に「第八」と記すとともに、講釈のなかでもこれを家説としてくり返し主張する。文明十二年四月講始、同十三年五月講始の講釈の聞書のほか（前者は『神代関鍵鈔』、後者は『神書聞塵』、いずれも天理図書館蔵）、晩年、文亀頃の講釈と見られるものの聞書を自写したもの（天理図書館蔵『日本書紀神代巻抄』）によって認めるところである。いま、最後のものによって代表させて示せば[20]、

初五十猛神天降之時――此以下一段ニ分ソ、謂之天下経営段也、是一家当流之習也、

宣賢またこの点で強く家説を主張することにおいて変わらない。『日本書紀抄』大永本（後抄本）に、

纂疏分為十段、卜氏分為十一段、（一八〇）

コレハ一書ノ説ノ内ナレトモ当家ニハ此ヨリ切テ第八段トシテ正文ニ用ル也、此段ヲハ天下経営ノ段トス、其故ハ大己貴ノ天下ヲ経営スル事取分キ簡要也、一書ノ説トシカタシトテ一段ヲ立ル也、是曩祖兼延カ所為トシテ当流ノ家説也、纂疏不立此段、卜氏一流秘説也、（三三四）

という。ここでは『纂疏』に対置して、家説たることを明示しようとするに及んでいる。

宣賢の書写した『纂疏』二次本には、たしかに「経営天下」の段をたてることがない。しかし、一次本ではこの段をたてていたのではなかったか。蓬左本などの「経営天下」段は、吉田家説が入りこんだというようなものでなく、もとより『纂疏』のものだったと考えるべきであり、そのように捉えることによって『纂疏』の問題がはっきりさせられると考える[21]。

蓬左本は、左のようにして「経営天下」の段をたてる（四・三五オ―三六オ）。

第八明経営天下者、断上一書末章及下二書之説、而別立此科、蓋此二書半章之所言、全不繫上正文、理当為一科、々名四字、見下章、愚謂天地草昧之初、万物已生成、然猶夥未得所者、故財成輔相、必仮後聖之手、是此科所以立者也、分為三段、上一書末章初五至是也、是第一段、述五十猛之有功、初之言、謂前此也、（略）次一書是第二段、述進雄播種之功、（略）次一書是第三段、此中有其五、（略）

版本がこれと同じかたちの本にもとづいていたことは、「初五十猛神」の前で章段を切って「右明神剣奉天」とし、

左のように新しい章段（後に「右明経営天下」とし、ここで「神代上」がおわる）をはじめることによって明らかであろう（上二〇一オ）。

初五十猛神天降之時（略）即紀伊国所坐大神是也、

天地草昧之初、万物已生成、然猶夥未得其所者、故財成輔相、必仮後聖之手、初之言、謂前此也、（略）

段落に関する説明をはぶき、この章段をたてる理由をのべる文をのこしたのである。

ここにおける「経営天下」の「科」をたてる理由づけは、吉田の家説に顧慮することなく成されているように見える。宣賢は「簡要也」というだけで、その講釈の聞書でも家説を強調することを出ない。ここに示されたような、本文と一書の関係という見地は注目に値する。本文と全くかかわりのない内容の一書が、一書の五、六であり、本文との対応でいえば「初五十猛神」以下から完全に本文の外に出てしまう。しかも、その部分で内容的にはひとつのまとまりをなしていて前後の連絡を考えうるという点で、「経営天下」としてたてることができるとの主張は明快といってよい。

祐範書写本系や『訣釈』本系はまったく同文の理由づけを記して、「経営天下」の段をたてるのである。二次本にはこの段はなかった。それは宣賢本や兼永本の証するとおりである。二次本の系統であるのに「経営天下」を一次本と同じくたてる『訣釈』本系だが、これと同じことが、静嘉堂文庫本や、文亀三年俊通書写本系の香川大学蔵神原文庫本にも見られる。

しかし、祐範書写本系を除いて、それらは、「経営天下」のことは、後から修訂されたものであることを露わに呈示している。[22] すなわち、『訣釈』本（書陵部蔵）は、「初五十猛神—是也」の本文を掲げたうえに、欄外に、他の注記と同じ扱いでさきの「第八明経営天下者」以下「上一書末章」にいたる文を記すのである。また、静嘉堂本・香川大学本は、「第八明経営天下者—上一書末章」の部分を枠どりして囲むのである。さらに香川大学本にあっては、第四

の一書の最後と第五、六の一書をもって三段とすることは本文のうえでは全く無視されたかっこうである。具体的に示せば、

第八明経営天下者、（略）上一書末章 初五至是也、三述五十猛之有功、初之言謂前此也、（略）第五説有三、初述進雄播殖之功、二述三神分布之功、三述進雄入根国、（略）第六説此中有五、（略）

となる。つまり、宣賢本と同じなかに、「第八明」云々の囲み書きだけがある。静嘉堂本もほぼこれと同じである。「初五至是也、第一段述五十猛之有功」となっていることが異なるのみである。『訣釈』本と祐範書写本系が、蓬左本と同じく、「第一段」「第二段」「第三段」とするのを見合せつつ、これは一次本を見合せることによってもたらされたと判断するのが妥当であろう。ちなみに、総論部でも、『訣釈』本・静嘉堂本・祐範書写本系は、「経営天下」をいれて十一段区分とするが（香川大学本は十段のままである）、これも一次本を見合せての修訂と認められる。

あらためて蓬左本の第八「経営天下」にもどれば、それは、後人の手でなされたというより、他の、宣賢本との異なりとともにもとより存したものと見るのが妥当であろう。後人が、「経営天下」は吉田の家説であることを承知しながら別な主張を装って改変の手を加えたというより、兼良自身の問題として、一次本では「経営天下」をたてていたと見るのがもっとも自然だからである。

兼倶や宣賢らが吉田家説として強調してきたものを含んで、『纂疏』一次本は成ったと判断する。そうした事情のうえで「纂疏不立此段」という宣賢の言の意味も考えてみる必要があろうし、想像の域だが、一次本から二次本へ、章段区分におけるこの兼良の転換も、そうした吉田側の主張とのかかわりを考慮すべきかもしれない。

なお、祐範書写本系の位置づけとして、これも、いわば混態を、「経営天下」においてのちにきたしたものと見るべきかどうか。隆量の、二次本による「令校達定」が、ここでは何らかの事情で及ばず一次本のままにのこされたと考えられなくもない。いずれにせよ、それは問題の根幹に及ばない。

まとめていう。『纂疏』には、引用書にも及んで文言が相違し、「経営天下」の問題を含んで段落区分も相違する、一次本と二次本とが認められる。そこに兼良説の展開を動的に跡づけることも可能になるのだが、二次本では祖本を忠実に伝える宣賢本（及び兼永本）、一次本では蓬左本が、考察の中心にすえうるものとしてある。二次本系には、「経営天下」において一次本との混態を生じたものがある（静嘉堂本・香川大学本など）ことに留意しつつ、諸本は、基本的には、兼良自身から出て少なからぬ加減をかかえる二つの系統として展望されるのである。

以上、『纂疏』説を中世神代紀研究の到達として正当に定位し、かつは、今日の我々の神代紀作品理解のためにうけとめていくのに不可避の、基礎研究として、諸本の位置づけを試みたものである。

注

（1）『纂疏』の諸本をめぐる先行研究として、
①近藤喜博「日本書紀纂疏　その諸本」（『芸林』七ノ三、一九五六年）
②近藤喜博「日本書紀纂疏の成立」（『ビブリア』九、一九五七年）
③近藤喜博「日本書紀纂疏補遺について」（『ビブリア』一〇、一九五八年）
④中村啓信「解題」（『天理図書館善本叢書　日本書紀纂疏　日本書紀抄』一九七七年）
⑤岡田荘司「吉田兼俱の日本書紀研究」（『国学院雑誌』一九八一年十一月号）
⑥中村啓信「日本書紀纂疏」（『日本古典文学大辞典』一九八四年）
⑦真壁俊信「解説」（神道大系『日本書紀註釈（中）』一九八五年）
がある。本稿はこれらの先行研究におおきく負う。

（2）後からの書き入れと見られ、宣賢自身の言かどうかは留保したい。

（3）この問題は、前掲注(1)近藤②論によって、天理図書館曼殊院旧蔵本の紹介とともに示された。

（4）同本巻五・六末の奥書に、慶長十二年に書写し、同十四年に校合、首書等を加えたという祐範の奥書、及び本奥を写したうえで、「慶長十七年壬子正月吉日　同御社神守（判）」とある。祐範本を直接書写したと認められる。曼殊院本が「祐範本この写から何写を経たかはともあれ」（前掲注（1）近藤②論）といわれるごとくであり、祐範本の原本が不明の現状にあって、この系統の重要な一本といえる。なお、巻一・二の表紙に「慶長十七年壬子年古写本／明治十六年ヲ距ル／二百七十一年」という貼紙がある。これと符合することがらが東京大学付属総合図書館南葵文庫旧蔵無刊記版本の書き入れに見出される。この書き入れは、版本との相違について全巻にわたって詳細になされたものだが、そのものとなった「古本」は、狩野文庫本と同じ奥書を有するものだった。さらに、巻末には、書き入れた源（常世）長胤の識語が、明治十六年十二月二十一日の日付で記され、次のようにある。

右古本者神田息胤従新宮城蔵書之内本年所求也予以其古本加一校了但原本神代本文無之

水野忠央の旧蔵だったものであり、息胤が入手し長胤が版本と校合したそれが、狩野文庫本だと認められる。

(5) 曼殊院本、狩野文庫本とともに同文。それぞれ天理図書館焼付写真、東北大学付属図書館撮影のマイクロフィルムによる焼付写真、による。

(6) 二次本の称は、前掲注(1)中村⑥稿による。

(7) 天理図書館蔵。天理図書館善本叢書の複製により、引用の場合そのページ数を示す。

(8) 前掲注(1)近藤①論によって示されたところである。

(9) 版本の引用は注(4)南葵文庫旧蔵本により、巻・丁を示す。

(10) 永正本・大永本ともに天理図書館蔵。大永本は天理図書館善本叢書の複製、永正本は岡田荘司『兼倶本宣賢本日本書紀神代巻抄』の翻刻による。

(11) 前掲注(1)中村④論、真壁⑦論。

(12) 従来、部分的な言及はないわけではなかったが、全体にわたるものはない。注(4)にのべた長胤の書き入れにはその点で意義あるものといえる。以下、この書き入れに負うところが多大である。

(13) この箇所については、前掲注(1)中村④論において言及されたところ（「如蝿脚汗素帛」宣賢本と「如蝿矢汚素帛、故名曰蝿声」版本）もある。

(14) この箇所は、前掲注(1)真壁⑦論にもとり上げられた。

(15) 以下の考察にあたって、蓬左文庫本、書陵部『訣釈』、及び『訣釈』本系の一本として国学院大学蔵本を、それぞれ焼付写真によって利用する。

(16) 林勉「解題」（天理図書館善本叢書『日本書紀兼右本　三』）。
(17) 前掲注(1)岡田⑤論、及び、前掲注(16)林論、参照。
(18) 前掲注(1)岡田⑤論が西田長男の調査ノートによってのべるところ。なお、西田長男「『唯一神道名法要集』諸本解説」（『日本神道史研究　第五巻中世編（下）』講談社、一九七九年。初出一九四二年）参照。
(19) 天理図書館善本叢書『古代史籍集』の複製による。引用にあたっては『古代史籍集』のページ数を示す。
(20) 注(10)前掲岡田翻刻による。
(21) 「宣賢講抄」に言う「清書」本を一次本と見ることになるが、「清書」「草藁」ということが、一次本・二次本の判断とは矛盾しないと考える。宣賢は、「家説」を含まない本に拠ったのである。
(22) 以下、静嘉堂文庫本の引用は焼付写真により、また香川大学神原文庫本はやはり焼付写真によって利用した。

※資料の利用にあたって示された各文庫・図書館のご厚意に深謝申し上げる。

［二］『日本書紀』「神代」の章段区分諸説をめぐって——『纂疏』、兼倶、宣賢

1

近世以来『日本書紀』「神代」上下を、「神世七代章・八洲起元章・四神出生章・瑞珠盟約章・宝鏡開始章・宝剣出現章・天孫降臨章・海宮遊行章・神皇承運章」の九章に区分して見ることが広くおこなわれてきた。谷川士清『日本書紀通証』、谷秦山『神代巻塩土伝』、鈴木重胤『日本書紀伝』、飯田武郷『日本書紀通釈』等から新訂増補国史大系本に及ぶのである（但し、国史大系本は、「章」を付さず、また、「神世七代」を「神代七代」に、「八洲起元」を「大八洲生成」に、「海宮遊行」を「海宮遊幸」にあらためるなどしている）。

この章だては、本文を中心としてこれに付随する一書を一団としながら、章名によって内容を集約し、「神代」の展開を大きく見通そうとしたものであったということができる。『日本書紀』「神代」の、いわば段落的構成的理解としての意味を認めてよいであろう。(1) ただ、これを研究史的に位置づけながら見ようとするとき、基本的な点で問題が必ずしも整理されていないのである。学説史的な整理すら明確とはいいがたい。

鈴木重胤『日本書紀伝』が九章区分を掲げつつ、「此称何れの御代に、如何なる人の号けたるにか、詳ならずと雖も、此紀を読むに、其便理宜ければ、今も従て用ふ」というのはさりながらも、日本古典全書本『日本書紀（一）』（武田祐吉校注、朝日新聞社、一九四八年）の解説にも、「後人が、便宜上これを分つて九章とし、それぞれに名称を付し

てゐる」とするのみであり、日本古典文学大系本『日本書紀 上』(坂本太郎他校注、岩波書店、一九六七年)も、「凡例」に、新訂増補国史大系本のそれを「従来の章名」として掲げるにすぎない。わずかに『日本神話必携』(別冊国文学16、学燈社、一九八二年)において、西宮一民「日本書紀の神話――梗概と問題点」が、これを一条兼良『日本書紀纂疏』(以下『纂疏』とする)に発したものとして見るべきことを説いて注目される。すなわち、『纂疏』巻頭総説部に、「本文註解、此中大分為十、第一三才開始、第二七代化生、第三八洲起原、第四万物造化、第五瑞珠盟約、第六宝鏡図像、第七神剣奉天、第八天孫降迹、第九兄弟易幸、第十神皇承運、前七在上、後三在下」という、「この章段把握とその「見出し」は、後世に強く永く影響を与えた」とするものである。

しかし、西宮説によって学説史が正当に把握されたとはいえない。そもそも、「従来はほぼ十章(「段」とも)に分けられていた」というが、広くおこなわれていたのは九章区分である。『纂疏』の「大分為十」と、九章区分とでは、分けかたそのものという、もっとも基本的な点で異なるのである。基礎的な整理がなお必要だと考えるのであり、本章は、これを目的とする。章段区分の、「神代」把握としての意味づけにむかうためにもそれは不可欠なのである。

2

近世以来おこなわれてきた九章区分と、『纂疏』の説とは区別すべきことを明確にしておかねばならぬ。十一段の本文(本書)にそれぞれ一書が付随するという形態の「神代」に対して、本文を中心としての章段把握であることは異ならないが、本文の各段(以下、(一)のごとくに示す)と、両者の章段区分を対応させれば左のようになる。

（『纂疏』説）

㈠ 三才開始
㈡
㈢ 七代化生（㈡・㈢）
㈣ 八洲起原
㈤ 万物造化
㈥ 瑞珠盟約
㈦ 宝鏡図像
㈧ 神剣奉天
㈨ 天孫降迹（臨）(3)
㈩ 兄弟易幸
(十一) 神皇承運

（九章区分説）

㈠
㈡
㈢ 神世七代（㈠～㈢）
八洲起元
四神出生
瑞珠盟約
宝鏡開始
宝剣出現
天孫降臨
海宮遊行
神皇承運

『纂疏』は、㈠の途中「神聖生其中焉」で区切ってここまでを「三才開始」とする。この点において異なるのである。同じ一段の本文の中であっても、世界のはじまりをのべるところとして、「古天地未剖」以下「神聖生其中焉」までは一つの章段として特立するという立場である。結果として、区分は十章段と九章段とにわかれるということになる。

㈠をめぐる態度において『纂疏』説と九章区分説とを区別したが、さらに、㈧をめぐる独自な主張によってこれら二説とも異なる章段区分説のあることに留意したい。すなわち、吉田家説である。兼倶・宣賢を通じて大成された、強烈な家学意識を負った吉田家の「神代」紀注釈は、章段区分において「天下経営（経営天下）段」という独自な一段をたつべきだと主張する。

(八)の第四の一書の途中、「初五十猛神天降之時」で区切って、以下を一つの章段としてたてるのである。宣賢『日本書紀抄』（大永本）[4]に、

コレハ一書ノ説ノ内ナレトモ、当家ニハ此ヨリ切テ第八段トシテ正文ニ用ル也、此段ヲハ天下経営ノ段トス、其故ハ大己貴ノ天下ヲ経営スル事取分キ簡要也、一書ノ説トシカタシトテ一段ヲ立ル也、是曩祖兼延カ所為トシテ当流ノ家説也、纂疏不立此段、卜氏一流秘説也、

と説くのに見る通りである。吉田家説内部の問題については後述するが、いま宣賢抄（大永本）によってその章段区分をさきのと同様に示せば左のようになる（章段名は総説的に示されたものによる）。

(一)　三才開始段
(二)(三)　七代化生段
(四)　八洲起原段
(五)　万物造化段
(六)　瑞珠盟約段
(七)　宝鏡図像段
(八)　神剣奉天段
　　　経営天下段
(九)　天孫降迹段
(十)　兄弟易幸段
(十一)　神皇承運段

(一)をめぐる態度は『纂疏』と共通し（『纂疏』をうける）、結果として十一段に区分するわけである。

『日本書紀』自体のたてる本文（本書）を中心とするという点で当然相似ているが、㈠、㈧の二箇所にそれぞれの独自な主張を見つつ、九章区分説、『纂疏』説（十段区分）、吉田家説（十一段区分）の三説がおこなわれていたことが確認されるべきであろう。

そして、九章区分の説が、忌部正通『神代巻口訣』（寛文四年刊）[5]に発すると認めて、ことはより明らかになろう。『口訣』は、章段に分けて本文・一書のテキスト全体を提出しつつこれに注を加えるという体裁をとるが、下巻を三の章に分ける。左の如くである。

㈠㈡㈢　第一章神世七代
㈣　第二章八洲起元
㈤　第三章四神出生
㈥　第四章瑞珠盟約
㈦　第五章宝鏡開始
㈧　第六章霊剣出現
㈨　第一章地神第三代　天孫降臨
㈩　第二章龍宮遊行
㈩㈠　第三章地神第五代紀　神日本磐余彦尊降誕

ふれてきた九章区分説に連なることは、第一に、章段の区切りかたにおいてすでに明白であろう。第二に、用語のうえで、章段に「章」の語を用いることもその証となる。『纂疏』は、「段」や「章」の語を用いない。各章段の書きおこしに、「第一明三才開始者」のごとくにある、「明」は、「章」にあたるものではない。「第一明三才開始者有其二初明混沌二明開闢」という文脈で「明す」の意であることはうけとられる通りだ。吉田家説では「品」又は「段」の語が用いられる（宣賢の大永本では「段」が用いられているが、兼倶は「品」を用いることが多い――後述）。第三に、章段の称において、『纂疏』と吉田家説との親近、『口訣』の独自さが際だつが、その独自さは九章区分説につながるのである。特に、「神世七代」、「四神出生」、「宝鏡開始」、「霊剣出現」、「龍宮遊行」に注意したい。九段区分の章名はこれを承けるのであり、『纂疏』や吉田家説を承けるのでは出てこないであろう。ただ、「宝剣出現章」「海宮遊行章」のごとき、そのまま承けるのではないものがあり、「神皇承運章」にいたっては、『纂疏』・吉田家説の称から採ったと見るべきではある。『口訣』をベースに、章名を四字で一貫しようとしつつ、第七章は「地神第三代」ではなく「天孫降臨」をとり、第五、八章名に手を加え、第九章は『纂疏』・吉田家説の称を移し入れるというふうにして定着にいたったものと判断される。

以上、注釈史のなかであらわれてくる三つの章段区分説――『纂疏』、吉田家説、『口訣』――をたしかめてきたが、この認識を基礎におくことによって、はじめて問題は正当に問われるのではないか。

すなわち、それぞれの説における㈠や㈧をめぐる区切りかたにどのような問題が含まれているか。章段名は、内容を集約するものといえるが、その称を通じて、特に相違に注目して区切りかたと関連しつつそれぞれの説の立場や態度をどのように認めうるか。それぞれの説が互いにどのようなかかわりをもち、どのようにして『口訣』説が一般化するにいたるか。

このことにこたえていって、「神代」紀の段落的構成的理解としての章段区分の、学説史的研究史的位置づけは正当にはたされよう。いま、その階梯として、吉田家説の問題についてなおふれておく。その作業は基礎的整理という点で、課題をより明確にするプロセスとしてなお必要だと考える。

見ておきたいのは、吉田家説が、『纂疏』に大きく規制されながら、家学意識をもってこれに対抗するところで自説を形成していったことである。さきに引いた宣賢抄（大永本）にうかがう通りだが、この吉田家説は、兼倶・宣賢父子を通じて形づくり上げられるところに即して見届ける必要がある。

宣賢抄（大永本）の示すのは吉田家説の帰着といえようが、ただ、それははじめからさきに見たようなかたちで定まったものではなかった。宣賢にあっては、永正年間と大永年間と、十数年から二十年を隔てて二度にわたって自筆本をもってその注釈をまとめている。兼倶による講義聞書を総合しつつ家学の大成をはたしたものだ。永正本と大永本との間には、後者が「神代」巻テキストをくみこむ体裁であり、前者が別にテキストを備えることを前提とした、注のみのかたちであるのと大きな相違があるが、章段区分については、両者の間には異なりはない。宣賢の説としては一貫しているのだが、もう一人の兼倶との間では小さからぬ相違があるのである。それは吉田家説内部の問題として看過できない。それとともに、宣賢・兼倶ともに（とくに兼倶）章段の称についてはかなり幅があり、流動的だということにも留意しておくべきであろう。この二つの点を眼目として整理していこう。

兼倶が二十年以上にわたって「神代」巻の講釈活動をつづけたことはよく知られているが、知られる限りでは文明九年の講釈がもっとも早く、晩年の文亀年間に及び、多数の聞書がのこされている(6)。年時分明の講釈としては（いずれも講始時の年月）、

(1)　文明九年四月

(2)　文明十二年四月

(3)　文明十二年八月

(4) 文明十二年十月
(5) 文明十三年四月
(6) 文明十三年五月
(7) 文明十八年十月
(8) 文亀元年十二月

があり、(1)、(2)、(5)、(6)については聞書がのこる。年時不明の講釈で聞書の存するのは、

(i) 明応七年七月五日以前
(ii) 明応七年七月上旬以前
(iii) 明応九年以後
(iv) 文亀頃

の四種である。(i)は「神代聞書」、(ii)は「神書聞書」とあって、ともに兼致筆、天理図書館蔵。奥書に、それぞれ明応七年七月五日、同上旬としてそれ以前の聞書を新写したという。(iii)は、宣賢筆「日本紀聞書抜書」、天理図書館蔵。巻頭に「歳阿弥弟円満寺聞書」とあるが、後柏原天皇即位(明応九年)後と認めるべき記述がある。(iv)は、月舟寿桂の聞書を兼倶が自写した、天理図書館蔵自筆本「日本書紀神代抄」が存する。明応六年の日蓮宗との問答について「数年之先」と言及することから、文亀頃の講釈かと見られる。宣賢の場合は二種の自筆本が講釈の台本でもあったのとは、兼倶は事情が異なることに留意せねばならないけれども、(iv)を兼倶説を代表させうる存在と認め、早い文明年間の諸聞書を見合わせることによって兼倶の説をたどることができる。

結論的にいえば、兼倶説は、文明年間から晩年にいたるまで、左のような章段区分としてほぼ変わることがなかったといえる。

㈠序分
　三才開始段
㈡
㈢}七代化世（生）段
㈣　八洲起原（源）段
㈤　万物造化段
㈥　瑞（宝）珠誓（盟）約段
㈦　宝鑑（鏡）図象（像）段
㈧　神剣奉天段
　　経営天下（天下経営）段
㈨　天孫降臨（迹）段
㈩　兄弟易幸段
㈩一　神皇正統（紹運）段

自筆本を中心に、聞書間の章段名の異同の主たるものを（　）内に示した（この点なお後述）が、区分のしかたそのものは基本的に一貫して変わらないと認められる。

ただ、区分のしかたをめぐって若干ふれておくべき問題がある。ひとつは、㈣㈤をそれぞれ一段として捉えることと、一方で、あわせて一段と見ることもできるという態度とが併存していたように思われるところがあるということである。それは(iv)自筆本に顕著である。総説部に「八洲起原段、又云、万物相化段」とすることと㈤のはじめに章段に関する言及のないことと、彼此見合わせれば、㈣㈤をあわせて見ようとする態度だと諒察されよう。そして、㈦についていては「第六段也」というのだから、「八洲起原段」「万物相化段」をそれぞれ一段とするという認識にたつのでもあった。同じことが(6)にも認められる。㈣のはじめに「第三説ソ。八州起源説ノ段トモ申ソ万物造化ノ段トモ申ソ」

としつつ、㈤に入るにあたって「万物造化ノ篇トトルソ」とするのである（宣賢筆「神書聞塵」天理図書館蔵。兼致筆「日本紀聞書」天理図書館蔵にも同様にある）。「神書聞塵」には「万物造化ノ段トモ中ソ」の横に「不審」の書きこみ（別筆か同筆かは写真では判じがたい）があるが、「不審」というより、イザナキ、イザナミによる生成として㈣㈤の一連性を見つつも同時にそれぞれ一段として区分する態度を兼倶の中に認めるべきなのである。

第二には、やはり(iv)にあらわれた「三子出火段」の問題である。この段をたてることは総説的に示されるが、注解のなかでは釈かれない。兼倶のなかで少なくとも確立された区分ともいえないことは(1)以下を見わたしてたしかであろう。むしろ「三子出火段」をたてない十一段説として兼倶説を見るのが穏当であろう。

第三には、兼倶自筆の稿本「纂和抄」（天理図書館蔵）の問題である。文亀二年十二月の消息紙背を利用しているのでそれ以後の成立だが、[7]総説的にのべるなかでは、

入文十一品ノ次第アリ第一ニハ天地人ノ三才ノ開始第二ニハ七代神ノ出化第三ニハ大八洲ノ国ノ起原第四ニハ万物ノ造化第五ニハ神璽ノ盟約第六ニハ神鏡ノ図像第七ニハ神剣ノ奉天第八（「ニ」を消して傍書）ニハ天孫降迹（「天下経営」を消して傍書）ノ次第第九（「十」の上に重ね書き）ニハ地神第四兄弟ノ易幸第十二（「一」の上に重ね書き）ハ神皇正統ノ承運ヲ註ス前七品ハ上ニアリ後三品ハ下ニアリ

とし、以下の注解もこれに従って「第一三才開始段」「第二七代化生段」「第三八洲起原段（「事」を消して傍書）」「第四品万物化生ノ段」（「化生」の右に「造化」と傍書）「第五神璽盟約事」「第六宝鑑出現段」「第七神剣奉天段」という区分をもってなされる（「神代上」でおわって「下」を欠く）。「天下経営段」をたてず、㈠の途中「神聖生其中焉」までを第一段、「故曰」以下㈡㈢を第二段とするのは、『纂疏』にそのまま従うのである。内容も、時に自家説に言及することがあるが、基本的には『纂疏』を抄出し和文化したものと認められる。兼倶と『纂疏』との関係という点で注目すべき問題を含むが、[8]兼倶の説をここに見るべきものではない。

右のような点に留意しつつ、兼倶の説は一貫したものとして捉えることができる。その特徴は、「経営天下段」をたてることとともに、㈠—㈢の区分の独自性にある。㈠の前半「神聖生其中焉」までを「序分」とし、（一）後半「故曰」以下をもって「三才開始段」として一段をたて、㈡㈢を「七代化世（生）段」とするのは、章段名こそ『纂疏』や宣賢と共有するが（「三代開始」「七代化生」）、区切りかたの異なる独自な説だという点を明確におさえねばならぬ。兼倶と宣賢と、吉田家説としてひとつにはできないのであり、その区別によって学説史が正当に把握されるであろう。また、たとえば、雅久本日本書紀巻一、二（神宮文庫蔵）に書き入れられた章段名の如きも、兼倶説によるものとして正当に位置づけられるのである。[9]

具体的に、のこされる諸抄——最初期から晩年までの(1)、(2)、(6)、(iv)——を通じて確認しておこう。[10]

まず「神聖生其中焉」までを「序分」とし、「故曰」以下の（一）を第一段とすること、

(1)に、

然後—（略）家ニ此マテヲ習テ序分ト云ソ（宣賢筆「神代聞書」天理図書館蔵）

(2)に、

然後—是マテヲ序分トトルソ（略）此次ニ故（カレ）曰カラ正宗ニトルソ（「神代関鍵鈔」天理図書館蔵吉田文庫）

(6)に、

古天地—十一品ニ章ヲ分ソ第一ニ三才開闢第二ニ七代ノ神化生ヲ云ソ此ハ天地開闢ノ始ソ此書ハ序分カナイニ一家習ニ生其中焉マテヲ序分ト習ソ

然後—（略）此マテハ序分ソ

故曰第一品ノ説ソ（宣賢筆「神書聞塵」）

(iv)に、

古天地未割―此書ハ不加編者之心、故無序分也、一家ノ習ニ、故曰ヨリ前ヲ、序分ニ取ソ、
然後神聖―（略）以上序分也
故曰開闢之初―以下本文之義也（兼倶自筆本、続群書類従完成会『兼倶本宣賢本日本書紀神代抄』）

と見る通りだ。

次に、(二)(三)をもって第二段とすること、同じように示せば、

(2)次有神泥土煑―是カ七代化生ノ段ソ
一書曰男―（略）是迄七代化生ノ段ソ（「神代関鍵鈔」）
(6)次有神―（略）日本紀ノ第二ノ説ソ（「神代上下聞書」京都大学図書館蔵、「続抄物資料集成」9）
次―第二本ノサタソ（兼致筆「日本紀聞書」）
(iv)次有神泥土煑尊―此カラ大日本書ノ本義也（兼倶自筆本）
次有神―（略）第二段七神化生段初也（『日本書紀神代合解』「兼倶曰」）

となる（(1)にはこの点明示されない）。

また、(八)の第四の一書の途中で切って「経営天下」段をたてることについては、

(1)初五十―ヲキリテ第八説ニスルソ（「神代聞書」）
(2)初五十猛―是ハ第八段ノ一書ノ四メノ末ニアレトモ吉田家ノ習ニコレヨリ切テ第八段ニシテ天下経営ノ段ト云ソ
此段ヲ加テ十一段ソ（「神代関鍵鈔」）
(6)初五十―一家ノ説ニ第八品ノ説ト定ソ此書ハ十品ニ選ソ上巻七品下巻カ三品ソ当流ニハワケテ一段トシテ天下経
営品ト云ソ（「神書聞塵」）
(iv)初五十猛神天降之時―此以下一段ニ分ソ、謂之天下経営段也、是一家当流之習也、上巻七品、下巻三品、揔十品

也、初五十猛神以下、分之為第八品也、（兼倶自筆本）

と見るとおりである。

家説として「天下経営」段をたてる点で宣賢まで一貫する（吉田家説を特徴づけるもの）のではあるが、宣賢とは別な説であることをあらためて確認するとともに、右の兼倶関係諸抄の引用ですでに知られるごとく、用語や章段名において流動性を有することにも注意しておきたい。ただ、傾向として、「第―品」、「（章段名）段」ということが多いと認めてよいようである。「天下経営品」（「神書聞塵」）、「経営ノ品」（兼夏本への書き入れ）のごとくにいうことはむろんであるが、傾向としてはそういってよい。宣賢が「段」で通すのとはここでもやや異なる。また、章段名について兼倶諸抄をたどれば、

(1)区切りにあたって「第―品」というが章段名を示すことはしない。

(2)

a　天地未剖―是カラ文ニ入ソ文ニ入テ十一段ニ見ルソ　第一ハ三才開始段　第二七代化生段　第三八洲起原段　第四万物造化段　第五宝珠盟約段　第六宝鏡図像之段　第七宝剣奉天段　第八天下経営段是マテハ上巻ソ　第九天孫降臨之段　第十兄弟易幸段　第十一神皇紹運段是マテノ三段有下巻之内也

b　是時素戔嗚尊―此第七ハ神剣奉天ノ段ソ（「神代関鍵鈔」）

(6)

b　古天地―十一品ニ章ヲ分ソ第一ニ三才開闢ソ第二ニ七代ノ神化生ヲ云ソ
伊弉諾―第三説ソ八洲起源ノ段トモ申ソ万物造化ノ段トモ申ソ
次生海―第四品ノ説ソ（略）第四品カラ万物造化ノ篇トトルソ
於是―宝珠ノ品ト云ソ

是後―第六品ノ段ソ磐戸ノ段トモ申ソ（略）宝鏡ノ品トモ申ソ
是時素―第七品ノ説ソ宝剣出現篇ソ
初五十―（略）当流ニハワケテ一段トシテ天下経営品ト云ソ
天照太神―第九品ソ
兄火―十段ノ説ソ地神四代ノ時ノ治世ノ事ソ
彦波―第十一品ノ説ソ地神五代ソ（「神書聞塵」）

(iv)

a 此書ハ上下十一段也、上巻 三才開始段、七代化世段、八洲起原、万物造化段、瑞珠誓約段、宝鑑図象段、神剣奉天段、経営天下段、下巻 天孫降臨段、三子出火段、兄弟易幸段、神皇正統、

b 伊弉諾尊、伊弉冊尊立於天浮橋―此云、八洲起原段、又云、万物相化段、
於是素戔烏尊請曰―宝珠段也、
是後素戔烏尊之為行也―第六段也、此段曰宝鏡円図段、又曰宝鏡図像段也、
是時素戔烏尊―宝剣段也、
初五十猛神天降之時―（略）謂之天下経営段也、
兄火闌降命―第十品也、此段ヲハ、云兄弟幸争段、又云龍宮段也、（兼倶自筆本）

という状況（aは総説的一覧的に章段名をならべ示したものがあればこれを引き、bは注解部において章段名を示したものを書き出した。但し、(2)(iv)については、bは、aに対して問題的に思われるもののみを掲げ、aに一致して問題ないものは省略した）に、いわば揺れ―流動性が看取されよう。ただ、(iv)が、章段名及び、「三子出火段」をいうこと[11]（前にのべたように、総説部のみで、注解部には言及がない）において、兼倶諸抄のなかでやや特異と認められることは留意してよい。兼倶を

うけながら宣賢がまとめていったとき、(2)aにほぼ近い名称を採ったという点でも、兼倶において、(iv)でなく(2)が標準的といってよいであろう。その宣賢にあっても、総説部と注解部との間で、後者において幅をもたせる場合がある。

大永本の場合、

a　既掲

b　(故曰)第二七神化生ノ段也

(是時素戔嗚尊)第七神剣奉天ノ段也宝剣ノ段トモ云也

(兄火闌降命)第十兄弟易幸ノ段也又ハ龍宮ノ段トモ云リ

(　)は段の区切りにあたるところ。大永本はテキストをくみこんでいるがその書き出しの部分を示した。

となるが、兼倶などより、章段名を動かさずに首尾照応させて定着しようとする姿勢は明らかであろう。講義の台本としてまとめるということがそこに働いているともいえよう。それにしても、章段名に内容集約を示すものとして見ようとするとき、兼倶・宣賢を通じて、各抄間及び総説部と注解部との間における流動への配慮が必須なのである。

以上、吉田家説内部の、兼倶説と宣賢説との区別をも整理して、問題はより明確になろう。

注

(1)　こうした見地から、「兼倶・宣賢の神代紀章段立てをめぐって」(『いずみ通信』10)という覚書をさきに提出したことがある。そこにのべた問題をひきとって論じたいが、そのための基礎的整理をいまの課題とする。

(2)　『纂疏』の引用は、宣賢筆、天理図書館蔵本による(『天理図書館善本叢書』八木書店、一九七七年)。

(3)　総説的にのべるその第六項に「本文註解」として「大分為十」という際には「天孫降迹」とするが、注解のなかでは「第八明天孫降臨者」と、「降臨」とする。

(4)　宣賢には、講義の台本としてまとめた自筆の抄が二種ある。奥書に大永六年(上巻)七年(下巻)に成ったことを示すものと、永正十一年—十五年頃に成ったかと見られるものとだが、大永本が完成態と認められる。引用は「天理図書館善本叢書」による。

(5) 序に貞治六年（一三六七）の成立と称するが、偽書説がありその成立には問題がある。すくなくとも、『口訣』が影響を及ぼすようになるのは、寛文四年における二種の刊、『日本書紀合解』と山崎闇斎による校刊とによってである。特に、後者は崎門派による受容を想定することによって『口訣』の影響を考えうるという点で注目される。

(6) 兼倶による講釈とその聞書についての調査は、小林千草『日本書紀抄の国語学的研究』清文堂出版、一九九二年）、岡田荘司「吉田兼倶の日本書紀研究」（『国学院雑誌』一九八一年十一月号）、同『兼倶本宣賢本日本書紀神代巻抄』（続群書類従完成会、一九八四年）解説、に負う。特に、小林の論に依拠しつつ、兼倶説の跡づけをおこなうことを得た。

(7) 注(6)前掲小林著参照。

(8) 吉田家における『纂疏』の改編という問題を考えねばならぬのであり（参照、注(6)前掲岡田論）、兼倶説が『纂疏』との対抗関係のもとに、しかし、圧倒的なその規制をうけて成ったことを見なければならぬが、『纂和抄』はこの点で、兼致筆「日本紀和注」（天理図書館蔵）ともども注目すべき資料となる。

(9) 雅久日本書紀は「神宮古典籍影印叢刊 二」（八木書店、一九八二年）に収められるが、その解説に（西宮一民氏執筆）、

第一品三才開始段（上一オ）　第二品七代化生段（上三オ）　第三品八洲起原段（上四オ）　第四品万物造化段（上九オ）　第五品瑞珠盟約段（上二十三オ）　第六品宝鏡図像段（上三十オ）　第七神剣奉天段（上三十八ウ）　第九天孫降迹段（下一オ）　第十兄弟易幸段（下二十五ウ）　第十一神皇承運段（下四十二ウ）

と章段名を掲げつつ、

右の十段の構想は『纂疏』に発するに相違なく、（略）「明」の代りに「品」を用い、「臨」の代りに「迹」を用いているのは、仏典と仏教思想による。

というのは、章段としての区切りかた及び用語上の特徴から兼倶説によっている書き入れだと訂されねばならぬ。第一に、第九段以下（ママ）を付し「十段の構想」とするのは、㈧の第四の一書のおわり近く「初五十猛神」というところ（上四十三オ）に印を付けて、「〇初ヨリハ為本章」と、ここで第八段をたてるという立場をとり、従って、十一段に区分する吉田家説にたつことをおさえそこなっている。第二に、第一段は「古天地未剖」の上に「第一品三才開始段」とするが、「焉故曰」の左に「已上者序文」と注し、また、第二段は㈡のかき出し「次有神」の上に「第二品七代化生段」とするのであり、吉田

家説のなかでも兼倶説に負うところは明らかである。第三に、「品」の用語が兼倶の好んで用いたものであることはいうまでもない。

(10) 天理図書館蔵の吉田家関係の聞書によるのを旨とするが、同じ講釈の聞書の間でも差異があり、必要に応じて他本を見合せることとする。(1)は宣賢筆「神代聞書」(景徐周麟の聞書)、(2)は「神代関鍵鈔」(壬生雅久の聞書)、(6)は宣賢筆「神書聞塵」(景徐周麟の聞書)、(iv)は兼倶自筆本による。(6)、(iv)については他本を見合せることがある。

(11) 特に「七代化世」「宝鑑図象」「神皇正統」などに留意したい。

(付) 天理図書館蔵の諸抄の引用については、断りのない限り、焼付写真による。なお、(一)の区分をめぐって、ことは『日本書紀』「神代」の冒頭部を作品論的にどう捉え、「神代」の作品的統一をどう捉えるかという本質的問題に及ぶと考えるが、これについては小論「『日本書紀』「神代」冒頭部をめぐって」(神田秀夫先生喜寿記念『古事記・日本書紀論集』続群書類従完成会、一九八九年)を併読されんことを請う。

収録論文について

はじめに　新稿。「『歴史』のなかに生きる『日本書紀』」(『上代文学』一〇一、上代文学会、二〇〇八年十一月)をもとに、本書の全体的見通しをあたえるためにまとめた。

Ⅰ　簡略化される『日本書紀』

[一]『革命勘文』の依拠した「日本記」　初出は、「改編される『日本書紀』」(『万葉集研究』二九、塙書房、二〇〇七年十二月)。「暦録」については、「テキストのなかに成り立つ聖徳太子——八世紀における「古代」構築—」(『万葉集研究』二六、塙書房、二〇〇四年四月)から抽出した。

[二]『七代記』と「日本記」　初出は、同題で、『論集上代文学』三〇、笠間書院、二〇〇八年五月。

[三]『万葉集』巻一、二左注の「日本紀」　初出は、前掲「改編される『日本書紀』」。

[四]『扶桑略記』の位置　新稿。

Ⅱ　講書のなかの『日本書紀』

[一]『日本書紀私記(丁本)』(『私記丁本』)の資料批判　初出は「『日本書紀私記(丁本)』論のために」(『万葉集研究』二六、塙書房、二〇〇一年十月)。

[二]「公望私記」と「元慶私記」　初出は、「『公望私記』をめぐって」(『上代文学』八七、上代文学会、二〇〇一年十一月)。

[三]『釈日本紀』の「私記」　初出は、「『日本紀私記』のために」(『万葉集研究』二八、塙書房、二〇〇六年十一月)。

[四]承平度講書の「日本」論議　初出は、「平安時代における「日本」——「承平私記」の国名議論」(『比較文学研究』七九、二〇〇二年二月)。

付論「東海姫氏国」と「野馬台詩」　初出は、「「東海姫氏国」考——承平の日本紀講書をめぐって」(『論集上代文学』二六、二〇〇四年三月)。

[五]講書と「倭語」の擬制　新稿。「文字テキストから伝承の世界へ」(稲岡耕二編『声と文字』、塙書房、一九九九年十一月)

をもとに、全面的に改稿した。

Ⅲ　「歴史」の基盤

〔一〕「聖徳太子」を成り立たせるもの　初出は、「テキストのなかに成り立つ聖徳太子――八世紀における「古代」構築」（『万葉集研究』二六、塙書房、二〇〇四年四月）。「暦録」について述べたところをⅠ〔一〕「『革命勘文』の依拠した「日本記」」に抽出するとともに、「『古事記』の崩年干支月日注をめぐって――複数の「古代」」（『国語と国文学』八四―一一、東京大学国語国文学会、二〇〇七年十一月）を組み込んだ。

〔二〕「皇代記」の世界　新稿。

Ⅳ　付篇

〔一〕『日本書紀纂疏』の基礎的研究　初出は、「『日本書紀纂疏』の基礎的研究――諸本と兼良説の定位とをめぐって」（中村啓信ほか編『梅沢伊勢三先生追悼　記紀論集』、続群書類従完成会、一九九二年三月）。

〔二〕『日本書紀』「神代」の章段区分諸説をめぐって――『纂疏』、兼倶、宣賢　初出は、「『日本書紀』「神代の章段区分諸説をめぐって――基礎的整理として」（『万葉』一三四、万葉学会、一九八九年十二月）。

なお、全体として、注や叙述を整理し、補筆・加筆した。

あとがき

本書に収めた論文は、V付篇の二本をのぞいて、すべて二〇〇〇年代のものである。本書はこの十年間のまとめということになる。

はやく奈良時代末から、『日本書紀』そのものが読まれていたのではなく、簡略化し改編したものや、要覧というべきものに実際には依拠していたのであったが、講書も、解釈による『日本書紀』変換という点で、問題の本質はおなじところにある。全体をひとつの問題として見ることがもとめられるのである。本書は、変奏される『日本書紀』として、これをとらえようとした。

『日本書紀』が歴史のなかに実際にどのようにあったかという問題は、『古代天皇神話論』（若草書房、一九九九年）に収めた「平安期における「日本紀」」および「「日本紀」と『源氏物語』」（ともに一九九八年）においてすでに俎上にのぼせていたが、神話という関心から見るにとどまっていた。「日本」にかかわる論議から、講書にたちいったこともある。それらをひとつの問題として見ることは、「皇代記」まで視野に入れることによって明確になった。『複数の「古代」』（講談社現代新書、二〇〇七年）をまとめるにあたって、課外の特別授業をおこなったことは、その「あとがき」に述べたが、この課外授業の続編は「皇代記の世界」としておこなったのであった。講書も、『日本書紀』の派生テキストと見てきたものも、「皇代記」も、ひとつの問題としてつながる、そうした認識をここでたしかにした。ほうりだしたままになっていた、『日本書紀纂疏』にかかわる付篇の試みも、ここにつながるはずのものであったと見直すことになった。〈変奏される『日本書紀』〉という書名は、テキストの運動というべき、その問題領域をもっともよく表現するものとしてたてた。

二〇〇八年の上代文学会の大会で講演する機会を得て、この問題への全体の見渡しを与えることができた。「はじめに」がこれをもとにしたことは「収録論文について」でことわったとおりだが、この講演が本書をまとめる直接の契機（比喩的にいえば、触媒）となったのである。これがなければ、講書を中心とするような、べつなかたちでまとめることになったかもしれない。

さまざまな縁を得て本書はなったが、私事ながら、東京大学の定年退職の年に刊行することとなった。最初の著書『古事記の達成』（一九八三年）とおなじく東京大学出版会から刊行されるのもうれしい。

末尾ながら、編集を担当してくださった山本徹さん、校正をてつだってくださった福田武史さんに感謝したい。

二〇〇九年六月

神野志　隆光

索　引

さ　行

た　行

な　行

は　行

ま　行

や　行

ら行・わ行

著者紹介
1946年　和歌山県生まれ.
1974年　東京大学大学院博士課程中退.
現　在　東京大学大学院総合文化研究科教授. 東京大学博士（文学）

主要著書
『古事記の達成』（東京大学出版会, 1983年）
『古事記の世界観』（吉川弘文館, 1986年）
『柿本人麻呂研究——古代和歌文学の成立』（塙書房, 1992年）
『古事記——天皇の世界の物語』（NHKブックス, 1995年）
『古事記』（小学館, 1997年. 新編日本古典文学全集. 山口佳紀と共著）
『古代天皇神話論』（若草書房, 1999年）
『古事記と日本書紀』（講談社現代新書, 1999年）
『「日本」とは何か』（講談社現代新書, 2005年）
『漢字テキストとしての古事記』（東京大学出版会, 2007年）
『複数の「古代」』（講談社現代新書, 2007年）

変奏される日本書紀

2009年7月21日　初　版

［検印廃止］

著　者　神野志隆光《こうのしたかみつ》

発行者　財団法人　東京大学出版会
代表者　長谷川寿一
113-8654　東京都文京区本郷7-3-1 東大構内
電話 03-3811-8814　FAX 03-3812-6958
振替 00160-6-59964
http://www.utp.or.jp/

印刷所　株式会社平文社
製本所　矢嶋製本株式会社

ISBN 978-4-13-080067-9　Printed in Japan

神野志隆光著	古事記の達成 ——その論理と方法	A5	五〇〇〇円
神野志隆光著	漢字テキストとしての古事記	A5	二二〇〇円
東京大学教養学部国文・漢文学部会編	古典日本語の世界 ——漢字がつくる日本	A5	二〇〇〇円
小森陽一著	出来事としての読むこと	A5	二〇〇〇円
沖本幸子著	今様の時代 ——変容する宮廷芸能	A5	七六〇〇円
歴史科学協議会編 木村茂光・山田朗監修	天皇・天皇制をよむ	A5	二八〇〇円
有富純也著	日本古代国家と支配理念	A5	五二〇〇円
佐藤全敏著	平安時代の天皇と官僚制	A5	六五〇〇円

ここに表示された価格は本体価格です．御購入の際には消費税が加算されますので御了承下さい．